朔方文庫

龔景瀚詩文集

〔清〕龔景瀚 著
安正發 王文娟 校注

主編 胡玉冰

上海古籍出版社

圖書在版編目(CIP)數據

龔景瀚詩文集／(清)龔景瀚著；安正發，王文娟校注. —上海：上海古籍出版社，2022.8
(朔方文庫)
ISBN 978-7-5732-0335-9

Ⅰ.①龔… Ⅱ.①龔… ②安… ③王… Ⅲ.①中國文學—古典文學—作品綜合集—清代 Ⅳ.①I214.92

中國版本圖書館 CIP 數據核字(2022)第 115748 號

朔方文庫

龔景瀚詩文集

〔清〕龔景瀚 著 安正發 王文娟 校注
上海古籍出版社出版發行
(上海市閔行區號景路 159 弄 1-5 號 A 座 5F 郵政編碼 201101)
(1) 網址：www.guji.com.cn
(2) E-mail: guji1@guji.com.cn
(3) 易文網網址：www.ewen.co
上海展强印刷有限公司印刷
開本 710×1000 1/16 印張 18.25 插頁 6 字數 238,000
2022 年 8 月第 1 版 2022 年 8 月第 1 次印刷
ISBN 978-7-5732-0335-9
K·3194 定價：108.00 元
如有質量問題，請與承印公司聯繫
電話：021-66366565

國家社會科學基金重大項目
"《朔方文庫》編纂"（批准號：17ZDA268）經費資助出版

寧夏回族自治區"十三五"重點學科
"中國語言文學"學科建設經費資助出版

寧夏大學"民族學"一流學科群之"中國語言文學"學科
（NXYLXK2017A02）建設經費資助出版

《朔方文庫》委員會名單

學術委員會

主　任：陳育寧

委　員：（按姓氏筆畫排序）

于　亭　　吕　健　　伏俊璉　　杜澤遜　　周少川　　胡大雷

陳正宏　　陳尚君　　殷夢霞　　郭英德　　徐希平　　程章燦

賈三强　　趙生群　　廖可斌　　漆永祥　　劉天明　　羅　豐

編纂委員會

主　編：胡玉冰

委　員：（按姓氏筆畫排序）

丁峰山　　田富軍　　安正發　　李建設　　李進增　　李學斌

李新貴　　邵　敏　　胡文波　　胡迅雷　　徐遠超　　馬建民

湯曉芳　　劉鴻雁　　趙彦龍　　薛正昌　　韓　超　　謝應忠

總　　序

陳育寧

　　寧夏古稱"朔方"，地處祖國西部地區，依傍黄河，沃野千里，有"塞上江南"之美譽。她歷史悠久，民族衆多，文化積澱豐厚。在這片土地上産生並留存至今的古代文獻檔案數量衆多、種類豐富，有傳統的經史子集文獻、地方史志文獻、西夏文等古代民族文字文獻、岩畫碑刻等圖像文獻，以及明清、民國時期的公文檔案等，這些文獻檔案記述了寧夏歷朝歷代人們在思想、文化、史學、文學、藝術等各方面的成就，藴含着豐富而寶貴的、具有地域和民族特色的歷史文化内涵，是中華各民族人民共同的精神和文化財富，保護好、傳承好這批珍貴的文化遺産，守護好各民族共有的精神家園，扎實推進新時期文化的繁榮發展，是寧夏學者義不容辭的擔當。

　　黨和國家歷來高度重視和關心文化傳承與創新事業，積極鼓勵和支持古籍文獻的收集、保護和整理研究工作，改革開放以來，批准實施了一批文化典籍檔案整理與研究重大項目，取得了一大批重要成果。2017年1月，中共中央辦公廳、國務院辦公廳印發《關於實施中華優秀傳統文化傳承發展工程的意見》，把中華優秀傳統文化的傳承和發展推上了新的歷史高度。《意見》指出，要"實施國家古籍保護工程"，"加强中華文化典籍整理編纂出版工作"。這給地方文獻檔案的整理研究，帶來了新的機遇。

　　寧夏作爲西部地區經濟欠發達省份，一直在積極努力地推進優秀傳統文化傳承發展事業。2018年5月，《寧夏回族自治區實施中華優秀傳統文化傳承發展工程方案》和《寧夏回族自治區"十三五"時期文化發展改革規劃綱要》正式印發，爲寧夏文化事業的發展繪就了藍圖。寧夏提出了"小省區也能辦大文化"的理念，决心在地方文化的傳承發展上有所作爲，有大作爲。在地方文獻檔案整理研究方面，寧夏雖資源豐富，但起步較晚，力量不足，國家級項目少。

這種狀況與寧夏對文化事業的發展要求差距不小,亟須迎頭趕上。在充分論證寧夏地方文獻檔案學術價值及整理研究現狀的基礎上,以寧夏大學胡玉冰教授爲首席專家的科研團隊,依托自治區"古文獻整理與地域文化研究"人文社科重點研究基地以及自治區重點學科"中國語言文學"、重點專業"漢語言文學"的人才優勢,全面設計了寧夏地方歷史文獻檔案整理研究與編纂出版的重大項目——《〈朔方文庫〉編纂》,並於 2017 年 11 月申請獲批立項爲國家社科基金重大項目,這一項目的啓動,得到了國家的支持,也有了更高的學術目標要求。

　　編纂這樣一部大型叢書,涉及文獻數量大、種類多,時間跨度長,且對學科、對專業的要求高,既是整理,更是研究,必須要有長期的學術積累、學術基礎和人才支持。作爲項目主持人,胡玉冰教授 1991 年北京大學畢業後,一直在寧夏從事漢文西夏文獻、西北地方(陝甘寧)文獻、回族文獻等爲主的古文獻整理研究工作,他是寧夏第一位古典文獻專業博士,已主持完成了 4 項國家社科基金項目,包括兩項重點項目,出版學術專著 10 餘部。從 2004 年主持第一項國家社科基金項目開始,到 2017 年"《朔方文庫》編纂"作爲國家社科基金重大項目立項,十多年來,胡玉冰將研究目標一直鎖定在地方文獻與民族文獻領域。其間,他完成的國家社科基金項目結項成果《寧夏古文獻考述》,是第一部對寧夏古文獻進行分類普查、研究,具有較高學術價值的成果,爲全面整理寧夏古文獻提供了可靠的依據;他完成的《傳統典籍中漢文西夏文獻研究》入選《國家社科基金成果文庫》,爲《朔方文庫·漢文西夏史籍編》奠定了研究基礎;他完成出版的《寧夏舊志研究》,基本摸清了寧夏舊志的家底,梳理清楚了寧夏舊志的版本情況,爲《朔方文庫·寧夏舊志編》奠定了研究基礎。在項目實施過程中,胡玉冰注重與教學結合,重視青年人才培養,重視團隊建設。在寧夏大學人文學院,胡玉冰參與創建的西北民族地區語言文學與文獻博士學位點、中國古典文獻學碩士學位點,成爲寧夏培養古典文獻專業高級專門人才的重要陣地。他個人至今已培養研究生 40 多人,這些青年專業人員也成爲《朔方文庫》項目較爲穩定的團隊成員。關注相關學術動態,加強與兄弟省區和高校地方文獻編纂同行的學術交流,汲取學術營養,也是《朔方文庫》在實施過程中很重要的一則經驗。

　　《朔方文庫》是目前寧夏規模最大的地方文獻整理編纂出版項目,其學術意義與社會意義重大。第一，有助於發掘和整合寧夏地區的文化資源，理清寧夏文脉，拓展對寧夏區情的認識，有利於增强寧夏文化軟實力，提升寧夏的影響力，促進寧夏經濟社會全面發展；第二，有助於深入研究寧夏歷史文化的思想精髓和時代價值，具有歷史學、文學、文獻學、民族學等多學科學術意義，推動寧夏人文學科的建設與發展；第三，有助於推進寧夏高校"雙一流"建設，帶動自治區人文社科重點研究基地、重點學科、重點專業以及學位點建設，對於培養有較高學術素質的地方傳統文化傳承與創新的人才隊伍有積極意義；第四，在實施"一帶一路"倡議大背景下，深入探討民族地區文獻檔案傳承文明、傳播文化的價值，可以更好地爲西部地區擴大對外文化交流提供決策支持。

　　編纂《朔方文庫》，既是堅定文化自信、鑒古開新、傳承和弘揚中華優秀傳統文化的需要，也是服務當下經濟社會文化發展的需要，是一項功在當代、澤溉千秋的文化大業。截至2019年7月，本重大項目已出版大型叢書兩套、研究著作，依托重大項目完成碩士研究生學位論文9篇。叢書《朔方文庫》爲影印類古籍整理成果，按專題分爲《寧夏舊志編》《歷代人物著述編》《漢文西夏史籍編》《寧夏典藏珍稀文獻編》《寧夏專題文獻和文書檔案編》共五編。首批成果共112册，收書146種。其中《寧夏舊志編》32册36種，《歷代人物著述編》54册73種，《漢文西夏史籍編》15册26種，《寧夏典藏珍稀文獻編》10册7種，《寧夏專題文獻和文書檔案編》1册4種。《寧夏珍稀方志叢刊》共16册，爲點校類古籍整理成果，由中國社會科學出版社、上海古籍出版社分別於2015年、2018年出版。《朔方文庫》出版時，恰逢寧夏回族自治區成立60周年，這也説明，在寧夏這樣的小省區是可以辦成、而且已經辦成了不少文化大事，對於促進寧夏文化事業的發展、提升寧夏知名度起到了重要作用。同時也要看到，由於基礎薄弱，條件和力量有限，我們還有許多在學術研究和文化建設上想辦、要辦而還未辦的大事在等待着我們。

　　國内出版過多種大型地方文獻的影印類成果，但尚未見相應配套的點校類整理成果。即將由上海古籍出版社推出的《朔方文庫》點校類整理成果，是胡玉冰及其學術團隊在影印類成果的基礎上的再拓展、再創新。從這一點來説，國家社科基金重大項目"《朔方文庫》編纂"開創了一個很好的先例，即在基本完成影印任務的情況下，依托高質量的研究成果，及時推出高質量的點校類整理成果，將極大地便于學界的研究與利用。我相信，《朔方文庫》多類型學術成果的編纂與出版,再一次爲我們提供了經驗,增强了信心,展現了實力。祇要我們放開眼界,集聚力量,發揮優勢,精心設計,培養和選擇好學科帶頭人,一個項目一個項目堅持下去,一個個單項成績的積累,就會給學術文化的整體面貌帶來大的改觀,就會做成"大文化",我們就會做出無愧於寧夏這片熱土、無愧於當今時代的貢獻!

2020年7月於銀川

(陳育寧,教授,博士生導師,寧夏自治區政協原副主席,寧夏大學原黨委書記、校長)

目　　録

總序 …………………………………… 陳育寧　1
整理説明 ……………………………………………… 1

傳 …………………………………………………… 1
澹静齋文鈔卷之一 ……………………………… 10
　王會圖賦 ………………………………………… 10
　魯都考上 ………………………………………… 13
　魯都考中 ………………………………………… 15
　魯都考下 ………………………………………… 17
　闕里考 …………………………………………… 18
　孔子不知父墓解 ………………………………… 19
　滅項説 …………………………………………… 21
　春秋大夫賜號説 ………………………………… 22
　齊桓晉文論 ……………………………………… 24
　陳平論 …………………………………………… 26
澹静齋文鈔卷之二 ……………………………… 28
　上朱石君師書 …………………………………… 28
　上朱梅崖師書 …………………………………… 29
　上福大學士論臺灣事宜書 ……………………… 30
　上蔣布政使論鹽法書 …………………………… 31
　與遲持庵論所著昆陽志書 ……………………… 35
　與林香海翰林書 ………………………………… 40
　與林春園同年書 ………………………………… 40

復林春園知府書 …… 42
與梁九山翰林書 …… 43
與李石渠御史書 …… 43
與洪素人員外書 …… 44
與梁大令同年書 …… 44
送朱梅崖師歸里叙 …… 45
鄭在謙四書文叙 …… 46
尹某四書文叙 …… 46
積石山房四書文自叙 …… 48

澹靜齋文鈔卷之三 …… 49
平涼府記恩碑 …… 49
重修平涼府學文廟碑記 …… 50
漢丞相諸葛忠武侯墓記 …… 52
改建六盤山關帝廟記 …… 52
中衛風神廟碑記 …… 53
寧國府標紙廟記 …… 54
重修柳湖書院記 …… 55
井上草堂記 …… 56
是知堂記 …… 57

澹靜齋文鈔卷之四 …… 59
薛公夢雷傳 …… 59
誥授驍騎將軍四川永寧協副將前肅州鎮總兵李公家傳 …… 60
二林小傳 …… 62
郭孺人家傳 …… 62
林烈女小傳 …… 63
皇清誥授朝議大夫戶部掌印給事中加三級補山溫公墓志銘代 …… 64
某甫某君墓志銘代 …… 68
節孝陳母劉太安人墓志銘代 …… 69
三原楊公蒨齋墓表 …… 70
譚君翠屏墓表 …… 71

皇清誥授奉直大夫雲南鎮南州知州顯考厚齋府君行述 …… 72

澹靜齋文鈔卷之五 …… 80
秦蓉莊先生六十壽敘 …… 80
何簡齋封君七十雙壽敘 …… 81
高君晉三六十壽敘 …… 82
周太翁鈍若八十壽敘 …… 83
陶太翁七十壽敘 …… 84
族舅黃孝任先生七十壽敘 …… 85
叔父慎軒先生六十壽敘 …… 86
孟太恭人壽敘代 …… 87
林母陳淑人八十壽敘 …… 88
張母林安人七十壽敘代 …… 89
同學公祭朱梅崖師父 …… 90
祭從嫂周孺人文 …… 91
祭亡室張孺人文 …… 93

澹靜齋文鈔卷之六 …… 95
家母黃宜人壽辰徵文節略 …… 95
募修寧鄉縣城隍廟疏代 …… 97
勸修明倫堂學舍及書院疏 …… 97
對客問 …… 98
書林烈婦行略後 …… 98
書林蔚圃同年尊甫孝義先生傳後 …… 99
又書林孝義先生傳後 …… 100
孟瓶庵先生固庵銘并敘 …… 101
王提督玉弓決銘 …… 102
楊某采菊圖跋 …… 102
楊某寒山霜林圖跋 …… 102
題林某小照跋 …… 103
許埭村先生墨迹跋 …… 103
圖書解易經蒙訓題跋 …… 104

龔景瀚詩文集

  宏山文集題跋 · 104
跋 · 106

澹靜齋文鈔外篇卷之一 · 108
  陳時事疏 · 108
  堅壁清野議 · 109
  平賊議 · 114
  撫議 · 123
  甘肅會城議 · 125
  代宜總統上某太學士書 · 127
  覆德侯書代 · 129
  覆王秦州書代 · 131
  祭李參將文昌言 · 132

澹靜齋文鈔外篇卷之二 · 134
  請設立鄉官鄉鐸議 · 134
  興安上宜總督說帖 · 138
  諭各州縣團練鄉勇札代 · 139
  遵旨擬就條款曉諭官民紳士人等告示代 · · · · · · · · 140
  招諭賊黨告示代 · 145
  催完逋靖遠拖欠錢糧告示 · 146
  中衛縣七星渠春工善後事宜稟 · · · · · · · · · · · · · · · · · 147
  會勘岷州民王順來控告山地上臬司稟 · · · · · · · · · 153
  臨清守城日記代 · 156

澹靜齋詩鈔叙 · 162
澹靜齋詩鈔卷之一 · 163
  少草 · 163
    讀文文山先生傳 · 163
    咏史 · 163
    峽口 · 163

采蓮曲 163
　金大文甫以詩草索序爲題其後 163
　登鼓山半嶺亭望閩中形勝 164
　水晶宮懷古 165
　送林八長實之安徽 165
　偶作 165
　釣龍臺 166

游草 166
　大麥溪 166
　天意 166
　未知 166
　延平懷古 166
　懷林二于宣 167
　建溪灘石歌 167
　寄內 167
　高陽吊孫文正公 167
　謁楊椒山先生祠 168
　張桓侯故里 168
　題盧蓮麓霞浦山水圖代盧霞浦人 168
　林育萬于宣長實梁斯志斯明斯儀招飲寓齋醉後戲作 168
　出都門留別育萬于宣長實梁氏兄弟 169
　涿州張桓侯祠 169
　祈雨詞 169
　賽神詞 169
　雪後元城啓行 170
　秋風 170
　客有談西湖之勝而動鄉思者作此示之 170
　女弟蕙殤七年矣今冬綸城許君寵爲代立墓碣揭本見寄閱之不禁潸然輒復抒寫哀情長歌當哭 170
　寄兄弟 171

除夕	172
侍家大人至密雲作	172
卧龍岡懷諸葛忠武侯	172
襄陽道中	172
宜城道中	172
所見	172
石橋驛四鼓山行	173
惟苞二兄奉家母由長江赴桂陽聞將取道洞庭乃浮湘水至鎮遠作此寄之	173
觀漁	173
重陽	173
沅江石歌	173
烏龍箐至黃土坡	174
舟夜	174
沅江之岸有山削立狀特怪偉未知何名也爲詩紀之	174
南昌雜感	174
鄱陽湖	175
彭澤懷陶靖節	175
安慶謁余忠宣公墓	175
除夕	175
過定遠有懷明初諸功臣因思漢高能留平勃以安劉氏而明祖於胡藍之獄股肱盡矣北平兵起悔之何及	175
袁孟勤先生先君官虞城時所賓禮者也爲賦高士行今先生墓木已拱而先君亦棄不孝逝矣甲午過虞令嗣心箴以先生遺像索題展卷汯然書此	176
李司隸墓	176
許昌懷古	176
卧龍岡謁忠武侯祠	176
襄陽雜詩	176
自漢江泛小河下堤口	177

  舟過洞庭風力甚勁遂抵武昌登黃鶴樓 …………………… 177
  雪後 ……………………………………………………………… 177
澹静齋詩鈔卷之二 ……………………………………………… 178
 雙騎亭草 ……………………………………………………… 178
  寄懷滇南遲持齋先生 …………………………………… 178
  送允振七侄入滇 ………………………………………… 178
  延陵篇爲節孝李母作 …………………………………… 178
  送鄭二存敦之漳南 ……………………………………… 179
  題某小照 ………………………………………………… 179
  壽學使吉渭崖太僕 ……………………………………… 179
  孟考功瓶庵招同曉樓樾亭醇叔三林君小集固庵各和東坡先生岐亭詩
   余以事未與考功末章謬相推許且邀余和作此應之久疏筆硯以此續
   諸君之後愧可知也 …………………………………… 180
  集樾亭齋即事用孟考功瓶庵見示新詩韵 ……………… 181
  亦園亭白桃花叠前韵應瓶庵命 ………………………… 181
  考僞閩永隆石塔碑記畢題其後叠前韵 ………………… 181
  醉中放言寄林樾亭叠前韵 ……………………………… 182
  宿何述善齋晨雨未歸遍觀書畫因得見宋文文山先生所藏琴述善爲鼓
   數曲叠前韵 …………………………………………… 182
  作詩未竟室人來告薪米絶矣戲拈二律示之叠前韵 …… 182
  樾亭答詩語及香海讀之悵然有作叠前韵 ……………… 183
  呈瓶庵兼簡令嗣景明叠前韵 …………………………… 183
  奉酬瓶庵見答之作叠前韵 ……………………………… 183
  集井上草堂瓶庵以事先返同樾亭憲光介堂昆弟夜飲醉歸成三詩呈
   諸君子并乞和章 ……………………………………… 184
  文信國古琴歌次林樾亭韵 ……………………………… 185
  去歲得心虛肝弦之疾陳君卓爲謂勞思所致宜屏筆墨以養真氣今春稍
   瘳而結習未除疾輒間作君爲製方兼惠良藥賦詩三章志謝用前集井
   上草堂韵 ……………………………………………… 186

澹静齋詩鈔卷之三 188
棲鳳草 188
洛陽橋 188
夜雨有懷小范家兄觸緒紛紜遂至滿紙 188
即事 189
五月初十夜月 189
衙齋讌集即事簡吳明府 189
花栽爲草所蔽呼童去之口占對草 190
階前栽菊數本連日大雨水漬將萎矣哀其美才未成而驟遭毀折也作 190
題吳玉堂芙蓉臺詩鈔後 190
寄林大樾亭并懷都中下第諸子 191
贈學博陳翁蔚圃 191
寄呈家慈 191
永定秋夜雜作廿首次工部秦州雜詩韵 191
憶昔懷人復得二十首叠前韵 193
夜雨 195
晴 195
二老詩 196
林愚谷六丈 196
林又眉三丈 196
夜大風雨 196
秋日自録近作竟題其後 197
秋花 197
昔日爲鄭孝廉耆仲作 197
秋望 197
顧旭初少府惠魚及米中秋夕復招飲衙齋作 197
九日同陳蔚圃廣文登沙汀閣還至顧旭初少府衙齋觀菊花作二首 198
重陽後五日集陳蔚圃齋中觀菊二首 198
留別陳蔚圃顧旭初吳玉堂叠前重陽韵 198

留别院中諸生叠前韵 …… 198
　　叠前韵重别吴玉堂 …… 198
　雙驂亭後草 …… 199
　　宣和御鷹歌蔡京題字 …… 199
　　雙驂亭雪景圖一幅文衡山先生手迹也見者極爲欣賞因題其上 …… 199
　　雙驂亭小集壽朋賦長歌依韵和之 …… 200
　　鄭有美移居仝壽朋作叠前韵 …… 200
　　亭中草木雜興四首 …… 200
　　讀于宣遺詩叠前韵 …… 201
　　雜題畫册 …… 201
　　李忠定公松風堂故址 …… 202
　　觀僞閩石塔碑刻 …… 202
　　同人公餞朱笥河先生於張氏園亭應教分賦 …… 202
　　題何述雅較獵圖 …… 203
　　小園見蝴蝶感而有作 …… 203
　　題林大宇小影 …… 204
澹静齋詩鈔卷之四 …… 205
　小草 …… 205
　　灘舟晚泊 …… 205
　　嚴介溪讀書處 …… 205
　　三月十六夜舟中寄内 …… 205
　　安陸懷古 …… 205
　　題林懋文囊琴小照 …… 205
　　又代題用前韵 …… 206
　　以公事至張恩堡寓孫氏園中主人頗不俗緑陰繞舍黄花盈砌中衛未
　　　有之勝境也終年風塵中得此心目豁然因成兩律 …… 206
　　夜宿孫氏園 …… 206
　東齋雜咏 …… 206
　　東齋 …… 207
　　寒碧池 …… 207

戛玉泉 207
蒙泉 207
折腰橋 207
歐亭 207
環翠屏 208
蒲溪 208
釣橋 208
不炎洞 208
斜陽壁 208
石門 208
樵徑 209
初月臺 209
仙井 209
步虛路 209
三高峰 209
晚眺坪 210
戍樓 210
前村 210
半個塔 210
無波舫 210
東齋雜咏同人各有和章即景紀事綜爲長歌書於卷末 210
東齋坐月 211
晚眺坪北望 211
七夕和小范大兄韵 212
覆水行 212
留別中衛士民 212
贈張錦泉 212
留別靖遠士民 212
雨後過彈箏峽 213
自瓦亭至平涼道中 213

雨過六盤抵隆德 ………………………………… 213
大雪下青嵐山 …………………………………… 213
東岡坡望蘭州城 ………………………………… 213
靜寧回至平涼道中 ……………………………… 214
六盤山口號 ……………………………………… 214
西羋諸驛連讀壁間作皆清新可誦重題兩絕 …… 215
雪過車道嶺 ……………………………………… 215
甘草店病中寄內 ………………………………… 216
昭君詞 …………………………………………… 216
送施雲在告養歸里 ……………………………… 216
祀竈 ……………………………………………… 216
去臘蘭州病中送別雲在未盡所言茲留平涼月餘始歸因叠前韵四首
　　重贈并酬見答之作 ………………………… 216
內人臥病時方以公事至固原作此寄之 ………… 217
送別李次山林廣文調任昌吉 …………………… 217
崆峒山北臺 ……………………………………… 218
絕頂香山寺 ……………………………………… 218
自崆峒山歸聞城隍廟牡丹盛開急不能待乘月觀之口占二首 … 218
紀二書雲月夜邀看牡丹即席作 ………………… 218
徐少府容軒將赴綏來寄示玩月撫琴小照讀自題詩悲其志作此應之
　　………………………………………………… 219
題王騰夫荷笠持經小照 ………………………… 219
華亭尉署中芍藥盛開時史少府奉檄外出 ……… 219
送別朱參軍調任吉木薩縣佐 …………………… 219
白水驛夜與程斗珠話別 ………………………… 219
會寧遇廉使姚雪門先生之喪哭成四律 ………… 220
偶感 ……………………………………………… 220
靜寧至隆德 ……………………………………… 221
六盤山 …………………………………………… 221

澹静齋詩鈔卷之五 222
思存草 222
紀園觀花 222
雨後見新柳 222
安國鎮夜雨不寐 222
送陶少府衛文調任玉門次周魯瞻韵 222
夏夜 223
衛文將行鄧南村爲寫疏林遠岫便面重題志別 223
六月十二夜月時將以次日赴蘭州 223
平凉新樂府 223
淺淺子紀事 224
悼亡詩 225
彈筝峽遇大風雨 228
過六盤山紀事 228
抵隆德某明府以近作聞雷詩見示喜而賦贈 228
靜寧上峽口 229
界石鋪至青家驛 229
巉口十里遇雨 229
雨宿鉼鉤驛 229
題王騰夫羅浮采藥圖 230
鉼鉤驛阻雨寄懷小范家兄 230
寄示諸兒女 231
集放翁句 231
集香山句 231
雨後 231
山鷄 231
出蘭州 231
抵署 232
七夕用王騰夫韵 232
中秋 232

送黄廉標表弟回閩兼柬令侄惟占 …………………………… 232
喜聞張生紹學領解作示邱范諸子 …………………………… 233
抵崇信縣署 …………………………………………………… 233
崇信歸途遇大風雪 …………………………………………… 233
重陽和小范家兄韵 …………………………………………… 234
菊花 …………………………………………………………… 234
次韵答華亭明府張鶴泉見寄之作 …………………………… 234
鶴泉再柬用昌黎贈崔立之韵次韵奉酬 ……………………… 234
良玉 …………………………………………………………… 235
送別小范大兄北上 …………………………………………… 235
小范大兄行有日矣追憶四十年盛衰聚散之感不禁憮然重作五言長句
　　一百韵志吾兩人行蹤并示子侄令其無忘艱難也 ……… 235
小范北上寄懷到三八弟叠前送別韵 ………………………… 237
張同溪示所作都中見懷詩次韵奉答 ………………………… 237
送別張遜甫公車北上 ………………………………………… 238
送張同溪還中衛叠前韵 ……………………………………… 238
涇州重別小范家兄 …………………………………………… 238

澹静齋詩鈔卷之六 ……………………………………………… 239

庚戌以後草 ………………………………………………………… 239

新歲吟次江左許更齋韵 ……………………………………… 239
正月六日安國鎮道中 ………………………………………… 240
燈夜過訪張鶴泉承惠新詩次韵賦謝 ………………………… 240
王母山次張鶴泉韵漢之回中官也。 ………………………… 240
鶴泉寓居東郭聞隔壁書聲喜而作詩見示推功於余愧何敢當今蓉莊
　　太守留鶴泉主柳湖書院文教之興此其徵乎次韵奉柬 … 240
張舉倩少君以詩乞水仙花次韵柬贈 ………………………… 241
叠前韵答鶴泉代其令嗣謝水仙花之作 ……………………… 241
王騰夫以新開水仙花見惠叠前韵賦謝 ……………………… 241
鶴泉復有詩來意欲此花作詩拒之叠前韵 …………………… 241

鶴泉和章謂獨處之際此花正宜留伴清幽時值張孺人周忌也閱之悵然
　　有作叠前韵 ………………………………………………………… 241
二月十七日試士鶴泉用東坡飲清虛堂韵長句見贈依韵賦答 ………… 241
周魯瞻昆仲入都廷試許更齋作彎三二韵詩送之蓋祝其速仕也然讀書
　　養親魯瞻志也余知之久者因次韵別作二首贈別 ………………… 242
寄酬同年李劍溪太史叠前送小范家兄韵 ……………………………… 242
劍溪復有詩來備述近況蓋苦貧也再叠前韵慰之 ……………………… 242
春草用袁簡齋韵同張鶴泉許更齋作 …………………………………… 243
題松厓吳丈看花圖 ……………………………………………………… 243
題張孺人畫像 …………………………………………………………… 243
劉家井至打喇池道中 …………………………………………………… 243
題晉鹿畫扇 ……………………………………………………………… 243
留別平凉士民 …………………………………………………………… 244
鴻門阪 …………………………………………………………………… 244
鴻門重題 ………………………………………………………………… 244
新豐 ……………………………………………………………………… 244
驪山雜咏 ………………………………………………………………… 244
華陰嶽廟望華山 ………………………………………………………… 245
豫讓橋 …………………………………………………………………… 245
文中子故里 ……………………………………………………………… 246
祀雞臺 …………………………………………………………………… 246
次壽陽驛讀壁間昌黎公詩留題數語 …………………………………… 246
芹泉鎮至張井 …………………………………………………………… 246
橋頭村 …………………………………………………………………… 246
題涂曉村強恕圖小照 …………………………………………………… 246
甘桃驛寄懷小范家兄 …………………………………………………… 247
過郭隗故里 ……………………………………………………………… 247
故關 ……………………………………………………………………… 247
題秦侍讀小峴橫山丙舍圖 ……………………………………………… 248
李劍溪侍讀以詩索狐裘行篋無佳者解所服敝裘贈之次韵奉束 ……… 248

題梁九山太史萬梅書屋圖	248
題陳給諫劍城望耕圖	249
臨洺關	249
赴循化道中	249
小積石山	249
喜見梅花以下補遺。	249
義田歌爲秦蓉莊先生作。	250
壽秦蓉莊先生代	250
和吳海宴山長種桃次韵	250
出北門至柳湖	251
兒輩欲至崆峒詩以示之	251
吳海晏周竹坡在崆峒以詩相招作此答之	251
王芥亭二兄在姚雪門先生幕垂三十年是圖先生所命意也未及題識而先生棄世矣芥亭出此示人言及輒湝然涕下余於先生亦有知己之感者也爲書三絶	251
題趙琴軒小照	252
蚤起	252
感事	252
哭副總戎韓公加業。	252
自大成寨至羅江口	253
羅江口至達州	253
過豐城場	253
題曹雲瀾	253
題曹雲瀾賜環楚游二集	253
良馬嘆	254
題周謁堂秋林返轡圖	254
樊城啓行	254
三橋鎮	254
咏墨牡丹	254
題姜星六廉訪小照	255

題小范大兄木末草堂圖 ……………………………………… 255
樂君二侄學書不成棄而學賈去冬來蘭州今返江西次小范兄韵作詩
　二首送之行并呈小范大兄 ……………………………………… 255
小范大兄來書索木末草堂詩五年於茲矣前歲江口軍營匆匆草兩律
　寄去未及自書也樂君侄來口述兄意必欲得手迹今日稍暇乃操翰
　爲書一通寄廬陵陳少府將去字畫惡劣不足觀聊留鴻爪以示子孫
　耳時嘉慶壬戌正月十九日先君忌日也書畢復得五言一首并題於後
　……………………………………………………………………… 256
題陳封溪小照 ……………………………………………………… 256
和小峴先生見懷詩二首 …………………………………………… 256
九日登皋蘭山作 …………………………………………………… 256
贈友人之洛陽 ……………………………………………………… 257
雪毬花 ……………………………………………………………… 257

跋 ………………………………………………………………………… 258
　秦金門跋 ………………………………………………………… 258
　鄒鳴鶴跋 ………………………………………………………… 259
　徐經跋 …………………………………………………………… 259

參考文獻 ………………………………………………………………… 261

整理説明

《龔景瀚詩文集》十四卷，龔景瀚撰，包括《澹静齋文鈔》六卷、《外篇》二卷、《澹静齋詩鈔》六卷。有道光六年龔氏恩錫堂刻本，版心雙邊，白口，單黑魚尾。半頁十行，行二十一字。另有中國科學院圖書館藏嘉慶間刻本、中國國家圖書館藏道光二十年刻本、中國社會科學院文學研究所藏道光二十五年龔耿光刻本、四川省圖書館藏同治八年龔易圖濟南刻本。

龔景瀚（1747—1802），字惟廣，一字海峰，福建閩縣（今福州市）人。先世累爲名宦。少即以學名，乾隆三十六年（1771）進士，後里居教授十有四年，研究經史時務，凡古今因革，必窮源竟委，求所以通變宜民之道。乾隆四十九年（1784），始出選授甘肅靖遠知縣，未到任，總督福康安知其能，檄署中衛縣，判案熟練，見者想不到他竟是初次做官。龔景瀚在中衛修渠灌溉農田，使荒廢了數十年的渠道得以恢復灌溉。五十一年（1786）冬，返任靖遠知縣。五十二年（1787）六月，調任平凉知縣，次年與知府秦震鈞重修文廟和柳湖書院。五十五年（1790）秋權知固原州、兼攝鹽茶廳撫民同知篆。五十七年（1792）四月，攝循化廳同知，八月復回任平凉。五十九年（1794），擢陝西邠州知州。嘉慶元年（1796），川楚白蓮教起義，陝甘總督宜綿巡邊，調景瀚佐軍幕，籌劃軍務，以功擢慶陽知府，賜花翎。因宜綿總轄陝、川、楚三省軍務，景瀚從之入蜀，任合州知州。三年（1798）冬，調蘭州知府，未到任，仍留軍幕。五年（1801）始到蘭州任。景瀚佐幕五載，奔走四方，晝參戎機，夜撰疏札。期間提出"堅壁清野"之策，勒保首行於川東、川北，繼而在陝、甘、湖北等地施行。這是最終平定白蓮教起義的根本策略，頗得朝廷賞識。其《堅壁清野議》在嘉慶十一年（1806）編入了《皇清文穎》。景瀚任官所至有政聲。嘉慶七年（1802）冬，送部引見，帝垂詢軍事甚悉。十二月，以疾卒於京師，時年五十六。入甘肅蘭州府名宦祠、福建省城鄉賢祠。著有《澹静齋文鈔》六卷、《外篇》二卷、《澹静齋詩鈔》六卷、《祭儀考》四卷、《說禩》二卷、《邶風説》二卷、《禘祫考》一卷、《離騷箋》二卷、《孔志》三卷、《循化廳志》八卷、《讀書録》二卷、《訪古録》二卷、《積石山房四書文》三卷、《石塔碑刻記附考》一卷。《清史列傳》卷七四、《清史稿》卷四七八、陳世鎔《福州西湖宛在堂詩龕徵録》卷一六、李桓《國朝耆獻類徵初編》卷二三六等有傳。

《龔景瀚詩文集》十四卷，包括《澹静齋文鈔》六卷、《澹静齋文鈔外編》二卷、《澹静齋詩鈔》六卷，道光六年丙戌（1826）恩錫堂刻《澹静齋全集》本。《澹静齋文鈔》卷首有陳壽祺撰《龔海峰先生傳》，末有朱文翰跋。正編六卷以類編次，收賦、考、説、論、書、叙、記、傳、墓志、壽序、祭文、書後、跋等共七十四篇。其中卷一包括《王會圖賦》《魯都考上》《魯都考中》《魯都考下》等十篇，卷二包括《上朱石君師書》《上朱梅崖師書》《上福大學士論臺灣事宜書》等十六篇，卷三包括《平涼府記恩碑》《重修平涼府學文廟碑記》《漢丞相諸葛忠武侯墓記》等九篇，卷四包括《薛公夢雷傳》《誥授驍騎將軍四川永寧協副將前肅州鎮總兵李公家傳》《二林小傳》等十一篇，卷五包括《秦蓉莊先生六十壽叙》《何簡齋封君七十雙壽叙》《高君晉三六十壽叙》等十三篇，卷六包括《家母黄宜人壽辰徵文節略》《募修寧鄉縣城隍廟疏代》《勸修明倫堂學舍及書院疏》等十五篇和朱文翰《跋》。

《外篇》二卷多爲公文，有疏、議、札子、告示、稟文等十八篇，其中卷一包括《陳時事疏》《堅壁清野議》《平賊議》等九篇，《外篇》卷二包括《請設立鄉官鄉鐸議》《興安上宜總督説帖》《諭各州縣團練鄉勇札代》等九篇。其文結構井然、條理明晰，論證嚴密，語言質樸懇切、明白暢達，論事往往能切中時弊。另有道光二十年（1840）刻本，《續修四庫全書》影印此本。

《澹静齋詩鈔》六卷，道光六年（1826）恩錫堂刻本，有張世法及秦金門序。内文各卷自有集名，卷一《少草》《游草》共五十九題六十六首，卷二《雙駿亭草》共十九題三十五首，卷三《栖鳳草》《雙駿亭後草》共四十題一百一十首，卷四《小草》共六十六題八十二首，卷五《思存草》共四十四題八十二首，卷六《庚戌以後草》共七十一題一百零八首，詩集共收四百八十三首。龔景瀚詩兼工古近體，"不事矯揉雕飾，性真激發，衝口成章，諸體畢備。正如老僧伐鼓撞鐘，欲使天龍醒寐"（秦金門《澹静齋詩鈔序》）。《清代詩文集彙編》影印此本。

《龔景瀚詩文集》爲其子龔式穀校刊，林昌彝參校，龔景瀚子龔瑞穀、龔受穀、龔豐穀及孫龔福康校,刻工爲福州李邦棟。《文鈔》卷首有同鄉陳壽祺所撰的龔景瀚《傳》、卷六末和《外篇》卷二后都有"同里後學林昌彝參校"字樣,《文鈔》(含《外篇》)、《詩鈔》終均有"男豐、受、瑞穀,孫福康校字"的説明。《文鈔》卷四最後一篇《皇清誥授奉直大夫雲南鎮南州知州顯考厚齋府君行述》文末署"愚侄林枚光填諱"。《文鈔》有乾隆六十年元月新安朱文翰所作《跋》。參校詩文集的林昌彝(1803—1876),字薌溪,福建侯官(今福州)人。道光舉人。受學於陳壽祺,博學多通,精於三禮。爲龔景瀚父親龔一發書寫碑文的林枚光,福建侯官縣人,舉人。乾隆十六年(1775)任印江縣知縣,冰兢自矢,以"勤能補拙、退思補過"自勵,顔堂曰"補堂"。① 而爲《文鈔》作跋的朱文翰,字屏弦,號蒼湄,一號見庵,安徽歙縣人,爲孔廣森之甥。乾隆四十五年(1780)召試內閣中書,五十五年(1790)進士。歷授刑部主事、陝西副主考、河南正主考、兩淮鹽運使。與阮元深交。嘉慶五年(1800),主講旌德毓文書院。著有《退思初稿》《名學類通》《舸齋經進文存》《輿誦匯刻》等。②

《龔景瀚詩文集》中的《澹静齋文鈔》六卷、《外篇》八卷,包括考、論、書、叙、記、傳、墓志銘、壽叙、題跋、文告等。主要價值在於:一是無論經史,闡釋往往都能袪惑釋疑,不囿於舊説,"凡古今因革損益,無不窮源竟委"(林昌彝《海天琴思録》卷五)。如《魯都考上》一文,龔景瀚認爲魯都、魯縣各有二處,并引經據典,詳細考證。"先儒皆謂魯都曲阜,自伯禽始封至春秋戰國,子孫世世居之。余歷繙史志,而後知魯都有二城","魯縣亦有二,惜乎諸地志皆考之未詳也"。還對文獻所載"孔子不知父墓"進行闡釋,認同司馬貞《史記索隱》所説"孔子少孤,不的知父葬處,非謂不知塋地",這些都是非常中肯的見解,也見出他的博學和讀書的細緻。如《與遲持庵論所著昆陽志書》:"承命校正所著昆陽志書,某之魯鈍,何足知此。然忘年下問,厚意亦何敢負也。謹據其所見者,臚列於左。……《志》中所列,或有叙而無文,豈草創尚有待邪?抑別有成書,未嘗彙入邪?急宜補入,毋使後人有不備不全之憾。"指出十餘條存在的不足之處,"以上數條,謹據所知,以復明問。其有不合者,即祈指教。往復而義愈明,知高明無容心也。後進小儒,不揣僭妄,死罪死罪"。

---

① 參見貴州省文史研究館點校《貴州通志·宦迹志十六》,貴州人民出版社2004年版,第678頁。

② 參見季嘯風《中國書院辭典》,浙江教育出版社1996年版,第395—396頁。

二是談論時事，皆條分縷析，實事求是，有可操作性。如《上福大學士論臺灣事宜書》中以自己身處沿海的親身體會，建言獻策。"某家近海濱，情形事勢，素所周知。雖芻蕘之見，無益於高深，而圖報之心，不能自已。不揣冒昧，粗陳大略，各繫於左，瀆塵清聽。"意見具有有較强得現實針對性。而在《上蔣布政使論鹽法書》中坦誠指出甘省鹽政存在的問題，因政策失當，造成"商力既疲，官民交困"。原因"其害半在官而半在民"，"官累必及於民，民累亦必及於官"，建議應"仿雍正九年以前之法，課歸地畝攤徵，鹽聽民間自運，誠袪弊之良圖，救時之急務也"。尤其《堅壁清野議》是在總結清軍作戰失利的教訓的基礎上，向朝廷提出的新的作戰方略，後來各地陸續施行，纔使得起義得以平定。該文也因此被嘉慶帝特許收入《皇清文穎》之内。

三是文字流暢通達，即使在交往應酬的書信中，也能見出其性情與真誠。在《與林春園同年書》中諄諄教導爲政之道："署中雖有幕友長隨，然一事不可不經目，一文不可不手判，非獨練習庶務，亦以塞清弊竇。民隱不可不恤，又不可輕准詞訟，以啓告訐之漸。吏治不可不振，又不可紛紛差提，以多滋擾之累。蓋府尊之體，又與州縣不同，輕重緩急，所當斟酌其間也。"文中充滿了真誠的關切。

四是作爲地方官員，能愛民勤政，禮上恤下。他初到中衛，就着手審案、修渠，造福一方，他曾欣慰地告訴朋友："僕衝途數載，逋累益深，近者量移静寧，又格部議，大憲尚欲再請，彼此皆非善地，聽其自然而已。所幸者，歷任三處，尚不得罪於百姓、上司、僚友，率其真焉已，久亦無以爲忤者。"（《與林春園同年書》）

五是爲當地人才培養和文化建設作出了貢獻。《重修柳湖書院記》寫柳湖書院選址，歷次增修的官員及其附屬建筑，及書院對當地人才培養與民風養成的貢獻等。《改建六盤山關帝廟記》："古之由隴東趨隴西者，南道必登隴阪。……其北道，則由今之固原，抵靖遠以達涼州。……六盤爲隴山一峰，介南北之中，其路蓋至元時而始通。國朝康熙年間，改新路，棄牛營，直趨瓦亭之南，道徑而稍峻矣。""仕宦商賈、耕鑿之民，與羌夷之君臣交錯于道路，入廟稽首，各得其意以去，若忘其爲邊關險要之地者。是廟之建，非獨帝之威靈垂于無窮也，於以見聖朝無外之略，近悦遠來，非秦漢所能及。"

《澹静齋詩鈔》六卷，體裁多樣，分別有等詩集名稱，不以文體分卷，而是將不同階段的作品歸到一起。總體來看，主要内容包括：一是寫所到之處的懷古、見聞和風光。如《釣龍臺》《建溪灘石歌》《雪後元城啓行》等。

二是贈答唱和之作，見出龔景瀚的交游與經歷。如《送林八長實之安徽》《寄懷滇南遲持齋先生》《醉中放言寄林槭亭疊前韵》。

三是對民生的關注和同情。龔景瀚在多地做官，較爲關心民間疾苦。離任時常作留别詩，或寫感想，或叙事功。最早如《留别中衛士民》："兩載爲勞吏，成功竟若何。不教民事緩，却畏使星多。德薄風猶梗，囊空鬢已皤。惟留數渠水，與汝活田禾。"叙述在中衛兩年的修渠引水，使得數十萬人的生計得到了保障。他還有《留别靖遠士民》《留别平涼士民》等詩。另外，《過六盤山紀事》一詩寫一場雹雨摧毁田禾："可憐昨日異今朝，敗穗殘花滿阡陌。夏禾已熟不到口，秋禾尚弱更何有。"他體恤百姓的辛苦，"長官清晨巡所部，走馬田間相勞苦。回衙泣草告災書，八羽星飛達大府"，竭力爲民請命，通過申報災情，使農民得到救濟，并能減免租賦等負擔。

四是以考據入詩，將其淵博的學識和嚴謹的學術考證貫穿於詩及注之中。《六盤山口號》有詩句："瓦亭至隆城，相距尺與咫。此路猶不通，通之自元始。"自注曰："隆德，在宋爲羊牧隆城，其至瓦亭，僅隔六盤一山。瓦亭，宋已置守，而好水川之戰，不於涇原路出師，乃於秦鳳繞道而入，知此時路猶未通也。"另如《六盤山》："斜陽衰草迷殘壘，古道寒烟鎖故宫。"注曰："宋與夏人好水川之戰，即在山下。""元安西王避暑宫，在舊六盤，今道康熙時開也。"等等。

《龔景瀚詩文集》尚未有整理本，陳慶元、林曉玲、廖劍華、徐瑛子等有研究論文，曾寒冰有碩士學位論文。本次整理，以道光六年龔氏恩錫堂刻本爲底本，以中國科學院圖書館藏嘉慶間刻本、中國國家圖書館藏道光二十年刻本、中國社會科學院文學研究所藏道光二十五年龔耿光刻本、四川省圖書館藏同治八年龔易圖濟南刻本等爲參校本。

附録：《龔景瀚詩文集》研究成果

《乾嘉間福建的學人之詩至至以陳壽祺爲中心》：陳慶元撰，《福州師範大學學報》（哲學社會科學版）1996年第2期。

《論朱仕琇的古文》：陳慶元撰，《南平師專學報》1996年第3期。

《福州通賢龔氏家族文學論略》：林曉玲撰，《福州大學學報》（哲學社會科學版)2012年第2期。

《閩縣通賢龔氏家族著述考略》：廖劍華撰,《圖書館理論與實踐》2014年第2期。

《龔景瀚生平及著作考述》：林曉玲撰,《北京化工大學學報》(社會科學版)2015年第2期。

《龔景瀚〈離騷箋〉的成書與學術成就》：徐瑛子撰,《集美大學學報》(哲學社會科學版)2019年第2期。

《龔景瀚詩文研究》：曾寒冰撰,福建師范大學碩士學位論文,2010年。

傳

閩縣陳壽祺撰

公諱景瀚,字惟廣,一字海峰,福州閩縣人也。先世系出宋參知政事茂良,迄明南京國子監祭酒用卿族始顯。曾祖其裕,國朝兩淮鹽運使司鹽運使。祖屼,贈文林郎河南虞城縣知縣。父一發,雲南鎮南州知州,稱循吏,自有傳。公幼就傅,日誦數千言,年十八,補府學生員。乾隆三十三年舉鄉試,三十六年成進士。罷歸里居,教授十有四年。研究經史時務,凡古今因革,必窮源竟委,求所以通變宜民之道。

四十九年,選授甘肅靖遠知縣。郡王傅察福康安,時以通侯使相督關隴軍事,天下督撫莫與竝。於屬吏尟許可,一見公獨喜,謂監司曰:"是一好鮮明縣令也。"未抵任,即委權中衛。判牘如流,見者不知其初仕也。縣南鄉七星渠,袤百三十餘里,溉新寧安、恩和、鳴沙三堡,及白馬灘田十餘萬畝。久淤塞,歲常苦旱,户口率逃亡。公相形勢,立捐俸,購石築壩。大河兩岸遏水使入渠口,料通渠夫額幷力挑浚,露宿河干數十日,渠流始通。逃亡復業,復請於大吏,假常平倉穀千餘石,資渠夫口食。次年春,大浚七星、常樂、鎮靖三渠,重葺紅柳溝環洞及減水諸牐。泊立夏,放水,水高於往時六七尺,溉田十餘萬畝。迄今縣食其利焉。是冬,歸靖遠。未數月,調平凉。前後四年,多政績。籌穀米,增驛騎,禁强取窯炭,除强派鹽賈,閭閻商旅,咸無累。邑東北七十里,有地曰淺淺子。夏秋間,每起雲霧,發冰雹,傷田禾人畜,民以爲苦。公齋三日,移牒城隍神,期以翊日驅之。及期,率兵役往,中途民走告曰:"昨夜半,其地忽風雷,如戰鬥聲,晨視則水減大半矣。"公至,果如所言。發鉏水涸,自是平凉無冰雹災。夏禾將熟,螟螽忽生,農民恐,奔告於公。公躬禱城隍祠及好蚄祠,翼日往勘,螟螽盡滅,一邑驚以爲奇。五十五年,權固原州,兼攝鹽茶廳撫民同知,捕獲積賊,境内肅然。是冬,舉尤異。五十七年,權循化廳同知。申約束,釐訟讞,解番釁,嚴關禁,不以荒陋而慢之。八月,復回平涼,則前所整理者皆隳壞,公竭力支持二載,乃復初。五十九年,擢知陝西邠州。

嘉慶元年,參督府宜綿軍事。當是時,督府奉旨治事蘭州。而西安又召滿兵赴楚,馬首東西,未有所決。公進謁曰:"今楚賊蠢動,商洛毗連楚境,慮逆黨響應且防竄入。"力請東行彈壓,督府從之。及抵關中,奉廷寄適如公所言。於是幕中大小事,悉令公參決而後行。尋以緝鞫逆犯功,奏升知府。從大營攻剿鄖西賊,平之。籌漢口以北善後事宜,乃還。冬十月,督府以蜀楚賊氛熾,率兵赴陝。而興安賊徒屯聚,窺伺郡城,陝撫連檄告急。公從督府至,督戰破賊巢五,賊首乞降,餘悉奔竄,陝境平。補慶陽知府,部議覆駁。高宗知公之贊軍謀也,特旨如督府所請行。二年元旦,入蜀,冒雪攀崖,屢瀕危,從攻三賊巢破之。尋以前從攻五柞雲功,賜花翎。當是時,達州、巴州賊紛起,官兵不暇接。公統計兵數,審形勢要害,議遣甘州兵赴楊柳壩,分五路剿禦金茇寺,遣土兵赴清溪口,遣延綏兵赴王家砦,督府悉從之。賊渡河四出焚掠,公望見烟火數簇曰:"賊猖獗至此,意不在金茇寺,而大兵尚在彼環守,何也?"亟謁督府陳狀,督府令赴諸營,即馳謁元戎,達督府意。朔日,元戎督兵攻破金茇寺,賊果空砦逃矣。六月,督府兼四川軍事,復奉命總統三省幕府文書,及四省軍情,皆屬公。公隨營久,坐卧濕地,足瘍項腫,日夜痛楚。然軍務倥傯,常力疾據几治事,不敢少安者逾二載。三年春,督府移駐興安禦陝賊。冬,奏調公知蘭州府。四年春,督府奉命歸京師,以將軍恒某權軍事。將軍松筠、尚書長齡先後至,皆留公軍營。奉旨飭回蘭州。

公從軍五載,奔走四方,晝參戎機,夜撰疏札,大府倚爲腹心,不可暫離。目睹流賊情狀,謂剿禦非善策,作《堅壁清野議》曰:

"竊惟邪匪滋事以來,蔓延四省,輾轉兩年。負固,則經年累月不能克;奔竄,則過都歷郡不能禦。議者惟以兵少爲辭,於是調鄰省,增新兵,募鄉勇,但謂以多爲貴,不知其無益而反有害也。何則?國朝經制之兵有限,而腹裏尤少,其重兵所在,非番回錯雜之區,則形勢要害之地也。一調不已,而至再三,備禦空虛,奸民因而肆志。是無事之區,又將滋事,即如四川、湖北之兵,皆以全赴苗疆,邪教遂乘機起事,豈非明效大驗乎?此調兵之害也。倉卒募兵,但取充數,非市井無賴之人,則窮苦無聊之輩,紀律不習,技藝不精,心志不齊,膽氣不壯,遇賊惟有紛然鳥獸散耳。此增兵之害也。鄉勇守護鄉里,易得其力。

若以從征,則非所願,無室家妻子田廬墳墓之足繫其心也。平居未受涓滴之恩,臨難責以身命之報,於勢既有所難能,而爲之長者,素昔等夷,本無上下之分,與以虛名,强相鈐制,於心又有所不服,故加恩則玩而驕,執法則忿而散,求其約束而整齊之者難矣。其藉此爲利,浮開名數,冒領銀糧者,又無論也。至於臨陣,既未習乎戰鬥,又各自爲步趨,疑則易驚,紛則易亂,即或誘之以重利,鼓之以大義,而有勇無剛,能暫而不能久,闃然而進,亦闃然而退耳。此鄉勇之害也。且兵勇多則糧餉廣,糧餉廣則轉運難。國家帑藏充盈,殺賊安民,雖千萬所不計,而民間之疲於輓輸、困於差徭者,不知凡幾矣。文報有站,糧運有臺,軍營之移徙,使節之往來,其夫馬不能不資於民力。近地不足,調之遠處州縣,雖官爲給價,而例案所銷,豈能敷用?每縣夫數百名,馬數十匹,道途之費,守候之費,津貼之費,司事者口食之費,皆派之里下。不肖生監,又從而乾没其中,爲日既久,民力竭矣。官吏但顧考成,一切以軍興法從事,科斂督責,民必不堪。事變滋起,或遇水旱之災,何以處之?況乎將領不能約束兵丁,所過甚於盜賊。鄉勇從而效尤,激而生變。是所憂者,不獨在邪匪也。然使有濟於事,僥倖成萬一之功可也。而自去年以來,其情形大概可見矣。

"四省之山,層崖峭壁,削立如城砦者,所在多有。其上有田有水,賊若據之,非數萬之衆,不能攻取。然周圍百餘里,或數十里,終未能環而圍之也。竭力仰攻,士卒損傷過半,幸而得之,賊已乘間率衆他徙矣。則又窮日夜之力以追之,而其勢常不相及。蓋賊因糧於民,無地非民,則無地非糧。官兵之糧,必須轉運。賊竄無定向,亦無定期。糧臺豈能豫設,夫馬豈能豫增。倉卒移營,糧必遲誤,此一難也。賊皆輕身,登降便捷,而我兵鳥鎗弓箭、火藥鉛彈,身所佩帶,不下二三十觔,行走不易,此二難也。賊皆本土之人,慣於山行,婦人孺子,亦趫捷若飛,而我兵如陝甘等處,壯健有餘,輕捷不足。登山半日,汗流氣喘,未遇賊而先困矣,此三難也。賊隨時隨地,可以休息,而我兵行必按隊,止必安營,挖壕樹栅,守卡站墻,日夜不得安歇,此四難也。賊常飽而我兵常饑,賊常逸而我兵常勞,勝負之勢已分矣。幸而勝之,所殺者,賊之後隊數十百人,或其老弱疾病不能行者耳。其首逆及全夥,不可見也。賊之詭計,又分布數人於左右十餘里中,四面放火,使我兵疑畏,不敢邃進。及至探明,而賊蹤已遠矣。此尾追所以常不及也。於是有謂宜繞道前進,迎頭截殺者。然前後夾擊,則左右分馳;東西并攻,則南北各竄。山澗重叠,道路分歧,安所得十餘萬之兵，一一迎而擊之。即令兵多將廣，四面兜圍，而賊聚而衝，我散而守，十餘萬之兵，分布於周圍數百里之內，其勢既分，其力亦薄。賊以全力捨命衝突，亦未有不潰而出者。故賊之往來，可以自如；我之進退，反不能自主。賊合而我兵不得不分，賊分而我兵遂不能復合。焚掠裹脅，賊愈殺而愈多；疾病死亡，兵日添而日少。剿則無以爲守，守則無以爲剿。今日之賊，無論非今日之兵所能蕆事。即或額兵全來，新兵已練，而使之追逐千里之餘，奔馳半月之久，力疲氣阻，其勢又爲今兵之續。賊勢益張，兵氣益餒，日延一日，事恐不可問矣。

"然則爲今之計，將奈何？曰：賊未至巴州，而巴州之民先去；賊未至通江，而通江之城已空。守土之官，雖欲效死勿去，其誰與守？此無他，民心無所恃也。故殺賊以安民也。今必先安民，然後能殺賊。民志固則賊勢衰，使之無所裹脅，多一民即少一賊矣。民居奠則賊食絕，使之無所擄掠，民存一日之糧，即賊少一日之食矣。爲今之計，必行堅壁清野之法。責成地方官，巡行鄉邑，曉諭居民，團練壯丁，建立堡砦，使百姓自相保聚，并小村入大村，移平處就險處。深溝高壘，積穀繕兵，移百姓所有積聚，實於其中。賊未至則力農貿易，各安其生；賊既至則閉栅登陴，相與爲守。民有所恃而無恐，自不至於逃亡。別選精銳之兵二三千，以牽制賊勢，不與爭鋒，但尾其後，賊攻則救，賊退則追，使之進不得戰，退無所食。不過旬餘，非潰則死，此不戰而屈人，策之上者也。

"其要必先選擇良吏，一省之中，賢而能者，道府豈無數人，牧令豈無二十餘人，其奔走趨事、明白勤幹者，佐貳豈無數十人。今川省賊所往來，川東惟夔州、達州，川北惟保寧、順慶而已。陝西惟興安、漢中、商州，河南惟南陽，湖北惟荆州、宜川、施南、襄陽、鄖陽而已。所屬牧令，賢者留之，不肖者易之，每處各派佐雜數人，分任其事。以一道府董局事，佐以正佐數員，講明利弊，議定章程，總其大綱。其餘道府，分路經理稽察。不過三月，可以畢事。其次，則相度形勢。天成之險，如大成砦、太平砦者，加卑因高，使之可守。移附近居民於其中，先藏積穀。貧者官貸其資，茅屋草棚，聽其自便，其故居仍留勿毀。賊未至時，仍可如常安業也。其村莊市鎮，人烟輳集，如臨江市普安場者，隨其所居，因山臨水，爲築城堡，外挖深壕，務令高廣，民居零星在外者，移入之。磚石、木料、匠役之費，皆給於官，惟丁夫取於民。有貧乏者，量給口糧，以代賑恤。其次，則選擇頭人。山上之砦、平地之堡，人户既多，一切事宜，需人經理。擇其身家殷實、品行端方、明白曉事者，或紳監、或耆民，舉爲砦長、堡長，給以頂帶，予以鈐記,使總一砦一堡之事。其清察户口,董視工程,經管銀糧,稽察出入,訓練丁壯,修飭守備,别擇數人爲之副,各就所長,分任其事,以專責成。其次,則清釐保甲。户口繁多,奸良莫辨,外至者虞其爲間諜也,即久居者亦慮其有匪黨也。行保甲之法,十家聯保,互出甘結,始准移居,匪類送官究治。其蹤迹可疑,尚無確據者,别附册尾,聽其另居自便,毋使溷入,以滋後累。其餘良民,悉使團聚,家有幾人,大小幾口,所操何業,田土若干,詳注册内,以備稽核。其次,則訓練壯丁。每户抽壯丁一人,或二三人,編爲部伍,鳥鎗刀矛,各習一技,官爲給價,製備器械,每一堡砦,擇營中千把,或外委一員,兵三四名,使之勤加訓練,有事則登陴守禦自保鄉里,毋令出征。惟本州縣有警,或鄰堡告急,許以其半救援。其次,則積貯糧穀堡砦之中。建倉數間,富家囤户有糧,難以盡移者,官給銀,悉行收買入倉,無者買於鄰近各鄉。官兵經過,即以此糧供支。賊至閉砦,壯丁守陴,按名給糧,毋令家食。其鰥寡孤獨、貧乏殘疾,及家稍充而實無糧者,准其照册分别賑借。賊平之後,即爲本鄉社倉,分貯常平。一遇災歉,亦可就近賑糶。其次,則籌度經費。所有築堡挖壕,建倉買糧,置備軍械,一切守禦器具,及搭棚蓋屋之費銀,皆官給,交堡砦長,司其出入。惟倉穀之數主於官,賑借供支,官爲報銷。其餘銀匀攤於堡砦,居民所有田地,分爲十年,或八年,隨地丁徵還,如此者有十利焉。川省無土著之民,五方雜處,其性輕於去就,故一聞警報,輒四散奔逃,民心疑懼,則千里無堅城矣。今堡砦林立,聲勢聯絡,民居既安,民志自定,父母妻子,一家團聚。無流離死亡之憂,并不慮爲賊逼脅陷於邪黨,可以保全良民,潛消賊勢,其利一也。糧皆藏於堡砦之内,所餘村落店館,皆空屋耳。賊即千里焚掠,無所得食。若攻圍堡砦,則丁壯自護身家,其守必力。又有鄰堡之救援,官兵之策應,其力必不能攻陷。狂奔十日,非潰而四散,則輾轉於溝壑之内而已。區區首惡,何難就擒?可以制奔竄之賊,其利二也。據險之賊,不能不下山掠食。今民皆團聚,糧不露處。冬春之交,野無青草,附近已無所掠,遠出則近山之堡砦,皆得邀而擊之,其勢又不敢出。坐困月餘,積糧既竭,終亦歸於死亡逃散而已。可以制負固之賊,其利三也。州縣之有鄉村,如樹之有枝葉,枝葉傷則本根無所庇,鄉村皆爲賊所蹂躪,其城郭之不亡者僅矣。今四面皆有堡砦,障蔽擁護,賊必不敢徑犯城郭。有急則環而救之,如手足之捍頭目,賊將腹背受敵,況官兵又乘其後乎。可以保障州縣,其利四也。堡砦遠者,相距數十里,近者或十餘里。官兵經過,就近供支。糧臺可以不設,官無轉運之費,民無輓輸之勞,至文報往來,尤關緊要。堡砦之在大路者,即安設夫馬遞送,無須兵勇護之,可以省臺站之費,其利五也。每省挑選精兵三千,賊合亦合,賊分亦分,牽制其後,使之不得攻陷城堡足矣。其餘悉令歸伍,所省鹽糧,猶其小者也。兵少則差徭亦省,民受無窮之利,而營伍不至空虛,亦無虞再生他變,其利六也。守陣壯丁,惟賊至時數日,給以口糧耳,無按月之鹽糧,無安家之銀兩也。其費較招募鄉勇,所省何啻天淵。而愛護鄉里,朝夕相見,猶有古者守望相助之意,可以情法維繫之。不若鄉勇,從征日久,習於凶暴,怯公戰而喜殺掠,釀爲將來無窮之隱憂,其利七也。保伍時相糾察,而堡砦之長,又從而稽之,則奸宄無所容其桀驁不馴,如啯嚕者,亦懾而不敢肆,可以漸化爲良民,其利八也。邪教蔓延,爲日既久,伏而未動者,正不乏人。今淑慝既分,居不相雜,其冥頑者,苟潛入於賊黨,可以一并殲除。其愧悔者,必安居乎故業,可以保全身命,絕後患之萌,開自新之路,其利九也。規模既定,守而勿失,遠近一體,上下同心。如網之在綱,有條不紊;如身之使臂,無令不從。無事之時,按籍而稽,瞭如也。有事之時,畫地而守,井如也。一勞永逸,數世賴之,其利十也。

"然而愚民可與樂成,難以慮始,因循目下,畏難苟安,此議一出,必有阻之者矣。一則曰騷擾反以累民也。夫擇利莫若重,擇害莫若輕,賊匪所過,焚燒房屋,殺戮人民,擄掠婦女,其慘極矣。民雖至愚,亦必明於利害。所全者大,即小有騷擾,猶當毅然爲之。況保其身家,全其積聚,順其情之所樂,何累之有?若云奉行不善,則官吏之過,當易其人,不當廢此法。如戰場失利,豈以偶無良將,而遂永不用兵乎?一則曰迂緩不切於事也。夫欲速則不達,自去歲以來,各省所行者,何一不速?何一有效?事固有不急急於目前,而收功於異日者,及今爲之,未爲晚也。行之一縣,可保一縣,行之一府,可保一府,同時并舉,不過三月,賊在羅網之内矣。是速莫速於此也。舍此以圖,其果有旦夕奏效,操券而得之策乎。一則慮其費大也。夫成大事者,不惜少費,苟能平賊,即多費亦所不惜。今州縣大者不過堡砦數十處,小者十餘處。一省所辦者,不過三四十州縣耳。衷多益寡,合計每省,不過用銀一百萬兩而已。自是即無所費,較之養兵養鄉勇,每月需銀百萬者,其費何如?且尚未有底止也。況惟買糧,爲費較巨,而糧分貯於堡砦,何異貯於州縣之倉。今各州縣,豈能不采買乎?其餘借項分年,帶徵歸款,是不獨省費,且并無所費矣。一則畏其繁難也。

夫天下無難成之事，患無任事之人。今自道府，下至堡砦之長，總理者有人，分任者有人，勞瘁不辭，纖悉具舉，何慮其繁難？且通江、巴州、儀隴，賊所蹂躪之處，失業難民，豈能不爲撫邮？清察戶口，修理房屋，吊生邮死，賑乏周貧，其繁難何止十倍於此。與其補救於已然之後，何如豫備於未事之先，願平心而熟計之也。是數說者，皆不足以難之。

"然則今日急務，莫有先於此者矣。安民即所以殺賊，民懼賊而逃，猶可言也。兵愈增則差徭愈重，師愈久則擾累愈多。數月之後，恐民之見賊，將不逃而合之矣。今不早爲，後悔何及哉！"

議上，大府深以爲然。適當事者急於見功，以爲迂闊中止。又撰《平賊議》，大略謂：平賊之策，不過剿、堵、撫三者而已。"堅壁清野"之法，不戰而屈人，策之最上者也。然而工鉅費繁，蹂躪之餘，民之蓋藏既空，生計復窘，軍興日久，官亦未有餘力及此。需之歲月，今日又急不能待也。無已，其惟分屯合擊之一策乎？夫兵宜聚而不宜散，貴精而不貴多。今徵調半天下，其數將十餘萬，而經略參贊總督將軍所用，僅二三千人，合四省計之，不過二萬，其餘安歸乎？賊股愈分而愈多，路亦愈分而愈雜，於是派提鎮參游，率兵千餘，或數百人，以分剿分堵，不計賊之多寡、兵之足敷剿捕否也。究之所謂剿者，隨賊奔走而已。所謂堵者，望延歲月而已。兵力既衰，聲勢愈弱，數年以來，未淨一路。是置兵於無用之地，而虛糜糧餉也。府廳州縣，每處留兵或百餘，或數十，勢孤力微。故轉糧散餉，常覺兵多；臨陣出征，又常患兵少；其弊在於分，是不可不合而聚之也。疲病怔懦之兵，不能爲利而反爲害。矢石交加之下，一人驚顧，萬衆披靡，即有勇者，亦無所施其力矣。善用兵者，惟在能忍，我不退則彼必退。機之先後，不過須臾。將率以時訓練，使上下之情洽，則休戚相關；彼此之技均，則臂指可使。故兵將必相習，而後兵可用。今所調之兵，不必領於原營之將，數月而易人，臨時而更換。兵不識將，將不識兵。倉卒遇賊，有委而去之耳。近年陣亡之官甚多，陣亡之兵反少以此，是不可不精於操練也。精壯之兵，皆歸大營，分給諸將，大半老弱。多不過二千人，少者千人，其能戰者，惟數百人耳。何可責其成功，且尤患者，兵少而官多。將軍、提督、副都統各數人，總兵十數人，盡予重兵，焉有此額？其供支百倍於官兵，省一人，即可養數百兵而有餘。又一隊之兵，僅二三百人，而參游都守，或多至七八員。連翼之鷄，不能俱飛。而本營至無一官，以目兵而署都守，以武舉而護參游。兵備空虛，營伍廢弛,何不別而擇之,汰老病而擢勇智。其循分供職者,均回本營,訓練新兵,以備更調,此兩得之道也。是將率不可不精選也。統馭在將,致死在兵,今軍營告捷,官之升擢者,一疏至數十人,而兵之得官者,千百無一二也。一升之米,一兩三錢之銀,所得幾何？所望者惟厚賞耳。而今之經略參贊,不名一錢,安得賞不踰時。爪牙無摧堅陷陣之士,偵諜無深入效命之人。賞濫報輕,孰爲我用,是犒賞不可不厚也。今被賊者四省,一省之大,屬吏賢而才者,豈無數十人？大府大加甄別,度人地之宜升調,勿拘成例,使之撫循民人,慎固疆圉,假以便宜,寬其文法。每州縣視其緩急輕重,予銀萬餘兩,或數萬兩,以暇儲米麥草豆,雇騾馬,整器械,勸修堡砦,團練鄉丁,使自相保聚。官爲巡行郊野,諭曉大義,其民皆有尊君親上之心,敵愾從王之志。以戰則克,以守則固,可以助將帥官兵之所不及,是牧守尤不可不擇也。數者既具,可以行吾之策矣。

　　以陝西一省言之,經略、參贊、總督、將軍、各提鎮、各州縣之兵,及隨營鄉勇,其數不下十萬。汰其老弱疾病怯懦無能者,罷歸原營,可得精兵四萬人,以爲戰兵。又其次者,可得二萬人,以爲押運軍駝、留守營盤。每一千把,領兵百。一參游都守,領兵五百,或三百,即爲所部兵將永不相離。四萬精兵,分爲八營,每營五千人,守兵以千人輔之。經略、參贊、總督,各領一營,其餘以提鎮之有勇略者領之。又於其中,擇敢死之士數百人,以爲親軍。明白善步者數十人,以爲偵探。倍給鹽糧,即於汰歸四方之兵餉,取之有餘,分屯要地,宜疏而不宜密,宜遠而不宜近。如賊在終南山中,則盩厔、五郎、鎮安、石泉、洋縣、留壩、鳳縣、寶雞,皆要地也,相形勢,扼險要,四面分布,聽賊之游衍於山中,我自椎牛饗士,休養撫循,使我兵力足氣盛,皆有勃然殺賊之心。賊蹤在百餘里內,兵力可及者,星夜發兵,風馳雷擊。附近之營,各有偵探,不期而來,或截其旁,或邀其後。州縣之鄉勇,亦乘其敝,則一舉可以成功。或賊乘間,移至甘肅、四川,近我營者,邀而擊之,遠則不堵不追。亦移各營之兵,徐行環布,相機而動,若賊分竄兩省,則各分四營之兵環之,若分竄數處,則擇其重且急者環之,以逸待勞,令不得出我之範圍。旬月之內,可以藏事矣。以此爲剿,即以此爲堵。剿堵得宜,而勝算既得,投出者必多,賊勢既窮,悔過者亦衆。不言撫而撫在其中,是亦策之善者也。否則,分股而馳,分地而守,兵力日疲,賊勢轉熾。如前所云,吾不知其所底矣。

　　既而大臣有以前《堅壁清野議》奏御者,四川總督勒保,亦行於蜀有效。總督松筠在漢中，復奉旨飭行其法，卒用蕩平。十一年，續編《皇清文穎》，仁宗特出是議，付館臣載之。論者以公經世之學，先幾之明，老謀壯志，上與廟算符契，非凡百賢能所及也。既返蘭州，辦軍需，派糧餉，賑旱灾。七年冬，入覲。仁宗温諭垂詢軍事甚悉，蒙恩内記名。十二月二十六日，疾，終於京邸，年五十有六。公豁達明敏，曉兵事，尤喜植士類，引人材。士之貧不能赴省試者，皆贈以道里費。所在民悦，所去民思。去之日，奔走於道，皇皇然如失所恃，蘭州爲之立生祠。馳驅戎馬之間，迫逼賊壘，往來不少動聲色。嘗返蘭州，宿江口，中夜訛傳賊至。百姓驚竄，丁役鳥散。公堅卧不起，須臾訛言頓息。其臨事鎮定，皆此類也。丁父艱，間關萬里，由滇之楚，旅費不繼，奔走淮揚徐豫間，乃克扶喪歸葬。家數十口，一身肩之。族戚困乏者，假貸助之，捐資葬吳氏子停棺十餘。出仕後，歲周宗族數十家，十九年如一日。著《祭儀考》四卷、《禘祫考》一卷、《説裸》二卷、《邶風説》二卷、《離騷箋》二卷、《孔志》三卷、《循化廳志》八卷、《澹静齋文鈔》八卷、《詩鈔》六卷，《讀書録》《訪古録》若干卷。子四：長式穀，廩貢生，仕至壽州知州；受穀，舉人，左翼宗學教習；豐穀，舉人，湖北天門縣知縣；瑞穀，欽加同知銜，現任河南睢寧通判。

澹静齋文鈔卷之一

王會圖賦

唐受天命，奄有四方。皇帝既成武功，遂恢文德。遠夷慕義，如內諸侯。貞觀三年，南蠻酋長謝元深來朝，中書侍郎顏師古言曰："昔周武王時，遠國入朝，太史次爲《王會篇》。今蠻夷如元深等，冠服有異。宜令有司寫爲圖，以示子孫，章顯盛德無極。"制曰："可。"圖成，張於紫宸殿。秘書監參預朝政臣魏徵拜手稽首，而獻賦曰：

"臣聞神農氏之有天下也，嫥挽剛肭，提挈形氣。襲九竅，種九穀，以窺領夫天地，甄序四海。遠近山川，林藪所至，辨方正位，經土分域，處賢以便勢。乃命白阜，是曰怪異之子，脉水道，度地紀。東西九十萬里，南北八十二萬里。出於日月之表，環以裨瀛之水。上哉复乎古帝王之極軌也。堯遭洪水，劃爲九州。舜禹堙之，立營并幽。臣讀虞夏書，欽明浚哲，卓哉二聖之德，與天匹休。而有苗三危，共工幽洲，羽淵殛鯀，崇山放兜。時所稱四裔，皆今版圖之內，數千里而遥，匪力不足以鬐遠，其要在於內修。亦越阿衡，左右成湯。自彼氐羌，莫敢不來享，曰商是常。太保旅獒，用訓周王。公旦踐阼，乃徠越裳。曰匪旦之力，實文王之德，蓋謙讓而未遑。何汲冢之篇，怪奇恍惚，臣愚未能得其詳。竊謂孔叙墳典，斷自唐虞。遭秦滅學，經籍道息，出煨爐之餘。後儒掇拾附會，非鑿則誣，要不足盡信。惟聖人憂盛思危，怵惕勤厲之意，固燦見於詩書。始皇既滅六國，南裂勁越，北走強胡。劂石泰山，鑿道飛狐。勝廣一呼，阿房爲墟。漢武開西域，削匈奴,夜郎、朝鮮、南越、東甌,立郡縣,通斥堠,遂建十有三州。民病盜起,紛紛擾擾,不絶如縈。《輪臺》之悔晚矣,乃封富民之侯。覆轍相尋,至於隋煬。

"殷鑒不遠,在彼夏王。天眷明德,集於大唐。皇帝以一旅之師,奉神堯,起晉陽。長驅河隴,席捲秦涼。破世充,擒建德,馘武周,走黑闥,獮師都,覆公祏。乾旋坤轉,飈馳電擊。四極之内,莫不服帖。嗣位以來,與民休息。寬徭役,省刑笞。不敢盤於游逸觀田,惟日孜孜,天鑒厥德,無有疾風苦雨,昏札瘝疵。歲則大熟,萬民皆飽以嬉。居不閉户,行不拾遺。一歲之内,斷死刑者二十九,庶幾三代之盛時。有不爲臣,帝赫斯怒。羽書夜馳,鐵騎晨舉。築骨成山,灑血爲雨。

"伏允自經,頡利爲虜。嶺南羈縻之州,安西都護之府。天戈所指,則莫我禦。殺以嚴霜,煦以仁風。東夷北狄,南蠻西戎。延頸舉踵,翕翕喁喁。其東則高麗渤海,百濟新羅。庫真之奚,日本之倭。靺鞨則粟末黑水,契丹則日連徒河。此其大者也。末婁達姤,波邪多尼。沮澤流鬼,海島鰕䗋。山名次對,水曰燕支。環而居者以萬計,悉數不能終其辭。其西則高昌亟墨,疏勒焉耆。罽賓天竺,于闐邱茲。佉沙弭秩,挹怛眩彌。東康布豁,西曹柘枝。葱嶺東西,萬有餘里,爲漢三十六國之遺。自此以西,極於西海之域。火羅勃律,波斯大食。俱位舍摩,拂秣識匿。怛滿都盤,沙蘭阿没。漢武所未通,張騫所未識。其雪山之北,洮河之南,散處湟岷,介我松潘。百五十種,是曰吐番。迷桑春桑,白狗白蘭。党項之八姓十族,退渾之青海赤山。泥婆羅覆銅作瓦,蘇伐刺縫革爲船。古羌戎之遺種,或出於禿孤熾盤。其南則烏蠻白蠻,東趙西趙。西原之苗,南平之獠。兩爨三浪,十賧六詔。林箐蒙密,山峒奥窔。自邕管桂林,達於永昌哀牢。益州之徼,蜂屯蟻聚,所在而有,而莫强於南詔與驃,若浮大海,出廣州。林邑扶南,浮羅流求。水陸真臘,赤土白頭。訶陵道明,婆利馬留。盤盤單單,毛人夷亶之洲。島嶼隱現,若沈若浮。其北則匈奴故庭,東西突厥。烏羅烏丸,處密處月。金滿沙陀,堅昆黠戛。鐵勒十部,强者回紇。大則拔野古與薛延陀,小則骨利幹與多薩曷。阿跌都播,同羅僕骨。斛薛奚結,白霤元闕。統以燕然都護,六督七州,秉我節鉞。莫不款塞請吏,執贄輸誠。舉山方水,來會王正。

"是日也,尚舍奉御,乃設御幄於太極殿。乘黃厩車,鼓吹置案。大樂展縣,守宮張幔。上下立黃麾之仗,左右交雉尾之扇。勛翊挾於三門,文武列於兩觀。侍中版奏,中嚴外辦,天子乃服袞冕,御輿出自內宮。伐靈鼓,鏗華鐘。群臣畢入,習習雍雍。街南則三師三少,道西則介公酇公。朝集使立其後,褒聖侯位乎東。乃命通事舍人,引贊八蕃。次及絕域,各以其班。則有贊普末蒙,可汗可敦。特勒葉護,大論小論。論苴扈莽,阿波吐屯。帛衣大兄,對盧鬱折。賓就霸黎,坦綽布燮。古龍那延,六爽三託。亦有平章常侍,諫議郎中。長史司馬,僕射王公。竊我官號,襲我華風。其為狀也,赭面青面,金齒銀齒。鐶絲牽鼻,角箆楦耳。綉脚雕題,鋸牙鈎觜。鏤面而黛色斜嵌,飛頭而赤痕隱起。臂盤盤以畫龍,毛蓬蓬而若豕。或乃身高三丈,鬢長四尺,夾頭取扁,劖脣使赤。長髯過臍,斷髮覆額。素首之膚如脂,高鼻之瞳皆碧。其冠服也,熊皮鳥翼,錦綫金華。青羅白羅,金薦銀薦。插以雉尾,綴以豕牙。襦袴通身,衫箆大口。襟綴銅鈴,帶橫金釦。木皮蔽尻,竹蔑籠首。羃羅作帽,鞹韡名屩。繫金佉苴,飾珠纓絡。古貝則一幅橫腰,朝霞則三層束脚。或跳而入,或傴以走。蹙踏後先,驚睨左右。典儀既唱,若崩稽首。既定神魄,徐申頸脰。呷嚛狺吽,撮脣張咪。萬口附和,雜不可究。乃有譯者代為之奏,皆曰:'天可汗威武慈仁,不棄遠人。臣等出幽竇,瞻蒼口,願奉正朔,守邊塞,世世為唐藩臣。敢修歲事,獻方珍。乃有骨咄猰羝,驥虞白澤。鹿號扶餘,鷹稱太白。稍割牛則角長,褥特鼠則尾赤。鯨睛入月,羊臍屬地。贇小如狗,雿大若豕。活褥之蛇九寸,獨峰之駝千里。鳥則綠毛舍利,結遼頻伽。噉鐵吸火,吐綬吞蛇。馬則頗黎青海,越睒統倫。飛霞皎雪,奔虹翔麟。若夫烏鹽青鹽,金桃銀桃,葛藍軍達,波稜蒲陶。波羅糾絮,波律調膏。二旬之繭,四熟之稻。尋支之瓜,鶻莽之棗。鐵號迦沙，香名龍腦。鐸鞘浪劍，楛矢暝弓。三島流金之漆，康干化石之松。氈韋氍毹，金銀錫銅。凡茲服食器用，惟大府之供。至於金銀巨羅，青鸞琅玕。車渠大貝，文螺石坩。象牙翠羽，火齊木難。水晶玟瑁，金剛旃檀。玻瓈五色，珊瑚千枝。明月之珠，通天之犀。紅惟馬腦，白則羊脂。筐篚翕炪，殿陛陸離。'

"天子憮然而動色曰：'朕無所用之，無逆遠人之意，其付所司。胡旋舞女，越諾侏儒。大秦幻人，僧祇女奴。賜之粟帛，使返其都。'大禮既成，群臣賜宴。文幕障帷，清尊設坫。皇帝改服通天冠，絳紗袍。尚食進御，九部升歌。中書尚書，都督刺史。凡内外臣及百執事，脫舄解劍，離席而起。乃進言曰：'皇帝神聖，恭儉溫良。無有遠邇内外，閫澤樂康。馨烈彌茂，光於虞唐。恭惟元正首祚，天錫皇帝，萬壽無疆。臣等誠歡誠忭，稽首頓首，謹上千秋萬歲之觴。'皇帝曰：'予一人無良，惟天惟祖宗覆翼於予，予不敢忘。爾其交修，罔或怠荒。以綏靖於四方，敬舉公等之觴。'皇帝又曰：'朕聞務廣地者荒，務廣德者強。有其有者安，貪人有者殘。孰荒于門，而治于田。今朕赤子，無乃猶阻於飢寒。其命使者，巡行天下。禮高年，問疾苦。舉孝興廉，散財出庾。制詔所過，刺史縣令。各慎乃司，毋敢不敬。毋覬邊功，以勞我百姓。謹守封疆，其來者聽。'臣徵再拜稽首曰：'敢對揚天子之休命。'"

魯都考上

先儒皆謂魯都曲阜，自伯禽始封至春秋戰國，子孫世世居之。余歷繙史志，而後知魯都有二城，魯公蓋迭居之。其相距不過三四里，閻閻相接，後又聯而一之。漢以後，或爲國，或爲郡，所治之縣，亦迭居之。故魯縣亦有二，惜乎諸地志皆考之未詳也。魯都，一爲曲阜少皞之虛，伯禽所封。《漢書・地理志》"周興，以少昊之虛曲阜，封周公子伯禽爲魯侯"者是也。應劭《風俗通》曰："阜者，茂也。言平地隆踊，不屬于山陵也。"今曲阜在城中，委曲長七八里，此以阜而名者也。

一爲奄城,古奄國都也。成王時,以益魯。《書大叙》云"成王東伐淮夷,遂踐奄,因以封周公"是也。《後漢書·郡國志》注引《皇覽》曰:"奄里伯公冢在城內。"此以國而名者也。二城相距僅三里,曲阜在東而少北,今曲阜縣北三里之古城村也。奄城在西而少南,今曲阜縣治也。

伯禽及子考公,皆都曲阜。考公之弟煬公,始遷于奄城,傳十數世。入春秋後,復遷曲阜,蓋在僖公時。《史記》煬公所築之闕在奄城,僖公既遷,宫室已毁,而闕僅存,民庶得環而居之。故孔子所居,謂之闕里。而蜡賓之後,得與其徒游于觀之上。閻氏百詩疑"夫子士庶,不當居雉門之外"者,考之未詳也。漢魯共王靈光南闕,即因此闕爲之,故欲壞孔子之居以廣其宫。王延壽《靈光殿賦叙》云:"因魯僖舊址而營焉。"僖公既遷曲阜,則奄城之居至僖公而止,故曰僖公。若子孫世世居之,則不當獨言僖公矣。《春秋》所書之雉門兩觀在曲阜,僖公以後,始僭爲之。《元和志》云:"兩觀在曲阜縣東南五十步。"是唐時猶有遺迹可見。又云:"闕里,在曲阜縣西南三里魯城中。"是各在一城,明爲兩地。亭林顧氏以兩觀與煬公闕門合而一之,誤矣。僖公所作泮宫,未遷以前也,在奄城。《閟宫》之詩,言路寝、新廟,既遷以後也,在曲阜。五父之衢在奄城。《左傳·定九年》:"陽虎竊寶玉大弓,舍于五父之衢曰:魯人聞余出喜于徵死,何暇追余?"江氏《鄉黨圖考》以爲城外是也。而又引《括地志》曰:"五父衢,在曲阜縣西南二里魯城內。"以是爲疑。不知《括地志》所言魯城,正指奄城。在定公時,正爲城外西郊,江氏蓋未知魯城之有二也。衢在闕里東一里,近孔子居,故孔子母死,殯于是焉。蔑相圍,亦在奄城。惟大庭氏庫,據《郡國志》,則在奄城;據《元和志》,則在曲阜。然《左傳》杜注云:"魯城內有大庭氏之墟,于其上作庫。"大庭氏,神農之别號也。神農、少昊迹相因,似宜在曲阜,《後漢志》或誤也。

秦項之亂,曲阜蓋已殘毁,故漢之魯國,都于奄城,後漢因之。漢末,魯縣又遷于曲阜。晋時,魯縣則在奄城,元魏因之。故酈氏《水經注》以奄城爲魯城,以曲阜爲魯縣故城。隋始改縣名曰曲阜,其治又遷于曲阜,唐因之。宋初亦因之。大中祥符間,改縣曰僊源,遷治于今曲阜縣東十里,別爲一地,非二城也。金元因之。至明正德七年,流賊陷曲阜,乃徙還魯城故址,至今因之。闕里、矍相圃,俱在城内,是古奄城也。二城皆魯國故都,漢晉至今,迭爲縣治,相去不遠,有時或聯爲一,故前人俱不甚分辨。惟《水經注》叙次最明晰,其叙沂水由東而西,曰逕魯縣故城南,而申之曰縣即曲阜之地、少昊之虚,此言曲阜也。又曰阜上有季氏宅,宅有武子臺,臺西北二里有周公臺,臺南四里則孔廟,即夫子之宅也。孔廟東南五百步,爲靈光殿南闕。闕之東南爲泮宫,相其形勢及里數,孔廟正在魯縣故城西南三四里,此言奄城也,即酈氏當時之魯縣也。而不明言之者,以上云泗水逕魯城西南合沂水,則沂、泗合流之處,即爲魯城,此叙沂水將終,故知其爲魯縣也。《元和志》亦明晰曰:"曲阜在曲阜縣理魯城中。"又曰:"闕里在曲阜縣西南三里魯城中,矍相圃在曲阜縣西三里。"魯城中縣理既曰魯城,而西南三里又有魯城,是有兩魯城矣。縣理魯城,即酈《注》之魯縣故城,古之曲阜也。西南三里之魯城,即酈《注》之魯城,古之奄城也。知此,而經史及地志所載,皆可考矣。

魯都考中

何以知煬公之遷奄城也?《史記·魯世家》:"煬公築茅闕門。"裴氏《集解》引《世本》曰:"煬公徙魯,宋忠曰今魯國。"夫曰徙,則别有其地,非曲阜矣。曰今魯國,則非周之魯國矣。《後漢·郡國志》:"魯國,古奄國,亦謂漢之魯國也。"言煬公徙今之魯國,是煬公遷于奄城也,蓋因遷都而築闕也。

何以知僖公之復遷曲阜也?《水經注》云:"沂水逕魯縣故城南。"又云:"縣即曲阜之地,少昊之墟。"周武王封姬旦于曲阜曰魯,所謂魯縣故城者,正古之曲阜也。而又曰沂水北對稷門,是指魯縣故城之門也。《春秋》:"僖二十年,新作南門。"《穀梁傳》曰:"南門者,法門也。"杜預曰:"本名稷門,僖公更高大之,今猶不與諸門同,故名高門也。其遺基猶在地八丈餘矣。"則當時之宮室寢廟,必直此門,可知是僖公復遷于曲阜也。一徵之《閟宮》之詩曰:"徂來之松,新甫之柏。是斷是度,是尋是尺。松桷有舄,路寢孔碩。新廟奕奕,奚斯所作。"使非遷徙,何爲寢也?廟也,門也,紛然并作。再徵之《公羊傳》:"閔二年,桓公使高子將南陽之甲,立僖公而城魯。"或曰:"自鹿門至于爭門者也。"或曰:"自爭門至于吏門者也。"鹿門爲魯東門,爭門爲魯北門,今奄城在西而少南,曲阜在東而少北,東北兩門,正曲阜地也。當日慶父作難,魯亂數世。齊桓欲舍其舊而新是圖,爲魯國長久之計。而大亂之後,重用民力,故但修其城而已。至二十年,然後遷焉。《魯頌》所謂復周公之宇者,亦兼此而言之,非但得常許之地也。

何以知兩漢之魯都皆在奄城也?《漢書·景十三王傳》:"魯共王好治宮室,壞孔子宅,欲以廣其居。"《水經注》:"孔廟東南五百步,爲靈光殿南闕。"《後漢志》:"魯國有闕里。"孔子所居闕里在奄城,則魯都亦在奄城矣。

何以知後漢之末復遷曲阜也?應劭《風俗通》曰:"今曲阜在城中,委曲長七八里。"曰今,明前此之不然。曰在城中,是當應氏之時,城在曲阜也。且自漢及晋,魯縣皆在奄城。若漢魏之間,縣未遷于曲阜,則曲阜歷來未嘗爲縣。酈氏《水經注》其于曲阜,當云魯國故城,不得曰魯縣故城矣。

何以知晋時魯縣又在奄城也?王隱《地道記》云:"五父衢,在魯城東。"杜預《左傳注》云:"五父衢,在魯縣東南。"考五父衢,與闕里相近,俱在奄城。若當日魯縣在曲阜,當云西,不得云東矣。

何以知元魏之因晋也?酈《注》以曲阜爲魯縣故城,是其所謂魯城者,謂當時魯縣之城,必奄城也。何以知唐及宋初曲阜縣之在曲阜也?《元和志》有二魯城,而云曲阜在縣理魯城中。季武子臺及大庭氏庫,及縣理城,并在其上,是唐縣治曲阜也。隋之改名,蓋以此也。

《太平寰宇記》與《元和志》同,知宋初因之也。若大中祥符之遷于他所,明正德七年之仍遷魯城舊治,則《一統志》載之矣。

何以知明及今之曲阜縣治,非古曲阜也?今之孔廟,爲孔子故宅,即闕里也。今之縣學,即矍相圃也,皆在城中。是知爲奄城,非古曲阜也。

魯都考下

或曰:《春秋》于僖公二十年,獨書"新作南門"耳。《路寢》《新廟》,何以知其一時并作?曰:以詩知之。《閟宮》之詩曰:"遂荒徐宅,至于海邦。淮夷蠻貊,及彼南夷,莫不率從。"今考《春秋》,僖十五年,"牡丘之會,以救徐也"。十六年,"淮之會"。不言徐人者,淮即徐地也。于是齊人伐英氏、滅項。《彙纂》謂齊桓以淮夷之事,委公統率,故經略之久,至九月而始歸。詩人之言,不無誇大,然未有絕無影響,鑿空爲頌者,其即指此役可知。則"作廟作寢",皆在十七年以後可知也。然而先作泮宮,泮宮之詩,亦言"淮夷攸服"。而《水經注》云:"孔廟東南五百步爲靈光殿,殿東南即泮宮。"是泮宮在奄城,猶在未遷以前也,而詩亦在《閟宮》之先。然則經度寢廟,又在作泮宮之後,其與作南門,不過上下一兩年之間耳。或曰南門即稷門,亦即雩門也。莊十年,公子偃竊從雩門,蒙皋比而出。莊三十二年,圉人犖有力,能投蓋于稷門。是僖公以前,早有此門。何以知前此之都非在曲阜?曰煬公之遷,遷其宗廟宮室而已,曲阜之城,未嘗廢也。故自鹿門至爭門,齊桓得因其舊而城之;鹿爭二門,亦曲阜之舊門也。何獨南門?

或曰:隱元年,《左傳》新作南門。不書,非公命也,則隱公亦作南門矣。何以見僖公之爲遷?曰:南門一也,隱公之時爲舊都,故可以不書。僖公之時,則宮室宗廟之所在也,故書之,即此而益知其爲遷矣。曰:然則《春秋》何以不書遷都?曰:煬公之遷,在《春秋》前,《春秋》不得而書之也。煬公之後,歷十餘世,生齒日繁,民居益稠,蓋聯兩城而一之矣。其遷者,不過宗廟宮室而已,閭閻猶昔也。非若邢之夷儀、衛之楚丘,相距數十百里也,不可謂之遷都,故不書。且僖公既遷曲阜,而奄城亦未嘗廢也。成九年、定六年,皆書城中城、中城者,國都之内城,此言曲阜也。襄十九年,城西郛也,此奄城也。奄城在曲阜之西,時已合爲一,故曰西郛也。《左傳》以爲備齊,非也,齊在魯之北。莊九年,浚洙,乃畏齊耳,西非齊伐魯之道也。城之者,自僖至襄,歷五君,數十年,舊都之城,或已殘壞,故修之耳。書史缺有間矣,然合群書而參考之,繪圖以明之,相其形勢,核其里數,其得失皆可見。魯都有二,此前人所未及知者,因讀《史記集解》所引《世本》之言,參之《水經注》《元和志》而得之,證之經史,無一不合,故詳論之于此。繁冗之譏,非所恤也。

闕里考

《漢書·梅福傳》:"今仲尼之廟,不出闕里。"師古曰:"闕里,孔子舊里也。"《水經注》:"孔廟,即孔子之故宅也。宅大一頃,所居之堂,後世以爲廟。"是闕里與孔廟、孔宅一地也。《後漢書·郡國志》:"魯國古奄國有闕里,孔子所居。"《前漢書·景十三王傳》:"魯恭王初好治宮室,壞孔子舊宅以廣其宮,聞鐘磬琴瑟之聲,遂不復壞。"是闕里在魯城中也。《國語》注韋昭云:"泗在魯城北。"《水經注》曰:"《史記》、《冢記》、王隱《地道記》咸言葬孔子于魯城北泗水上。"《孔叢子》曰:"夫子墓在魯城北六里泗水上。"是魯城在泗水之南也。而伍緝之《從征記》曰:"闕里,背洙面泗,北門去洙水百步餘。"則闕里在洙水之南、泗水之北。《水經注》亦云:"夫子教于洙泗之間。"今城北二水之中,即夫子領徒之所也。據《禮記·檀弓》,曾子言:"吾與汝事夫子于洙泗之間。"則《從征記》及《水經注》之言不謬。是魯城在泗水之南,闕里在泗水之北,闕里必不在魯城中,而與孔廟、孔宅,非一地矣。梅福之言,何以稱焉?今詳考之,闕里蓋有三處。一爲孔子所居之闕里,在魯城中,今曲阜縣城中。《荀子》所謂"仲尼居于闕黨",《水經注》所謂"孔子故宅,而後世之廟因之"。一爲孔子設教之闕里,在今曲阜縣城北泗水之北。《檀弓》所謂"洙泗之間",《家語》所謂"孔子始教學于闕里",《從征記》所謂"背洙面泗"者也。一爲孔子所生之闕里,在今曲阜縣城東南鄒城中,即叔梁公所治之鄹邑也。《史記索隱》所謂"昌平鄉之闕里"、《正義》所謂"故闕里,在泗水縣南六十里"是也。其得名之故,則以所居近于闕門,故里爲闕里,黨爲闕黨。亭林顧氏引《史記·魯世家》"煬公築茅闕門"証之,是也。而設教及所生之闕里,則後人以所居之名名之。明乎此,而史志所言,皆無抵捂矣。《水經注》于泗水經魯城北,言闕里于沂水逕魯縣故城南,言孔子宅廟,一在魯城之北,一在魯縣故城中;酈氏雖不以夫子宅廟爲闕里,然固判然兩地矣。

　　前人但知鄒城與魯城兩闕里之別,而不知魯城之闕里又有二。故《括地志》云:"兗州曲阜縣魯城西南三里有闕里,中有孔子宅,宅中有廟。"伍緝之《從征記》曰:"闕里背洙面泗。"即此也。《元和志》云:"闕里在曲阜縣西南三里魯城中,北去洙水百餘步。"《寰宇記》云:"闕里在曲阜縣西南三里魯城中,北去洙水百餘步。"考唐及宋初曲阜縣,皆在今曲阜縣之北三里許,《縣志》所謂古城村也。孔子宅廟,在今曲阜縣城中,其皆曰西南三里是也。而又引《從征記》所云"背洙面泗","北去洙水百餘步",則合二者而一之矣。地志流傳,三書尚近古而可信。而沿訛若此,非賴諸史及《水經注》,後人何所取正哉!或曰:《史記》云"弟子及魯人,往從冢而家者百有餘室,命曰孔里",《水經注》引譙周亦云然。豈即設教之闕里,門弟子因而葬孔子于是歟?然《水經注》云:"今泗水南有夫子冢",則夫子墓雖在魯城之北,而在泗水之南。《從征記》所云闕里,乃在泗水之北,非一地也。然亦名曰孔里,是三闕里而外,此又其一矣。

孔子不知父墓解

　　顏母之歿,孔子年已二十四歲,如《檀弓》之説,則成立既久,終母之世，不知父葬處，常情不然，況聖人乎？故先儒多疑之。高郵孫氏濩孫著《檀弓》論文，謂"不知其墓殯于五父之衢"十字，當連讀爲句。蓋"殯也，問于鄹曼父之母"兩句爲倒句，而江氏永《鄉黨圖考》申其説曰："孔子父墓，實淺葬于五父之衢。因少孤不親見其實土之淺深，不惟孔子之家，以爲已葬，即道旁見者，亦皆以爲已葬。至是母卒，欲從周人合葬之禮，惟以父墓深淺爲疑，如其淺而殯也，則可啓而遷之；若其深而葬也，則疑體魄已安，不可輕動，其慎也。蓋謂夫子不敢輕啓父墓也。後乃知其果爲殯而非葬，由問于鄹曼父之母而知之。"如此讀之，可爲聖人釋疑，有裨禮經者不淺。

然以愚觀之，猶未免曲爲解説也。以"不知其墓"連下文"殯于五父之衢"爲句，則"墓"字當作"柩"字方是。今經明云"不知其墓"，墓豈可殯乎？于文義不可通矣。且防山在今曲阜縣東三十里，與叔梁公所治之鄹邑相近。而五父衢，據各地志，皆在魯城中。叔梁公如非殁于治所，則鄹民不能爲執役。如果殁于鄹城，則淺葬當在鄹城近地，何得返殯于魯城中？而鄹距魯城五六十里，鄹民亦豈能奔走遠道，親其役事？曼父之母，何從知之？況衢道非安葬之所，既知在五父之衢，即應知其淺葬，又何待問曼父之母乎？曰："然則孔子果不知父墓，抑《檀弓》誤歟？"曰："《檀弓》未嘗誤。"

孔子不知父墓，亦不足諱也。以儒説解經，不如以傳解經，此其故《檀弓》自明之矣。特讀者忽而不察耳。《檀弓》曰："孔子既得合葬于防。"曰："吾聞之，古者墓而不墳。今丘也，東西南北之人也，不可以弗識也，於是封之，崇四尺。"又曰："孔子曰'衛人之祔也離之，魯人之祔也合之，善夫。'"《家語》申之曰："吾從魯，遂合葬于防。"合此二章觀之，而孔子不知父墓之故，可無疑矣。防墓至顔母合葬而後封崇四尺，則當叔梁公葬時，不墳可知也。不墳則無可識別，又殷禮不祔葬。孔氏，宋之後，自用殷禮。叔梁公葬時，必不爲他日顔母合葬地。孔子雖長，歲時省視，但知父墓之所在而已，其安棺之所，上下左右，固未能了然於心，以其未嘗親見也。顔母或以少寡嫌，不送葬，則亦無從指示之。至是顏母死,而遵周公祔葬之禮,又用魯人之合,則必啓父之墓,見父之棺而後可。而叔梁公葬已二十餘年,稍差尺寸,即恐驚動體魄,故必詳慎訪問,審知其穴,乃敢啓墓而合焉,此聖人之所以爲慎也。曰殯于衢路,是無室廬而道死者,不得已之爲,聖人忍爲之乎?曰殯者,江氏所謂淺葬是也。衢旁空地,尚可殯棺,非暴露也。故人見之者,皆以爲葬也。

五父之衢與闕里近,考之地志,相距不過一里。喪事以漸而即遠,葬期已屆,既不可久停于家,又不敢以輕率從事,故暫殯于衢焉。亦以動人之疑而啓其問也,所以來曼父之母之告也,此聖人之權以成禮也。曰若當時無曼父之母,顏母其長殯于五父之衢乎?曰非也。防墓,夫子固知之矣。殯而有待者,欲審知其穴也,使終于不知,則防墓左右,固可祔葬。衛人之離,未始非周公之禮也。但不得同穴,如魯人之合耳。曼父之母,天特假之以遂聖人之孝思也。

然則不知父墓,曷足爲聖人病?記文簡略,而注家失其旨,遂啓後代之疑。然《史記索隱》云:"孔子少孤,不的知父葬處,非謂不知塋地。"則小司馬已得其解,惜乎後儒復從而汨之耳。

滅項説

左氏謂"魯滅項"者,非也。魯爲今山東兖州府曲阜縣,項爲今河南陳州府項城縣,相去千里,中隔宋國,魯不能有其地也,何利而爲之?先儒歸咎于魯之執政。斯時季友已卒,行父尚幼,即公子遂、公孫敖等,無故越境稱兵,滅人之國,無益于公私,而又干霸主之怒,此事勢所必無者也。《公》《穀》以爲齊滅之,《彙纂》申其説,謂與襄十年之會祖滅偪陽同例,皆蒙上文爲義。又謂公歸遲至九月,以經略淮夷之故,其説與《魯頌》合,是也。

蓋當時爲中國患者楚也。楚通中國,西道由申吕一出而窺周郊,躪鄭、許矣;東道由光黄一出而蹂陳、宋,次及于齊、魯矣。召陵一役,楚鋒稍挫,西方之備固矣。楚遂專用力于東方,滅黄伐徐,所以通東道也。于是牡邱之盟,伐厲之師,皆以救徐。而婁林之敗,不能得志。則以淮上諸夷,多爲楚助,而諸侯之師,遠莫及也。

于是復會淮以謀之,徐蓋與會而不書者,淮即徐地也,與盟宿之例同。其時兵威既震,淮南北諸夷,蓋亦服矣。《魯頌》曰:"遂荒徐宅,至于海邦。淮夷蠻貊,及彼南夷,莫不率從。"指是役也。于是遂率諸侯之師,以伐英氏。經獨書齊人、徐人者,公猶留在淮。經略淮夷,我不與焉,故略之。諸侯既與會,則舉霸主統之矣,亦蒙上文之義也。惟徐未顯于會,又爲主也,故特書之。于是又率諸侯之師以滅項,英氏與項,皆楚之與國也。伐英氏而楚寇徐之路塞,滅項而楚寇陳、宋之路塞,東方之備亦固矣。此齊桓經營霸業之深心大略也。審于天下厄塞之形,考乎古今沿革之變,合夫子書法比事觀之,大概可見矣。

先儒譏其霸業之衰,非也。齊距項更遠,必不有其地,如晉滅逼陽,當時或與陳,或與宋,皆未可知。惜乎其年,桓公遂卒。宋襄有大志而無遠略,其地不能守,復入于楚。楚乃乘其隙禍中國。陳爲齊之盟,宋爲盂之會,皆折而入于楚。至薄之盟,而魯亦服矣。《經》書齊侯小白卒,雖文例大同,而合觀上下文,其痛惜之意深矣。是滅項者,春秋之大勢也。《公》《穀》謂爲齊諱者,猶經生拘墟之見,故因《彙纂》之説而詳論之。

春秋大夫賜號説

《家語·本姓解》云:"孔父者,生時所賜號也,子孫遂以爲氏族。"此其説通于《春秋》。今詳論之,賜號者非君以號賜之也。二十、五十各有字,而有賜不賜之分者。劉原父曰:"諸侯,大國三卿,皆命于天子;次國三卿,二卿命于天子;小國三卿,一卿命于天子。大國之卿三命,次國之卿再命,小國之卿一命,其于王朝皆士也。"三命以名氏通,再命名之,一命略稱人。隱桓之間,去西周未久,制度頗有存者,是以魯有無駭、柔、挾,鄭有宛、詹,秦、楚多稱人。至其晚節,無不名氏通矣。所謂名氏通者，即所謂賜號也。一命雖達于天子，而不告于諸侯，不知其名，故略而稱人。再命，則其名達于天子，告于諸侯，故書其名。三命，則名與字皆達于天子，而告于諸侯，故書其字。字者號也，以其君請于天子而命爲卿，則其字顯于列國，故謂之賜號，非別有號以賜之也。生時之號，即死後之族，蓋其字已顯于列國，其孫即以王父之族爲氏，列國皆知爲某人之子孫也。生未命爲大夫，則無號，死亦無族，故羽父爲無駭請族。魯爲侯國，大夫當再命，不宜有三命之大夫。或成王以天子禮樂賜魯，比于三恪，故從大國之例乎。《隱五年》書"公子彄卒"，公子，亦號也。杜氏《宣元年》注云："公子者，當時之寵號。"劉原父曰："公子雖親，然天下無生而貴者，是以命爲大夫，則名氏得兩通，未命爲大夫，則得稱名，不得稱公子。"是稱公子與稱氏一例也。故翬終隱之世，不稱公子，未命爲大夫也。至桓而稱公子，桓命之也。春秋之時，其命與否，未必請于王，君命之而已。則以其字告于諸侯，儼然如王朝之命卿，故鄭以伯爵而有祭仲見于經，皆僭也。

然春秋之初，猶慎重之，至其後則公子無不稱公子，大夫無不稱氏者矣。故但謂之賜號，君專之而已。列國大夫，見殺出奔，皆赴以名而無字，然于其命爲大夫之時，固以其名氏通矣。未得族者，如公子公孫，則告其字，已得族者，則告其氏。夫子修《春秋》，因而筆削之，其書名者例也，其書字者特筆也。顧氏棟高《大事表》謂春秋大夫無書字之例，謂列國大夫奔殺，必不以字赴，魯史何由知其字？夫子何由以字褒之？是不知以字通于列國者之在前也。大夫必書名，子突儀父等，尚可强以爲名，如季子來歸、齊仲孫來，亦得謂之名邪？江氏永《鄉黨圖考》謂"命大夫例稱字"，亦非也。管仲謂"天子之守國、高在"，高氏，固命大夫也。而《莊二十一年》書及齊高傒盟于防，又何以稱名邪？且諸侯卒名，而大夫反字，强爲之説，終非理也。

今參考經文而斷之曰："大夫之書名，例也。"隱、桓之時，有特書名而不氏不字者，其時命大夫尚少，未賜號，未賜族者也。隱、桓以後,或系名于公子,或系名于字,或系名于氏,則以同姓無不賜號,異姓無不賜族之大夫也。然必書其名,亦例也。其不書名而書字,則夫子之書法也,襃之也。仇牧荀息,何以不襃而名之,未命爲大夫,則不告于諸侯,不知其字,故因舊文而名之。然比例觀之,其襃之意固可見也。劉氏炫以季友仲遂爲生時賜族,此因《家語》而誤當時之號,固即後日之族。然究不得謂之賜族,以族至子孫而始顯也。顧氏力辨其非,又未知生時有賜號之説。凡皆泥于一偏,而不能得其會通者也。

齊桓晉文論

吾讀《春秋》,而知齊桓、晉文之功,不可没也。夫春秋之初何時哉!繻葛之役,君臣之綱亂矣;盟唐會潛,中外之防隳矣。魯之桓,衛之州吁,鄭之突,文姜、哀姜、宣姜之淫恣,所謂父子、兄弟、夫婦之道,亦不可問矣。東諸侯之黨既分,而以强凌弱,以衆暴寡,如許如紀,奔走死亡之不暇。而桀驁者方要結黨援以自固,是即合從、連衡之意也。子突救衛,以天子之力,順衛國之心,而不能助一黔牟。惟力是視,惟利是争耳,豈復識禮義廉恥爲何物哉!

蓋春秋之初,已有將爲戰國之勢。而其後,自莊、僖以至襄、昭,列國猶知以辭命爲功,以禮義爲美,以祭祀、燕享、朝會、聘問爲事,以威儀、揖讓、周旋、進反爲能。未嘗無篡弒,而有時猶能正其名而問其罪。未嘗無吞并,而有時猶能禮其君而還其地。未嘗無戰争,而不至于殺人數萬,流血百里。百餘年間,生民得以休息,而士大夫猶明大義者,不可謂非桓文之力。雖曰假仁假義,而既假其名,則人皆得以其實責之。先王禮樂刑政之遺,猶可存千百于什一。夫子大管仲之功而許其仁,蓋以此也。至于定、哀之際,而世變復亟矣,伯者亦不作矣。《檜》卒章,傷天下無王,言《春秋》之始也;《曹》卒章,傷天下無霸,言《春秋》之終也。伯者不復作,而王者之迹,亦不復見矣。《春秋》之朝覲聘享、會盟征伐、祭祀喪葬、弔慶贈答,治軍蒐乘之法,授田出税之制，皆王者之迹也。雖諸侯未嘗不以私意損益，而先王之遺意，猶寄於其中，所謂存千百于什一也。齊之軌里連鄉，即比閭族黨之意；晋之井牧衍沃，即井田之意；鄭之鄉校，即學校之意，故曰迹也。熄則流風餘韵，蕩然無復有存者矣。故夫子傷史闕文馬借人之昔見而今亡，舉其小者，其大者可知也。民於是時，其于先王之禮樂教化，不獨目所未見，亦爲耳所未聞。泯泯棼棼，好其所惡，惡其所好，而《詩》亡矣。蓋不但賞罰勸懲之權無可望於上，而是非毀譽之公亦不可見于下，人心滅而天理絕矣。故懼而作《春秋》，筆則筆，削則削，借二百四十年之事，以留是非之公于天下後世，故曰"《詩》亡然後《春秋》作"。言《春秋》作于《詩》亡之時，而非《春秋》之託始于《詩》亡也。其始于平王之末者，則以見隱、桓之際，其勢不異于定、哀，而有桓、文以持之，故得以復延。傷今之不復見，則世變將有不忍言者矣。故遂絕于獲麟也，故曰"其事則齊桓、晋文"。然既律以是非之公，則桓、文豈得爲無罪，其功過自不相掩，故曰"其義則某竊取之也"。

後之論者，不原其時勢，而但守崇王黜霸之言，詆訶桓、文，不直一錢，豈知定、哀之間，復有桓、文，何至百餘年變爲七國，生民塗炭，禍若是之烈。而隱、桓之後，若無桓、文，分裂之象，戰爭之慘，又豈待三家分晋、田氏篡齊之後哉！譬如世家大族，田園富有，家主既殁，嗣子孱弱，不能自守，内侮外釁，皆因而起。忽有豪強之僕，起而代之，力任出納，以理其弊，雖其顓權而自用，挾功以驕主，不爲無過。而家業得全，群小惕然而不敢動，其故主之紀綱法度，亦不至蕩而無餘，則固其功也。使無其人，其瓜分而竊據之者，不俟一二傳之後矣。若孟子卑管、晏之功，固自有說，當分別觀之。蓋論人不可不恕，而君子之自命，則不可以苟也。至于齊宣問桓文不對，而語以王道，又有故，蓋其時已與春秋不同矣。七國之地相鈞，力相敵，其勢不能以相下，而民劫于威，習于見聞，亦帖然而不敢動，固非區區假仁義之名，所能懷而服之也。齊威朝周，而天下固已非笑之矣。豈獨桓、文，即使湯、武復生，力行德化，亦不能舞干羽而使七國稽顙歸命。故湯伐桀，而先伐韋顧、昆吾；武伐紂，而滅國五十。豈好用兵哉？固有冥頑而不服者矣。

當戰國時，其勢不盡剗除而易置之，則不可以救生民之禍，而廣吾惠于天下，此孟子所以對梁襄王曰："定于一也。"定于一而後可以如吾意所欲爲，掃除煩苛，與之更始，以復先王之故。惜乎諸侯無能以仁政自強，而一之者乃出于秦，而生民之禍更烈耳。然漢高入關，約法三章，而秦人大悅。其後既平項羽，反者九起，至異姓之王，消耗盡矣，而天下乃得休息。則孟子之言，亦何嘗不驗哉。讀書當論世，故識時務者謂之俊傑，若乃拾前人之唾餘以論成敗，是何足與言天下之事、古今之故哉！

陳平論

嘗讀史至西漢之初，未嘗不廢書三嘆也。曰：高祖以三尺劍定天下，功業之盛，未有比隆。而三代之風卒不復，先王之禮樂卒不作。非獨其君上之過，抑亦輔相之不得其人也。如陳平者，不過戰國一策士耳，非有經綸之術、王佐之才，不過挾其詭計，以干謁王侯。始而干項王不用，之漢而盡護諸將，始得展其平生之才，佐高祖以有天下。而史顧艷稱其六出之功，亦已誣矣。夫計何有秘？天子有道，守在四夷，王者所爲光明磊落，當與天下共見之。即兵不厭詐，亦何至不忍明言其故。千秋後世，將以高祖爲何如人乎？夫雲夢之事，亦平之秘計也。使信有罪，集天下之兵，聲其罪而致討之，反手間耳。當楚漢相持，高祖能以一騎疾馳入壁，取其印而以令諸將。豈天下既平，反不能令一諸侯邪？如其無罪，執之何名？夫走兔盡，良狗烹，自古功臣，固多不免。然兔死狐悲，平獨無恫於心乎？

當高祖草創之初，"以馬上得之，豈可以馬上治之？"平不於此時，涵養其性情，薰陶其德性，而使之僞游雲夢，開其詐訛之端，啓其殺功臣之漸。異日之英彭醢，蕭何獄，高帝功臣，多不令終，未必非平一言之故也。且呂后非有跋扈之能、桀驁之氣也，不過貪戀名位，使子弟長享其爵禄耳。使平於王諸吕之時，正色立朝，堅執非劉不王之議，后豈能違諸大臣而獨斷哉。不於此時面折廷争，而乃曰："面折廷争，平不如陵；安定社稷，陵不如平。"夫不能面折廷争，安能安定社稷？古大臣豈徇人爲説哉。幸也酈商之計行，而太尉得以入北軍，斯産禄可誅耳。設吕嬃之言不入，吕産之印不與，堅守宫門，號召諸黨，持一節以誅平、勃諸人，漢之天下，亦岌岌乎殆哉，安在其能安社稷也？其相文帝，亦無大節可稱。至於以錢穀刑名，爲非宰相事，尤爲大謬。夫不理刑名，不知錢穀，然則宰相者，第恭已無爲，遂足畢其職哉。不過一時粉飾之言，而乃爲後世庸謹無能者所藉口，抑亦陋矣。雖然，平亦智士也，高祖天資刻薄，同時功臣，多不克終。而平獨優游以享其壽，其固寵保身，亦後世所不可及哉。

澹静齋文鈔卷之二

上朱石君師書

　　景瀚暌違師範，十有餘年，縈戀之私，勞於寤寐。近者道途奔走，俯聽風聲。竊聞山右之人，畏威懷德，吏化其清，俗軌於法。大賢作用，自異尋常，雖古之君子，何以加焉？門牆之末，與有榮施，而借寇無由，又獨爲桑梓憾也。茲閱邸鈔，知已還領史職，遠近之人，咸懷惋惜，區區之意，未以爲然也。

　　聖天子稽古右文，方搜二酉之藏，定勝朝之史，不欲使宿學大儒，久勞吏事，付以筆削之權，昭茲來祀。夫一時之功，其與千秋之業，固有間矣。而迴翔館閣，養其威重，然後上秉國成，副天下顒望之心，不使一方獨被其澤。聖明之意，所期者深，而或者乃較量於官秩之崇卑，是拘墟之見也。竊惟紫陽因涑水之《通鑒》而作《綱目》，各有指歸，無容偏廢。今《綱目》三編，已有成書，而《通鑒》獨無其繼。薛方山所續，識卑筆弱，本不足存。近聞李氏《長編》，已登天府，元明諸史，散見猶多，統群言而折衷之，此其時也。似宜仿"三通"并續之例，自宋迄明，勒成一書，以繼溫公之作。然後取商文毅之《綱目》，大爲刪定，與"三編"并頒學官，亦藝圃之大觀，儒林之盛軌也。管見如斯，未知有當否。

　　某年已加長，而學無所成，貧賤驅人，浮沉末俗，將恐志氣，不能自振。伏惟賜之誨言，時加策勵，庶幾有所遵守，無忝師門，臨稟不勝瞻依馳戀之至。

上朱梅崖師書

景瀚頓首再拜，奉書夫子閣下。某不敏，少習聞先大夫緒論，得稍有知識。夫子不棄，以爲可教，勉以千秋之業。根蔕前古，開端曲誘，勤勤不已，頑鈍不自力。日月忽淹，自遭大故，悔恨無所容。

竊以古之君子，所以不死其親者，非獨其親之賢，亦其子孫之能自樹立，卓然有以見於世。後之人考其世德之所自，嘆其源流之長，其姓名遂赫然人耳目，而其佚事遺言，亦爲樂道不倦。某行年三十，無所短長，死慚嚴父，生負名師，不足列人數。然先大夫之行事，不可没也。其孝友施於家，其信義立於友，其才能稱於官。雖功業無所著，而立身本末，求之古人，庶幾其或有合。不學無文，無以揚厲先德；而行能薄劣，亦不足取信於人。將進而求之當世大人先生之言，又非先大夫之志也，日夜飲泣者，三年於茲矣。夫忠孝節義之事，所在而有，而有道而能文者，數百年而一人。故常落落不相遇；或遇矣，而子孫微，不能自達；或知之不深，則亦無所據以爲文，故傳者少也。《李鄴侯家傳》出其子繁，中多失實。司馬溫公采之《通鑒》，而論遂定。張魏公行事，不滿物望，以南軒之故，朱子爲作《行狀》，後世不敢異詞。人固有幸有不幸也，唐宋名臣，如二公者何限，不遇溫公、朱子，遂湮滅不傳，即傳而不能顯也。王凝之妻，一婦人耳，入歐陽公之書，淋漓忼慨，千載如生。此某之所以靦顔視息，傍偟却顧，庶幾而一遇之也。

夫子，今之有道而能文者也，而某辱在及門，日者謁見，語及先大夫，許爲譔著志銘，令具行實進。聞命之下，且喜且泣，是先大夫之德，將不終閟。而爲善者必獲報，雖其子孫不材如某者，猶得以邀大君子之知，而垂大名於無窮也。是天哀某之志，而假寵於夫子，以少寬其不孝之罪，使得復進於學士大夫之列也。退而列所見聞，粗具梗概，謹齊戒薰沐，頓首再拜以進。去取無法，詳略失次，亦足見其不孝不學，不足以知先人。若夫詡揚失真，某雖不肖，奉教於夫子矣。自誣以誣其親，不敢爲也。伏惟憐察，某不任哀感悚懼之至。

上福大學士論臺灣事宜書

某一介庸愚，仰荷知遇，前者節鉞過境，輒欲冒進瞽言，而匆匆竟去，不盡所懷。近聞旌旄南指，臺灣小醜，指日蕩平。桑梓私心，曷勝欣慶。惟是某家近海濱，情形事勢，素所周知。雖芻蕘之見，無益於高深，而圖報之心，不能自已。不揣冒昧，粗陳大略，各繫於左，瀆塵清聽。伏惟恕其狂妄，稍垂采擇，感沐恩慈，益無紀極，某不勝惶悚待命之至。

一、臺灣本無土著，皆漳、泉、潮三府游民輕離故土，遠處海陬，本非孝子順孫。而地本膏腴，過海官吏又垂涎以爲奇貨。出產有數，谿壑無厭。二十年來，漸形拮据，有司歲必取盈，無藝誅求，日甚一日。富者皆不聊生，以致激成事變。既非窮民飢寒所迫，亦非不軌素蓄異圖。不過守令所驅，鋌而走險。[1]皆有身家，孰不願安享太平？若施浩蕩之恩，開一面之網，選擇曾任臺地、素有清名、爲衆所信服者，多張告示，諭以國家威德，貪吏必誅，爾等冤憤，俱所深知；凡有投戈，皆令復業。烏合之黨，立時星散；一二首惡，何難就擒？兵可不煩血刃而服矣。

一、臺灣四通八達，自廣東以至天津，風帆便利，數日可通。閩省兵不敷用，勢必調集他省水師，豈獨有需時日，亦虞內地空虛。而八旗勁旅，於海洋更不相宜。某里居數年，深知廣東、浙江、福建、江南沿海一帶居民，皆以取魚爲生。風日晴霽，則捆載而歸；稍不如意，即於海面肆行搶劫。此輩皆深習水性，兼有材技，日月既久，藏奸不少。并聞有嘯聚山島，或數十人，或數百人。既慮目前之響應，亦爲將來之隱憂。若招之投誠，量其人數之多寡，授以千把游守職銜，使之各率所部，立功自贖，良將精兵，頃刻可集。其安分之漁戶，亦俱編入營伍。港路既熟，器藝俱精，較之調兵他省情形不熟者，迥不相同。踊躍立功，一時既收其用；肅清海面，他日并無後憂，一舉而數善備焉。至於招撫有方，駕馭有術，此則視乎督率之人耳。

一、閩省百餘年安享太平，從未辦理軍需。漳、泉二府，民情輕悍，易於煽動。福州省會，十室九空。又内地食米，歷年仰給臺灣。今海米既不能來，内米且復運往，百物涌貴，倉儲皆空。而軍興之法，一切迫急從事，誠恐内地尚有他虞。夫攘外必先安內，伏求憲恩，於軍儲之外，截運江浙漕米數十萬石，沿海州縣，設廠平糶，以平市價而安民心。其有餘者，留實倉儲，以備不時之需。此為最要之策。

一、臺地自康熙初年平定之後，沿海私渡，嚴禁往來，一切船隻，俱由廈門、澎湖給照放行。然數十年來，私渡皆不能絕，其近者順風一二日即可徑到。比聞各省調兵，俱由廈門配渡，船隻既不能齊，而旱路迂迴，亦稽時日。似宜直開私渡，數道俱進，使彼不及備。況鹿耳天險，若有不虞，賊得據守，進退兩難，誠不如諸渡并進之為得計耳。

上蔣布政使論鹽法書

竊惟甘省鹽政，自雍正九年，革除民幫以後，商力既疲，官民交困。以景瀚所歷數任言之，中衛鳴沙八堡，商則挨户輪充，課則按户幫派。奸頑抗欠，官為賠墊；良善拖累，或至重科，其害半在官而半在民。平涼無充商之户，前任宮令，自行辦運。而衝途四達，私鹽充斥，勢不可行，尋亦中止。歲歲官為賠課，其害專在於官。固原以殷實之家，四五人朋充，三歲一換。歷年課項，尚無逋欠，而充商者未免賠累。有力之家，百計千方，先期營免。胥吏、鄉保皆得高下其手，甚而不肖之官，藉此漁利，搜索不遺，滋擾殆遍。每當點換，一州騷然，其害又專在於民。以三州縣推之，其餘大概可知，非累官則累民。然官累必及於民，民累亦必及於官，又兩弊之道也。大人有鑒於此，慨然思變法以甦其困，詳請大憲，仿雍正九年以前之法，課歸地畝攤徵，鹽聽民間自運，誠祛弊之良圖，救時之急務也。然而一得之愚，有不敢不以上陳者，誠以大人集思廣益之盛心，但期法之可行，不必出之自我。謹獻芻蕘，聊備萬一之采，非敢以一人臆見，撓通省已成之局也。

　　夫立法必慎於初，庶幾無貽後悔。雍正九年以前，百姓按糧幫課，脚販隨地賣鹽，其法何異於今之所云？使其無弊，即可遵行至今，何以至九年，平凉府忽而詳請招商，上憲又忽而允從？是當日之弊，已有不可勝言者矣。蓋鹽課歸於地丁，足救目前之急。一時權宜，而非經遠之計也。何則？出課之民，不必皆販鹽之民。肩挑背負，藉以糊口，惟近池諸州縣百姓可耳。其遠而數站，或十餘站，車載驢馱，轉運取利，非有力者不能。有力之家，精於心計，必不肯多置田產，以避差徭；廣蓄牛馬，賤積貴售。小販皆領其貨本，四出營運，有利同分。彼於國課，分毫無出，而坐享厚利。乃令力田務本之農民，代之納課，非重本輕末之道。其弊一也。利權不可以假人，今官不配鹽，則無人爲之經理。游手無賴之徒，群集其中，趨利如鶩，是縱之使爭也。如雲貴之銀冶銅場、口外之金廠，所在成群，事端滋起。既不可以驅逐，又不易於稽查，積久生奸，必釀事變。其弊二也。甘肅地瘠民貧，而河東尤甚，屯地更地，一田三賦，重者勿論已。民田賦爲較輕，監田尤其輕者。數年以來，幸際豐穰，已不能無逋欠。今驟加以鹽課，又益之鹽規紙價，以及減不平規小錠火錢、官吏飯食諸費、鹽茶地丁，共銀六千五十七兩二錢八分七釐，課費爲銀五百三十六兩七錢六分四釐八毫，所加幾及十分之一。固原地丁，共銀一萬一千八百一十二兩一錢一釐，課費爲銀三千一百九十三兩八釐，則加十分之三，能保其不拖欠乎？以已然之事論之，涇州所屬鹽課，早歸於地丁。瀚曾爲諸處監交，其交代摺中所開，自四十七年至今，官之代墊者，每年或千金，或數百金不等。是名雖不累官，而其實仍不免於賠墊也。歷任之官，豈盡愛民如子，必嚴刑苦比，無可奈何，然後甘心代之賠墊。敲撲之下，死者已不知凡幾矣。況豐稔之年，尚可勉強催科，一遇水旱，死亡轉徙，正項錢糧，可以奏聞蠲免，而鹽課必不能減。斯時將仍取之民乎？民必不堪；將不取之民乎，課從何出？其弊三也。且當日各州縣分引之多寡,并未嘗按照地畝之多寡,通都大邑則多,山僻小邑則寡,非通都大邑之民食鹽獨多於山僻小邑也。行鹽雖有地界,而四達之衢,可以闌入他界,銷鹽多故配引多。山僻之邑,無可通融,銷鹽少故配引少。平涼一府,銷引三萬三千二百七十張;而固原一處,銷引一萬二千四十張,已居三分之一;静寧、平涼、隆德、莊浪、鹽茶、華亭六屬,僅居三分之二。以固原四通五達,可以通融他處故也。鹽茶原額,僅四百四十一張,後協銷隆德縣二千零九張,合爲二千四百五十張;除去歸并固原四百二十六張,爲引二千二十四張,是招商辦運,隨時尚可量爲變通。今若歸之地丁,則永爲定額,一成而不可變,多寡不一,苦樂不均。其弊四也。當變法之初,各州縣如釋重負,無不樂從者。行之數年,其弊立見,再思變法,勢必有所難行,何如慎之於始乎？

瀚謹按唐劉晏之治鹽也,但於出鹽之鄉,置鹽官,收鹽户所煮之鹽,轉鬻於商人,任其所之,其餘州縣,不復置官。官獲其利,而民不乏鹽。史稱江淮鹽利,始不過四十萬緡;季年,乃六百萬緡。由是國用充足,而民不困弊。竊謂意美法良,莫善於此。似宜倣而行之,就場定額,一稅之後,不問其所之,則國與民兩利。查花馬小池,每年額設引六萬七千四百四十張,每年額征課銀一萬四千五百三十三兩三錢二分,每引一張,配鹽一石,應課銀二錢一分五釐五毫,加公用紙價雜費銀四分九釐七毫,統計鹽一石,爲銀二錢六分五釐二毫。今宜專責之鹽捕廳,就池立局,出鹽一石,抽稅銀二錢七分。官吏飯食雜費,皆出其中,已屬有餘。一稅之後,不論富商大賈、貧民小販,聽其隨地糶賣。計鹽一斤,抽稅銀二釐有餘。今平涼、固原等處鹽價,每斤十餘文至二十文不等,除扣工本,得利甚多,人自樂爲。腳販日廣,鹽價日賤,無攤派之擾,無追呼之煩,無逋欠之憂,無賠墊之累,上不虧國,下不病民,誠良法也。而或者謂課有定額,攤於地丁,可以適符額數,就池納稅,多寡無常,憂其缺額。不知十六廳州縣,户口何慮數百萬,按食鹽之人出課,每歲必不止於萬餘金。從前所以商疲引積者,由於私鹽多而官鹽壅滯，今行此法，則透漏無從，私鹽皆官鹽也。無不食鹽之人，即無不納稅之人，合一歲計之，國課必有盈而無絀。況產鹽之區，本不止惠安一堡，以瀚所知，靖遠、寧夏等處，皆有鹽池。靖遠以有礙官鹽，嚴爲封禁，然私取者終不能絕。寧夏之鹽池，即在近城，向以優待邊黎，無引無課，歷來爲官鹽之累。陝西定邊，有連、爛二池，環縣、慶陽以至西鳳，皆食其鹽。河西產鹽之處，亦復不少，皆聽民自取，故甘涼之課額甚少。均爲國家赤子，何以厚薄頓異，祈飭令各廳州縣，通行查明，除煮土爲鹽，所得有限，聽民自爲外，其餘有鹽池者，皆設局收稅。近惠安堡者，兼領於鹽捕廳；遠者，即領於各廳州縣。以通省之鹽，供通省之食，即抽通省之稅，以完通省之額，未見其有不足也。

抑瀚更有請者，中衛邊外，有大小鹽池，即《唐書》溫池縣之鹽池也，今爲阿拉善王所轄，其鹽潔白堅好，內地之民，皆喜食之，私販者絡繹不絕。其一路自中衛渡河，涉平涼府界，入隴州鳳翔，以達西安、漢中。其一路由大靖皮家營至皋蘭，轉入鞏昌秦階而至漢中。其一路由鎮番柳林湖，達甘涼一帶。大抵甘肅全省，食花馬小池鹽者，僅十分之二；食各州縣私池鹽者，十分之一；而食阿拉善王之鹽者，約有十分之七，陝西一省亦居其半。聞阿拉善王，但於兩池置官收稅，每一驢馱，納銀若干，每一駱駝，納銀若干，俱有定數。不論蒙古、漢人，聽其轉運，彼正行劉晏之法者，故於民甚便。而私販日多，駱駝、牛、騾，什百成群，皆持挺格鬥，吏役不敢呵止。或遂得其常例，以此爲利，私鹽盛行，而官引壅積。職此故也，若嚴爲遏絕，則民情地利，固非國法之所能禁。實辦，必獄訟繁興；虛文，又無濟於事。不若明開其禁，令沿邊各州縣，於各嗌口鹽所從入之處，俱設局抽稅。或驢或駱駝，計其牲畜所馱之多少，爲稅之輕重，一歲所入，必十倍於今之課額不止。彼所收者池稅，而我所收者過稅。既無礙於阿拉善王，而私販者許令通行關津渡口。省需索之常例，其費亦略相當，兩便之道也。所難者創始之功耳，鹽捕廳得其人，各州縣之有鹽池、有嗌口者，皆認真辦理。三年之中，章程既立，內地鹽池之稅少，則邊口之稅必多；邊口之稅少，則內地鹽池之稅必多。通盤合算，額數亦定，後此但遵奉成法，永遠可行。推之長蘆、天津、兩淮、浙閩，皆可仿此法行之。其陝西延榆、山西大同，向食河套私鹽者，亦於嗌口收稅，天下皆私鹽，天下皆官鹽也。刑獄稀而盜賊少，冗官省而國用充。萬世之利，莫過於此。語云："常人可與樂成，難以慮始。"建非常之績，微大人，其誰與歸？必謂法難輕變，課歸地丁，一時簡而易行，亦當合通省之地畝，勻通省之課額。不宜拘守舊規，使瘠土之民，獨受其苦。瀚不揣狂愚，冒瀆清聽，伏祈垂鑒。

與遲持庵論所著昆陽志書

承命校正所著昆陽志書，①某之魯鈍，何足知此。然忘年下問，厚意亦何敢負也。謹據其所見者，臚列於左。史公十書，有錄無書，至今留憾。少孫補之，遠不及矣。《志》中所列，或有敘而無文，豈草創尚有待邪？抑別有成書，未嘗彙入邪？急宜補入，毋使後人有不備不全之憾。

龍門史論，皆非苟作，范《史》有論而復有贊，於文贅矣。各《志》既有分敘，不必復立後論。若其事其文，必不可闕，而復不便闌入正文者存之，否則毋寧刪之。

操觚家有換字、減字之陋習，先輩謂雜文尚可通融，至記傳碑銘，入於金石者，必不可苟，況志具史體，義例尤嚴乎。昆陽既名州，不當稱郡，且前代亦未嘗以郡名也。《建置志·敘》謂昆陽因合昆州、陽城而得名。昆州之設，見於《沿革志》中；而陽城部之名，則蒙氏之時所立。愚意州之得名，自以居昆明池之南耳，謂合隋唐以命名，未免附會。蓋昆州及陽城部所統甚廣，非一州所得專也。

---

① 志書指遲永祚纂《昆陽小志》。遲永祚，字持庵，雲南昆陽（今晉寧）人，乾隆十二年（1747）舉人。《昆陽小志》卷帙不詳，乾隆間付梓。其書不傳，事見《（道光）雲南通志》《續修雲南通志》。參見李碩編著《雲南地方志考》，吉林省地方志編纂委員會、吉林省圖書館學會，1988年。

賦役雖有全書，而《志》中亦宜詳著夏稅、秋糧之分，則之上中下，墾之新舊，本色折色之異條，丁之離合，其經費則官師祿俸、吏胥工食，以及賓興、花紅、祭祀等目，皆宜條分縷析，以備掌故。至公費之設，惟滇有之。昔韓魏公刺緣邊義勇，以壯軍威，而後用以戍邊轉餉，陝民苦之。慮事不周，輒貽後患。今不爲魏公諱，則何必爲楊文定公諱乎？楊炎改租庸調爲兩稅，論者謂其輕變祖宗良法，而一時實足以救弊。文定當時，必有不得已者，宜詳考其時勢，或當時征徭之苦，徵調之繁，而公費實有可以便民者，然後明著其後害。一糧二編之苦，民納役銀，而仍不免於役，大聲疾呼，流涕而道之，則既不没文定調劑之苦心，而後來督撫大吏，有志民生者，未始不可轉移於萬一。此事關全滇利病，以入州志，於體裁頗不合。然安知修省志者之必端人正士，苟一失實，是非顛倒，且不悉其始，將同於正供，而滇民無息肩之日矣，則無寧其失體裁也。

滇學建於漢元之際，州學始於何時？州城凡幾遷？則學之興廢沿革、創建重修，宜著於篇。而祭器之多少、藏書之有無，列其目附焉。若滇省義學，則桂林陳相國之功不可没，所當大書特書者也。城鄉凡幾處，座落何所，租息何似，以及巨橋書院，建置始於何人，捐輸者何人，歲入若何，佃何人，田幾畝，畝幾石，皆宜類書之。其碑碣可據者，急入《藝文》，不必校其工拙。蓋出入之數，既掌於官，將來未必無吏胥之侵蝕，使後人得按籍而稽，亦杜漸防微之意也。

《典禮》一志，其列在祀典者固宜書，即寺廟壇觀及怪誕淫祀，亦宜附見於後。史所以記實，而志者，又所以志一方之風俗也。彼實有是事，而吾删而不書，是誣之也。烏乎！可若謂不宜入《典禮》，見於《雜志》可也。

條桑冲烈婦，必有事迹流傳，當入《列女傳》。苟有可傳，何必姓氏，東海孝婦、王孫漂母，名之以其地以其事可也。諸史《藝文志》，皆列書目卷數，并及其人之姓氏爵里，省志亦然。而州縣志獨否，豈以一州一邑之中，著作無多邪？夫聚一生之精力而成書，乃數十年後，至不能舉其姓氏，是可痛也。昆陽作者，豈遂乏人，湮沒雖多，其書名尚可考也。鄙意宜仿晁氏《讀書志》、馬氏《經籍考》之例，書既不多，不必分經史子集，但以年代爲次，而叙其作書之由，於某書幾卷某人著之下，或撮其大旨，而附論其得失，并著其存亡。則其傳者，不必窺其全書；而其不傳者，可因是得其大概。雖寥寥數卷，而不患其少矣。又各志卷首，皆載前創修及重修姓名，君子不没人善之心，固如是也。然歷年既久，將不勝其繁，不如附於《藝文》爲是。蓋修志者雖非州人，而爲昆陽而作，則亦昆陽之書也。如萬曆之初修，康熙二十五年之重修，五十八年之再修，其卷數，總裁、分纂姓氏，皆詳書之。而并論其是非失實與否，使美刺昭然，後人亦不敢輕爲秉筆，又兩得之道也。然後擇其有關於民生國計，及興廢沿革之大者，紀傳詩文，彙爲數卷附於後。抑或文以人重，名公鉅卿之作，足爲此地生色者，間采入焉。其餘概置不錄，其書目姓氏，已列於編，彼亦可以無憾也。

有叙，有總叙，有分叙，而志言一篇何居？其撮要之言，又當分見於"沿革""官師""賦役"諸志者，於文亦爲複删之可也。其末所云"憩園"諸名勝，當書其人，人不可考書其地，以爲登臨憑吊之一助。古迹不多，不必獨立門類，可附者附見於各志可也。若佟知州之投誠，徐士□之清丈，及火燒州門等事，既有事迹可考，當分入於各志。入《粤上三要疏》，宜入《藝文》。趙總兵何如人？係州人否？其負戴永明王者何事？及今不考，更數十年，愈湮滅矣。陳政之《瑞龍賦》，正宜存之《藝文》，以爲炯戒。孔子删詩，存鄭衛之意也，有美惡而後有勸懲，修志固非選文可比。

滇省夷風，聞有娶婦過門，縱其婦所之，有子，乃成家爲夫婦者，廣南極盛，而昆陽猓猓間亦有之。若是，則志風俗者，不當以士敦禮義，俗尚耕織，籠統一語了事。其冠婚喪祭，及四時年節，漢俗若何？夷俗若何？皆當詳書，以爲賢司牧興革張本，不必擇其善者也。

宋元豐五年，段正明廢高昇泰立，然其後仍屬段氏，此宜補。段氏之前，尚有蒙、楊、趙氏，當時何屬？皆宜補。呈貢夏令、晉寧段孝廉之死難不必書，無與於昆陽也。

元立萬户府，皆置達魯花赤，乃官名，非人名也。《官師志》之達魯花，不知實有其人，抑係官名而舊志誤以爲人名邪？當考。

名宦鄉賢祠，宜附《學校志》之末，或入《典禮志》祀典之内，但書其姓氏爵里，而分注云："以何事祀，於某年入，以何人請。"其事實則見於《名宦》《人物傳》。世風日降，二祀不無冒濫。修志者之力，又未必能清釐。今於祀典，則悉書以紀實，而不稱者不爲立傳，後人可參考而知，亦懲惡微而顯之義也。

周時民數最重，今既歸丁於地，其户口遂不可考。當以康熙某年，始并地丁之册爲主，而後之滋生人丁，以年類附，雖瑣屑，不可忽也。若州屬幾何鄉，鄉幾何村，河西廢已久，當不可考。三泊乃康熙年間裁并者，其新入何鄉？又三泊有鄉村分入别州縣者否？宜詳考。

選舉當以進士、舉人、鄉薦爲經，以年代爲緯。如進士，宜云某年登某人榜，舉人亦然。

凡史例，德業顯著者入大傳，以一行名者分入各傳，昆陽入大傳者既無人，諸傳亦復寥寥。愚意除《名宦》外，統名《人物志》，但以年代爲次，而削《孝義》《隱逸》諸名，《列女》則仍舊，將來人文蔚起，卷帙浩繁，再爲分之可也。

既稱《山經》《水經》，而復綴以"志"字，於文爲不順，直稱《山志》《水志》可也。二《志》不獨溢出本位，於正文亦多脱略。山川者，所以志一州疆域形勝也，故從來談地理者，以《禹貢》爲不刊之書。昆陽雖小，必有主山，其脉從何來？以及衆山去城幾里？因何得名？宜種植否？出産何物？有無古迹名勝？若水，則州以滇池得名，實專於昆陽一州。其名滇之故，與夫源流支派分合之細，以及烏龍河渠濫川，何處入境出境？經何鄉村？皆宜詳補，以成全書。二《志》辨析既精，文亦古茂，以爲《山水志》後論，則無傷體裁矣。

海口州同，設始何時？大修小修，經費用何項？其利於環池州縣幾何？當時奏聞否？創者何人？宜詳書。則《水利志》，當附於《山水志》之後也。國初唐牧創立堤堰，人食其利，今在何鄉？共幾處？堤岸深寬幾許？係官修，或民修，溉田幾何？此一州大事，將來恐湮沒，詳之，後人猶可復舊也。昆陽水鄉水利，當興者必不止此，曾講求否？苟有規畫，不妨附著。推之州中利當興，弊當革者，或鄉先正已有成議，皆可隨類附入各《志》之後。安知後之司牧，不觀吾書而興起？一一如所欲為，則固昆民之幸也。漢賈誼請眾建諸侯，不用於孝文時，而孝武時主父偃行之。元虞集請治京東水田，明徐貞明論之，卒不果行。至我世宗憲皇帝，乃命怡親王董理京畿水利，悉行其策，至今畿民賴之。留心世務者，當時或以為迂闊。嗚呼，固未易為淺見寡聞者道也。

　　橋梁、道路、郵鋪，亦政之大者。近鐵爐新設驛站，昆陽又苦丁役矣。不可不志其始，以為司牧舉事不慎之戒。又聞前與新興、晉寧，已定成案。近鹽道復有明文，當節書其概。或有賢牧為民請命，據此以陳，庶其有瘳乎。

　　昆陽新辦鹽政，運於何井？或民運，或官運，腳價幾何？派夫或以田，或以戶，坫鋪幾處？一一詳書，無嫌其瑣。善者章程昭揭，吏胥不得為奸，不善者弊病昭然，後人知所變計。每見操觚之士，輒以此為簿書錢穀，近俗而不錄。太史公《貨殖傳》，說者謂屠沽酒肉賬簿，入其手便成文章。且貴乎文者，非載道即經世也。若無關民生利病，雖博奧如班馬何取焉？

　　《風土記》不必立，皆當散見於各《志》。

　　唐以前，氏族最重，世系譜牒，至官為掌其書。五代而降，此意不講，名門夷於皂隸，漢姓雜於夷蠻，至今日而身列縉紳，有不能名其所自出者，不則攀遙遙華胄以為榮，而若敖之鬼餒而矣。《選舉志》論，有慨於此，具見深心，愚意推而廣之。若州中遲、李、馮、景諸大姓，下至㸌人、玀猓、諸葛所譜者，皆原其自出，辨其異同，為《氏族》一志。

雖前無其例，可以義起也。

　　以上數條，謹據所知，以復明問。其有不合者，即祈指教。往復而義愈明，知高明無容心也。後進小儒，不揣僭妄，死罪死罪。

與林香海翰林書

　　都中人來，皆云："足下甚苦貧。"如吾曹者，安得不貧，此固僕意中事也。又云："足下之貧，爲人所累。"故此自足下忠厚之過。然君子絕交，不出惡聲，足下善其始矣，當善其終，以報復之言相激者，非愛足下者也。前於陳有美坐次，言足下大有歸志，舉坐皆以爲非，僕獨明其不然。當時皆謂僕好爲異論者，此固未易爲外人道也。今之仕者，大抵爲貧耳。等貧也，不如貧於故鄉之猶有家庭骨肉之樂也。僕非以高尚望足下也，且僕與足下，別已數年，每良朋文讌，酒間語次，引領北望，輒復悒悒不歡。若足下歸，復得晨夕風雨，追十年前文酒過從之樂，又僕之自爲私計者也。今尊眷北行，足下之志當不果。長安居，大不易，足下之貧當益甚。恐過此以往，其去住足下亦不能自主矣。未知握手復在何日，念之悵然，如都門外初別足下時也。書館何時告竣？前代遺書，既未能盡爲刊刻，而扃藏三閣，亦恐傳之不廣。明文淵閣書，令人得借出鈔寫，而典守不慎，遂致盜竊抵換，散亡大半。今宜仿其法而絕其弊，書不得外出。官爲置謄錄數人，願鈔者得以書名上請，計其紙筆工費若干，如武英殿買書之例，勒爲定價，令謄錄鈔以付之。若願鈔者衆，不妨臨時多募，即於工費中量給一二，亦不必議叙也。不知當事中可與言之否？不急之務，人又將以僕爲迂也。人來甚急，匆匆作此，不盡所懷。

與林春園同年書

　　夏鈔接手書，遠承慰問，甚感厚意。以未得便人，遲於裁答。近閱邸鈔，知閣下仰蒙聖恩，出守江右。太守居二千石之寄，管千餘里之地，行其所學，其有濟於生民甚大，可喜者不獨爲功名也。今日所處較難，然以善事上官、體恤屬員爲要。善事者，非逢迎之謂也。承上接下，不得上司之心，則言不聽，計不從，而州縣之事，亦掣肘而不可辦。故必積誠以動之，勤勞以結之，委曲以圖其成，權宜以濟其變，使彼雖貪暴亦必敬我愛我而不疑。然後惟吾意之所欲爲，利可興而弊可革。體恤者，非徇庇之謂也。人才各有短長，州縣中非有大不肖者，皆可琢磨扶掖，以底於成。開誠布公，使人得盡言，則下情畢達。平心和氣，使胸無成見，則處事無差。而大要尤在有擔荷，勿但顧一己考成，而不顧他人之性命。至於約束下人，屏絕供應，又其餘事也。佐雜教職等官，尤宜周恤，小過可捐，微勞必錄，則無不勉之人，無不成之功矣。

署中雖有幕友長隨，然一事不可不經目，一文不可不手判，非獨練習庶務，亦以塞清弊竇。民隱不可不恤，又不可輕准詞訟，以啓告訐之漸。吏治不可不振，又不可紛紛差提，以多滋擾之累。蓋府尊之體，又與州縣不同，輕重緩急，所當斟酌其間也。

閣下德性寬洪，見解明決，都中十餘年見聞閱歷，處此當復裕如。猶以此言相瀆者，涓流土壤，或有益於高深，區區之心，聊以自盡耳。僕衝途數載，逋累益深，近者量移靜寧，又格部議，大憲尚欲再請，彼此皆非善地，聽其自然而已。所幸者，歷任三處，尚不得罪於百姓、上司、僚友，率其真焉已，久亦無以爲忤者。天假之緣，所謂作二等官者，或庶幾與！讀書作文，不異於昔年作秀才時。差事旁午，又有府署應酬，時苦間斷，少年可讀而不讀，今老矣欲讀而不能，竊自悔嘆。然數日之勞，偶有一時之逸，讀書愈覺有味。此中光景，亦惟親歷而始知也。著作雖有志，以署中藏書不多，不敢輕於下筆，惟詩文稿遂成卷帙。甘肅宦況雖貧，亦不可謂無所得也，一笑。舍弟在都，諸多叨擾，感謝何既，明年少一北道主人矣。文會諸人，近皆不得消息，因風時惠德音，乞詳爲示我。久別未晤，離緒滿懷，匆匆作此奉賀，不盡所言。

復林春園知府書

去冬小兒至署，接讀手書，勤勤懇懇，以吏治民生爲念。今日宦場中，安得此古人之言，所謂空谷足音也。欣喜之餘，益深佩服。閣下天資既高，學力復粹，又以京都十餘年之閱歷，行其所學，處之裕如。視弟之疏拙者，相去何啻倍蓰。前書聊以芻蕘之見，稍助高深，乃蒙獎借過情，愧赧何似。

今日而言循良，談何容易。束縛於法令，紛擾於差事，奉行文書，苟幸無過而已。能行度外之事，窺古人於萬一乎！然盡一分之心，則必有一分之效。閣下到任三月，而政聲已流播遠邇，此其彰明較著者也。故官無大小，勢無難易，盡職或不敢言，盡心則可自勉。誠如來教，民自多情，第愧撫綏無術耳。袁州雖稱清苦，於今日却甚相宜。人無可欲，則我得以自守。惟戚友往來，同僚緩急，作自了漢固不可，而必各遂其求，恐亦難爲之繼，亦惟自盡其心焉己。力可爲者竭其力，力所不能爲者致其情，豐其供饋，隆其禮貌，使當時無可致怨，而久後自能見諒，此亦貧家勤埽地，貧女早梳頭之理也。

若深居簡出，或欲一望顏色而不能，則謗言繁興，傳爲話柄。故此等處，最宜留心。閽人尤當加之意也。來教謂作守難於作令，此言誠然。然積之以誠，則上下之情通；行之以恕，則人己之理得。屬員賢不肖不等，其爲無心之過，皆可從權而援手，其爲有心之惡，不必從井而救人。以理度之，而無計較於利害禍福，斯得之矣。

至於審案，近日風氣似以刻爲尚，所謂能員多酷吏也。勿執己見，勿惑人言，虛心研究，反覆推求，而不輕用大刑。或情節難通之處，不妨委曲彌縫，以權其變。不求人悦，但求愜心，此其要也。

來教所言，俱中窾要，故敢引伸其緒，以復明問。僕以菲材，猥蒙大憲列諸卓薦，循名責實，衾影懷慚。五六月可以卸事，北上當在秋間，崸此布覆。

與梁九山翰林書

既魁南省,遂入清華,故人聞之,喜而不寐。非敢薄待足下也,喜足下之能稱其實,而後進庶有所聞而興起也。又知已魁大庭,旋以小故被斥,知與不知,嗟惜累月。狀元,三年一人耳,此何足爲重輕。僕之所竊喜者,則以足下進身之始,而不苟若此,誠君子敬慎之道也。吾鄉之可恥者,百餘年來,未見有人物可比于古。一李厚庵,已多遺議,他無論也。京師爲人才所聚,秘府多未見之書。足下攬其英豪,澤于古訓,磨礪于道德,而奮起于文章。于以經世成身,有本有末,卓然負天下之望,而爲國家不可少之才,斯宗黨之光也,故人拭目俟之矣。若其翰墨爲勳績,詞賦爲君子,揚子雲所謂"雕蟲小技,壯夫不爲",此時固大有人,不願足下效之也。何三遽作古人,念之慨然,死生亦大矣,況生平交游之素哉。貧居閭巷,無可樂者,得素心人晨夕過從,把臂快談,亦足壯其雄心,以消永日。而素本寡交,一二知己,復分處南北,每念之悒悒不樂。良會難再得,十年之前,遂成往事,想足下亦同此意也,并問近佳不備。

與李石渠御史書

閣下以名相後人,爲北州鉅士,迴翔翰苑,遂陟臺端。後進誦其文章,天下望其丰采。某以先人之故,得與晉接之末,永念大德,感何能已。抵里後,俗務匆冗,未能敬修尺一,遙問起居。疏懶之愆,無可逭也。方今政教修明,事無可議,遂使正言讜論,鬱而未彰。然猛獸在山,藜藿不采,垂紳執簡,丰裁凜然,足使霜署生威,百僚震慴。無庸采聽風聞,以搏擊爲能也。習俗波靡,人無恥心。惟大君子以中立之操,挽其頹風,歸之正道,使士無倖進之心,朝有易退之節,則區區之心所仰望者矣。某雖不肖,不敢自外于古人,故不敢以世俗之言進。伏惟爲國自愛不宣。

與洪素人員外書

長沙一別,遂復經年。抵里後,匆匆至今,未能作一書報謝。然高情銘于夙夜,當不以往來形迹間相督責也。近閱邸鈔,知已榮擢副郎,以閣下學博才雄,當稽古右文之日,不獲濡毫執簡,共校天祿之書。而容與西曹,役神案牘,誠不足爲厚幸。然古之君子,固未嘗有所輕重于其間也。歐陽公與人言政事而不及文章,謂文章止于潤身,政事可以及物。漢楊賜之辭廷尉,後世以爲失言。然則攢眉嘔血,自命爲學士文人,正復于國家何益? 不如得一官而效之,盡其心力,猶可與物有濟也。方今世益輕儒,誠不足怪,下者耽利祿,而高者溺詞章。所謂大則無以用天下國家,小則無以爲天下國家之用。乃知蕭、曹、絳、灌,得以刀筆屠販,出而任天下之事,皆叔孫生、陸賈之罪,而非高帝之過也。宏遠謨而一雪斯恥,是在閣下而已。某以不學之資,浮沉末俗。伏惟不吝德音,匡其不逮,幸甚。

與梁大令同年書

久別乍晤,一慰積思,顧俗務匆匆,未得屢親笑語。而閣下已赴新任,欣慰之餘,彌增惆悵耳。邇惟閣下,新猷初布,譽聞翕然,河潤九里。合閩并受其福,不獨爲永定一邑之民額手稱慶也。貴治在萬山之中,土瘠民貧,號稱易治;而地近漳潮,頗染澆俗,宰牛溺女,二者尤甚。此非徒以號令禁止,化之以漸,感之以誠,是在仁人君子之用心耳。城中不肖生監包攬詞訟,號爲歇家,鄉愚墮其術中,即欲悔免無由。又俗信堪輿,爲墳墓爭訟者十人而九。葬後數年,必開棺檢視,以卜吉凶,謂之檢金。禮法之家,亦所不免,此弊皆不可不嚴爲禁革者也。大君子作爲,自異尋常,細流土壤,何益高深。區區相愛之誠,不能自已,故敢以所知布左右。典史顧君老成諳練,訓導陳君學行俱優,與某皆爲至好,尚祈推愛。諸凡照拂,則戴德無涯矣。某于此月二十六日有楚豫之行,三四月間順途進京,後會未知何日。時惠德音，誨其不逮，幸甚。

送朱梅崖師歸里叙

文章之道，見以天者也。赤子之啼笑，草木之榮落，風雷之鼓搏，候蟲時鳥之變聲，天下之至文存焉。無他，其天全也。天者，人之所不能與也，亦人之所不能外也。人所不能與，故愛憎取舍，是非毀譽，爵賞刑辱，無一足以動其中。人所不能外，故雖小夫豎子，其素所不快之人，至久而論定，亦不能昧其心之所同然。孔子曰："知我者，其天乎？"①孟子曰："盡其心，知其性，則知天矣。"②文之與道，非有二也，學文之與學道，非二事也。莊子曰："強哭者雖悲不哀，強怒者雖嚴不威，強親者雖笑不和。"③謂其不真也。真者，精誠之至也，所以受於天也，自然而不可易也。毋有人之見者存，斯可謂精誠矣。不得乎天，而湛於人僞，其於道也尟矣。求其文之工不可得也。吾師梅崖先生，有道者也。居深山之中，無求於人，人亦無求之者。讀書談道，求有得而已，不以徇人也。作爲文章，以自娛悦，辭必自心出而與古爲會，集周、秦、漢、唐、宋、元、明諸家之所長，而卓然自成其言。當其始，學者相傳以爲怪，雖其族戚友朋，姍笑不免，而先生不顧也。既而取科第，入史館，歸老於其鄉，德隆望崇，大集風行海内。學者望之，如泰山北斗，蓋幾於昌黎之在唐，永叔之在宋矣。而先生仍不顧也，浩浩然，落落然，存其天而已。今讀先生之文，其指事敷言，窮極情狀，如造物賦形，大小高卑，各得其理。其伸縮出没，斷續離合，如晦冥百變，頃刻殊狀。其氣淵然，其味盎然，清微寥渺，醇古淡泊，如四時元氣，流行天地間，汯汯穆穆，使人知其然，而不能言其所以然也。

嗚呼！至矣。景瀚嘗竊聞先生之論文也，以自得爲宗；而教人讀書也，以盡其心爲要。夫自得者仁也，盡其心者，所以求仁之方也。

---

① 參見《論語·憲問》。
② 參見《孟子·盡心上》。
③ 參見《莊子·漁父》。

仁者，吾心之天也，天體物而不可遺，故四時百物，無非教也。仁體事而無不在，故釣弋射御，無非道也。以此讀先生之文，思過半矣。昔者昌黎之門，實有籍、湜諸子。東坡、潁濱、南豐，皆永叔門下士也。故昌黎之集，李漢叙之；六一之集，東坡叙之。景瀚庸劣，何足以知先生？然坐井而觀天，其所見者，不可謂之非天也。入寶山者空手而回，舉其形似以示人，是亦足以自豪矣。先生主鼇峰者有年，一旦忽以疾去，諸生有不釋然者，故爲之本於天以明之。雖然，先生既全乎天矣，而景瀚猶不能已於是言也，毋乃猶有人之見存也哉。

鄭在謙四書文叙

鄭君在謙既舉於鄉，同人集其所爲《四書文》，將梓以問世，在謙謙讓未遑也。余讀其文，靈秀雋永，能自道其心之所得，而不詭於時好，可謂篤信好學之士矣。人之好善，誰不如我，吾知之矣。而謂天下必無有能知是文者，是誣天下也。又無以堅學古者自信之心，同人之欲廣其傳也固宜。雖然，猶有説伊川先生《易傳》既成，門人請受之。先生曰：“徐之，吾年未老，尚冀他日之有進也。”其不苟於著述也如此。《四書文》代聖賢立言，其爲傳經之學一而已。且古之立言者，非用力於言也。先自治其身心、性命，而後及於天下國家之故，本末備具，而文立焉。其所得有淺深，則其言有大小、厚薄之不同，要皆無意於文者也。有意於文，文必不傳，傳亦不重，其中易盡也。由前之説，則在謙年方壯，進學未可量。由後之説，在謙既舉於鄉，介仕與學之際，所當爲之事甚多，不必汲汲以文名，是則在謙謙讓弗遑之志也。夫余與在謙，同游梅崖先生之門，能知在謙之心者，故爲之言如此。在謙如獲辭同人之請，則存此以爲他年進德之驗。不然，亦使天下有以見其志也。

尹某四書文叙

文以氣爲主，韓子曰：“氣盛則言之短長與聲之高下皆宜。”[①]蘇長

[①] 參見韓愈《答李翊書》。

公曰：“行乎其所不得不行，止乎其所不得不止。”①此言氣之足以生乎法也。氣之純雜厚薄，視其所養之深淺。富貴貧賤，毀譽榮辱，凡所謂人之見，悉屏而無存，然後其心能深入乎古。故古人之學，必求其得乎心，積之之久。其氣之剛大者，沛然而有餘；而其和平者，挹之而不盡。夫如是，不必有意於爲文也。道其胸中之所自得者，而文成，而法立焉。周秦以來，荀、揚、董、賈、兩司馬、班、劉之徒，下至唐宋諸家，其爲法不必同，其是非亦不無謬於聖人，要其精力所專，溢爲光怪。天下後世，欽之而不敢議，議之而不敢廢。所謂用功深者，收名也遠，其氣固不可磨滅也。《四書文》代聖賢立言，而復束之以排比聲偶之法，於道爲近。

然而今之文，反往往不及古者，以其無所心得也。得失之念熱於中，成敗之論激於外。綴拾緒餘，趨赴俗尚，求速售焉耳。其賢者博洽，以爲名高，涉獵口耳，辭雖工，我心何與焉？此如搏土爲人，翦綵爲花，非不龐然具形，燦然觀美也，但無生氣耳。以飾庸衆之耳目，未嘗不可。自知言者觀之，其人之本末，固自可見。此有志之士，所以慨然思有立也。

山左尹君某，甫以名進士宰閩之長樂，不數月而左遷以去，其不合於今如此，吾知其必有得於古也。既乃讀其所作《四書文》，法度本之先民，而其氣窈然以幽，穆然以深，非深思乎古而有得乎心者不能。夫言者心之聲，故剛大者，可以知其才之所受；而和平者，可以知其德之所成。尹君非徒以文自見也，惜乎吾之論尹君者，徒以文爲也。雖然，尹君之學既有得矣，則夫富貴貧賤、毀譽榮辱之境，皆所謂人之見也。是豈足以動其心哉！尹君歸矣，將復出爲世用乎？以其所言，措而行之耳。其終不復出乎？其氣之不可磨滅者自在也。士患不自立耳，不有得於今，必有傳於後，吾願尹君之自堅其志也。

---

① 參見蘇軾《文説》。

積石山房四書文自叙

少時不喜爲時文,隨侍河南,每試一藝,縱筆所之,塞責焉而已。先大夫愛之,亦不甚拘以繩墨也。既歸試有司,念進身之資,苟不盡其心焉,是自欺以欺人也。家多先輩藏稿及名人選本,盡取而覽之。沿流溯源,始知《四書文》與詩古文辭,本無二道,苟有所得,皆實學也。自是始有進,而方應科舉,得失之念中之。間牽於他好,不能竟其學。癸巳歸里,①十餘年以授徒爲業。又常與故友會課,所作爲多,然猶有人之見存也。稿具,輒不滿意,隨手棄擲,或爲人携去。

自入仕途,惟在中衛,與到三八弟,同作數篇。其後碌碌奔馳,無暇及此矣。兒子式縠,前歲自南來,裒集散失,得百餘篇。見之,如晤故人,半生精力在焉,不忍棄也,置之篋中。今年至循化署中無事,乃出而録之,存其大半,分爲三編。上編於聖賢之語,似有會心,未知其至焉否也。中編則詞費矣,然猶有有得之言也,才力亦以見焉。下編蓋不足觀,然不詭於時,且多昔日師友所評定也,姑存之。凡八十餘篇,非敢出以問世也。受兒等在固原,年稍長,方爲科舉之學,寄而示之,俾知《四書文》代聖賢立言,有可以自見其性情學力者,毋徒以依仿爲也。由此而精焉,進而不怠,庶其成余未竟之志乎。

時六月盛暑,北窗洞開,望積石山,嶙峋峭拔[1],蒼翠撲人。酈《注》所謂唐述山也,云其中常有神人往來。日對山靈,揮汗録此,使其有知,當笑書生結習未除也。因題爲《積石山房四書文稿》云。歲在壬子,②海峰龔景瀚識。

【校勘記】

[1] 挺:原作"挺",據文意改。

---

① 癸巳:乾隆三十八年(1773)。
② 壬子:乾隆五十七年(1792)。

澹静齋文鈔卷之三

平凉府記恩碑

乾隆五十有四年春二月，陝甘總督臣勒某，入覲京師。皇上軫念邊民，詢問疾苦，臣勒某言："甘肅地高氣寒，其山童，無竹木之饒；其水鹹苦，無蒲芡魚蟹之利。居民樸拙，不能營生業，日用百物，皆仰給他處。田雖廣而瘠，糞種無法，豐年畝僅收數斗，歲入不供所出，故賦稅常不及額。四十七年至今，積逋又累百萬，有司急考課，追呼鞭扑，或有死者，其中不無姦民，然大略實由於貧。臣愚，不敢不以上聞。"皇上憫之，命內閣："甘肅自乾隆五十三年十二月以前，所有民欠銀糧草束，及歷年所借籽種口糧，下詔悉免之。"戶部按籍，銀以兩計，糧以石計，草以束計，凡千四百若干萬。而平凉一府，爲數五十餘萬有奇。詔下之日，黃童白叟，歡呼載道。適督臣自京師回，奔走跪迎相屬。督臣爲駐車，道天子恩意："爾民自今，宜竭力輸將，盡以下奉上之義，毋自外生成。"皆感泣叩首而去。

臣景瀚謹案：甘肅爲《禹貢》雍州之域，厥田上上。漢則屬司隸及凉州刺史所部。其在唐爲關內道及河西、隴右、朔方三節度地，史稱人民富庶，畜牧被野。五代之凉、宋之西夏，區區一國，皆能用其民力，與中國抗衡數十百年。至明而蒙古據河套，無歲不被兵。三王分封，衛官棋布，殺掠之慘，供億之繁，所不忍言。然猶能拮据奉上，軍民之賦，未聞有逋欠者。國家休養生息，百有餘年，民老死不見兵革，輕徭薄賦，所取不及前代之半。顧常苦飢寒，歲歲仰哺於上，此其故何哉？地氣與時轉移，而視興王所在爲厚薄。我朝起遼左，王氣盡鍾於東方。白山黑水，英傑輩出，物產繁昌厚美，百倍於他處，爲前古所未有，此豐則彼嗇。甘肅處於極西，較南北二方爲遠，地氣至是而窮。故其山荒土惡，水走沙飛，不能翕聚，以爲長養。百餘年來，不獨人材遠不古若，其物力彫敝，生計狹隘，亦異於昔所聞。平涼跨隴東西，當大道之衝，民尤疲困。盛衰消長之道，固如是也。仰賴列聖及我皇上，軫念此一方民，賑借蠲緩，歲不絕書。故民猶得以生聚保世，而無流離失所，陷於死亡之憂。所謂裁成天地之道，輔相天地之宜，以左右民者也。

臣景瀚又考往牒，世祖、聖祖、世宗及我皇上御極以來，施恩於甘肅之民者多，不能悉數已。自四十六年，吏治肅清，而撒拉逆回之變，[1]及四十九年，田五之亂，皆以軍興普免錢糧。未及十年，至是而三矣。各布政使司所屬，未有若此者。平涼所得，尤多於他郡。聖恩高厚，爾民當若何其報效哉。普天之下，莫非王土；率土之濱，莫非王臣。故出租稅以奉上，天之經也，地之義也。甘肅獨非踐土食毛之民乎！國家度支，歲有常數，損上益下，其勢亦不能繼。爾民清夜自思，必有怵然不安者，若乃有恃，而習以爲常。僥倖於必得之恩，以遂其罔上自私之志，是固天地所不容也。夫奉宣德意，撫養斯民，封疆大臣之職也。教民以忠孝之義，先公後私，守令有司之責也。

臣平涼府知府秦某，敢率所屬，恭錄上諭，勒於貞石，而令臣景瀚爲之記。俾平涼之民，往來於是者，仰讀聖訓，而感動其天良；忠愛之心，油然而自生也。父詔其子，兄勉其弟，守法力農，急公趨事，以無負我皇上軫念邊民有加無已之心，與夫督臣入告之意。庶幾迓天休而培地脉，豐年屢兆，家室盈寧，不亦休與。十月某日，平涼縣知縣臣龔景瀚恭紀。

重修平涼府學文廟碑記

平涼府學始建，未知何時。其遷于今所，則明永樂十五年知府何公士英也。入國朝凡四修,近又圮矣。知府金匱秦公蒞任三年,政修民和,將議新之,而費無所出。會都試郡中文武士,謀之于衆,平涼何大倉、固原田逢春、華亭曹步青、隆德韓國相等四人慨然各願出私財以應,共得白金八百兩。乃鳩工庀材,朽者易之,壞者補之。欞星門縮入五丈許,移屏于内;而外建大坊,以聚風氣而壯觀瞻也。經始於某年月日,落成於某年月日。

既釋菜於先師,士民咸來觀禮。乃進諸生而告之曰:"國家設學養士,將以成文武之材,備緩急之用,非徒博取科第,爲士子梯榮之藉也。平涼在古爲安定郡,朝那之皇甫、烏氏之梁,祖孫父子,皆有勛德,爛于漢晋之史。至宋而劉武穆及吴武安王兄弟,又以功名顯。顧自明以降,立學四百餘年,學政益修,而人材益不古若,其故何哉?西人樸訥,拙于文辭,而其性忼慨激烈。重然諾,尚氣義;尊君親上,知忠孝大節,故其民爲易用。讀《小戎》《駟鐵》諸詩,知周之所以王與秦之所以興也。漢庭文學之士取于山東,而六郡良家子弟皆以材武進,其爲名公卿者,項背相望。唐宋進士、明經,兩途并用,西北之士,半由明經,又羅以諸科,用其所長,而避其所短,故人才輩出也。自明以制義取士,束之于一途,其始猶曰經學也。至其後,剿襲剽竊,心無所得,而相競于詞章。蓋古學荒而人才亦日衰矣,非獨平涼也。夫人各有能有不能,雕龍篆刻,非西士之所能也,而工之又不足爲重。士安在皇甫氏中,文學最有名,其所成就,較之其家威明、子真,相去何如?明之趙浚谷,詩文具在,其與士安,抑又有間矣。惜乎其弊精神于無用之地也。然則輕重得失之間,爾諸生當知所自立矣。今天子廣學興賢,所以養之取之者無所不至。諸生苟深體國家設學造士之意,率其性而學以充之,本之于忠孝,澤之以詩書,通經學古,明體達用。其仕于朝,必有確然不可奪之節。其列在戎行,敵愾從王,有必死之心。是秦聲之所以爲大,而皇甫諸賢之所賴以繼起者也。區區詞賦翰墨之工,烏足稱士哉!諸生勉之矣。"諸生皆再拜受命而退。平涼縣知縣龔景瀚遂書之以爲記。

漢丞相諸葛忠武侯墓記

漢丞相諸葛忠武侯墓，在沔縣定軍山，夫人而知之也。祠後數武，大冢巍然。入謁者無不肅拜。然與陳氏《蜀志》所稱"因山爲墳"者不合。山右譚君炳，精於《洪範》《衍疇》之學，以數推之，云葬處當在垣外西北數十步半山，衆未信也。總督松公，[2]奉簡命駐節漢上，督辦軍務。[3]巡閱邊防，至沔，謁侯墓。余與山右沁水譚君皆從。[4]譚君精堪輿術，得古人望氣之秘。譚君指墓曰："此贗冢也。"因循垣南行。[5]土岡環繞如屏，登其半，有碑在焉，萬曆十九年所題也。墓之形迹，略可辨識，履其上，聲橐橐如中空。譚君曰："此葬處也，左右前後，形勢宛然，午山子向，其不忘中原之志乎？"岡上周垣遺址猶餘尺許，衆以譚君之言爲有徵，皆神其術。知縣馬君允剛與邑之紳士鳩工庀材，將新侯廟。適聞是語，遂加土爲封，因舊址築外垣以衛之。祠後之冢，仍舊不敢廢也。立石于左，與明碑對。請余記之，以示後人。

余考侯有專祠在縣城東五里，道旁中有《重修祠墓記》，亦萬曆十九年所立也。其文云："仍舊址爲垣。更核侵地，以短垣盡護。域外之山，各爲圖，載碑陰。"碑陰已磨不可考。然當時有內外兩垣可知也。今所封之墳，當時已知之矣。而各爲圖，蓋兩存之，以云慎也。[6]季漢至今二千有餘年矣，酈氏《水經注》云："遺令葬定軍山，因即地勢，不起墳壠，惟浮松茂柏，攢蔚川阜，莫知塋墓所在。"當北魏時，距侯歿僅數百年，所言若此，況至今哉。侯之英靈在天，下其體魄所藏，與山爲體，岡巒回護，松柏葱鬱，數十里外，望之者無不肅然起敬。是定軍一山皆侯墓也。必求尺寸之地以實之，則鑿矣。今兹之記，信以傳信，疑以傳疑，猶古之志也。嘉慶五年正月下浣七日，龔景瀚記。

改建六盤山關帝廟記

自隴州而北，達於固原，崇山叠嶂，皆隴山也，亦曰笄頭。黃帝及秦始皇、漢武帝，所嘗登也。古之由隴東趨隴西者，南道必登隴阪。

《秦州記》所謂"山東人行役至此,西望秦川,泣涕如雨"者也。其北道,則由今之固原,抵靖遠以達涼州。竇融之會高平,張既之出鸇陰,皆是道也。六盤爲隴山一峰,介南北之中,其路蓋至元時而始通。國朝康熙年間,改新路,棄牛營,直趨瓦亭之南,道徑而稍峻矣。

山半有坪,廟祀關帝,行人憩於此,必拜謁焉。新疆既闢,三十六城之官屬、屯防之兵、哈薩克吐爾扈特準部、回部之君長,與其朝貢之使,往來絡繹,皆入廟瞻拜惟謹。蓋國家威德,與帝之神靈,固無遠弗届也。乾隆四十二年,知府汪公皋鶴,移建於舊址之右,距道遠,香火漸稀,廟亦圮廢。五十二年,蓉莊先生來守是邦,既三年,庶政具修,至此顧而嘆曰:"是不可不復其舊。"鳩材庀工,移而新之。大殿五楹,擴以前軒,翼以兩廡。其後祀山神,旁爲賓館,厨、舍、廏、廁備具,合衆志以成。於其成也,命景瀚記之。

景瀚竊惟黄帝合符釜山,來者萬國,當時西北二方,皆在數萬里以外。降自殷周,兢兢守中土,未暇遠略也。國家列聖相承,重熙累洽,蒙古諸部落皆爲臣妾。至于皇上,文德武功,益宏以遠,新疆底定,海西日入之地,罔不率俾。六盤撑拄天末,爲國西門。昔之屯重兵守障隘者,故壘相望;今烽燧晏然,關禁不事。仕宦商賈、耕鑿之民,與羌夷之君臣交錯于道路,入廟稽首,各得其意以去,若忘其爲邊關險要之地者。是廟之建,非獨帝之威靈垂于無窮也,于以見聖朝無外之略,近悦遠來,非秦漢所能及。而先生之爲政,大小具舉,神人胥悦,亦可見矣。

是爲記。先生秦姓,震鈞其名,江蘇金匱人。乾隆五十五年十月朔日,平涼縣知縣、閩中龔景瀚記。

中衛風神廟碑記

風雲雷雨之祀,不屋而壇,所以達天氣也。而後世所在皆有風神廟,禮固有以義起者歟!古者天人之際,蓋至近也。三代以降,人事詳而天事略矣。其誠不能以上格,則不得不引而近之。神也而事以人，使民生其敬畏之心，以致其如在之誠，是亦神道設教之義也。

風神之有廟也，固宜。中衛歲苦風暴，春夏尤甚。邊地多沙，乘之爲虐，害於田苗，而風起則河渠輒淺涸。三四月間，又常苦旱，風神之所係至重也。顧廟祀不立，某屢任之明年，乃相地於東郊，得前郊亭之故址，高明爽塏，因捐俸庀工，爲屋三楹，繚以周垣。落成之日，率邑之父老子弟，奉風神之位於中，牲牢酒帛，以享以祀。洞洞翼翼，莫敢不敬。其年暴風不作，水泉充溢，歲且大熟。廟距城一里許，與西郊之龍神廟遥相望，龍神亦不載祀典，而河渠之利，爲功於兹地獨溥，所謂以義起者。

邑之民苟無忘報本，歲修二祀，神歆而錫之福，潤散以時，其終無旱澇之憂矣乎。夫神生於心，故曰有其誠，則有其神。壇壝之上，有司以春秋奉行典禮，鄉愚之民，有不知爲何事者矣。今者廟貌儼然，過之者即婦人孺子，皆能起其敬畏，而憬然於休咎之徵，庶幾天人之際，不甚相遠也。有以邀神貺而兆豐年，今兹非其驗與？

某懼其始勤而終怠也。因爲文而勒之石，廟興工於四月初三日，落成於五月二十九日。土木匠役之費，凡糜錢三萬有奇。時乾隆五十一年月日，知縣閩中龔景瀚記。

寧國府標紙廟記

府城北五里許，古標紙廟，祀宋知宣州張公果。公事詳《府志》，此則得公屍地也。乾隆元年，前衛守備李君畞既爲公建祠城中，復新兹廟，存其始也，數年復圮。今守備李君某至，顧而嘆之，謂古忠義之士，其生死游息之地，即載籍無考，弔其烈者，必仿佛其近似者。爲之立碣建祠，以申其仰慕無已之心。後之人亦遂不敢廢，況此地爲公靈所式憑。浮韡載册，著於志乘，傳數百年，將聽其頹壞以即湮没，非所以惇功而勸後也。且前事之師，余其敢忘。既捐俸爲之倡，命主祠者告於衆。衆力具舉，越某月工成，請記於余。余惟張公不惜一身，生數百萬人之命，其功甚偉，宜食報於後。而斯城之人，不忘公功，義聲一倡,踴躍奔赴,雖公德之入人者深,亦可見其俗之厚。而李君之有志乎古,能守其官,皆可書也。是爲記。

重修柳湖書院記①

　　柳湖書院,明韓藩之故苑也,國初廢爲民田。乾隆二十九年,知縣汪君沄始鑿池構亭,月集諸生課文其中。今之飲水亭也,書院蓋權輿于此。三十四年,知府顧晴沙先生移蚜蚄廟于西南,即其地。繚以周垣,建觀海堂及上下學舍,亭閣間之。水木之勝,甲于關隴。延師課士,學制始立。四十四年,知府夏邑汪公皋鶴又增修之。募金二千,歲收其贏以給廩餼,規模大備。未數年,大獄興,守令相繼獲譴,所貯金皆乾沒,而書院亦廢且圮矣。五十二年,秦蓉莊先生來守是郡。時晴沙已歸老于家,以書來屬其修復。先生有志未逮也,既逾年,[7]乃以府庫贖鍰,命景瀚鳩工庀材,[8]修壞補缺,悉復其舊。明年,先生集僚屬于此曰:"院宇粗葺,顧門迫城面墻,非宜也。且屋舍亦寡。"時陸君勤毅、王君賜均、陳君科鋗、張君映宿、張君世法及景瀚等,各願出俸金,斥而廣之。于是平土山,浚深池,移門于東,引泉環之。過橋爲大坊,其北建藏書樓五楹,與飲水亭相對。又前爲講堂,堂之西則舊所也。增學舍五楹,錄郡士之秀者額三十人,延師課之,聚于西偏其東,先生常以花辰月夕,携僚屬與諸生講學論文焉。

　　始修之年,張生紹學首舉于鄉,繼而周生宗泰、宗濓兄弟又以茂才選。于是郡之人士咸興于學。謂先生與晴沙,果能先後相濟以有成也。兩先生皆東林後人,故其爲政知先務。晴沙去任十餘年,不忘所治,數千里貽書。先生治孔道,馭勞瘁之民,日不暇給。經度數年,卒成其志。而陸、王諸君,各激于義,以勸盛舉,皆可書也。

　　然而經費無所出,歲課牧令捐金,爲膏火之資,其後將不能繼。

---

① 此文清代朱愉梅撰《柳湖書院志》作《秦蓉莊先生重修柳湖書院記》,實爲其時平涼知府秦震鈞主持、平涼知縣龔景瀚重修柳湖書院,《記》爲龔景瀚所寫。異文參見朱愉梅編纂《柳湖書院志》卷一《建革》,平涼市地方志辦公室1993年内部刊印,第137—139頁。

夫興廢固有時,顧興難而廢常易。前數君子,歷二十餘年之久,經營節縮,僅能有成,不轉瞬而歸于盡。今茲其遂可恃乎。謀久長之策,俾郡士知向學而俗日益上,以無忘兩先生始終興復之功,是又在後之人矣。晴沙名光旭,先生名震鈞,俱江蘇金匱人。乾隆五十五年月日,[9]平涼縣知縣署固原州事、閩縣龔景瀚記。

井上草堂記

余既交何君介堂,過其井上草堂。介堂曰:"是黃朗伯先生之故居也。余思其人,不忍易其名,子為我記之。"余曰:"園林之勝,臺榭亭沼之觀,皆寄也。然而有傳有不傳焉,豈非以其人哉。予嘗行滇黔間,高山長谷,嘉樹怪石,其雄奇俊偉,錯愕可喜之狀,百倍於中土,為人迹所不到,無過而問者,其名遂不彰。滄浪之亭,平山之堂,一丘一壑耳,以歐、蘇遺迹,聲施至今,夫固有幸有不幸也。自才翁鑿此井以來,五百餘年,環而居者,幾何人矣。有能識其姓名者乎?而朗伯之名獨留,不可謂非斯堂之幸也。夫朗伯猶有然也,況夫君子,有所立以自見者哉。介堂生長富貴家,恂恂守禮法,禮賢下士,有儒者風,且工詩,精筆札,其為朗伯也蓋不難。雖然,吾願其進而益上也,聞諸前人之說《易》者曰:井之為物,體用備者也,君子之學,備夫體用者也,體欲其居,用欲其不居,居則其德有常,不居則其功不匱,德有常而功不匱,此井之所以為井也,故曰改邑不改井。言君子可貴可賤,可富可貧,而道不可變也,所以為剛中也。曰無喪無得,往來井井。言君子之學,非有假於外,其及於人無窮,而應之者一也。"又曰汔至,亦未繘,井業不可以半途廢也。曰羸其瓶凶,既有其具矣,又不可不善其用也。君子之學,其自養以養人,不可以苟也如此。今介堂將出而仕矣,是有養人之責,則所以自養者,不可不深長思也。夫君子之所以自養者,豈有他哉。《井》之初六曰:"井泥不食,舊井無禽。"泥者,欲之自內生者也,不能自新則舊矣,則不可食矣。故君子之嗜欲,欲其窒也。九二曰:"井谷射鮒,甕敝漏。"鮒者,物之自外至者也。在下而微者也，故曰無與也。言所與之非其人也。故君子之交游，欲其慎也。窒嗜欲者，所以養其中也。慎交游者，所以養其外也。如是則學成矣。其不用於世，則井渫不食，爲我心惻。其用，則井冽寒泉，食王明，并受其福矣。然又懼其有所恃而怠也，故曰井甃無咎，足以養人，而又不可不自修也。曰井收勿幕，懼其以成功自居也。至是而井之功乃全。介堂誠顧名思義，於是二者盡心焉。學成業立，以聞於時而稱於後，此草堂之所賴以不朽者也，朗伯云乎哉！宋玉臨江之宅，子山居之；李渤白鹿之洞，紫陽稱焉。後人不必不如前人，顧素所樹立何如耳。介堂勉之矣，余將以是言爲他日之券也。

是知堂記

渠清林先生以儒世其家，而精於醫。病世之醫者，多強不知以爲知也，顏其堂曰是知。予曰："先生非特爲醫言之也。昔人云'不爲良相，則爲良醫'。王荊公之青苗，房次律之車戰，此知古方而不知今症者也。北平兵起，尚仿《周官》；崖山之役，猶講《論語》。此知治本而不知緩急之說也。子太叔不忍猛，其後悔於萑苻；趙廣漢以鈎距刺奸，而潁川盛告訐。此知補與攻，而不知以攻爲補、以補爲攻之說也。

"夫其負經世之才，朝夕講求，以底於用，天下翕然。如沈疴之望起，謂其生死人而肉白骨，乃茫無一效。甚者元氣既傷，百病隨之，天下之事，遂敗壞不可收拾。無他，時勢異宜，而其所知者舛也。況乎目不知書，胸無一見，《素問》《靈樞》，束之高閣。揣摩時好以爲術，詭其方以探之，多其品以嘗之，幸則醫之功也，不幸則天之數也。使天下之人，日陷於死亡夭札，不能自保其生；方鮮衣美食，揚揚得意，號於衆曰吾知醫。天下之人，恬然而不怪也。曰彼將以是求利也。嗚呼！是尚可問哉。讀書不以經世用，弋科名而已；居官不以念君國，取爵祿而已。人心如此，風會趨之，吾非獨爲醫術憂也。古之人，其聰明才力，百倍今人，於一技一藝，宜若有所不屑意者，顧出其緒餘以爲之，必求其精而後止，非徒以博後世之名也。欺人者自欺，君子之爲是事也，則不可以苟，亦儒者正心誠意之學也。然則先生亦自求其是而已，世俗何責焉？先生曰善。因書爲記。"

【校勘記】

［1］撒：原作"撤"，據文意改。
［2］總督：《勉縣忠武祠墓志》卷五作"宮保制府"。
［3］奉簡命駐節漢上，督辦軍務：據《勉縣忠武祠墓志》卷五補。
［4］山右沁水：據《勉縣忠武祠墓志》卷五補。
［5］譚君精堪輿術……因循垣南行：據《勉縣忠武祠墓志》卷五補，此處原作"既展拜循垣北行"。
［6］示：原作"云"，據《勉縣忠武祠墓志》卷五改。
［7］先生有志未逮也，既逾年：《柳湖書院志》作"初，視事未及暇也。其明年，庶政略舉"。
［8］命：《柳湖書院志》作"令平涼知縣龔君"。
［9］月日：《柳湖書院志》作"十二月朔日"。

澹静齋文鈔卷之四

薛公夢雷傳

薛夢雷,字汝奮,某縣人,隆慶辛未進士。① 主司張居正也。方柄用,獨不謁謝,授江山縣知縣。察奸如神,奪豪家葬地以還民。巡按、御史爲請,不得也。明江山稱三賢令,夢雷其一。入爲御史,視盔甲廠,劾巨璫冒破狀。居正慊前事,置不問。副都御史王篆以私憾乘之,出爲廣東僉事,轉參議,皆治事海北。番人瓊崖,殲之。捕蜑賊盜珠者,走其渠魁李茂。珠池法峻,將吏或逸真盜,鹹脅從爲功。夢雷令獲盜以俘,勿以級,弊遂革。復平巨賊蘇觀陞、葉宗權等,招撫八千餘人。前後以功,三賜金幣。巨璫張誠之弟橫海上,杖殺之。大城廉州,令所部皆樹榕鑿井,濟道渴者。遷副使,歸,再補浙江。琉球貢人舟失道,官兵掠其物屠之,係其餘二十七人以爲倭。夢雷察其枉,白之巡撫,護歸國。兵備道初以爲功,反得罪;恨甚,力撼之。夢雷曰:"吾以一官活二十七人足矣,不能自爲計也。"海塘圮,行視築塞,省金錢巨萬,以其羨築塘棲堤。事間,復賜金。礦事起,浙東三郡尤騷。巡撫劉元霖請進夢雷參政,守其地,杜奸謀,遂以無事。遷雲南按察使、晋右布政使,尋轉左。稅監楊榮暴恣,諸司束手。夢雷披誠開諭,而一裁以法,禁奸民訐人於榮者罪無赦。有黠奴毆其主之母,且構於榮,籍其貲,論殺之。久旱禱弗應,悉出榮所妄逮繫數千百人於獄,乃大雨。榮恚甚,誣奏以稽稅,其黨環泣。

---

① 隆慶辛未:明穆宗朱載垕隆慶五年(1571)。

薛公得滇人心，齮薛公，民且變，榮懼，遂寢其奏。嘗赴榮飲，同僚懼毒，多挈樽罍行，夢雷獨忼慨爲浮白，榮以此服而憚之。順大猛奉之俘，誅及嬰孩，爲活之。又白故參政李先著及二孝廉寃，與巡按爭一州幕得不死，其持法寬平多類此。武定知府失諸夷心。阿克者，其先爲武定酋，欲得故職，遂作亂。知府懼，逃至省，委印於藩司。克隨以兵脅取印，聲言不予且屠城。人情洶洶，鎮守而下，皆請於巡撫，姑予印以紓禍。夢雷獨持不可，畫城守十策曰："吾力守，援兵將至，賊奈我何？即不然，守死，正也。奈何爲城下盟以辱國？"辭色激厲，爭之力。巡撫懼，卒予印。賊退事聞，逮巡撫，以夢雷代。承蹂躪之餘，撫痍傷，討軍實，命將吏殄其餘蘖。滇歲貢金五千兩，爲民患，又稅監毒民。爲布政使時，疏請蠲貢金，停稅使。又議除無名之稅三十六所，皆不報。至是草疏極論之，未及上，而言者以予印事波及夢雷，遂歸。滇去京遠，當日爭論，人無知者，朝命御史往勘，事得白，尋卒。

　　夢雷博大雍容，詞色藹然可親，才具敏達，應務不窮，而性耿介，不通朝貴書，以故迴翔藩臬三十年，甫得巡撫，遽去，不克竟其用云。歷官所至皆有祠，浙、滇最久，民尤思之。天啓中，遣官諭祭，贈工部侍郎，廕一子。

誥授驍騎將軍四川永寧協副將前肅州鎮總兵李公家傳

　　公諱述泌，字鄰儒，乾州訓導凌雪公子也。性至孝，幼歲母張太夫人卒，哭泣如成人。長而奇偉，膂力過人。應童子試不售，隸固原營爲騎士，丐升斗以養。鎮綏將軍潘公育龍善其騎射，拔補提標把總，遷陝西神道嶺千總，調赴固原。用斧傷人，論抵繫獄。李氏三世伶仃，凌雪公方以老書生家居，衣食之資，皆無所出。獄事急，槖饘亦絕。時公繼母季太夫人年尚少，凌雪公計無復之，將鬻之。季太夫人拜且泣曰："人亡家破，妾何惜一身，雖然於事未必有濟，等死耳。妾願竭手足之力，以供內外。或天假之緣，夫妻母子，猶可再相見也。

即死,毋寧守正死耳。"凌雪公泣而勉留之。拮据竭蹶,如是者三年。其後援孤子留養之例,得免死,從輕議。既出獄,乃慨然曰:"生不能顯親揚名,以小忿貽父母憂,今復何面目見鄉里父老。"遂赴直隸,依其從叔馬蘭鎮千總,仍爲騎士。會聖祖仁皇帝謁東陵,校兵丁射,異之,以實對。奉旨交陝西提督,仍以把總題補,遂補西寧鎮標把總,旋遷千總。自是祿稍豐,有所資以爲養矣。

公感激天恩,益奮用命。雍正元年,青海羅卜藏丹津叛,撫遠大將軍年公羹堯最其軍功,三擢至西寧中營游擊。從皇十四子援西藏,以功遷陽平關參將。七年,從寧遠大將軍岳公鍾琪剿準噶爾,叙功復遷定邊協副將。乾隆元年,引見,賜蟒袍。歷署河州、榆林、涼州三鎮總兵。四年,總督鄂公彌達閱邊,奏公爲河西員弁第一,授肅州鎮總兵。會以涼州兵譁,部議降調,歸原官,調四川永寧協。未竟歲而丁季太夫人憂。

當凌雪公卒時,公在陽平關,以金革未得守喪。至是慨然曰:"所以仕者,爲祿養也,今已矣。"既歸,遂終不出。公之事季太夫人也,竭意承歡,無微不至。太夫人少公十歲,而嚴憚之過於所生。夫人線氏猶能體公之意,太夫人病於家,手足虛腫,漸潰爛,臭惡不可近。飲食溲溺,皆夫人抱持之,數月無倦色。觀線夫人之孝,而公可知也。

家居二十年,健如少年,謙謹自下,吊死問疾必親至,見者不知爲貴人,鄉黨益敬而愛之,卒時年八十。子二:長林,公弟之子,幼撫爲嗣,歲貢生,平涼府學訓導,今調昌吉縣學。次彬,甲午科武舉人,①今爲西寧中營千總。孫三、曾孫二。

案曰:公,靖遠人也。余令靖遠,邑人時道公之言行。及來平涼,與公之子林交,又知其家事甚悉。蓋不獨公之英偉卓犖,爲時所難,而季太夫人之節、線夫人之孝,皆可書也。公之遇聖祖仁皇帝也,以一兵丁,不數年,位至列將,推其感激圖報之心,即萬死寧有恨邪。

---

① 甲午:乾隆三十九年(1774)。

而遭逢太平，獲以天年歿於閭里，不可謂非公之幸也。然而功業不概見於世，此又知公者，所爲深惜其才之未盡歟。雖然，資於事父以事君，公孝矣。其忠於國者，大致亦可見也。訓導求余傳公，爲擇而次之，藏於家，使其子孫知所法。

二林小傳

林湛，字楚瀹，侯官人。有文學，久困諸生。耿精忠蓄異志，湛作《水晶宮賦》，指斥僞閩事以陰折之。精忠方羅文士爲名，或薦湛，屢召不至。一日忽造門，喜急延見，則期期作口吃狀，不省何語。又故自再三申列，終不可通。精忠以爲不適用，怒薦者。及變起，知名士多污焉，不屈者率賈禍，湛卒免。性忼慨好施，家貧，而親族婚葬皆倚焉。與弟成之友愛尤篤。著有《道山堂文集》《夜舫樓詩集》。

林枝春，字繼仁，湛之孫也。少孤苦，事孀母，負薪汲甕以養。學益力，長而有文名，以內閣中書及第第二人。桐城方侍郎，負海內望，於士少許可，獨器重之。以侍講督學河南，豫人至今稱之。豫有三教堂，其位佛居中，而孔子、老子左右之，凡五百餘所，相沿不廢。枝春奏請盡改其祠爲義學。數轉通政司副使，復督學江西。公慎如在河南。歸，主鼇峰書院。教諸生坐作進止，皆有規矩。所成就多名人，與弟鳳彩友愛，遺命與同葬，曰："吾魂魄不忍相離也。"其爲中書時，母在家寢疾，燕去閩五千里，感夢，請急航海歸。六日抵家，母驚喜，疾爲少瘳，人謂孝感所致云。著有《某某集》，能詩，尤工書法。

郭孺人家傳

郭孺人，武威舉人周泰元之母也。性貞慧，幼讀書，長而精女紅，其父太學公愛之。年二十歸周，事堂上順而恭，能以意時其喜怒，翁姑安焉。姑之黨屬多，歲時率三四集，孺人入厨視飲食，咄嗟立辦，讓留數日。每旦，必詣臥榻問安否，戚屬交口稱其賢。泰元既生，食指漸繁，家中落矣。孺人躬操井臼，子女衣履皆出己手，終夜常聞刀尺聲。鹽米瑣細，黽勉有無，未嘗告人，亦不求人助也。歲時祭祀，必豐必潔，敦宗族，濟窮乏，不以貧而怠。周有族叔，老而無依，養于家。孺人每飯，手調肴膳侍側，勸加餐，久而益恭。其他洗濯縫紉，無不周至。其人臨終，顧孺人曰：“吾累汝，汝賢名當播于世。”嗚咽而卒。泰元出就外傅，距家遠，數月始一歸省。不忍即去，或牽衣號泣，孺人以鞭扑從之。泰元懼而出，回視孺人，泪亦涔涔下也。然終不令復入，其不爲姑息也類如此。自奉儉約，終身未嘗製一帛衣。語泰元曰：“吾爲汝等惜福耳。”因言昔時窘迫狀，又出笥中所貯衣示之曰：“此五十年前嫁時衣也。”色雖落，無一沾污處。平居以禮自持，雖臥病，必强起櫛沐整衣坐。好聽古今節孝事，使泰元等旁誦之，評品輒中其要。有子五人，泰元其四也。卒於乾隆五十八年某月日，年七十二歲。

論曰：綜孺人所行，孝慈勤儉而知大體，可謂女而有士行者矣。泰元館于余未數月，聞孺人之訃。將奔喪，泣書行實求作傳。余非史官，例不宜傳人，哀泰元之意，擇其略書之，俾附譜乘以示子孫可也。余又聞泰元言，乾隆某年，分給凉州兵丁爲奴回犯，有白千總者，寄養一男一女于周。女名搭拉，孺人撫之以恩，常抱持泰元。數年，移黑龍江，女一手抱泰元，一手牽孺人衣，痛哭不忍去。孺人解所服棉衣衣之，強曳登車，一路涕泣而去。女來時語言不通，其後愛戴乃若此。然則孺人至誠之所感者深矣，又非獨一家之無間言也。

林烈女小傳

林烈女，名娃，閩縣人。少失父母，撫於叔父，許嫁同里張天章。未婚而天章咯血死。死之數月，媒氏來議姻。其叔父叔母，方密語私室，女行竊聽之，得天章死狀，驚而失足。叔父出問，笑而謝，眾不疑也。次夕既寢矣，忽起束髮作高髻，其妹問故，以他辭對。丁夜視之，則女自經死矣。初，女聞天章之病亟也，微以詞問其叔母曰：“咯血可死人乎？”叔母知其意，漫曰：“是多不死，死者偶耳。”語久之。有言及未同牢爲不成夫婦者，女長嘆曰："有是哉！"嘻吁而起，至是遂死。天章之死，以八月二十六日，而女死於十一月之三日。友人鄭天錀，其鄰也，云天章死旬日，女猶浼所善鄰媼往問疾。媼不以實對，故其死相去數月云。

論曰：守節可也，死過矣。雖然，不死，將奪其志矣，烈女籌之熟矣。或曰："未婚而守，禮乎？"曰："此聖人所不言，而可以義斷者也。"婚禮，未三月廟見而女死，歸葬於女氏之黨，謂其未成爲子婦也。然吾未聞三月之中，不幸夫死，而可以改嫁者也。如曰未成夫婦也，則兩姓之好，成於媒妁，告於廟，祖宗鑒之，親族知之矣。使不足爲據，先王何爲以虛文欺人？然則夫婦之義，豈必成於同牢合卺之際哉！曰："禮何以無文？"曰："禮者，衆人所易知易行，而不責以所難。先王謂是聽有志者之自爲之，不可以概衆人也。"伯夷、叔齊，未嘗爲商臣也，而餓於首陽。王蠋，未嘗爲齊臣也，而絕脰於畫。執是律天下之人，踐土食毛，孰非臣子，易姓改代之際，當無孑遺之民矣。然以是而反謂夷齊與蠋之不軌於正，則豈可訓哉！世之論此者衆矣。拘禮者反詆訶其事，是不樂成人之美者也，而矯之者又或失其平。余故因烈女之事而備論之，使後有所考焉。

皇清誥授朝議大夫戶部掌印給事中加三級補山温公墓誌銘代

補山温公與余同年舉於鄉，先後成進士，入翰林，交相得也。公和平樂易，與人言，恂恂然若不能出諸口，而慨然有許國之志，余心知而敬之。別公數年，而公督學陝甘，其後余亦兩覲京師，凡三見，顧皆匆匆未能久聚也，自是遂不復再見矣。長君承惠，以吏部郎中出爲陝西督糧道，繼又分巡延榆綏道，共事一方。時於其家言中，聞公動定，承惠廉明知大體，而勤於吏事。數匡予不逮，又喜公之有子也。

嘉慶元年，邪教滋事。余率兵防邊，而承惠亦奉檄奔走於商州、興安之間。其冬，聞公巡漕天津之命，上稔公忠誠，駸駸將大用矣。

踰年而公之訃至。次君工部郎中承志，與其兄書，言公抵任，即赴河干，敲冰浚淺，督山東之艘，悉達津門。繼奉旨兼巡濟寧，至七十二閘，催南糧。糧抵津門，早往年旬日。以勞致疾，遂至不起。疾革之際無私言，惟以父子受恩深，憾未能報。屬承惠在軍竭力，勿以私情掩公義。蓋公報國之心，雖死而不忘也。承惠得書慟哭，幾不欲生，匍匐請奔喪。余以大義責之，乃強起視事。

關廟河之役，賊圍副都統豐公伸阿軍。承惠將民兵二千人，距之二十餘里，集其衆而誓曰："事亟矣。此軍若沒，賊將長驅入興安。吾世受國恩，苦由餘生，何惜一死。爾等不爲國，當爲家，忍使賊蹂躪爾鄉里乎？"衆皆感泣願效死。帥之疾馳，由後山登。承惠策馬先進，衆無不以一當百者，拔豐副都統及協領伊克精額興福等於重圍之中。賊皆辟易，逡巡退去。俄而豐副都統等以創甚俱歿，承惠曰："我軍新喪大將，氣少燼矣。不出奇，無以制賊。"休士三日，偵賊移蔓營。夜雨初止，月微明，分兵兩路襲之。遲明，抵其營。賊方飯，火礮、鳥鎗并發，皆枕藉以死，殺其魁張再萬。賊氣奪，遂由倉上東奔白河，洵陽賴以完。事聞，皇上嘉其勛，賜花翎，晉階按察使。

推公數十年許國之志，未得一當，其心常慊然。有子墨經從戎，爲國殺賊，九京聞之，其亦可以無憾矣。承志奉公柩歸里，將以某月某日，葬公於某山之原。承惠狀公行事，哭請於余曰："知先子者，莫如執事，非執事文，無以明承惠之志。"余方居劉太夫人之憂，奉旨仍署巡撫視軍務，以身處之，然後知承惠之難也。義不可辭，乃爲之志曰："公諱常綬，字力古，先世居山西洪洞縣。明洪武時，有某者，始遷太谷縣之敦坊都，遂爲太谷人。曾祖，某邑庠生，以子有哲貴，贈通議大夫、二等侍衛，晉贈武功大夫、廣西鎮安協副將。祖某，候選州同知，貤封通議大夫、二等侍衛，貤贈奉政大夫、掌京畿道監察御史。父某，邑庠生，舉優行，鄉飲大賓，敕封儒林郎、翰林院檢討，誥贈奉政大夫、掌京畿道監察御史。生子四，公其長也。幼穎悟，一日能誦萬言。十歲爲文，鄉先生瞠然，自以爲弗及也。十四歲以誦九經，受知學使者爲諸生，游牛真谷先生之門，學益進。癸酉鄉試，①中副榜。庚辰恩科中式第二十三名，②己丑會試成進士，③殿試三甲第六十一名，改庶吉士。乞假歸省，散館，授翰林院檢討，仍乞假。奉封公回籍侍養，遂丁封公艱。服闋，補原官，旋充武英殿分校官。庚子，④充浙江鄉試副考官，督陝甘學政。差滿，改山東道監察御史，旋掌道。校書圓明園文源閣，轉協理京畿道監察御史，稽查西倉，署巡視東城。稽查本裕倉，遂掌京畿道，稽查舊太倉，擢兵科給事中，巡視中城，轉掌印，校書熱河文津閣，稽查中倉。丁母憂歸，服闋入京，與千叟宴，補兵科給事中。巡視中城，轉戶科掌印給事中，巡視天津濟寧漕務而卒。歷官三十年，清約如寒士，惟期盡職以報國。"

　　浙闈同典試者羅公某，年老且病，公獨閱卷萬餘，晝夜簡擇，目力爲耗。榜出，一時稱得士。秦中童子試，大半有文無詩，學使憐才，間爲錄取。公曰："是違公令也。"申令再三，無詩者文雖佳不錄，自是秦士始講聲律。行部所至，必集諸生，教以忠孝大節，及讀書行己之要。反覆開導，士皆感興。乾隆四十九年，甘肅逆回滋事，回民文武生無一從逆者，公之教也。其官科道嘗曰："言官之設，以達民隱也。苟非關於民生，矯直沽名，吾不爲也。"天津、河間等府災，流民就食京師。上令設粥廠，十於京城，五於城外。公疏言："臣每日至廠，每廠領賑者，不下二千餘人。十廠約二萬餘人，城外五廠，計必更多，此非長久計也。若於本籍經理，俾口食充足，不致流移，更爲妥善。查保定、天津、河間、順德等府屬，俱有應修城垣，若即於目前興修，不至坍塌過甚，致將來糜費。而災民既邀皇上賑恤之恩，復得藉工作以充口食，庶在籍者不出，而外出者可歸。"得旨允行，大工既竣，而民不流亡。兩視中城，歲暮監粥廠，必黎明往，雖風雪不懈。嘗曰："我輩擁重裘

---

① 癸酉：乾隆十八年(1753)。
② 庚辰：乾隆二十五年(1760)。
③ 己丑：乾隆三十四年(1769)。
④ 庚子：乾隆四十五年(1780)。

猶寒，貧民衣不蓋體，忍顧一刻之安，令其枵腹待乎？"其仁心愛物類如此。然鋤奸去暴，又未嘗不執法也。

性至孝，事封公及母車太恭人孺慕如一日。友愛諸弟，幼者撫之成立。以謄錄議敘官兩淮鹽大使，仲、叔皆未仕，命承惠、承志以應得封典貤之。戒承惠等勤慎盡職，以報國恩，毋以官驕人。每遷一秩，則其語益切。從子承祚，補河南遂平典史，謂之曰："職無大小，為國宣勤一也。汝雖一命，而所任者民事，吾甚重之。"蓋公之教子弟，與其所以自處者一也。生平無他嗜好，日手一編，有所得，則書之簡端。嘗舉王融言"少好讀書，老而彌篤"，雖偶見瞥觀，皆即疏記。後重省覽，歡興愈深，謂深與吾意契合。又舉張參言"讀書不如寫書"，余意寫書又不如評書：寫之功，字句而已；評則義蘊從此而出。故所著評纂為多，有《尚書評》《考工記集評》《春秋三傳評》《孟子評》《杜詩評》《義山詩評》，藏於家。《論語輯解》一書，則公精力所萃者。綜諸儒之說，而以己意折衷之。將續輯《學》《庸》《孟子》，惜乎其遽歿也。

公生於雍正十一年三月十一日寅時，卒於嘉慶二年三月二十五日寅時，享年六十有五。配蘇氏，贈恭人；繼室杜氏，贈恭人，皆先公卒，與公合葬。子三人，幼者承思；女四人。孫男三人：啟鵬、啟鷔、啟熊。孫女一人，所嫁娶皆名族。方承惠等之以杜恭人艱歸也，上幸五臺，公命承惠等迎駕長城嶺。上垂問家世，及公年幾何。時命承惠等即由五臺入京，稱觴侍養，人皆以為榮。嗚呼！上之所以待公父子者厚矣。宜公之歿不能忘也，承惠等勉之矣。銘曰：

溫遷太谷，世有名德。隱處弗耀，以蓄其澤。桓桓中葉，維璋與哲。武義武功，顯於右列。公間時出，績學健文。玉堂容與，日馳厥聞。出為文宗，入居言路。惟此一心，不欺其素。以淑其身，以教其子。平生所學，忠孝而已。迴翔臺省，未竟公施。遺言惻愴，情溢乎詞。伯執干戈，敵王所愾。馘賊綏民，以成公志。蔓營之師，霆擊颶馳。惟公有靈，實陰相之。仲終公事，視藥視珍。窀穸既營，生死無憾。有子如此，公為不亡。我知公心，猶有所望。盡殺群賊，無俾遺種。獻俘入京,過家上冢。天子旌庸,推恩其先。大書特書,再表公阡。

某甫某君墓志銘代

往余丙戌里居,與內兄某甫某君相見。是時愚谷、又眉二林君,以年致仕,而龔君亦以病歸。晨夕過從,高者年七十餘,次亦幾六十,鬢鬚皤然,相對飲滿,絮絮語少壯細事爲笑樂。或雜爲博奕、投壺諸戲,數家子弟,皆執杯炙,侍杖屨陶然樂也。數年而余入都赴補,龔君復出,卒官滇南。愚谷貧且病,又眉垂老出游,此事遂絕。今某甫復亡矣,其子甲,以書來請銘,交游零落,執筆輒泣下沾襟也。

君諱某,字某,其先蓋色目。元有某者,以詩名始受姓,世所稱某先生者也。某弟某之子,某官福建,行中書省檢校,遂爲閩縣人。再傳而某登明,宣德進士,爲禮部右侍郎。又數傳曰某,是爲君之曾祖。生子某,康熙壬子舉人,①兩世皆以鹽䇲富,而能力於祖宗之事。某之子某,以歲貢生爲福安縣學訓導,則君父也。君少志功名,攻舉子業,砥磨期一得,而不合於有司。既而父兄繼喪,家中落。母某孺人老矣。稍稍修祖業,牟微贏以爲養。某孺人始爲富家婦,靚衣美食不去體,晚而居貧,處之晏如。能勤儉率其家,族戚皆賢之。不知君之先意曲事,有以歡其心也。猶終不廢學,篝燈挾册,誦聲朗朗達丙夜。以太學生赴鄉舉,佹得者屢矣。然卒不遇也,而家頗日起。同時業醝者,治宮室,極飲饌,鮮衣美僕,揚揚市里,或廣交游結納聲氣以見謂材能。而君漠然,茹粗居惡,行未嘗輿,衣未嘗帛也。俯拾仰取,經營細密,能自作苦忍慾以成其業。其創造艱勤,余知之詳,雖其子弟,不能悉也。然而知用財,族戚有所求,鮮不應者,亦不自以爲德也。厚心淳質,與物無所忤,言語煦煦,雖婦孺童僕皆親之。晚歲家益康,子弟材,置家事不問,日含飴弄孫。出則與余諸人游,倘徉自得,落落然無一事干其胸中。所居與愚谷對宇,往來尤密。每歲時宴會,座無愚

---

① 康熙壬子:康熙十一年(1672)。

谷不歡，甲等善承其意，所以事愚谷者必至。

今歲君卒，而愚谷方病，甲供藥餌飲食不倦。愚谷尋愈，與余書稱之，亦可以見君之篤於故交，其教及於子有如此也。君以助餉功，議敘某職，其後甲以急公，賜秩封君，以所加階，得服五品冠帶。而子某、孫某，皆列學官，為博士弟子，彬彬然文。每歲誕日，縉紳士大夫，重君行者，作為詩古文，揄揚其美。族黨姻戚、交游子弟，實筐篚，衍鐘鼓，冠烏楚楚，堂階皆滿。子婦女婿，更進上壽。內外孫曾四十餘人，環而拜者，君或不識。嗚呼！盛矣。當君始喪父，年十四五耳。母子相依，伶仃孤苦，亦不自知其後之至此也。屈伸固自有時，余蓋綜君之始終，而慨嘆不能已，非獨感念昔款愴然於懷也。

君生於康熙年月日，卒於乾隆年月日，年七十七，即以其年月日，葬於某關外某山之原。兩娶皆某氏，又娶某氏，皆早卒，與君合葬。子九人，孫八人，曾孫三人。女九人，適人者六。乃乞銘於余，銘曰：

緒厥先，不侈而顛，乃力而綿。燾厥後，匪貲之有，惟德之守。鬱鬱茲山，君宅其間，既固且安。桓桓之石，我銘其迹，匪誣而覈。

節孝陳母劉太安人墓誌銘代

太安人，直隸定興劉氏。父植，官四川眉州知州，稱廉能吏。母馬宜人，治家有法。太安人服其教，勤儉明大義，宜人鍾愛之。長適華州太學生陳君元璜，廣西蒼梧道斌如之孫、順天府丞恪之子也。太學為府丞側室王孺人所出，孺人早卒，而府丞及繼姑周恭人皆在堂。太安人柔孝盡婦道，一家宜之。太學體羸患肺疾，太安人晝夜調護，藥餌必躬親。年二十有六，而太學歿，遺孤葆田方五歲，哀痛幾不能生。念老親及弱息賴之也，隱忍勉自持。陳氏雖世宦，而蒼梧府丞，皆清白吏，家無餘蓄。太安人以一身仰事俯育，艱險備嘗。府丞去世，殯殮拮据如禮。未幾而周恭人復病，太安人衣不解事者七旬。疾革之際，執手泣曰："婦真節孝矣。"指葆田曰："是兒嶄嶄露頭角，必大吾家，天其所以報汝乎！"篝燈夜績，課葆田讀，時告以祖父遺訓及立身行己諸大節。葆田未冠，而通經能文。既長，有志行，賢士大夫皆從之游，太安人力也。葆田以家貧，糊口四方。四柩未葬，太安人憂廢寢食，鬢髮爲之白。葆田歸，哀戚友所贈，營葬地。太安人喜而泣曰："吾事畢矣。雖然仁人之賜，爲汝祖父也，必自力以繼先志。"葆田入都校錄館中，太安人就其養，黽勉有無九載，得以無累。議敘得官，授直隸布政司經歷。乃挈婦及孫歸里曰："汝初仕，當勤職業，毋以家事涊也。"其賢明知大體，大率類此。太安人生于康熙五十六年四月初四日子時，卒于乾隆五十九年正月初三日亥時，年七十有七。以乾隆六十年某月某日，合葬太學之塋。子一，即葆田也；孫男三，孫女一，曾孫男一，婚嫁皆名族。其次孫淞，余婿也。故葆田持狀來求志。銘曰：

峩峩太華，聳碧連空。維節維孝，與之爭雄。旌閭表墓，以爲禮宗。施于孫子，福祿延洪。

三原楊公蒨齋墓表

余宦中衛，始識訓導楊君鵬翱。文酒過從，相得甚歡。又二年，其季鵬翩來，署令張掖。因訓導定交，省垣數見，亦相得也。楊氏爲三原望族，訓導老不廢學，訓士教子，皆循循有法。張掖以名進士，出宰醴陵、廣寧，所至有聲，余皆心重之。然二君時爲余道其伯兄蒨齋行事甚悉，孝友敦篤，有古獨行君子之風。二君所以成名者，蒨齋力也。以遠宦不得常聚，語次輒東望泣下，二君友愛之情，於斯而著。然可以見蒨齋之賢也，亦以不得一見爲恨。又一年，余在平凉，張掖以書來，具訓導之狀求銘，則蒨齋歿矣。感嘆久之，不能即下筆。葬期迫，湘潭張君世法，爲之志銘。念二君之好，蒨齋之賢，不可不使見於余文。因刪次銘狀，寄示訓導，使表於墓左，亦足以傳蒨齋於不朽也。

蒨齋，名鵬耆，字雲程，少工舉子業，讀書甚勤，顧不得志於有司。贈公及某太孺人，年俱高矣。家徒四壁，日皇皇薪米，乃慨然曰："家貧親老，弟妹幼弱，此何時也？忍事毛錐，以貽兩大人憂。"棄而業賈，走湟中者十餘年，家稍康矣。乃延名師，購圖籍，教兩弟。每歲歸省，課其所業，勞勉備至，泪與聲下，且曰："讀書非徒獵取功名，當取古聖賢言論，實從身心體認而出，方無負耳。"蓋蒨齋之學，能見其大，非如世俗以富貴爲悦者也。壬申，①張掖領鄉薦，訓導亦已入泮矣。贈公喜甚曰："科第不足言，吾家書香賴以不墜，微爾力不及此。"丁丑，②張掖成進士。辛卯，③訓導亦舉於鄉，太孺人皆及見之。就養醴陵，蒨齋同往，一切征徭供支，會計出入，皆躬親之，民不勞而事益理。張掖治獄，有所平反，爲之喜累日。或遇事憂疑不決，輒論之曰："天下惟一理耳，當理勿懼也。非理，勿爲也。何猶豫之有？"張掖矍然益自勉，故醴陵政績尤最。居喪哀毁，三年如一日。

晚歲治舊業東郊外，與二三父老，徜徉山水間，閑則取古昔忠孝事，爲子弟訓説，刺刺至夜分不倦，一鄉皆化之。綜蒨齋始終，勤勞儉約，誠篤不欺，所謂獨行君子者。而苦心勞力，不惜自污，以成弟之名，以養親之志，則其孝友大節，尤卓卓可書者也。昔薛包分産，悉推以與弟，所以自處者得矣。其處弟則非也。陽城兄弟友愛，終身不忍婚娶，遂至無後。其行不合中道。惟漢之許武，撫教兩弟，至自敗其名以成之，是真能以親心爲心者。若蒨齋者，其庶幾乎。余故表之，非徒徇二君之請，亦以風世之爲兄弟者也。其里系子姓，生卒月日，皆具於張志，故不著。

譚君翠屛墓表

君譚姓，諱所得，字翠屛，山西沁水縣人也。居城西五柳村。曾祖標，祖延扶，父遵采，皆隱德弗仕，而世雄於財，業長蘆鹽。及君之身，力足以致顯宦矣。守祖父之素，以九品頂帶終其身，視名勢泊然

---

① 壬申：乾隆十七年(1752)。
② 丁丑：乾隆二十二年(1757)。
③ 辛卯：乾隆三十六年(1771)。

也。家庭之内,孝於親,愛於弟侄,敬老慈幼,同居合㸑,七十餘口無間言。其在鄉黨,公正誠直,急人之急,解推無倦色,以是家中落。而君以一身,支持補苴,心力竭矣。君歿,家遂破。生於雍正九年辛亥,①卒於乾隆五十六年辛亥,享年六十一歲。以某年月日,葬於所居村之東北原。妻高氏,繼娶楊氏、張氏,皆先君卒,與君合葬。又娶石氏。子三人:忍、炳、炘。女二人,皆適名族。孫二人:某、某。

炳精《洪範》之學,以九疇衍數,推人吉凶休咎多驗,不喜諛人。所言依於忠孝,士大夫重之。足迹半天下,所得皆以贍其家。家雖破,同居合㸑,猶君之舊也。竭力營葬事,又於墳旁置腴田數十畝,收其租,爲子孫讀書膏火之資,可謂知本,亦足見君之教及於子也。

皇清誥授奉直大夫雲南鎮南州知州顯考厚齋府君行述

嗚呼!先大夫之棄不孝也,以乾隆之三十八年正月。越明年十二月,不孝景范等乃克扶櫬還里門。又明年八月,乃克葬。嗚呼,何其需也?不孝之罪無可逭。而先大夫二十年居官立身之本末,亦於此而可見。

先大夫,姓龔氏,諱一發,字天磻,一字厚齋,福建閩縣人也。系出宋參知政事文莊公諱茂良,遭兵火,失其世次。入明,有爲翰林院檢討者諱福,始著系。數傳爲廣東提舉司提舉諱澤,南京國子監祭酒諱用卿,族始顯。皇清誥封中憲大夫江西吉安府知府諱遠者爲曾祖,誥授中憲大夫兩淮鹽運使司鹽運使諱其裕者爲祖,邑庠生敕贈文林郎河南虞城縣知縣諱岘者爲父。

先大夫生八歲而孤,母林太孺人教之嚴。稍長,有大志,慕范文正公之爲人,伉爽喜自負氣,英英凌人,意所不合,輒嫚駡。顧中磊落無他腸,亦無怨之者。論古今成敗,及生平得意失意事,摳袖抵掌,激昂忼慨。目光閃爍如炬,一座人噤不能出一聲。其爲文縱橫馳騁,極

---

① 辛亥:雍正九年(1730)。

所欲言。紙上翕翕作光怪,俗子驚顧狂走。學使者吳冠山先生、吳樹屏先生,咸奇之。先後三冠其軍,既終不遇。乃摧去圭角,俯首入規矩,而奇傑之氣,終不能掩也。乾隆十二年,優貢入成均。十五年,遂以五經舉北闈。明年會試罷歸,家故中人產,贈公歿,林太孺人能守其業。及先大夫與叔父各受室,食指少,粗自給也。族中子弟無生計,半不能舉火,欲以一人之力出而振之,棄所有,使逐什一,稍得餘以贍妻子。任所爲,終歲不一會計,家遂大落。又不肯自以爲貧,戚友來告者,漫許之,許必加人一等,至脫所服衣,或貸子母以應,至是益不支。其明年,復會試,得復失,乃慨然曰:"家貧親老,此何時,而區區與人爭尺寸名爲?"會有旨,選下第者,爲縣令以下官。乃捧檄出河南,赤手不持一牘一儀往。初試宜陽令,咸謂官文弱,初親政,易與耳。有某甲者,妻歸寧,久不返,謂其家之嫁之也。其家實未嘗見女歸,又疑甲賣其女。而以虛詞誑迭相控,兩造方爭不已。先大夫沈吟間,謂其証某曰:"拐某氏者汝也。"愕不能應而伏,一邑乃驚相告,以爲神。或問之曰:"吾見其目睛屢轉而左右顧。又其証甲也,詞甚力,顧神氣不屬,若重有愧然者。聊試之,幸而中耳。"再試密縣,去之日,人持杯酒跪道左,十餘里不絕,肩輿一步一止。李某恃酒暴於鄉不悛,三日三杖之,至是亦持杯酒前。先大夫曰:"汝不怨我邪?"泣曰:"小人早失父母,無教訓,冥頑不自知其非,創鉅痛深,乃懲以悔,今得復爲良民,是再生我也。"先大夫喜,爲之盡一觴。補林縣令,而叔父奉林太孺人至,可承歡者力必致。縣故山邑,簡無事,日擁几讀書,暇則携諸生游黃華、桃源諸山,遇勝處,吟嘯移日。察其泉源,引溉田,爲永惠諸渠,民不苦旱。邑豪田文振,與弟爭產,控數官矣。各使人以千金饋,先大夫怒斥之,坐其母庭中,敞門令人縱觀曰:"曲直吾不問,汝兄弟之控也幾年矣。"皆對曰幾年。"汝兄弟貲幾何?今何如?損乎,益乎?"皆默不應。曰:"吾固知其損也。官之費若干,吏胥之費若干,訟師游客、奔走飲食費若干,汝於此輩何親,而甘心奉之?汝以此讓兄弟,事不已解乎!小人無賴,利汝財,乘險抵巇,於其中取利,汝財盡，皆散走耳。他日有急，持斗米匹布相慰勞者，必汝兄弟也，且汝謂勝者榮邪。汝本大家子，兄弟皆國學生，而使垂白老母，日匍匐公堂下。"詞未畢，其母放聲大哭，乃皆伏地哭，不能起。叩首請無竟其事，相扶掖以出，觀者有泣下者。

乾隆之二十有二年，歸德大水，商虞、永夏民大飢。天子震怒，問有司不告狀，置大吏及郡縣吏於法，命撫臣遴能者聞。而先大夫調虞城。時固在虞城勘災，日夜出入水中，數十里或斷人烟，行人與殣屍相觸，心傷之，作《常家窪》《老人行》諸篇，讀者謂元次山之《舂陵行》、鄭監門之《流民圖》，不是過也。既受命，乃日夜奉宣德意，核戶口，清囚繫，去奸蠹，禁盜賊，令民毋得輕去其鄉，毋以小事訐，單騎巡行鄉邑中。當是時，天子出司農金錢數百萬，轉東南漕粟以賑。命相形勢，疏積水，使者冠蓋相望，大吏震慴奔走。虞彈丸地，聚六七貴人，司馬參軍丞簿尉之屬，不可數計。車騎填溢，邸舍皆滿。先大夫倉卒履任，戚友無一至。晝理賑事，夜省文書，供帳畢具，無敢譁者。修惠民、永便諸河，持畚鍤者，皆飢民初起，不忍復督責之。循河干與相勞苦，下馬取筐中糗糒，爲嘗旨否，乃更感泣，力於作，工先諸邑竣。少宰裘公曰修，嘆曰："他人工程，外面飾耳目耳，唯龔令者，樸而堅，譬如好女子，不施脂粉，却是真材也。"虞城被灾後，市區蕭條，獨衙前尋丈地，鬧如沸，酒坊飯肆，夜張燈如晝，結浮屋，市餅餌瓜果，至密不容趾。問其故，皆鄉民訟於官者，兩造既集，吏不即爲報，報而官不即訊。或訊不即蔽，纍纍待命，市儈盡胥，表裏爲奸，張以中之。百物故高其值，以瓜分利，鄉民至揭田產質子女爲訟費。先大夫曰："是不必禁也。令持符者，計里爲期。踰刻，法不貸。朝至朝訊，夕至夕訊。"月餘而衙前乃净如洗。休息數年，民大和藥。於是飭風化，舉廢墜，大修孔子廟，備禮樂器。

邑故無書院，置城東宅一區，拔諸生之秀者讀其中，給餼廩，嚴課程，身爲之師。老儒袁去急，貧而介，足跡不入公門，爲作《高士行》，葺其廬，葬其先世五棺，歲周之，邑於是敦節行。劉悚讀書破廟中，晝夜共一几，縣試拔第一，而貧士勸。毀三教堂爲義學，而人崇正術。新城隍廟、關帝廟，曰敬神以重民也。建開元禪寺，曰祝釐所也。庀義原寺，曰管鮑分金處也。雖不實，吾以風世，路必溝必樹，橋梁圮者整，曰："政無小。"且勿使行人咨，署舍撤而新之，倉獄、郵傳無不飭。曰："吾不敢視如傳舍也。"民風大變，百度具起。二十四年，歸屬大蝗，蔓延江南山東，虞處中央，獨無之，飛者亦不入其界。上官獎勵示各屬，而紳士咸歌詩以嘆美其事，先大夫皇然不自有也。獨城久壞不理，距河十里，僅恃一縷堤。二十六年，水大至，一邑震，乃集士民曰："倖不可屢，顧吾力不能獨任何。"出五百金爲倡，旬月響應，一年而畢役。出入勾稽，選能者主之，不與聞也。而工繁費鉅，郡守不能無所望，既無以應，則以事齮齕之，寖不相下。念七年劇邑，任勞怨，知無不爲，反受制齷齪新進，意不平。而林太孺人亦去家久思歸，遂以病請假。郡守悔，使追之，無及矣。校庫籍則大絀，斥家中產以抵之。留虞一年，輸薪米屬於道，鄉民爭以魚鮮瓜菜獻太夫人，門如市。歸而皆投錢助行裝，至質衣典屋爲贐。空城送之河干，泣涕頓首去，或依依四五百里外。

不孝景瀚，去歲過虞，虞已得先大夫訃。入境，鄉老聚語，聞知爲閩人，則皆依馬首，問先大夫家。既知爲不孝，則又絮絮問夫人安否？家何如？能自活否？轉相告。過村莊，輒擁不能行。入城，而士大夫爭爲主，相見哭失聲。父老子弟，下及街中賣菜傭，爭觀故令君子。摩挲睇視，或云似，或云不似，或無語，但欷歔泣數行下。嗚呼！先大夫之去虞，蓋十三年矣。歸而家故貧也，戚友來告者，益不忍卻之，產又去其半。六十口，日皇皇憂薪米。林太孺人不能無顧慮，則又慨然曰："幸受國恩，沾微祿以供甘旨，不自撙節，獨奈何重貽老母憂。"而林太孺人乍歸，與戚黨相見歡甚。日康壯無疾病，力勸之出，則赴直隸需次，甫一年而以艱歸矣。自傷少失父，母子相依五十年，爲貧求仕以養，乃仕已。卒不免於貧，卒無以爲養，復不得不仕。而適不及送母終，悔恨哭泣。自是居恒忽忽若有失，對客或終日默不出一言。

有忤者若不聞見，生平豪放之氣，漸滅殆盡矣。服闋，赴直，權平山、元城二縣。三十四年，補高陽。忼慨好施與，終不能改也。邑爲保定河間孔道，差使絡繹。虎而冠，車馬飲食之費，不忍累民，則皆出己貲與之，費不貲。越兩年，以久俸遷雲南鎮南州知州。新令至，毛舉而櫛比之。一出入間，數乃倍蓰。令爲上官私人，監者從風靡，於是大困，乃盡斥家中業以抵之。不足，則搜簪珥，傾箱篋，婦孺布衣，皆悉索去。又不足，而同鄉諸公，力爲之助，事始解。次年四月，引見，力已憊矣。當其任虞城也，年壯氣滿，視天下事無不可爲。而破敗之餘，得復振起，祖宗之澤，不敢忘也。於是命叔父歸，復故所失業。自檢討公以下子孫若干人，貧者著於籍，月計口給以錢米，戚屬之窮獨無告者，亦與焉。擇支子之不可絕者，與以聘娶金，凡五人。子弟材者，爲援例得微官，使祿養其兄弟。家譜久廢，修而刊之。宗祠故創於先大夫，至是圮，倡而新之，又置產爲祭祀費。檢討公以下，及高曾祖父墓，各置祭田有差，實非力有餘而爲之也。展轉補苴，挹彼注此。末途偃蹇，益不如意，一創於虞，再創於高陽，所復之業，旋盡失去，而年亦老矣。既無可爲歸計，跟蹌携不孝景瀚，及二僕即道。抵衛輝，而虞城民越五百里候道左，涕泣相慰勞，各出囊中金助裝，乃能行。至樊城，而泄下之疾作，飲食起居如平時，不以爲苦也。入滇，而叔父先官滇三年，相見喜而泣曰："此役也，風波百變，險阻備嘗，所幸與汝同處一方耳。"鎮南處萬山中，居人不及二百戶，吏役皆椎結跣足。而兵興後差使反劇於高陽時，則鬱鬱不得志，疾時作時愈。次年正月初九日，赴鄉驗毆死者，久立曠野中，體虛感寒氣，大吐暴下，遂委頓，然終未嘗一日淹牀簀也。十七日，出廳事，訊所驗者，入而作《瓶中桃花詩》示不孝景瀚。蓋自太孺人殁後，不復持筆作詩、古文矣，此絕筆也。十八日早，猶與幕中友，酌所訊者詳文。少頃曰："冷甚。"因擁被臥。食頃覺，命取虎子，而神色忽大異。不孝景瀚問曰："胸中有所苦邪？"曰："無之。"醫至，揮之出，曰："今日佳，何以醫爲？"顧舌微撟，痰微上，扶起坐，以湯進。曰："頗甘。"命再取復進，而氣略平。又食頃，忽張目視不孝景瀚。景瀚泣問曰："吾父豈有所語邪？"曰："無。""吾父豈無一語與吾母及諸兄弟邪？"曰："無。"又問終不應。曰："輿人來矣。"痰復上，四鼓而去世矣。嗚呼痛哉！十九日之丑時也。歿而目不瞑，景瀚哭告曰："謂天南萬里，憂兒不得歸邪。如故，則曰謂弟妹小，憂不能成立邪？如故，則曰謂少負大志，歷任二十年，義田義塾，一事無成，反棄祖遺業，以此齎恨邪？景瀚等雖不肖，終當成父志。"乃瞑。

嗚呼！先大夫脫然生死之際，無一累其心，而獨惓惓於此，亦可觀其志矣。訃至家，族戚皆哭失聲曰："已矣，今無所告矣。"先大夫爲政，嚴明整肅，署中百餘人，闐不聞一笑語聲。登其堂，吏胥皆鵠立如木偶。而善恤人情，賞罰信，人亦樂爲之用。與士大夫宴會無虛日，一語涉於私，即座中立驅之出。而愛惜士類，有小過，務曲全之，不肯輕去人功名。後卒感悔有立，所至皆有聲。莅虞城久，故虞城之民尤思之。其事上官善，與之益敬，以勢脅之，則益倔強不屈，有求必不應。其既遷，或失職，及被逮以去，則厚贈送，爲治裝，或經紀其家。其始皆怒，其後莫不握手流涕。謂公誠君子，恨相知晚，而固已去位矣。意所不可，即力持不變。虞城民借米於倉，率以雜糧收，行數年矣。布政使某，令徵米，諸邑唯唯承命，先大夫獨陳其不便，不允。又申之，又不允。固已怒矣，乃爲書上之，其略曰："虞素不產米，而市又無米。今棄其所有，責以所無，令民持升斗雜糧，北之濟寧，西之汴，東之亳，往反五六百里。市儈故高其價，一石率不能易數斗，是重困之也。明歲又當出借，是固民物，於國何損？虞承災欺後，聖天子不惜數百萬金錢，此區區者，活之溝壑中。某靦顔居民上，不能保護之，復摧殘之乎？"得書則大怒，曰："是將謂我靦顔也。"立馳六百里檄令携印至，怒不可解，以巾受齒，巾盡裂，而郡守適在省，則召而嫚罵之，日如是。郡守輒免冠搏顙謝，持檄者阻於水，不時至，而郡守故知先大夫力爲請。某粗人，固已解矣。至而郡守且迎且罵曰："若病心邪？幾累我。今幸少霽，必往謝。"先大夫笑曰："歸耳。性不能謝也，且所争者非邪,而謝爲?"郡守仰屋而嘻曰:"吾終無如子何矣。"入則某姑作色,以俟其謝也而解之。先大夫挺立不語,既莫可如何,而耳其強項名,慮激焉益不可下,乃反以好言慰之出,卒不謝也。

是時,某暴戾名聞天下,奴隸使牧令,人莫敢犯其鋒。即巡撫瘖不出一言,拱手觀其所爲,而先大夫以縣令,奮而與之角,一省傳笑以爲狂。數年而有吳典史之事。吳名家子,到官數月,酒徒坐其門詈之。諭不去,杖之十五,三日而死。時先大夫方在郡也。巡撫某,與其祖有隙,以此中之。力持不可,則大怒,并劾先大夫徇庇,厲聲曰:"典史可杖死民乎?"先大夫曰:"民不可杖,固也,官獨可辱乎?平民戶婚田土小故,不俟印官擅杖,即不死當劾,今以無賴小人,恃酒恣肆,登門辱官長,典史雖小,亦朝廷命官也。曰死何也?曰杖十五,不爲酷,適而死耳。且已三日,安知無他故?一典史不足惜,使刁民風日長,下吏何以爲治?"巡撫直其語,無以應也。追還所劾奏,而吳終不免,先大夫亦未幾以病歸矣。其遇事持大體,不苟徇也,類如此。卒之日,雲南驛鹽道沈公榮昌,臨其喪,哭之慟,執不孝景瀚手曰:"吾與汝父,同官河南。去歲又相見京師,知之頗悉。汝父,古之君子也,汝勉自守,勿負先人。"景瀚泣受命。又曰:"汝父一生有三反,忼慨喜功名,而恥于謁以進取;下於己者,煦煦相歡暱,即窮獨孤寡,惴然恐不當其意,而不喜事權貴人;用財若泥沙,不計有無,而錙銖之入,動色却顧,硜硜不苟。此所以終老不得志,而窮困以死歟。"嗚呼!是足以盡先大夫之生平矣。所著詩、古文若干卷,雜錄纂紀二十餘册,及手點勘書數千卷,皆藏於家。

先大夫生於康熙五十四年十月初七日寅時,享年五十有九。配吾母黃孺人,例封宜人,國學生諱建女。子男四:長不孝景范,監生,湖南桂陽州泗州砦巡檢。娶陳氏,康熙癸巳進士、①奉天府府丞、提督學政諱治滋孫女,四川眉州州判諱朝極女。次不孝景瀚,乾隆辛卯萬

---

① 康熙癸巳:康熙五十二年(1713)。

壽恩科進士。娶張氏，國學生敕封文林郎名夢齡孫女，乾隆壬午舉人、①揀選知縣名兆榮女。皆黃宜人出。次景李，聘高氏，乾隆乙卯舉人、②揀選知縣諱振翺女，庶母李氏出。次景淙，未聘，庶母林氏出。女三：長許字雍正癸丑進士、③翰林院庶吉士、曾諱豐孫、乾隆丙辰舉人④雲南大井鹽大使諱之詵子黎，早卒。次適歲貢生林諱天標子耀，俱黃宜人出。次未字，庶母林氏出。孫男三：長式穀，聘林氏，乾隆庚寅舉人名開瓊女，⑤不孝景瀚出。次佑穀，次宜穀，皆未聘，不孝景范出。孫女三：長許字乾隆丙辰進士、⑥浙江山陰縣知縣林諱其茂孫，乾隆乙酉舉人⑦名喬蔭子增。餘皆未字。謹卜乾隆四十年八月二十七日未時，葬於侯官縣二都勝業鄉新安里洪山先塋之右。

嗚呼！其大者既無以見於天下，而其孝於親，友於弟，篤於宗族故舊，其事不可得而悉數也，且鄉之人能道之矣。故次其出處本末著於篇，謹狀。

愚侄林枚光填諱。

---

① 乾隆壬午：乾隆二十七年(1762)。
② 乾隆乙卯：乾隆六十年(1795)。
③ 雍正癸丑：雍正十一年(1733)。
④ 乾隆丙辰：乾隆元年(1736)。
⑤ 乾隆庚寅：乾隆三十五年(1770)。
⑥ 乾隆丙辰：乾隆元年(1736)。
⑦ 乾隆乙酉：乾隆三十年(1765)。

澹静齋文鈔卷之五

秦蓉莊先生六十壽叙

乾隆五十九年歲次閼逢攝提格陬月三日，爲吾師西安觀察秦蓉莊先生六十壽辰，時先生去平涼五年矣，平涼之民咸造景瀚之堂而請曰："惟公守平涼四載，正己率下，鳩疲勞貧瘠之民而噢咻之，鋤其螟蠧，與以衣食。吾民既得休養生息，乃修學宫，建書院，簡其秀者，教以孝弟忠信，士咸力於學，善政之大者如此。公去之日，七屬之民，如失慈母，東望而啼。思公之德，久而弗忘也。今聞公之壽，將奔走登堂，獻一觴焉。邑侯爲公屬吏久，且有知己之感者，敢請一言以侑。"景瀚乃進而告之曰："爾曹不忘公之德，亦知公之詳乎？公以名家子，出判臨清州。會王倫作逆，變起倉卒。堂邑、陽穀，相次失守。公時權知州事，城内兵不滿百，帥勵士民，固守十七晝夜。時出奇破賊，斬馘無算，蔽遮江淮燕豫之交，賊噍不能出臨清一步。皇上嘉其功，擢知是州。當其守臨清城，大兵合圍，放難民老弱入城，以身家百口爭之，所全活者數千百人。其仁心惻怛，愛民之誠，自昔而已然矣。移平度州，封公及太恭人，皆耄年在堂，盡心色養。擢守西寧，以道遠不能迎養辭。坐是淹滯者數年，公不悔也。及守曹州，以憂歸，喪葬如禮。修宗祠，置義田，以成其先封公之志。猶以爲未足，數載經營，增爲千畝，法范文正公之制而損益之，闔族無飢寒者。秦氏自明至今，四百年簪纓相繼，至公而始有義田，然己身無尺寸之産也。蓋公孝于親，敬于祖，友于兄弟，睦于宗族。仁心所積，漸而推之民物，所謂本立而道生者,故所至皆有惠政,非私于平涼。而爾民于公去任數年之久,感嘆愛慕,一日不去諸口,亦豈有私于公,毋亦好德之良,有不容已者邪。雖然,茲地相距千里,老幼跋涉,非公意也。余將以爾民之情達于公,其歸宅爾宅,田爾田,孝親敬長,以無負公之教,是公之所深喜者也,奚以稱觴爲哉。"皆唯唯相率東向稽首而退。諸生有能詩者,依古詩人頌禱之義,咸爲歌詩,以宣先生之德,而達民之情。景瀚其邑令也,乃爲之叙,彙而致之先生。

何簡齋封君七十雙壽叙

世常言山林之士,入而不能出;廊廟之士,往而不能返。夫生有道之世,處卑而無階以進。有階矣,而自度其才不足以有爲,則宜其老於山林而不悔也。若名臣子孫,力能致高位,而才又與之稱,顧乃遺棄榮華,蕭然退處,此非有所樂於中,而無慕於外者不能。然又非若石隱者流,以爲名高也。德修於家,教成於子弟,而化及於鄉黨宗族,則其所以報國恩而紹家業也。功與廟廊者等,國家惇叙功宗,典優恩渥。一時功臣子弟,以材自顯,致身文武大吏者踵相接,其以門功循資守職獵取高爵者,又比比也。而前榮祿大夫、福建水師提督止庵何公之子簡齋先生,獨不仕而隱處於家。止庵公之勛在史册。先生以嫡長,宜襲世職,讓其弟葆齋公。葆齋公遂入宿衛,出歷將帥,以功名終。今上即位元年,推恩大臣,先生又宜以任子仕,入都數月,引疾歸。以與其子夢熊。夢熊以大理丞、同知衢州,名位方日起。

余未及見先生,然於葆齋公及夢熊處,竊聞先生行事甚悉。以先生之才,出而有爲,父子兄弟,功業濟美,當與唐之李西平、宋之曹武惠二家等。而先生漠然也,豈非有所樂於中,而無慕於外者邪?且先生固不必以門功顯也。方止庵公討九股苗時,先生實在行間,被甲躍馬,身先士卒,斬戮無算,遂克番排番招。總統哈公、副總統霍公大奇之,給以守備功牌,將入告矣。止庵公以子故抑之,先生亦不願也,卒棄之而歸。其奮不顧身者,誠以世受國恩,忠義激於中耳。然精華果鋭之氣，稍有所試，其可見者已如此。

　　余固知先生非山林之士也，止庵公敦詩説禮，有古儒將風。先生能紹其家學，恂恂守禮法，教子侄惟謹，故何氏子弟，多材而賢。夫人力氏，同年同德，老而益莊，一家之内，雍雍如也。暇則徜徉山水，歌咏太平。與父言慈，與子言孝，薰其德而善良者，不知凡幾矣。其所自見，豈必以仕爲哉。先生既終不仕，乃受夢熊之封，就養於衢。今歲五月歸里，而夢熊亦以行役至三山。士大夫喜其歸也，請言於余，將以閏月爲先生與夫人舉七十之觴。余故明先生之志，以見先生雖不仕，而所以報國恩而紹家業者，固自有在也。先生之誕在三月，夫人七月，壽以是月者，夢熊歸期速，又欲先生之壽，常如閏之有餘也。

高君晉三六十壽叙

　　余應童子試，受知於朱石君先生，入鼇峰書院肄業。其時晉三高君已以副貢生爲都講，聲名籍籍里中矣。守身峻潔，通經學古，所爲詩文，皆有法度。山長林青圃、沈椒園、朱梅崖三先生，當事紀曉嵐、朱竹均、徐兩松諸公暨石君先生，莫不敬而禮之。與余定交數年，甚相得也。余成進士，歸里授徒，而晉三就館於連江、漳平、詔安書院，先後十數年。詔安最久，所造就多知名士。余赴都謁選，而晉三猶困諸生中，席帽儒衣，浩然不介意也。丙午舉於鄉，①余在平涼聞之，喜而不寐，謂自是冠南宫，入館閣，致身通顯，可以行其所學矣。余刺邠州，而晉三適分發來陝試用，病卧西安邸舍，相見執手，悲喜交集。盤桓數日，出其所著《越麓草堂制義》《桐枝集》古近體詩見示，淵然古音，其味醇泊，學又進矣。次年，余從宜總督剿賊鄖陽，回駐西安，晉三病始愈。其冬，大兵平興安之安嶺將軍山等賊。晉三署事石泉，軍書旁午，冠蓋絡繹於道，心力俱瘁，鬚髮盡白矣。余從軍入蜀，今年復回興安，晉三又署漢陰廳事，宿其衙齋一夕。是秋，晉三入郡，匆匆數

---

① 丙午：乾隆五十一年（1786）。

語而別。

蓋余與晉三，始以文字定交，過從無虛日，中間隔別不常見，繼俱從事州縣，抗塵走俗。今乃於戎馬倥傯之際，握手互相勞苦。忽忽三十餘年，而余與晉三，皆已老矣。十二月下浣八日，為晉三六旬初度，以書來曰："知我者莫如子，敢以壽言請。"余惟晉三之才，不獲登侍禁近，鼓吹休明，以鳴國家之盛。顧乃潦倒場屋，耗其精華，晚得一官，簿書鞅掌，未能竟其用也。知晉三者，莫不為晉三惜之。雖然，士亦顧所自立何如耳。今秦、蜀賊匪縱橫，民不安其生，聖天子宵衣旰食之時，吾輩一官一邑，皆受皇上之恩，與有責焉。能盡其心以盡其職，是即不負吾君，不負所學也。晉三治兩邑皆有聲，蹂躪之後，撫循勞來，使百姓自相保聚，賊過無所得食，入境即去。民不被害，此非行其所學之一驗乎，晉三勉之矣。國家威德日昭，將士用命，區區小醜，可以計日殄除。軍務告竣，余與晉三皆非宜久於宦途者，先後引退，徜徉烏山、越山之間，復修往者文酒過從之樂。晉三年益劭，學益鉅，所著述日益富。

惜乎！青圃、梅崖諸先生，皆作古人。負海內重望者，惟石君、曉嵐兩先生，猶可以所業進質也。俾知海濱白髮門生，尚有吾兩人在，其或不鄙夷之乎！科名爵祿，皆身外之物，何足為重輕？惟文字友朋之樂，足以不朽。特未知吾兩人能享此樂否。耳敬以斯言祝。是為叙。

周太翁鈍若八十壽叙

涼州周孝廉泰元下第歸，余延為子師。既匝月，書其尊甫鈍若翁行實，請為八十介壽之言。翁未用於世，功名無所見，而孝義根于天性。其行事，可法子孫而式鄉閭。壽言雖非古，然本吾人好德之心，以效詩人頌禱之義，是固君子所不廢也。乃綜其略而叙之。

翁幼穎悟而性端正，年十八，為博士弟子員。父某甫公、母某孺人老矣，乃棄業以養，甘旨備具。凡所以體親心者，無微不至。某甫公有友數人,皆豪于飲,晨夕過從。翁執壺觴侍立,至夜分冬寒,足冰徹骨,無倦容也。寢疾輒廢寢食,既卒,哀毀幾絕。附身附棺必誠信,三年常聞涕泣聲。某孺人歿,翁年已五十餘矣,其孺慕猶昔也。有弟不羈,好交游,所需未嘗少拂其意。族戚間黨,有求必應,酌其親疏,而準之以義。受恩深者至感泣,恨無以報。嘗出郊,河水暴漲,有孀婦抱幼子,騎驢墜水中。兩岸觀者,皆失色無措。翁奮身躍入急流,浮沉十數步,卒挽其母子以出,其勇于義也類如此。然平居守身必以禮,周旋進退,恂恂不敢先人。有子五人,教之讀書曰:"不明大義,雖拾青紫無益也。"三子潤祥,貌奇偉,或勸之習武。翁曰:"寧使老于朽蠹,不忍廢先人業。"其兢兢自守也又如此。蓋仁孝之念積于中,故惠愛之施及于物,非若忼慨任俠,激于氣者之所為也。

翁今年七十有六,耳目聰明,子孫皆材而賢,家方日起。河西隴右,古多奇士。余宦游十年,未數見也,于翁父子之間遇之矣。泰元尤有文行,將竟公之志以大其施,孝義之所及者溥矣,又非獨法子孫而式鄉閭已也。是為叙。

陶太翁七十壽叙

古者官無大小,期於行道,州長、黨正其責與三公均也。漢世名臣,多自掾史起家,朱邑為桐鄉嗇夫,其功迹乃遠過大司農時。蓋當時法網闊疏,尊卑不甚隔絕,上之人能盡其才,下之人亦得以行其志,至後世而有不能皆然者矣。讀退之《藍田廳壁》之記,諾諾署紙尾,其權至不能等吏胥。然則瑰瑋英豪之士,鬱居下僚而不得志者,蓋亦多矣。然而唐宋以來,賢人君子,往往出此而不辭,其亦有所不得已者邪。孟子曰:"辭尊居卑,辭富居貧,家貧親老,不能擇官,冀得微祿以為養,此毛義所以捧檄而喜也。"然其職易稱,則無道不行之恥,而推孝子遺親以安之心,飭簠簋,勵廉隅,其養之所致者,皆其德之所致也。此即詩人潔白之義,雖菽水食羹,其親顧而樂之,與三公之養何異,於道又未嘗不合也。

余來平涼，始交典史陶君衛文，其人賢者也。一日請於余，爲其父太學翁作七十壽言。余不識翁，然觀衛文，而知翁之賢也。衛文以名家子屈小官，不自菲薄，潔己愛民。平涼之人，愛而畏之，署中蕭然。或斷炊烟，而衛文漠然也。閉門自守，非其所有，一介不取，可謂能守其身者矣。翁以道遠未就養，然家故苦貧，與衛文書，必勗以居官守正，勿取非義之財以殃子孫。其言反覆至深切，賢哉是父！不若是，衛文何以能安其貧哉，衛文勉之矣。

國家用人不次，衛文之賢，遇時上聞，其遂由是躋膴仕，居勢要，得志行道，與古人比烈，未可知也。其爲顯揚大矣，是固翁之志也。即不然，不失其身以事其親，養之本也。澗豀沼沚之毛，可以昭忠信而享王公。衛文姑以微禄寄歸，兄弟市甘旨，供飲御，子孫繞前，更進上壽，是《白華》詩人之潔白也，豈必三公之貴哉？翁其韙余言，而欣然進一觴也乎！是爲叙。

族舅黃孝任先生七十壽叙

景瀚，黃出也，幼侍先大夫宦中州。吾母宜人時爲道外家行事甚悉，顧獨稱孝任四舅之爲人。曰：「四舅少孤，吾父愛之如所生，與吾年相若，幼同學，故屬雖疏而同胞骨肉不啻也。吾歸於汝家也，舅送之。吾一兄早殁，吾族又鄉居，去城遠。舅時往來汝家，意甚摯。其爲人和而介，其接族戚有禮，而能恤人之急，不爲世俗炎涼菲薄態，君子人也。汝歸謹事之，勿忘吾言。」又曰：「守謀公早世，四舅甫數歲耳。母葉孺人以死守，茹苦歷辛，撫而教之，以有成立。夫節義者，鬼神之所欽也。今孺人既未克身享其報，而四舅復以孤子自振，爲善不怠。吾聞膏之沃者其光遠，本之深者其實茂。天或者將康其身，昌其子孫，以益熾其家。汝識之，他日知吾言不謬也。」及景瀚歸自豫，往來清廉里中，見諸舅及中表兄弟，則無不交口稱其賢。既進謁，其貌溫然，其情藹然。子孫皆賢，家日以起，然後知天道可信，而吾母之言爲有徵也。六十時，鄉先生芝山林公既爲之壽言。今七十矣，而精力如故。家益豐，優游杖屨，陶然樂也。其子某復謀所以壽之者，請於吾母，以命景瀚。竊惟其家世遭遇之盛，芝山言之詳矣，是固不足爲四舅榮。而掇拾塗澤，以炫燿於庸耳俗目，又非其實也。故述昔所聞於吾母者以復之，欲以見善無不報，而遲速有時。今之席厚履豐、康寧而壽考者，其來有自；益勤而不怠，則其所受報於天者，將未有艾也。景瀚請執筆而俟之。

叔父慎軒先生六十壽叙

歲在强圉作噩元月下浣五日，爲叔父慎軒先生六十初度。叔母薩孺人，後先生三年生，以是日同舉壽觴，禮也。先生方官於滇，以書示從兄景淳等曰："今俗爲壽者必以文。顧吾少而孤，長而廢學，老以微祿羈遠方。未嘗獲從大人先生者游，德薄行鮮，無足稱道夫以不知我之人，而爲無實之詞相詡，不如其已也。從子景瀚習於我，其令爲之，庶道其實以示後人。"景瀚既受命，乃揖從兄弟而告之曰："吾家世有清德，吾祖贈公既早世，惟吾祖母林太宜人撫育二孤，訓之孝弟，實始傳爲家法。吾父奉直公胚胎前光，振而大之，作則於身，用孚其志於上下。惟先生與之左右，能服其教，以率其子姓，化及於孺人。柔和孝敬，與吾母黄宜人同德一心。一門之内，子孫婦女，數十餘人，易衣而出，共子而乳，無私財，無訛言，肅肅睦睦，蓋四十餘年於兹矣。

"夫孝弟者天之心也，人之所以生也。人能自厚其生，則天若有所依徊眷戀於其間，錫福降康，勢既極而情猶未已焉。故漢萬石君家，以孝謹稱，其子弟皆起家二千石，爲名公卿，光於漢史。明之義門鄭氏，歷世皆享高年，龐眉皓髮，衣冠禮讓，鄉黨以爲盛事。此其故何哉！人心之氣與天地之氣，日爲感通壽考，福祿皆和氣之所積而成者也。今吾太宜人與奉直公，躬載厚德，而未嘗享期頤之壽，天其或者鍾於先生孺人之身，使之聰明康泰，以永爲法於子孫，以大燾厥後乎！先生之事太宜人也，婉孌如孺子慕，任其真焉已，未嘗爲詭異絕特之行以求名，然太宜人稱之曰孝。其事奉直公也，唯諾必謹，然意所不可,亦不强以求合,奉直公稱之曰弟。其官寶寧、昆陽,秩卑未足以行其志,而兩邑之民宜之。與人交以誠,顧不善悦人也。孺人賢而才,先生遠宦,家苦貧,躬作勞苦,黽勉自給,誨諸子皆有成立。均平齊一,見者不知其異出也。是能自厚其生,以受天之寵者,其壽也固宜。夫知先生孺人之所以壽,則今日所以壽先生與孺人者可知矣。《中庸》言:"父母之順,本於兄弟既翕,和樂且耽。"武王誥妹土之民,以孝養父母,其事乃在於竭股肱,藝黍稷,牽車服賈,然後洗腆爲慶焉。此皆家庭日用之常,非有顯揚褒大,足爲其親榮者。而聖賢之語,有餘羨焉,誠重乎其本也。王文公曰:"禄與位,此庸人鄙夫之所待以爲親榮者也。"惟賢者道彌於中而襮之以藝,雖無禄與位,而父母之心,亦喜無量,夫道不外於孝弟,而藝者,則士農工商,各盡其所爲之職者是也。

"今吾兄弟,幸承家庭餘訓,得不隕越。顧奉直公既殁,而先生官於遠,觀法之無所,教誨之不聞,將毋孝謹漸衰,而不自知者乎。繼自今,其勉無怠,毋徇於貨利,毋間於讒慝,各勤乃事,以長守我太宜人之教。數年之後,先生歸老於家,一門之内,男讀女織,小大相安,無有怨怒,與孺人扶杖逍遥,顧而樂之,其爲壽不益大乎?况乎禄與位,又未必不得也,吾兄弟其勉之矣。若夫世俗頌禱之辭,非景瀚所宜言,亦非先生之志也,既以復之先生,因書以爲叙。"

孟太恭人壽叙代

瓶庵先生歸之八年,太夫人年八十矣。鄉之士大夫,作爲詩古文,以歌咏盛事,效古詩人頌禱之義。余以里居遠,未與也。又一年,復屆太夫人壽辰,瓶庵致書曰:"先生不可無言。"嘗讀《小雅·四牡》之詩,古之君子,勞於王事者至矣。而上之人未嘗不備恤其私,夫使之則必報之,而先王猶以爲區區爵禄,未足縻天下士。故探其不言之情,而動其所不自已之隱曰:"王事靡盬,不遑將母。"又曰:"是用作歌,將母來諗。"其詞惻然,足以感人,故人樂爲之用,故《小叙》曰:

"《四牡》，勞使臣之來也，有功而見知則悅矣。"然竊疑古者養老教孝之禮，至詳且盡，而仕者歸養之典，經傳無文焉。

　　當三代盛時，賢才衆多，何所必需於是臣者，而故知之，而故使之，而其臣亦受之而不辭，豈上下間徒相徇以文邪？蓋古之人，皆仕於其國，雖列職在朝，不出鄉里，朝夕皆與其父母相依，其違晨昏者，獨有事而使耳。而列國皆在中原，千里之內，往返不過旬月，依閭之望，陟屺之瞻，猶未切也。而上之人，所以恤其情者已若此。至於後世，天下一家，仕之近者數千百里，而遠者或萬里以外，山川間阻，舟輿跋涉，動經歲時，其父母之老者，既不能就祿養，而國家孝治天下之心，又不可使人忘其親而盡力於我。則夫歸養之典，誠不可已，所爲宜於今而不悖於古者也。

　　瓶庵官京師十年，無日不思歸，以歷職淺，未敢言也。督學於蜀，三年事竣，陳其情於朝。吾君吾相，念其久勤也允之歸。蓋不獨《四牡》之詩，託之空文已矣。瓶庵既歸，而太夫人益壽而康，耳目聰明，如少壯時。瓶庵率其二子，修門內之養，雍雍如也，太夫人顧而樂之。夫爲人子者，無不欲長奉其親，而其親之知大體者，則又以其子能勤於國爲慰。故必久勞王事，有以自盡，然後得遂其私焉。此將母之歌，不作於《皇華》遣使之時，而謠於《四牡》勞還之日也，瓶庵其無愧斯義矣。太夫人懿行，諸君子詳之，余故不著。緣詩人之義，以立臣子之鵠，使天下之欲壽其親者，皆以瓶庵爲法。而太夫人之賢，能教其子，亦可見矣。是爲叙。

林母陳淑人八十壽叙

　　青圃先生以名德重一時，予未及見也。得見其子于庭、節齋二君，文行稱其家。其後先生之孫僖、侗、儒等，又從余游，恂恂皆守禮度。詳其家事，乃知先生之配陳淑人之賢，蓋先生之教行於家矣，子孫多賢有以也。方淑人歸先生時，家苦貧，淑人脫簪珥，操井臼，躬親勞苦，無幾微怨恨見於辭色。

余讀于庭所作先生行述,言先生少時,負薪汲甕,皆自親之,則淑人食貧作勞之況可見也。先生官中書,姑鄭太淑人在堂,淑人承歡無間,太淑人樂之。不知先生之在遠,病視醫藥,殁襄喪葬,生死兩無所憾。及先生登甲第,入翰林,歷官通政,督學江西、河南,位通顯矣。淑人布衣蔬食,不改其常。歸自京師,率諸婦入廚中,見者不知爲夫人。夫人富貴貧賤之中而溺者,其積之有漸,久而不能自拔也。故不驕不怨,士君子猶難之。若淑人漠然無所動於中,而各盡其道,雖先生德教所及,而亦豈易言哉。先生殁而于庭、節齋出宰吴越,往來迎養,竭志備物,所以承歡者甚至,而淑人自若也。數年,二君相繼去世,諸孫文弱,家世多難,人情不能無異常時,淑人又自若也。今年八十有二矣,起居康泰,視聽不衰。日進諸孫,告以讀書立身,無忝先人。七月七日爲淑人設帨辰,僖等暨其兄俠,請言於余。夫頌禱之祠,取其所未得者以爲期,若皆已得焉,則習而無可異矣。今淑人福禄壽考,極生人之遭,世俗所稱顯揚之說,舉不足爲淑人重,則俠等今日所以壽淑人者,當何如哉!

昔明中葉,文安公始起其家,康懿文恪繼之,德望重天下,與靈寶之許、餘姚之孫齊名,以其世有清德也。當時吾閩,豈乏世禄之家哉。今林氏之緒,至先生復振,則爲之後者可知矣。其無忘淑人之訓,束修砥礪,以大前人光,使先生之澤,引而勿替,則淑人之志也。其爲壽也孰大焉,富貴貧賤之境,百變而不窮,惟名德相承,足以不朽。淑人八十年中,升沉顯晦之故,人事之變遷,世情之反覆,其見之熟矣。是固不足道。俠等以余言進,當欣然進一觴乎!

張母林安人七十壽叙代

昔余以養里居,則聞閩縣覲五張君之賢,未及見也。來京師而士大夫往來者,益道君之行事,君之名籍甚。壬午,①君舉孝廉,相見都

---

① 壬午:乾隆二十七年(1762)。

中，竊嘆人言不妄。而君遽歸，以不共朝夕爲恨。數年，君之子奮南、亮采公車相繼至，以君命來謁，皆有文行，恂恂守家法。余以是知君之能教其子也。又數年，而亮采以選爲國子學正，余方監國學事，相見甚歡。急問君起居，則君已歿矣。爲慨惜者久之。亮采以君故，時從余游，詳其家事，然後知君夫人林安人之賢。蓋君所以爲時名人者，安人與有助焉。其達於大體，慈和孝敬，雖古賢媛無以加。余又以是嘆君之教行於家也。安人既不就養，書至，必述君之訓爲勖，亮采奉之無敢失。其在家訓諸子也，嚴於君在時。故懋蔭、亮功、鳳齊皆有聲士林，而亮功遂以去歲副賢書選，人皆爲張氏慶，不知君之餘澤，安人之有以成之也。

　　安人今年七十矣，五月設帨之辰，三山士大夫知君者，皆欲登堂獻一觴，郵書請言於余。余以爲婦德之常，不可勝書也。雖然，視其夫與子，則其賢可知矣。《雞鳴》之詩曰："知子之好之，雜佩以報之。"古之賢婦，不惟治其門內之職而已，又欲君子親賢友善，結其歡心，而無所愛於服飾之玩，故其君子之行益修而名益彰。夫婦人之見，小而自私。其爲言也，假於理而善入，故有惑於內而敗其名者矣。論者以爲身不行道之咎，然亦不幸而不得賢明者爲之配，故至此，詩人所以慨慕於古也。若君既歿而稱頌者不衰，則安人平日之陰相之者，不可見乎。《易》曰："家人有嚴君焉，父母之謂也。"父之於子尊，尊則耳目有所不及，若母則孩提少長，一言一行，皆躬悉之，可以導迎其善氣，而止邪於未然。三代以後，小學不講，所以涵養德性者，惟母教是賴，故必嚴也而後可有成。今亮采等所成就若此，雖君教之有素，而亦豈非安人之力哉！夫能相其夫，能教其子，此婦德之大者也。余故詳著之，以爲有安人之賢，而君爲不亡也。三山士大夫，其以余言爲何如哉？若夫益勉不怠，使安人之聞，被於無窮，則亦以永君之名也。是在亮采等勉之而已，是爲叙。

同學公祭朱梅崖師父

　　維乾隆四十有五年歲次庚子七月二十九日，吾師梅崖先生卒於里舍。凶問至會城，諸子相向而哭。乃以十月某日，設位於西湖開化寺之宛在堂，製服致奠，而告以文曰：

嗚呼！斯文之寄，蓋不偶然。亦如名世，興五百年。昌黎既歿，歐陽繼起。扶微興壞，兩人而已。執羽翼之，李柳曾王。張翮幽渺，其道大光。有明以來，正學獨趨。震川繼起，扶衰有餘。國家盛治，文教誕敷。薰釀涵浸，篤生大儒。玉振金聲，集其大成。茹經函史，包劉越嬴。始勵於學，其思獨苦。有得於心，若與神遇。銖積寸累，充滿肺腑。抑而揚之，其出可數。怪奇神妙，入地出天。萬類陵暴，困於離鐫。盤盤元氣，與之屈旋。精能之至，歸于自然。人如其文，謇然仁義。淳古淡泊，中有至味。窈然而深，使人心醉。不可得親，知希者貴。歲之戊子，①主講鼇峰。破蟋蟀鳴，奏以洪鐘。始疑以駭，繼悅而從。群流雜沓，趨海之東。有不如志，拂衣遂歸。若失慈母，立而兒啼。西望延頸，奮不能飛。豈知一訣，遂長別離。嗚呼！日星河嶽，震耀其文。亘於天地，死生何分。五世之澤，責在同群。地近時邇，孰爲見聞。昌黎之初，亦蒙謗訕。唱一和寡，籍湜翱漢。越五百年，得歐而顯。群兒之愚，如雪見睍。昌黎創之，夫子中興。更千百世，豈無廬陵。敢不共勖，以爲繼承。靈其相之，勿隕厥成。尚饗！

祭從嫂周孺人文

嗚呼！嫂之父謙亭先生，吾父執也。吾父以貢入太學，先生延爲其子師，交相得也。嫂方幼，隨其兄嬉戲於側，吾父愛之視猶女。會有求婚者，先生以問吾父。吾父曰："君名士，何患不得佳婿？奈何與齷齪者爲姻婭。"先生笑曰："君言是也。"未一年而先生歿，其子叔春踉蹌扶柩歸。遭家難，流離困頓，不能自存。時吾父已得官矣。曰："謙亭在時，求婚者趾相錯，爲吾言而止，使其女至今未有家，吾不可以負死友。雖然，吾子年皆不相若，次侄敏而慤，可妻也。"遂聘焉。

---

① 戊子：乾隆三十三年（1768）。

既歸，孝於舅姑，睦於妯娌。性勤儉，精女紅，織紝刺綉，皆臻其極。又工書算，素不習者，經其目，無不能。小姑小郎，下至婢妾，苟有事，皆以求，必立應。亦不自以爲能也。與人有禮而和，故吾家内外大小，無不稱其賢。而吾叔父、叔母，亦絶愛之。其後至者，皆以爲法。仲兄以持家廢學，嫂凡生三女，而兄乃時出游，始在豫在畿輔，侍吾父。其繼在楚，後又入滇，侍吾叔父。蓋婦歸十有六年，而兄之在外也，前後凡十一年矣，故嫂卒無子。嫂生三歲失母，六歲失父，育於祖母，長而兄被難走四方，伶仃轉徙，備嘗茶苦。乃歸吾家，而家故貧，未嘗有膏粱之奉、綺羅之飾，躬親操作，百不辭勞。數年來，家益落，寸絲尺布，皆自十指中易之。每寒夜過半，一燈熒熒，刀尺之聲鏗然。始不覺其勞，久遂以此隕命也。

　　嗚呼！其才其德，吾見亦罕矣。何其命之不猶若是也，天之所以報之者何如邪？嫂素善病，曩吾父自燕歸時親爲治丸藥服之，曰："此吾死友之女也。"固非於諸從婦獨厚。前年吾與兄皆在滇，伯兄以書速兄歸，言嫂病甚危。時吾將扶吾父之柩返里，而叔父官萬里，不可無人侍，兄不果歸，然而幸不死。去歲吾歸而嫂復病，吾心私憂之，幸而又不死。今春，兄以允振七姪入滇乃得歸，歸而嫂病，病三月死矣。嗚呼！嫂忍死以待兄之歸，兄歸而卒無救於嫂之死，其謂之何哉？病中易醫凡四五，後來者歸咎於前藥，然反之少有效，而卒不起也。

　　嗚呼！天爲之邪？醫爲之邪？其治之不早而致然邪？其或治之反以害之邪？吾不得而知也。吾之所悲者，吾父義不負死友，欲使其女不失所，故以嫂歸於兄。乃不幸兄學未成而廢，嫂歸吾家，未嘗享一日之安。兄奔走十年始歸，且得官，可以有爲矣，而嫂遂不及見也。吾父九原之中，毋乃有遺憾邪？吾不能推吾父之心，不早爲之所，坐視其死而不能救也，是又吾之罪也。悲夫！今當奠辰，薄致一觴，靈其歆之。

祭亡室張孺人文

維乾隆五十四年歲次己酉二月戊子朔越十有三日庚子,[①]哀夫某率男某某等,謹以清酌庶羞,致奠於亡室張孺人之靈前,而告以文曰:嗚呼哀哉!死生大矣。況夫婦之際邪,況孺人之爲婦邪。自先大夫歿,余始肩家事。家貧,不能多畜婢僕,又性疏懶,不欲親瑣務,凡内外事,一切皆委之孺人。孺人以一身,上事慈姑,下撫小郎小姑,自祭祀賓客,并臼中饋,皆躬親之。薪米艱難,有無黽勉,箱篋中物名一錢者,無不入質庫也。其憂勞可想也。生四子三女,皆自乳之。衣履必手成,一燈熒熒,夜半猶聞刀尺聲。性有巧思,纂組刺綉,速成而工,後來者皆以爲法。其憂勞又可想也。

余遠宦薄俸,不能多寄家中金。新逋舊負,索者紛起。孺人以弱女子,支撑其間,彌縫補苴,覲閔受侮,枕蓆之上,泪痕常濕也。又以其間,嫁小姑與長女,爲式兒畢婚,經營細密,心力竭矣。其憂勞又可見也。余宦三年,而孺人始來。余已調任平凉,衝途瘠地,所費不貲,孺人心憂之。顧恐滋余之戚也,强作笑語爲歡。然與其子女私語,或至夜分,未嘗不相對泣下也。不甘一美食,不服一新衣,冬月不御爐火,曰:"吾不忍也。"署中百物,皆手自檢點,經其出入。終日勤動,或稍勸以節勞者,曰:"此所省幾何,吾以盡吾心耳。"其憂勞又可想也。

嗚呼!孺人幼在外家,外舅外姑以晚得子嬌愛之,衣食恣所欲。及來吾家,乃刻忍堅苦二十七年,未嘗享一日之安也。所謂百憂感其心,萬事勞其形。嗚呼!人非金石,有不立敝者乎,孺人初特患風寒耳。然余歸自省垣,數日,延醫調治,而病已大愈,飲食起居談笑如平時。初七之夜,余二鼓始歸。枕上絮語,猶問次日送迎事。少間以胸膈不快,披衣起如別室,行步猶如常也。返抵牀,忽失足傾仆,呼之不應。急唤子女、婢僕至,神色大變,嘔噦兩聲,氣已絶矣。嗚呼哀哉!

---

① 己酉:乾隆五十四年(1789)。

醫者皆謂憂勞所積,元氣已耗盡,故猝脱而不及救。雖然,何其速也！終身之好,須臾之别,一藥未下,一語未留。余獨何心,其能遣此邪？嗚呼哀哉！孺人之貌,秀目豐下。其家高曾父母,皆享高年。少時性頗卞急,此十餘年,益和而緩。雖在婢媪,不少加鞭扑。愛惜物力,寸絲尺布,皆謹藏之。淡於名利,清約自守,視人世富貴泊如也。於法皆不宜殀,然竟死矣。嗚呼！人邪天邪,誰爲之邪？

嗚呼！孺人未嘗享有生之樂,宜其不以死爲苦,敝屣人世,飄然竟去,固也。獨余以四十有餘之年,髮禿齒落,垂將老矣。觸目所見,悼然神傷。自今以後,飲食誰調護之？起居誰維持之？婉婉弱女,誰教誨之？蚩蚩稚子,誰撫育之？憂鬱無所告語,疾病無所倚藉也。不特此也,以疏拙之才,而處末流,既不能竊脂膏以爲潤,又不能擇善地以自容,勢孤援絶,累將益深。如彼泉流,淪胥胡底。

嗚呼！死而無知,則亦已矣。死而有知,孺人之勞,庶幾免矣。孺人之憂,不將益切邪？或邀天之庇,得苟安無事,善歸鄉里,衣食粗足,優游林下。此固孺人素昔之所禱祀而求者也,然孺人已不及見之矣。嗚呼！孺人而今已矣,夫復何言。今當宜祭之辰,薄奠一觴,哀哉尚饗。

澹静齋文鈔卷之六

家母黄宜人壽辰徵文節略

家母黄宜人,太學生諱建公女也,生三日而外祖母方孺人卒。孺人爲日斯先生女弟,通詩書,工吟咏。宜人數歲,撫其遺集,輒欷歔累日。太學公奇愛之,爲擇佳婿,得先君焉。年十五,而太學公歿,執禮如成人。繼外祖母林孺人無所出,事之盡其誠。既歸,歲時餽問不絶,其在遠,念孺人,則流涕廢寢食,孺人之思宜人也亦然。外家嘆其慈孝,以爲雖所生無以過也。

歸先君時,年二十二。祖妣林太宜人在堂,性方嚴,不苟言笑。宜人隨事曲體揣度,不失尺寸,能得其歡心。太宜人晚歲得風眩疾,間數日一作,作輒月餘始瘳。宜人視湯藥,扶持牀席間,衣不解帶,日夜不一交睫。太宜人念其勞,强麾之去,則屏於隱。太宜人微有聲響,又未嘗不在側也。太宜人守節數十年,持家井井,造次必以禮,而於奉祭祀,待賓客,尤誠且敬。宜人能守其法,始終如一日。今雖不治家事,而歲時伏臘,以祭祀爲大事。雞鳴即起,課童婢埽内外室宇,拂拭神橱几筵,躬滌杯盤,入厨監羹湯,必良必潔。賓客至,危坐中門内,以時敕進飲食茶果。孫曹文會,或過夜分,宜人亦不寢,具衾被。及凡所需,景瀚等皆諫,以爲幸有子婦衆人在,老人不宜過勞。宜人曰:"吾習於此,不躬親之,於心不安,且恐渠等或有所遺忘,以開罪於先人及賓客也。"

先君性忼慨,好施與,而尤篤於宗族。有所求,無不應,應常出其望外。受室數年,而家中落,宜人黽勉有無,不使有內顧憂。先君以是得專志於學。入太學三年,家無一錢,上奉高堂,下撫幼弱,竭蹶出兩手。今常舉以告景瀚等曰:"當時家中有值一錢之物,無不以易米者,內外家皆有餘,未嘗無念我者,然我終未嘗一開口告之,恐傷汝父之名也。今汝幸列縉紳,雖貧,當自愛,無忝先人。"因縷述其時拮据窘迫狀,至泣下。曰:"此不足言,欲使汝等知艱苦耳。"先君歷任二十餘年,宜人皆從,而未嘗享一日之奉。菲衣惡食,所服御,皆三四十年不易,子孫衣履,必親治之,易舊爲新,截長補短。景瀚自幼至受室,未嘗製一新帛爲衣也。補綴縫紉,一絲寸布,皆藏弆之。曰:"此值幾何? 吾非吝也。顧物力可惜,欲爲汝等惜福耳。"先君在滇時,謂景瀚曰:"汝母可謂勤儉,然而知大體。吾生平急人之需,所得隨手盡,愛我者皆力勸止之。汝母終未嘗一言。豫工例開,吾念長房子孫貧甚,欲爲景運侄謀一官,使得祿以贍其兄弟妻子。而汝叔父亦壯年,當出仕時,方苦無資,爾母曰:'此美事也。'盡出十餘年銖積寸累所得者,傾箱篋以授我。吾事始集,此事汝不知也。汝庶弟妹幼少,他日汝母必能安撫之。吾無所憂,但汝當教之使有成耳。"先君歿而家益貧,食無宿糧,宜人處之怡然。其有求者,亦無不應。又念景瀚方困乏,則不以告,而私出簪珥衣服以與之。其力雖微,其心不啻若昔時也。故內外族戚,莫不交口稱其賢。其受恩深者,語及,或感激泣下,恨無以報。待二庶母,視昔益有加。愛景李、景淙,雖景范、景瀚不及也。曰:"吾非矯情,二子已成立,無所用吾。渠等方少,不可不盡其心耳。"與叔母薩孺人同德一心,至今無間言。一家大小,下逮臧獲,無不有恩意。

  蓋勤儉知大體,先君之言,已足盡之。而其仁慈之性,孝敬之心,則景瀚三十年膝下,爲深知之,而言之不能詳也。子四:長景范,今方官湖南;次即景瀚;次則景李、景淙,皆庶母出也。女二人。孫男五人。宜人以先君知高陽縣時封孺人,及在鎮南州時,晉封宜人。今年七十,耳目手足康強,如少壯時。惟先君蓄德厚施,而不克享大年,天其或者鍾於宜人之身,以大燾厥後。而景瀚等德薄能鮮,無能爲顯榮襃大之藉。七月三日,宜人設帨之辰,敬求大人先生,賜之言以光屛幛,感且不朽。

募修寧鄉縣城隍廟疏代

城隍之名,見於《周易》,其廟而祀之,蓋盛於唐宋時。然考之《周禮》,八蜡之祀,一曰水庸,則古固有其制,特名不同耳。國家沿明之舊,不加封號,令郡縣各立壇廟,崇祀之禮,次於山川社稷。所以奠安黎庶,揭妥神靈,和風雨而達陰陽,典至鉅也。寧鄉建廟,入國朝凡三修,迄今又數十年矣。垣宇傾頹,榱桷剥落,觀瞻不肅,民志生玩。

不佞承乏茲土,三年於茲,大懼神之怨恫,無以稱聖天子協和幽明之至意。又懼功大費鉅,慮始之難以圖成也。夫修舉廢墜,昭明典章,有司之職也。而鄉士大夫、庶民、商賈,生長歌哭於斯。數十年來,時和歲豐,民物安樂,其可忘神之賜? 各出己貲,共襄盛舉,以奉朝章,以肅民志,以答神庥,一舉而數善備焉,可不勉諸? 凡同志者,各書其名於左。

勸修明倫堂學舍及書院疏

國家在所設學校,於其中立孔子廟。又別置書院,所以崇儒重道,廣教興文,典至鉅也。中衛介處邊陲,爲用武之地。百餘年來,沐浴列聖之化,科名繼起,人才彬彬然盛矣。而孔廟久不修,行路傷之。近者列憲允前令之請,鳩材計工,業有成緒。而明倫堂,東西學舍,周垣重門,顧猶闕焉。夫有學而後有廟,諸生無講德修業之所,徒飾廟貌,以隆祀典,非政也。且新舊相間,亦於觀聽非宜。鄉士大夫慨然請於不佞,願以衆力成之。又以其餘,繕東關書院,繼前令明公未竟之役,而匄不佞一言爲之倡。夫修廢舉墜,勸學敷文,有司之責也,其何敢辭? 昔蘧伯玉恥獨爲君子,邑之人,被聖世之化既久,諸君子倡之,必有聞風而興起者矣。人之好義,誰不如我? 量力爲施,積微成鉅，以稱聖天子化民善俗之心，以推廣列憲教養斯民之至意，甚盛舉也，不佞將樂觀厥成焉。謹疏。

對客問

　　林烈婦既死，客有過余者曰："烈婦之死禮乎？"曰："亡於禮之禮也。""何言之？"曰："夫死稱未亡人，謂宜亡而猶未亡也。然則未亡可也，不得謂亡者之不可也。""律何以無旌？"曰："無所爲而爲之者義也，懼人之利之也；旌之，是誘人以輕生也。然而令固有之矣。沒其文於律者，禮之經也。所以防其過也。著其意於令者，義之權也，所以勵其薄也。雖然，有不可死者：有舅姑，則必不可死；有子，則必不可死。禮未成婦死，歸葬於其女之黨。夫既成婚矣，曷爲未成婦？謂其未成爲子婦也。然則謂之婦者，非獨夫婦之義也。舅姑在，婦之責未畢也。而死，是曙其私也，是陷其夫於不孝也。有子之不可死者，重絶夫之嗣也。絶夫之嗣，是再死其夫也。"曰："有美，既立嗣，烈婦有子矣，何爲死？"曰："是又不可以一説概也。夫撫孤者，其孤待我而生者也。嗣有美者，非他人，烈婦之夫之弟之子也。必烈婦而後成立，是謂其夫之弟不有其兄之子也，非烈婦之所忍出者也。雖然，如徒死何？"曰："劉袁之死，無救於宋；倪范之死，無救於明。臣於君，婦於夫，其義一也。何謂徒死哉？且夫有美負才而坎坷以死，名不出里閈，亦烈婦之所深悲也。自烈婦死，而市之人嘖稱之，縉紳大夫咏歌之。他日表於坊，享於俎豆，入於郡邑之乘。"曰："陳某之妻也。有美之名，與烈婦俱不朽矣，是烈婦生之也。何謂徒死哉？"曰："然則烈婦有爲爲之乎？"曰："烈婦知死而已，不計之於禮也，遑問其他哉！論烈婦者，不得及此也。吾惡夫世之以烈婦之死爲無益而訾之也，吾又烏知夫世之隱忍而不死者之果皆有益也。"

書林烈婦行略後

　　余與林育萬兄弟交，而與陳氏有聯，故知烈婦。悉讀育萬所爲行略而悲之曰："天之成烈婦者至矣。"烈婦內外家，皆世仕宦，然其所處，反有貧賤之不若者，即育萬不能道其詳也。富貴福澤，天之所以豢庸愚，而忠孝節烈者，反困苦摧折之，使之求生不能，欲死不得。至於勢無復之，然後成之以死，天非獨薄於是數者也。名義之在天地，任重而道遠，非汨沒於富貴者，脆骨柔力之所能勝，故必絕夫生人之所可欲，而習之所甚苦，以淡其耳目口體之緣，而堅其志性，使其不知生之樂，而死之可畏。窅然無所膠於心，是故變起而不搖其氣，百折而不可撓。

蓋古今莫不然，以余所見，又有烈婦黃氏。黃氏者，父尚寵，故奇士余姑之夫也。不仕，棄家出游。氏與母孤苦相吊，長歸侯官林君守仁，亦貧士也，又不得於其夫。林以貢入太學，未幾死矣。喪歸，氏服其夫死所服以縊。先死，語其母曰："哀我者斂以素。"如之。其所處大略與烈婦同。然烈婦兄弟，爲時聞人，而黃烈婦父客死無子，黃氏遂絕。老母轉徙，衣食於人。烈婦夫弟有典等，友其兄，敬事烈婦，方力求所以傳之者。而黃烈婦已得旌矣，其家至今不爲立坊入祠也，則尤可哀也已。

余嘗往唁黃烈婦，望之如深壑層冰，森森有寒色。出語人曰："是必死。"今聞烈婦好讀古節義事，把卷反覆不能已，生平不苟言笑。有美死，內外亦無不知烈婦之死者。嗚呼！是豈一時激於勢者之所能哉，天命之矣。烈婦之死，後黃烈婦十年。余又聞烈婦常稱說其事不置，烈婦婦見之日，則黃烈婦死之日也。黃烈婦遺一女名珍，而烈婦一女亦名珍，事不偶然也。嗚呼！豈非天哉！

書林蔚圃同年尊甫孝義先生傳後

傳曰："愛親者不敢惡於人，敬親者不敢慢於人。"孟子曰："親親而仁民，仁民而愛物。"夫吾有親而吾敬之愛之，此亦何與於人，而天下必於孝子是賴者，其源既盈，則其流有所必及也。孝義先生，敦氣誼，喜周人急，解推無倦色。論者謂有古俠士風，是未知先生者也。

先生固孝子也，孝子與仁，同實而異名。果核之中，苞者謂之仁，其生機在也。手足痿痺曰不仁，其氣隔而不通也。孝者，人之所以生也，生機日新而不已，則氣通而無間矣。親者，本根也；人與物者，其枝葉也。其生機非有二也，其氣之貫通者一也。一民一物之不得其所，吾力可爲而不爲之所焉。吾心必怒然而不安，此怒然不安之頃，吾與彼之氣，已不相感通而生機息。而孝之量不全，故有所不容已於親者，必有所不容已於人。故曰："孝弟爲仁之本。"又曰："孝子不匱，永錫爾類。"錫類者，仁之謂也。惜乎先生未得位而澤不遠也，故所見止此。若充先生之孝之量，固仁天下而有餘矣，鄉邑云乎哉！先生歿，鄉人私諡曰孝義。瀚懼世之知先生者不盡，不得其本末所在，又懼以先生爲徇於名，激於意氣者，如古任俠之爲也，故爲論之如此。

又書林孝義先生傳後

景瀚未及見孝義先生，與先生之子蔚圃交，賢其人，知其有自也。讀先生傳，而信三代以降，名勝而實漸漓矣。如先生者，非古所稱獨行君子邪。潛德雖不耀，而蔚圃方成進士，有盛名，其報未艾，是亦足以相補矣。雖然，先生餘慶之鍾，與蔚圃所以尊崇其親之意，豈僅如斯而已邪？以科名爲顯揚，此世俗之見耳。陳仲弓爲太邱長，德望動天下，其子紀、孫群，位通顯矣。然當時之論曰："公慚卿，卿慚長。"區區名位勢分之間，固不足爲重輕也。蔚圃其益恢先生之志，施於身以澤於天下，以有聞於後世。使後之論者，思蔚圃之賢，而推其所自，則先生之德益光，所謂成親之名者也。程大中、朱韋齋，得明道、伊川、紫陽爲之子，而名益彰。夫三君子者，固未易言，而推孝子之志，有不如是而不可者，惡乎薄待其身也。身者，親之貽也；薄待其身，是薄待其親也。蔚圃勉之矣。使先生爲公卿之父，不若使先生爲名人之父；使先生爲名人之父，又不若使先生爲大賢之父。是在蔚圃之所以成之耳。景瀚與蔚圃，有輔仁之義，故不敢以世俗之言進。是亦先生之志也。

孟瓶庵先生固庵銘并叙

　　景瀚讀瓶庵先生《固庵記》曰："先生有所憂而言之也。夫富人知愛其財，而儒者不知愛其身，是可爲太息者也。中材之士，所守未固，不幸無良師友，漸漬波靡之中，溺焉不自覺。既失足，欲自拔無由，故富貴者外淫，貧賤者内喪。其中亦有一二自好者矣，衆以其不類也，姍笑而擯毁之。蜀犬見日則吠，裸國之民，入中土者，睹衣冠，反笑以爲怪也。傍偟不能自信，卒亦淪胥以敗而已。嗚呼！士生三代以後，欲卓然有以自立，不惑於俗，蓋亦難矣。"

　　昔孔子思狷者，孟子以夷惠爲百世之師。昌黎患天下靡靡，日入於衰壞，欲得趨死不顧利害去就之人以争救之。蓋醫者治病，視其病之所甚急，而峻其劑以攻之。若適得其平，則毒未盡去也。矯物之枉者，必過其正，不過焉終不正矣。先生之言，毋亦有所憂而思以易之邪。漢管幼安、王彦方，唐陽元宗，皆布衣耳。其行不合於中道，而隱處窮谷，聲光動天下。況先生以碩儒負重望，登高而呼，吾知其必有應也。余又聞先生以養親歸里，蓋孝者也。夫孝則能守其身矣，《詩》曰："孝子不匱，永錫爾類。"然則愛其身以愛天下，固先生之志也。

　　夫景瀚失庭訓，洊歷憂患，懼不自振拔，終爲小人之歸。讀先生文，駭汗浹背，將守之終身。廣其義爲銘以自警，亦欲使入先生之室者，皆惕然思所以自立，無負先生作記之意。其體質，故爲爾汝之稱；其意切，故其詞危。先生曰："固，古心也。"景瀚亦猶行古之道也。銘曰：

　　汝固其志，勿貳以二。儒其衣冠，所學何事。俗流汩汩，汝固其骨。不挺以立，將入而沒。捷捷者醜，呶呶者咎。多言何爲，汝固其口。毋摇爾精，毋害爾生。汝固其身，念厥先人。不固而達，汝節將奪。彼詭而隨，乃苟而活。不固而輕，汝器將傾。鬼瞰其室，物敗其名。大智若愚，良賈若虛。汝炫於外，其中無餘。毋才寧劣，毋巧寧拙。汝馳於末，其本先撥。汝不汝恤，無入斯室。汝睨其名，汝昧其實。

王提督玉弓決銘

剛中環外，以調弧矢。三軍之士，如臂應指。握機方寸，決勝千里。

楊某采菊圖跋

《詩小序》曰："《南陔》，孝子相戒以養也。《白華》，孝子之潔白也。"束廣微《補亡》之篇曰："循彼《南陔》，言采其蘭。"説者謂蘭有芬香之德，孝子不以非道事其親。其所養者，皆其德之所致。如蘭之馨然，故雖菽水，而親安之也。某甫楊君，非隱者也，而爲《采菊》之圖，其自題之詩云云，是詩人潔白之説也。善哉！楊君之爲養也。

夫崇養以傷行者，孝子之累也。故仲由之菽，甘於東鄰之牲，士患不自立耳。擊鐘而鼎食，苟取之不以道，其與穿窬之盜、東郭之乞，相去幾何？以穿窬乞丐之養養其親，其親而賢，其不吐之者幾希矣。陶淵明不以五斗折腰，吾觀其人，必孝子也，所謂不失其身者也。使其親尚在，東籬之下，望南山而觀飛鳥，一觴一咏，其樂何如？潔白之養，足以當之矣。然則笙詩未嘗亡，而廣微之補，爲可以已也。善讀書者通之於靖節之詩矣。古之孝子，皆高士也。願與楊君共勉之，以附詩人相戒之義云。

楊某寒山霜林圖跋

漢丁蘭刻木爲親像，事之如生。而魏曹文烈於太守舍，見祖父畫像，輒下榻泣拜。夫至性所存，不必有所藉於外，而觸而遂動者，則孝子不忍死其親之意也。某甫楊君思其父而不得見也，使工爲是圖，貌父之像，而以己侍焉。展卷未終，秋風颯颯，楓葉蕭蕭，如聞悲鳴躑躅之聲，紙上皆泪痕也。《詩》云："陟彼岵兮，瞻望父兮。"狄梁公見白雲孤飛，謂左右曰："吾親舍在其下。"瞻望久之。夫其逶遲周道，天各一方，親無恙也。而睹物傷懷，情不自已，若乃死生殊路，定省永絕，其爲抱恨，寧有窮期邪？風景不殊，江山如故，衣冠鬚眉，呼之欲出。其能駕車出游，登山臨水，一聽秋聲乎？嗚呼！亦何益矣。知其無益而猶爲之者，此楊君之心所以獨苦也。更千百年，此圖終有毀時，而楊君思親之心，不可得而已也。僕亦千古之傷心人也，感其事，爲書數語。飛鳥亂號，秋風鳴條，淒惻以泣者，不必聞雍門周之琴矣。

題林某小照跋

夫美人香草，皆有所託而爲，其義通之君臣、父子、兄弟、朋友，故曰："情之所鍾，正在我輩。"古之忠臣孝子、志士仁人，皆鍾情之至者也。其意有所感，而不可以徑達，是故託爲相悅相怨之詞，以寄其幽鬱無聊之概，而逞其豔冶靡曼之説，以極其纏綿悱惻、不能自已之心，義山《無題》之什、冬郎《香奩》之篇，猶此志也。後世習其詞而不求其意，展轉相效，於是所謂情者，乃獨屬之牀笫衽席之間，風雅之道，埽地盡矣。登徒子，好色者也，烏睹所謂情者哉！

某甫林君，善文詞，工篆隸，令工寫己小像，而二姝侍焉。洗硯簪花之説，余未知其所取義也。夫象者所以言志也。富貴貧賤，山林朝廟，豪華蕭瑟之情狀，隨其志之所寄焉。故其事或不必然，而其心之所樂，則誠有在於是者，故觀其圖而知其心矣。以林君之材，即不必得志，春服始成，與二三朋好，登臨山水，散髮盤石之上，携手綠陰之中，彈琴賦詩，致足樂也。詎必以此微雲，滓穢太虛乎！樂彥輔曰："名教内自有樂地。"然則吾黨之風流，不必在男女之間也。林君之爲此，其有所託而爲之歟？抑心之所樂歟？予未能知之也，書此以質之。

許埭村先生墨迹跋

埭村先生與先君子爲忘年交，某未及見也。中表黄廉英昔侍杖屨，得先生書爲多。今冬過其家，出所藏真草數幅相示。某不解書法，然展玩之餘，可想前輩風韻也。廉英娓娓言往事不置，當時文酒過從,蓋無虛日。今楮墨如新,先生墓木已拱,而先君亦棄世數載矣。觀畢泫然,時丙申至月二十有八日,①書於方山草廬。

圖書解易經蒙訓題跋

《圖》《書》不傳久矣,今所傳者,乃出於宋之陳希夷氏。以漢唐諸儒未見之書,而數千年後,忽出於道家者流,其真僞原不可必,且數傳之後,其徒已自相攻擊,異同紛然,則未足深信可知。後儒穿鑿附會以求其説,《易》理廣大,未嘗不可相通,而必謂大聖人製作精意,悉本是圖,規規以求其合則舛矣。是書冥搜圖象,頗具苦心,以圖内五中之一奇,十中之二偶,爲奇偶之至,合爲太極。夫太極雖含陰陽之體,而既具奇偶之形,則但可名之陰陽,而不得復謂之太極。且既與諸奇諸偶,并列於圖矣。又何以見中一奇,生四方之各一奇,中二偶,生四方之各二偶乎!一卦各具三爻,而圖中陰陽,衹有兩重,於是以内一爻爲儀畫,外一爻爲數畫,而中一爻則求之方位,謂之象畫,方位則有定矣。何以陽儀則南北爲陽,東西爲陰,陰儀則南北爲陰,東西爲陽乎?開卷數語,而支離牽强,已不勝指,其餘可見矣。《蒙訓》一書,以天道、易道、聖道三義立説,頗稱該括,但解《易》不難於説理,而難於説象,此亦順文敷衍,未見有所闡明也。制藝盛行,經束高閣,此君尚不汩没時趨,而有志窮經,亦今人所難也。雖滇中偏僻,前儒所説,皆未嘗見。存之,無没其苦心可也。

宏山文集題跋

咏史諸作,論議間有可采。顧偶爾有感,借題抒興可耳,必盡人人事事,鋪張而排比之,於詩於史,兩無謂也。宋明史論,掎摭長短,本文人惡習,况以入詩,愈增魔道。乃至皇極經世,老莊諸子,皆爲咏歌,尤爲徒費心力。其詩近體較多,律則骨格頗蒼,絶亦饒有風致。

---

① 丙申:乾隆四十一年(1776)。

滇中詩家，此可肩隨禺山，特鍛鍊未至耳。宏山素精於律吕、天文之學，聞皆有論著，惜其不傳。見於所咏者，可得其概。《李中谿墓表》又稱有《黑水集証》一卷、《郡大紀》一卷，今亦未見。獨集中有《山川辯》，以瀾滄江爲黑水甚確。又金沙江，議請通水路以拊滇雲之肩，不宜獨恃永寧、鎮遠爲門户，是説不行於明而行於今。新灘既鑿，銅運之費減半，而財用自蜀來者捆至。國用民生，兩獲其益，此可見宏山經世之才。又謂雲南四大水，惟金沙江合江漢朝宗於海爲南國紀，殊未知此水即長江之源。《禹貢》岷山，特自其所導始耳。江源與河源，皆本崑崙，爲天地兩戒之脉絡。聖祖時，曾遣使審視，其説始定，又不獨爲雲南一省之壯觀也。

跋

　　乾隆乙卯秋，①于役三秦，與刺史海峰先生傾蓋如舊。其爲人，肫然不設城府，泊然無所嗜好，詢諸其同爲寮者，皆曰："宦十餘年矣，所至有聲，匪惟優於仕，亦優於學者。"已而展案就列，所栖之衡宇，若鱗次然。往復讌談，遂彌旬日。

　　先生以辛卯成進士。② 是科也，得人爲盛，多海内鴻生鉅儒。僕固年少晚進，亦嘗得奉緒論於諸君子左右。其尤親切者，先舅氏闕里孔公廣森；其欽渴而未得一面者，房考師之薦主侯官林公澍蕃。先生於兩公爲通榜，又與林公同郡有聯，且皆有宿草之慟。知僕雅有淵源，益不以俗士遇我。乃得備觀所著説經之文，及他詩古文詞，剪燭觝耽，不忍釋去。竊嘆近時多著作才，而古文之法度風格，卒以不振，苦求其故而不得也。先生邃於經義，精研乎史裁，沉酣乎先秦兩漢之高文典册，是其於文也，豈猶夫人之可以作，可以無作者乎！又大集中有云："所貴乎文者，非以載道，即以經世。"③要哉言乎！世固有執筆爲文，爛然不可一世，而稽其所以自立，與其所設施，不啻判爲兩人者。

　　今僕耳先生之立身行政甚悉，繼始求讀先生之文。即其文，證其人，若函蓋之合，若泥印之契，而不覺其心悦誠服之已甚。嗚呼！是可以諗千古之爲文者已。僕荒陋，無能爲役，愧知先生未詳，讀先生

---

① 乾隆乙卯：乾隆六十年(1795)。
② 辛卯：乾隆三十六年(1771)。
③ 本書内未見相關文字。

之文未盡。然而是役也，輶車百舍，走數千里，攬太華終南之秀，觀秦中人士，數千百卷官樣之文，而又得與先生結翰墨緣，爲忘年之契，其欣幸愉快，爲何如也。爰叙次蹤迹時事，志數語以復於先生如此。乾隆六十年元月上弦織女正北鄉之旦，新安朱文翰謹跋。

澹静齋文鈔外篇卷之一

陳時事疏

謹奏：爲正士習以飭官方、端民風事。竊惟士習之盛衰，官方之所由隆污，民風之所由升降也。周以三物教萬民，爲士者孝弟廉耻之節，日砥礪其心。其源既清，一旦出而臨民，而六計尚廉，八柄詔吏，乃可得而施。若乃干城之寄，旁及武夫，甫田之中，升夫髦士，則微獨兵農不分，士與農亦不分。士習正，斯民風醇矣。後世鄉舉里選之法既不可行，而浮華聲氣之弊接踵而起。崎嶇暮夜，乞憐於公卿；輾轉名場，借塗於關節。相習成風，恬不知怪。夫今日之爲士，皆後日之爲官也。廉耻本相因，士不知耻，則官安能廉？科名小事耳，可以得之者，無所不爲；君親大倫也，可以欺之者，無所不至。一旦居官，無怪其病民而負國也。士習不正，而官方不肅；官方不肅，而民風益以不醇。彼見夫服儒衣、冠儒冠，誦讀聖人之書者，之猶見利必争、見害必避也，而閭閻何責焉？好刺譏，善可否，議論當世之人者，之猶終違其始、行背其言也，而椎魯何責焉？老師宿學，彫零殆盡，後生小子，無所效法。而公卿大夫不知正身率下，藉口收羅人才、引掖後進之虚名，以濟其私心。其風愈烈，其波愈靡，不急挽之以杜其源，將恐吏治民風，俱不可問。伏惟皇上奮乾綱，振頽俗，申飭學校，明正賞罰，厚養其廉耻，而重責以禮義，則士知自重，人知愛身，而後吏治可肅，民風可醇，保治之休，與天無極。臣謹奏。

堅壁清野議

竊惟邪匪滋事以來，蔓延四省，輾轉兩年。處處有賊，處處需兵。負固則經年累月不能克，奔竄則過都歷郡不能禦。議者惟以兵少為辭，于是調鄰省，增新兵，募鄉勇，但謂以多為貴，不知其無益而反有害也。何則？國朝經制之兵，本屬有限，而腹裏尤少。其重兵所在，非番回錯雜之區，則形勢要害之地也。一調不已而至再，再調不已而至三，備禦空虛，奸民因而肆志。是無事之區，[1]又將滋事。即如四川、湖北之兵，皆以全赴苗疆，邪教遂乘機起事，豈非明效大驗乎！此調兵之害也。倉卒募兵，但取充數，非市井無賴之人，則窮苦無聊之輩。紀律不習，技藝不精，心志不齊，膽氣不壯，遇賊惟有紛然鳥獸散耳，此增兵之害也。鄉勇守護鄉里，易得其力，若以從征，則非所願，無室家、妻子、田廬墳墓之足繫其心也。平居未受涓滴之恩，臨難責以身命之報，於勢既有所難能，而為之長者素昔等夷，[2]本無上下之分，與以虛名，[3]强相鈐制，於心又有所不服。故加恩則玩而驕，執法則忿而散，求其約束而整齊之者難矣。其藉此為利，浮開名數，冒領銀糧者，又無論也。至於臨陣，既未習乎戰鬥，疑則易驚；又各自為步趨，紛則易亂。即或誘之以重利，鼓之以大義，而有勇無剛，能暫而不能久，闐然而進，亦闐然而退耳。此鄉勇之害也。且兵勇多則糧餉廣，糧餉廣則轉運難。國家帑藏充盈，殺賊安民，雖千萬在所不計，而民間之疲於輓輸，[4]困於差徭者，不知凡幾矣。文報有站，糧運有臺，軍營之移徙，使節之往來，其夫馬不能不資於民力。近地不足，調之遠處州縣，雖官為給價值，而例案所銷，豈能敷用？每縣夫數百名，馬數十匹，道途之費，守候之費，津貼之費，司事者口食之費，皆派之里下。不肖生監，又從而乾沒其中，為日既久，民力竭矣。官吏但顧考成，一切以軍興法從事。科斂督責，民必不堪，事變滋起，或遇水旱之災，將何以處之？況乎將領不能約束兵丁，所過甚於盜賊，鄉勇從而效尤，激而生變，[5]是所憂者，不獨在邪匪也。然使有濟於事，饒倖成萬一之功，亦不必過爲疑慮，而自去年以來，其情形大概可見矣。

　　川省之山，層崖峭壁，削立如城砦者，所在多有。其上有田有水，賊若據之，非數萬之衆，不能攻取。然周圍百餘里，或數十里，終未能環而圍之也。竭力仰攻，士卒損傷過半，幸而得之，賊已乘間率衆他徙矣。則又窮日夜之力以追之，[6]而其勢常不相及。蓋賊因糧於民，無地非民，則無地非糧。[7]官兵之糧，必須轉運，賊竄無定向，亦無定期，糧臺豈能豫設？夫馬豈能豫增？倉卒移營，糧必遲誤。此一難也。賊皆輕身，登降便捷；而我兵鳥鎗、弓箭、火藥、鉛彈，身所佩帶，不下二三十斤，行走不易。此二難也。賊皆本地之人，慣於山行，婦人孺子，亦趫捷若飛；而我兵如陝甘等處，壯健有餘，輕捷不足，登山半日，汗流氣喘，未遇賊而先困矣。此三難也。賊隨時隨地可以休息；而我兵行必按隊，止必安營，挖壕樹栅，守卡站牆，日夜不得安歇。此四難也。賊常飽而我兵常饑，賊常逸而我兵常勞，勝負之勢已分矣。幸而勝之，所殺者賊之後隊數十百人，或其老弱疾病不能行者耳。其首惡及全夥不可見也。[8]賊之詭計，又分布數人於左右十餘里中，四面放火，使我兵疑畏，不敢遽進。反至探明，[9]而賊蹤已遠矣。此尾追所以常不及也。於是有謂宜繞道在前，[10]迎頭截殺者，究係空言，[11]亦無實濟也。前後夾擊，則左右分馳；東西并攻，則南北各竄。山澗重疊，道路分岐，處處可通，頭頭是道，安所得十餘萬之兵，一一迎而擊之？即令兵多將廣，四面兜圍，而賊聚而衝，我散而守。十餘萬之兵，分布於周圍數百里之內，其勢既分，其力亦薄。賊以全力捨命衝突，亦未有不潰而出者。故賊之往來，可以自如；我之進退，反不能自主。賊合而我兵不得不分，賊分而我兵遂不能復合。焚掠裹脅，賊愈殺而愈多；疾病死亡，兵日添而日少。剿則無以爲守，守則無以爲剿。城池已在在堪虞，將領惟斤斤自保。今日之賊，無論非今日之兵所能蕆事，[12]即或額兵全來，新兵已練，而使之追逐千里之餘，[13]奔馳半月之久，力疲氣阻，[14]其勢又爲今兵之續。賊勢益張，兵氣益餒，日延一日，事恐不可問矣。

然則爲今之計,將奈何?曰:賊未至巴州,而巴州之民先去;賊未至通江,而通江之城已空。守土之官,雖欲效死勿去,其誰與守?此無他,民心無所恃也。故殺賊以安民也。今必先安民,然後能殺賊。民志固則賊勢衰,使之無所裹脅,多一民即少一賊矣。民居奠則賊食絕,使之無所擄掠。民存一日之糧,即賊少一日之食矣。爲今之計,必行堅壁清野之法。[15]責成地方官,巡行鄉邑,曉諭居民,團練壯丁,建立堡砦,使百姓自相保聚。并小村入大村,移平處就險處,深溝高壘,積穀繕兵,[16]移百姓所有積聚,實於其中。賊未至,則力農貿易,各安其生。賊既至,則閉栅登陴,相與爲守。民有所恃而無恐,自不至於逃亡。別選精銳之兵二三千名,以牽制賊勢,不與爭鋒,但尾其後。賊攻則救,賊退則追,使之進不得戰,退無所食。不過旬餘,非潰則死。此不戰而屈人,策之上者也。

其要必先選擇良吏。一省之中,賢而能者,道府豈無數人?牧令豈無二十餘人?其奔走趨事,明白勤幹者,佐貳豈無數十人?今川省賊所往來,川東惟夔州一府、達州一州;川北惟保寧、順慶二府而已。陝西惟興安、漢中二府,商州一州。河南惟南陽一府。湖北惟荆州、宜昌、施南、襄陽、鄖陽五府而已。所屬牧令,賢者留之,不肖者易之。每處各派佐雜數人,分任其事,以一道府董局事,佐以正佐數員。講明利弊,議定章程,總其大綱,其餘道府分路經理稽查。不過三月,可以畢事。

其次,則相度形勢。天成之險,如大成砦、太平砦等處者,加卑因高,使之可守。移附近民居于其中,先藏積穀,貧者官貸其資。茅屋草棚,聽其自便。其故居仍留勿毀,賊未至時,仍可照常安業也。其村莊市鎮,人烟輳集,如臨江市、普安場等處者,隨其所居,因山臨水,爲築城堡。外挖深壕,務令高廣。民居零星在外者移入之。磚石木料匠役之費,皆給於官,惟丁夫取于民。有貧乏者,量給口糧,以代賑恤。

其次,則選擇頭人。山上之砦,平地之堡,人户既多,一切事宜,需人經理。擇其身家殷實、品行端方、明白曉事者,或紳監,或耆民,舉爲砦長、堡長,給以頂帶,[17]予以鈐記,使總一砦一堡之事。其清查户口、董視工程、經管銀糧、稽查出入、訓練丁壯、修飭守備,別擇數人爲之副。各就所長,分任其事,以專責成。

其次,則清查保甲。戶口繁多,奸良莫辨。外至者,虞其爲間諜也;即久居者,亦慮其有匪黨也。行保甲之法,十家聯保,互出甘結,始準移居。匪類送官究治;其蹤迹可疑,尚無確據者,另附册尾,聽其另居自便。[18]毋使溷入,以滋後累。其餘良民,悉使團聚。家有幾人,大小幾口,所操何業,田土若干,詳註册内,以備稽核。

其次,則訓練壯丁。每戶抽壯丁一人,或二三人,編爲部伍。鳥鎗刀矛,各習一技。官爲給價,製備器械。每一堡砦,擇營中千把或外委一員,兵三四名,使之教導,勤加訓練。有事則登陴守禦,自保鄉里,毋令出征。惟本州縣有警,或鄰堡告急,許以其半救援。

其次,則積貯糧穀。堡砦之中,建倉數間。豪家囤戶,有糧難以盡移者,官給銀悉行收買入倉。無者買于鄰近各鄉。官兵經過,即以此糧供支。賊至閉砦,壯丁守陴,按名給糧,毋令家食。其鰥寡孤獨,貧乏殘疾,及家稍充而實無糧者,準其照册分別賑借。賊平之後,即爲本鄉社倉,分貯常平,一遇灾歉,亦可就近賑糶。

其次,則籌度經費。所有築堡挖壕、建倉買糧、置備軍械、一切守禦器具,及搭棚蓋屋之費,銀皆官給,交堡砦長,司其出入。惟倉糧之數主於官,賑借供支,官爲報銷。其餘銀勻攤於堡砦。居民所有田地,分爲十年或八年,隨地丁徵還。

如此者有十利焉。川省無土著之民,五方雜處,其性輕于去就。故一聞警報,輒四散奔逃。民心疑懼,則千里無堅城矣。今堡砦林立,聲勢聯絡,民居既安,民志自定。父母妻子一家團聚,無流離死亡之憂,并不慮爲賊逼脅,陷于邪黨。可以保全良民,潛消賊勢,其利一也。糧皆藏于堡砦之内,所餘村落、店館,皆空屋耳。賊即千里焚掠,無所得食。若攻圍堡砦,則丁壯自護身家,其守必力。又有鄰堡之救援,官兵之策應,其力必不能攻陷。狂奔十日,非潰而四散,則輾轉于溝壑之内而已。區區首惡,何難就擒!可以制奔竄之賊,其利二也。據險之賊,不能下山掠食,今民皆團聚,糧不露處,冬春之交,野無青草。附近已無所掠,遠出則近山之堡砦皆得邀而擊之,其勢又不敢出。坐困月餘,積糧既竭,終亦歸于死亡、逃散而已。可以制負固之賊,其利三也。州縣之有鄉村,如樹之有枝葉,枝葉傷則本根無所庇。鄉村皆爲賊所蹂躪,其城郭之不亡者僅矣。今四面皆有堡砦,障蔽擁護,賊必不敢徑犯城郭。有急則環而救之,如手足之捍頭目,賊將腹背受敵,況官兵又乘其後乎。可以保障州縣,其利四也。堡砦遠者相距數十里,近者或十餘里。官兵經過,就近供支,糧臺可以不設,官無轉運之費,民無輓輸之勞。至文報往來,尤關緊要,堡砦之在大路者,即安設夫馬遞送,無須兵勇護之。可以省臺站之費,其利五也。每省挑選精兵三千,賊合亦合,賊分亦分,牽制其後,使之不得攻陷城堡足矣。其餘悉令歸伍,所省鹽糧,猶其小者也。兵少則差徭亦省,民受無窮之利,而營伍不至空虛,亦無虞再生他變,其利六也。守陴壯丁,惟賊至時數日給以口糧耳。無按月之鹽糧,無安家之銀兩也。其費較招募鄉勇,所省何啻天淵。而愛護鄉里,朝夕相見,猶有古者守望相助之意,可以情法維繫之。不若鄉勇從征日久,習于凶暴,怯公戰而喜殺掠,釀爲將來無窮之隱憂,其利七也。保伍時相糾察,而堡砦之長,又從而稽查之,則奸宄無所容,[19]其桀驁不馴如喝嚕者,亦懾而不敢肆,可以漸化爲良民,其利八也。邪教蔓延,爲日既久,伏而未動者,正不乏人。今淑慝既分,居不相雜,其冥頑者,苟潛入于賊黨,可以一并殲除。其愧悔者,必安居乎故業,可以保全身命。絕後患之萌,開自新之路,其利九也。規模既定,守而勿失,遠近一體,上下同心。如網之在綱,有條不紊,如身之使臂,無令不從。無事之時,按籍而稽,瞭如也;有事之時,畫地而守,井如也。一勞永逸,數世賴之,其利十也。

然而愚民可與樂成,[20]難以慮始,[21]因循目下,畏難苟安。此議一出，必有阻之者矣。[22]一則曰騷擾反以累民也。夫擇利莫若重，擇害莫若輕。賊匪所過，焚燒房屋，殺戮人民，擄掠婦女，其慘極矣。民雖至愚，亦必明于利害。所全者大，即小有騷擾，猶當毅然爲之。況保其身家，全其積聚，順其情之所樂，何累之有？若云奉行不善，則官吏之過，當易其人，不當廢此法。如戰場失利，豈以偶無良將，而遂永不用兵乎？一則曰迂緩不切于事也。夫欲速則不達，自去歲以來，各省所行者，何一不速？何一有效？事固有不急急于目前，而收功于異日者，及今爲之，未爲晚也。行之一縣，可保一縣；行之一府，可保一府。同時并舉，不過三月，賊在羅網之內矣。是速莫速于此也。舍此以圖，其果有旦夕奏效、操券而得之策乎？一則慮其費大也。夫成大事者，不惜小費。苟能平賊，即多費亦所不惜。今州縣大者不過堡砦數十處，小者十餘處。一省所辦者，不過三四十州縣耳。哀多益寡，合計每省不過用銀一百萬兩而已，自是即無所費，[23]較之養兵、養鄉勇，每月需銀百萬者，[24]其費何如？然尚未有底止也。[25]且惟買糧爲費較鉅，而糧分貯于堡砦，何異貯于州縣之倉？今各州縣，豈能不采買乎？其餘借項，分年帶徵歸款，是不獨省費，且并無所費矣。一則畏其繁難也。夫天下無難成之事，患無任事之人。今自道府，下至堡砦之長，總理者有人，分任者有人，勞瘁不辭，纖悉具舉，何慮其繁難？[26]且通江、巴州、儀隴賊所蹂躪之處，失業難民，豈能不爲撫恤？清查户口、修理房屋、吊生恤死、賑乏周貧，其繁難何止十倍于此。[27]與其補救于已然之後，何如豫備于未事之先，願平心而熟計之也。是數說者，皆不足以難之。

　　然則今日急務，莫有先于此者矣。安民即所以殺賊，[28]民懼賊而逃，猶可言也。兵愈增則差徭愈重，師愈久則擾累愈多。數月之後，恐民之見賊，將不逃而合之矣。今不早爲，後悔無及。謹陳一得之愚，伏惟垂采幸甚。[29]

平賊議

　　平賊之策，不過剿、堵、撫三者而已。今皆用之，而賊卒不滅者，未得其宜也。何則？賊皆吾民也。非如外部蕃夷，疆域可以界限，衣服語言可以辨別。聚而抗拒則爲賊，散而行走猶是民耳。可以入吾城市，窺吾營盤而不覺，良莠難分，一也。其始，不過邪教數人爲之倡，而愚民被其煽惑者從之。其後，則無賴凶悍之徒，如私鹽私鑄、嘓嚕賭棍、竊匪大盜，凡游蕩而不務正業者皆從之。又其後，則失業飢寒之民，亦從之矣。所過裹脅良民，質其妻子，逼其放火殺人。始則脅於威力，欲自拔而不能；繼則陷於罪名，雖可歸而不敢。日月積久，亦甘心而從之矣，此賊匪所以日多。而我兵額數有定，不能驟增。近省不足，調之遠省。數千里跋涉而來，新者未及到營，而舊者死亡疾病，已耗其大半矣。賊常多而我兵常少，二也。自嘉慶二年以後，負固之賊，皆轉而流竄。賊生長深山，登降便捷，婦人孺子，輕趫如飛。而我兵除四川、貴州外，陝甘、河南、直隸等省之兵，習於平地，不慣山行，登高履險，未及半日，汗流氣喘。賊惟手持一矛，到處占住民房，無須餘物。而我兵鳥鎗弓箭，藥彈乾糧，身所佩帶，不下數十斤。又有鑼鍋帳房，軍裝軍火，皆用夫騾運送。山徑險窄，行走不易，動輒擁擠，棄之則無以爲資，可暫而不可久。賊行無隊伍，止無營盤，隨時隨地，可以安歇。而我兵行必結隊，止必紮營，坐墻守卡，日夜不得休息。賊常逸而我兵常勞，三也。賊所過擄掠民食，無地非民，則無地非糧。而我兵之糧，必須轉運，山徑險阻，若階州、五郎、孝義、鰲屋山中，即騾馬亦不能行，人夫負重，日不能四五十里。若由後路運送，則兵行迅速，勢不能及；若由前路運送，正當賊匪之來，未果兵腹，先齎盜糧。又皆賊匪蹂躪之餘，居民逃散，買賣斷絕，無所覓食。一餅之價，至六七十文，兵丁積旬日之鹽菜，不能求一餐之半飽，不得不枵腹以待。賊常飽而我兵常飢，四也。賊匪皆本處之人，服習水土，而官兵皆自他省調來，不耐嵐瘴。地氣卑濕，天氣鬱蒸，身淋風雨，足沾泥塗，夜卧草地，日飲冷水。非手足臃腫，則腰脚疼痛；非內患痢泄，則外生惡瘡。精壯之人，多半病困。賊匪本亡命之徒，肆橫既久，心膽愈粗，益加狡悍。而官兵前所調者，皆數十年訓練之兵，死傷殆盡，存者不及十之二三。出征已久，其力既疲，其氣亦餒。近年調者，皆招募新兵，從未見過打仗，紀律不習，技藝不精，心志不齊，膽氣不壯，見賊惟有鳥獸散耳，豈足倚恃。賊常強而我兵常弱，五也。此自嘉慶元年以來，所以日勦賊而不能平之故也。

今之領兵大員，不思變計，但以勦賊爲名，日事追逐，上寬聖明之督責，下告百姓以無罪，爲一身計耳，於軍事一毫無裨也。古云："善用兵者，致人而不致於人。"又云："強弩之末，不能穿魯縞。"自古行師，未聞奔走數千里，經年累月，不敢休息者。出奇制勝，倍道疾馳，間一用之耳。然所將不過偏師，爲時不過旬日。今乃傾天下之兵，奔走數省，往來萬里，是自斃也。飢不得食，渴不得飲，蓬首垢面，敝衣跣足，其苦不可勝言，不得不落後，不得不脫逃。非不畏法也，人情所不能堪，則不求生而願死。人至於樂死，而尚何力可用？何氣可鼓？賞何能勸？刑何能威哉！故有帶兵數千名，而到營不過數百者矣。幸而統領得人，撫循有素，兵弁皆樂爲用。與賊相遇，未嘗不殺賊數千，或數百人，未嘗不生擒首惡一二名。而追逐至此，我力已竭，一勝之後，勢不能再追餘黨之逃散。而竄匿者隨時收集，沿途裹脅，不過旬日，其勢復張，則前功盡棄矣。

近日賊情，益加詭譎，見兵則逃，過城不攻，彼豈真有所畏於我之兵丁，有所愛於我之城池？其設心叵測，以爲與官兵抗拒打仗，無論其不必勝也，即勝而彼之損傷亦多。官兵尚強，未能得志，攻圍城池，無論其不必得也。即得亦不能守，困處一隅，官兵合而圍之，可以殲盡無遺，若當陽、竹山之役是也。故或分或合，聚散無常；或往或來，出沒無定。使我之官日疲於奔命，使我之財日耗於糧餉。使我之民轉徙流亡，不得耕種收穫以爲生；使我之兵疾病死傷，不得休養訓練以力戰。日復一日，年復一年，民心漸散，兵氣益衰。無可用之民，無可用之兵，并無可用之財，然後乘其弊而與我角，則成敗未可知也。其志不小，其謀益奸，我奈何墮其術中而不悟哉！且此賊本非可以兵力驟勝也。虎狼惡獸，出而傷人，我持兵而與之鬥，以決死生可也。

今之賊，非此比也。譬如蒼蠅、蚊蚋，聚於堂室之中，閧然而去，亦閧然而來，自當設法驅逐，以漸廓清。而我不勝悻悻之忿，持刀與矛，左揮右擊，追逐不捨，奔走無停。積數時之久，鋒刃所及，蠅蚋間亦有死者矣，究無損於彼勢之重輕也。而我之手足已憊，氣力已竭，一蹶不能復振矣。今之剿賊，何以異是？此剿之不得其要也。

於是而議堵，則有謂繞道前進，爲迎頭截擊之舉者。然山澗重叠，路徑紛歧，非有甬道，截其兩旁。賊自西來，而我東面迎之，賊仍可折而南而北也。賊自後來，而我自前面迎之，賊仍可折而左而右也。未及交鋒，而迎頭者皆成尾追矣。安所得十餘萬之兵，分爲數十路，一一迎而擊之？則有謂選擇形勝，爲據險扼要之謀者。然古今險要，皆爲敵國相爭、攻城掠地言之耳。如潼關爲西安門戶，不得潼關，則西安終不可守。故宿兵於潼關，而敵不敢越關而西，非謂無路以達西安也。今賊非有攻城掠地之心，不過借路而過耳。潼關南原，方車可以并進，萬馬可以分馳，固守潼關，其能堵不使入乎？且天險不過數處，其險亦不過數里、數十里。蜀之劍閣，險甲天下，然旁行三十餘里，則有路可通矣。非處處懸崖峭壁，如萬里長城也。川陝交界，自西而東，陝甘交界，自南而北，皆不下二千餘里，或千餘里。其嗌口各有數十處，處處守以重兵，非十餘萬不能。而賊之所入，又不必皆由嗌口。若人處堂屋之中，牢扃門戶，以防盜賊可耳。至於鼠之穴空，蟻之緣隙，豈能禁乎？今寸寸而守之，節節而防之，力固有所不能，徒守嗌口，又何益乎？則有謂山僻小路，悉行挖斷，平衍之地，悉掘深溝，使賊不能過者。不知山徑甚多，路溝甚長，經年累月，能一一置人守之乎？若無守者，我能斷，彼即能續；我能掘，彼即能填，是兒戲也。則有謂多招鄉勇，或團練，以防守卡嗌者。不知團練鄉勇，令其守堡砦，其父母妻子在是，其貲財積聚在是。爲賊所破，惟有死耳。其心既一，其力亦齊，故可堅守。若調往守卡，距其家數十里、百餘里不等，有內顧之憂，則其心貳；無必死之志，則其力懈。賊勢稍緩，尚可支持，急則各散而逃耳。至於招募鄉勇，皆游手無賴之徒，更不足恃也。則有謂責成州縣，厚賞重罰，以示勸戒者。不知今之州縣，既不假之以事權，徒擁虛名於上，又謹防之如盜賊，責以無米之炊。無權則何以服衆，無財則何以聚人。守城守卡，鄉勇限以名數，定其日期。賊至始準，賊退即撤，平時既無訓練之暇，臨時又無獎賞之資。而百姓風鶴易驚，本有憚賊之意；戰陣未習，又無殺賊之心。誘以空言，倉卒驅之，其能戮力同心，爲我用命乎？弱者未見賊而先逃，強者甫交綏而已敗。即有牧令之賢者，奮不顧身，不過一死塞責，於事仍無濟也。軍興以來，或以官兵，或以鄉勇，無日不堵，無地不堵，而賊之往來，仍自如也，成效概可見矣。此堵之未得其宜也。

於是而議撫，其始，撫被脅之良民；其後，則并撫悔過之賊黨。皇上之恩，深且渥矣。然良民被脅，無不日夜思歸，而特逼於凶威，一時不能遽出。使其得出，不待吾招；如不得出，招亦無益。若邪教則異矣，今之僧道回教，皆自立一教，其説不同，然皆勸人爲善，自治其身心，無作亂之志也。即有一二敗類，不能以一二人概之千百人。而邪教特借燒香念佛，以聚衆斂財，其初志即懷不軌，觀其所傳經文靈文，大牴悖逆之詞，徒黨漸多，則必乘機起事。

故自漢以來，若張角、韓山童、徐鴻儒等，未有不反者也。入教未久，或生悔禍之心，漸染久則沉溺深，有視死如歸，瞑目不顧者矣。此豈可以恩德招之者哉！至於凶悍無賴之徒，若私鹽、私鑄、啯嚕、賭棍等，衣食惟其所欲，奸淫惟其所爲，方暢然意滿，樂之終身，豈復肯束手歸命、受制於官吏、束縛於法令？而失業飢寒之民，不耕而食，不織而衣，亦暫偷一時之生，不暇恤後日之死。蓋知我之口糧，不能長給；我之田地，不能遍分也。故必能制其死命，而後殺之則知畏，生之則知恩。今剿堵皆未得宜，而輕於言撫，無論其不來也。即來，亦恐異日之有變。

然則撫者，所以補剿、堵之所不及，而非平賊之策也。平賊之策奈何？曰："堅壁清野之法，不戰而屈人，策之最上者也。"山地則用砦，平地則用堡。山中之村落零星，人居稀少，不能歸并者，及老林之居民，皆遷其人而空其地。資以口糧，賜之宅舍，爲數無多，小費不足惜也。入堡砦者，必行保甲之法。十家互保，毋使溷入。不可信者，仍其舊居，則良莠分矣。無地非堡砦，則無民非兵；婦人孺子，皆可擲瓦轉石以擊賊，而賊不得裹脅吾民爲賊。死亡斬獲，其數日減，則我兵常多，而賊反少矣。無事，則耕田買賣，安其故業；有事，則登陴守禦，保其室家。我兵之分布策應者，賊攻堡砦，出而救之；賊退亦退，無奔走追逐之勞。而賊匪跧伏則無以生，出竄則靡所騁。處處憂慮，時時忙迫，則我兵常逸而賊反勞矣。堡砦林立相距，遠者不過六七十里，近者二三十里，屯積糧餉，官兵經過，隨時供支，無轉運之勞，無遲誤之慮。而賊匪焚掠千里，不過空屋；攻圍堡砦，非旦夕所能拔。而有官兵之救援，鄰堡之邀截，又欲拔而不能。到處皆然，無所得食，則我兵常飽，而賊反飢矣。官兵鄉勇，時時休息，時時操練，角藝以爲樂，犒享以爲歡。其情既洽，其心必齊；其身既安，其氣自振。而賊匪凶悍之力無所施，狡詐之謀無所用，狂噪跳擲，久將自衰。飢餓遷流，坐而待斃，則我兵常強而賊反弱矣。此反客爲主，用我之所長而捨其短。旬月之後，賊不轉死於溝壑，則散而之四方矣，誠良策也。然而工程既鉅，費用不貲。貧民經賊匪蹂躪之餘，蓋藏既空，生計復窘，不能以刑法督責之，必須官爲接濟。而軍興已久，用度浩繁，兵餉尚難充裕，豈能復有餘力及此。而需之歲月，今日又急不能待也。無已，其惟分屯合擊之一策乎？

夫兵宜聚而不宜散，貴精而不貴多。今徵調半天下，出征之兵，計其數將十餘萬，而經略、參贊、總督、將軍，所藉以前敵打仗者，不過二三千人，合四省計之，不過二萬。其餘之兵，歸於何所乎？賊之股數，愈分而多，其路數亦愈分而雜。而一股之賊，必以一股之兵追之，一路之賊，必以一路之兵堵之。於是派提鎮，或參游，帶兵一千餘人，或數百人，以分剿而分堵。不計賊數之多少，兵之足敷剿捕否也。幸而無事，則可詡爲布置得宜；不幸而失事，則參其領兵之官，以塞責而卸過。究之所謂剿者，隨賊奔走而已；所謂堵者，坐延歲月而已。兵力既單，聲勢愈弱。數年以來，分剿者，有能滅一股之賊者乎？分堵者，有能堵一路之賊者乎？是置兵於無用之地，而虛糜糧餉也。府廳州縣，每處留兵，或數百名，或數十名，零星散處，勢孤力微。賊未至，則嗷嗷者徒費鹽糧，賊既至則寥寥者無濟機事。故轉糧散餉，常覺兵多，而臨陣出征，又常患兵少。其弊在於分，是不可不合而聚之也。人之勇怯，由於性生，有十人於此，七人勇而三人怯，勇者勇往直前，則怯者之膽亦壯。七人怯而三人勇，怯者遲疑却顧，則勇者之氣亦衰。故疲病怔懦之兵，不能爲利而反爲害。今領兵者，但知以多爲貴，不遑別擇，矢石交加之下，一人驚顧，萬衆披靡，即有勇者，亦無所施其力矣。善用兵者，惟在能忍，我不退則彼必退，其機之先後，不過須臾。今怯者多於勇者，何由而能忍乎？帶兵者以時教訓，以時操練，使上下之情浹洽，則休戚相關；彼此之技均齊，則臂指可使，故兵將必相習，而後其兵可用。今所調之兵，不必領於原營之將，數月而一易其人，臨時而又爲更換，兵不識將，將不識兵，倉卒遇賊，有委而去之耳。近年陣亡之官甚多，而陣亡之兵反少，職此故也，是不可不精於選練也。提鎮雖高官，不過虛名耳，不足以譽賊也。使其可用，即當予以重兵，而精壯之兵，皆歸大營。其分給者，大半皆老弱疲弊之兵，多不過二千人，而少者千人，除押軍裝守營盤之外，能以打仗者，惟數百人耳。以此責其成功，其能服人之心乎？且所患者，尤在兵少而官多。將軍數人，提督數人，副都統數人，總兵十數人，此皆大員，可當一面之任者也。若盡予以重兵，勢無如許之多；若不令帶兵，又安所用之？其供支之費，百倍於官兵，省一人，即可養數百兵而有餘矣。又一隊之兵，不過二三百人，而參游都守，或多至七八員，連翼之鷄，不能俱飛，致多推諉觀望之弊。而本處營汛，至無一官，以目兵而署都守，以武舉而護參游，兵備空虛，營伍廢弛，何不別而擇之。老病無能，悉予參革，留其有勇略而善撫馭者，使領戰兵，其循分供職者，均回本營，訓練新兵，以備更調，此兩得之道也。是將領亦不可不精選也。統馭雖有官弁，而出力則在兵丁。今軍營告捷，官之陞擢者,一摺至數十人,而兵丁之得官者,千百無一二也。八合三勺之米,增至一升;九錢之銀,增至一兩三錢,僅足糊口耳,所得幾何?其所望者,惟厚賞耳。軍法賞不踰時,所以勸也。而今之經略參贊,不敢名一錢,必待奏請,然後敢賞,毋乃濡滯而失時乎?以數省之土地人民付之,而於銀錢獨不敢信,亦非所以重事權也。即各領兵大員,亦當有以優給之,使得任其意所欲爲,然後可以責其立功。使貪使詐,古有之矣,況乎未必盡無良也。且古之名將,必有親信之兵,爲之爪牙心腹,拔於庸衆之中以示異,則必有越乎庸衆之賞以示優,故能得其死力。奮不顧身,摧堅陷陣,斫營劫砦,所向無不成功,如韓岳之背嵬軍是也。其最要者,則偵探之人,我之耳目,三軍之所托命者也。數年以來,賊之間諜,我得而殺之者,不知凡幾,獨未聞賊有殺我偵探之人者,非賊拙而我巧也。賊捨命而深入,故我得而殺之,其不爲我所得者,則我之虛實,固已盡達於賊矣。我偵探之人,不過隨常之糧餉,臨行或賞以數錢兩餘之銀,此豈足以易人之死命?其歸而復命,無論真偽,概賞以三錢五錢銀牌一面,孰肯出死力以爲我用?采之傳聞,詢之行旅,道聽而塗說焉耳。甚者憩卧於數十里外,捏造數語以應,以故賊來何方?賊去何路?賊目何人?賊衆多寡,茫然不知。追賊而東西南北,莫辨何從,住營而左右前後,皆爲可慮。一遇賊則措手不及,如盲人而行險路,引導無人,徒悵悵然躑躅於空山之中。欲以滅賊,不亦難乎?

　　然則平日之結其心,臨事之重其報,皆非銀不爲功,是犒賞不可不厚也。今被賊者不過四省,每省不過數府州,所屬州縣多者,二三十處而已。一省之大,府廳州縣,以及佐雜并候補試用人員,賢而才者,豈無數十人?責成督撫於被賊之州縣,大加甄別,不肖者斥之。循分供職,而才不足以有爲者,移之閑地。合通省之官,度人地之宜,宜陞者陞,宜調者調,勿拘於資格,勿格以成例。其州縣之地大事繁者,不妨并置兩牧兩令,養廉俸薪,兩分支領,事竣而止。一理民事,一辦軍需,使之撫循其民人,慎固其疆圉,而又假以便宜,寬其文法。

每州縣視其緩急輕重，酌給銀萬餘兩，或數萬兩，以暇時儲備米麥草豆，雇賃騾馬，整理器械，勸修堡砦。堡砦未能即立，先於各鄉各村團練壯丁，每戶或一人，或二三人，以時教訓操練，整隊伍，申號令，步伐止齊，賞罰明信，使自相保聚，互相救援。又於一鄉一村之中，選其尤精壯者數十人，闔州縣可得二三千人，牧令自領之，有警傳集，然後給以鹽糧。州縣爲親民之官，苟得其人，巡行郊野，無日不與民相見。曉以大義，示以情形，其民皆有尊君親上之心、敵愾從王之志，曉然知賊之不足畏，而我之有可恃，則皆樂於用命，急於赴公。以戰則克，以守則固，可以助將帥官兵之所不及，是牧令尤不可不選擇也。數者既具，可以行吾之策矣。以陝西一省而論，計經略、參贊、總督、將軍，各提鎮、各州縣之兵及隨營之鄉勇，其數不下十萬，合而校之，沙汰其老弱疾病，怯懦無能者，罷歸原營，可得精兵四萬人以爲戰兵。又其次者，可得二萬人以爲押運軍駄、留守營盤之用，每一千把，領兵一百人，每一參游都守，領兵五百名，或三百名，即爲所部。兵、將永不相離，時時教訓操練，四萬精兵，分爲八營，每營五千人，而守兵一千輔之。經略、參贊、總督，各領一營，其餘以提鎮之有勇略者領之。又於其中，選擇敢死之士數百人，以爲親軍；明白善步者數十人，以爲偵探，倍給鹽糧。即於汰歸四萬之兵餉，取之有餘。分屯要地，宜疏而不宜密，宜遠而不宜近。如賊在終南山中，則盩屋、五郎、鎮安、石泉、洋縣、留壩、鳳縣、寶鷄，皆要地也。相度形勢，駐紮險要，四面分布。聽賊之游衍於山中，我日椎牛饗士，休養撫循，使我兵力足氣盛，皆有勃然殺賊之心。偵探之人，逐日回報賊蹤，在百餘里內，兵力可及者，星夜發兵，風馳電擊。附近之營，各有偵探，不期而來，或截其旁，或邀其後。州縣之鄉勇，亦乘其弊，則一舉可以成功。或賊雖大創，而餘黨多逃，視其勢可殄滅，即晝夜窮追，必盡殺乃止。若勢尚未能，仍歸原營休息，再俟機會，總不使疲我兵力。或賊乘間移至甘肅，或至四川，近我營者，邀而擊之，遠則不堵不追。亦移各營之兵，按站徐行，仍環賊營，分布四面，相機而動。若賊分竄兩省，則各分四營之兵環之；若分竄數處，則擇其重且急者環之。以逸待勞，令不得出我之範圍，旬月之內，可以蕆事矣。以此爲剿，即以此爲堵，剿堵得宜，而勝仗既得，投出者必多。賊勢既窮，悔過者亦衆，不言撫而撫在其中，是亦策之善者也。否則分股而逐，分地而守，剿既不成其爲剿，堵亦不成其爲堵，兵力日疲，賊勢轉熾。如前所云，吾不知其所底矣。一得之愚，幸垂采焉。謹議。

撫　議

賊不可撫也，其勢亦不受撫。所謂撫者，撫百姓之從賊者耳。今百姓之從賊者大率有二：一則被其煽惑者，一則被其裹脅者。被其煽惑者，皆甘心於從賊者也，然其中有辨。入教既久，心性俱迷，信其矯誣之詞，妄作非分之想，不懼不悔，視死如歸。此冥頑不靈，非可以情理化導者也。又有富者畏禍，貧者貪利，邪教以避災得財之說，歆而中之，一時不察，翕然信從，然素無不軌之志也。一朝事起，官府訪查，鄰里執証，既無詞可辨，遂無地自容。鄉勇利其田宅家產，以多殺爲功，一言在教，婦孺駢誅，其存者不得不棲身賊巢，以爲苟延性命之計。此愚民誤入其教，而不能自脫者也。被其裹脅者，皆不得已而從賊者也。然其中亦有辨。精壯之民，賊先拘繫以苦之，旬日之後，強以拜師，令其入教。綁縛老弱，逼其手刃；分隊放火，押令隨行。與官兵相遇，授以刀矛，[30]驅迫前進，倉卒打仗。百姓不及自明，官兵亦無從辨識。鋒刃交加，既欲貪己之生，不得不致人於死。而放火殺人之罪，遂無所逃。賊乃縱之往來自如，而百姓已無生還之望矣。此欲歸而不敢者也。老弱之民，或令煮飯，或令放馬，或令挑擡什物，不給以糧，自行覓食。隨時掠奪糊口，飢飽無常，其苦萬狀，日夜思歸。然妻子爲質，則中心戀戀，不忍遽離；家業已殘，則後事茫茫，無可措置，[31]不得不隱忍隨行，以圖苟活。即有子身，易於逃脫，而賊之防守甚嚴。晝則維以大索，纍纍相繼，如驅牛羊；夜則閉之空房，陣陣相積，如圈豚犬。蓋有十餘賊，而制百十人之死命，俯首帖耳，莫敢先動者矣。

此欲歸而不能者也。

自嘉慶元年用兵以來，吾民之死於賊者無論已。官兵迎頭截擊，[32]則衝鋒冒刃者，皆吾精壯之民也；官兵從後尾追，則兜擒掩取者，皆吾老弱之民也。其死者不知凡幾矣！幸而乘間得出，守卡之勇、坐營之兵，盤而獲之，以爲奇貨。文致其罪，冀邀厚賞，非法拷掠，多方指証，草草數言，即行正法。其死者又不知凡幾矣！幸而解赴大營，委官審訊，而從賊日久，放火殺人，則罪在不赦。問官惟守此兩語，以爲盡職。黠者狡詞變易，則死於刑；愿者據實自陳，又死於法。其幸生者，皆歷幾死而後得之，什伯中僅一二也。[33]夫律坐喝令，即下手亦從末減，何況被賊所逼，事不由己？而徒泥其迹，不原其情。風聲一布，孰敢復出？使賊益得藉口，以鈐制吾民。此從賊之心所以愈堅，而賊之所以日多也。

今蒙皇上施浩蕩之恩，開三面之網，蕩滌舊染，與之更新。伏讀聖諭："自古惟聞用兵於敵國，不聞用兵於吾民，自相攻擊，屠戮生靈。朕日夜哀憐，幾至寢食俱廢。百姓極困思安，久勞思逸，諒必一見恩旨，翕然來歸。欽此。"捧誦迴環，無不感激泣下。即此數語，已足以感天地之和，而消邪沴之氣矣。賊亦人也，具有心腹腎腸，亦當感動悔過，何況被脅之良民哉！惟是愚民目不識書，謄黃遍貼，賊中防守甚嚴，一時未必周知，即知亦或未敢深信。諭以空言，不如示以實事之爲深切著明也。伏求敕諭各路領兵大臣，於大營中豫備大旗一面，上書"招撫難民"四大字。遇賊打仗，以兵數百人守之，立於山之上，[34]或營之左右，距營一半里許。其有投棄器械來奔旗下者，悉不得殺。賊方迎敵官兵，不暇兼顧。裹脅之民，必相率歸來矣。嚴飭守卡員弁、兵勇，自賊營逃出，或被盤獲者，無論是賊是民，曾否放火殺人，均不得擅殺。送交地方官，問其姓氏、里居，願留者妥爲安插，歸籍者酌量資送。風聲傳播，孰不求生？即或所放之人，未必無一二真賊，逃回賊營，然賊既生還，則百姓更無死理。在賊營之百姓，無所疑慮，益堅其向化之心，乘間歸者紛紛恐後矣。[35]此解散之一法也。其有心地明白,語言便捷者,予以重賞,令其招倈。招出十人者,給以十人之賞;招出百人者,給以百人之賞。能殺賊縛賊來獻者,更加優賚。如係賊之小頭目,更爲得力。唐李僕射之平淮蔡,[36]宋岳忠武之平楊幺,皆重用降將,轉相鉤致。賊心既散,賊黨自離。即使一人不返,不過失一真賊,於事勢無關重輕。若使一人成功,則保全無數生靈,於國家實有裨益。此解散之又一法也。

抑景瀚更有請者,教匪及啯嚕等執迷不悟,非重懲之以威,不能遽懷之以德。而被脅百姓,受制於賊,亦有欲歸不能之勢。景瀚三載軍營,所見百姓逃回者,皆在官兵打仗之日。官兵大勝則逃出者甚多,官兵小勝則逃出者亦少。是剿而後可以成撫,而剿必須兵力。今兵力少惰矣,似宜添派精兵,慎擇良將。剿撫并用,奇正相生,兼行堅壁清野之法。百姓自相保聚,使賊無人可裹,無糧可掠。旬日之間,不特被裹百姓,投出相繼,即真賊亦各鳥獸散矣。有明鄖陽之役,白圭、項忠,先後擒斬劉千斤、苗龍等數萬人,而後原杰得以成撫治之功。《書》云:"威克厥愛,允濟。"非忍於用威,乃所以成其愛也。至各省情形,微有不同。教匪四川爲多,其裹脅川民亦衆。今首逆陸續就誅,賊勢漸形瓦解,一加招撫,來者必多。是四川利用撫。陝西習教者,安嶺、將軍山諸役,殲戮殆盡,逃入川境者,不過一千餘人。兩年以來,川楚邪匪,往來興、漢、商、雒一帶,[37]沿途裹脅,皆隨裹隨逃。故賊中陝民頗少,無可招撫。是陝西利用剿。至湖廣受鄉勇之利,亦受鄉勇之害,殺戮過甚,勢不相容。不獨楚賊不敢回楚,即楚民亦不敢回。剿撫均未易言。[38]其來歸者,量爲遷移,方可相安無事,是又在地方大吏之隨時變通矣。謹議。

甘肅會城議

甘肅布政使司治蘭州府,而陝甘總督亦駐節焉。蘭州固河西、隴右一都會也,然而地介河山之間,方平不能數十里。自大吏移駐,新疆繼闢,衣冠所會,商賈輻輳。其城小不足以容之,則展其外廓,西逼華林山，居高臨下，城中一覽可盡也。乾隆四十六年，撒拉逆回據之，幾至不守。事平，議包山爲城，以費鉅中止，遂於龍尾山建五礮臺。又置華林營游擊領兵屯守。然愚嘗論之，兵多則不能容，兵少則無以守。賊至，有棄而走耳，反爲所據，乘之攻城，是資寇兵而齎盜糧也。然則將奈何？曰："蘭州非會城地也。"劉巡撫斗始移駐之，一時權宜之計耳，其後布政司亦治焉。乾隆初，元巡撫展成始奏升州爲府，置皋蘭縣，皆因仍目前，未嘗計及久遠者也。其山童而土斥鹵，十里外皆溝澗沙礫，地力所出，不足以供萬家之聚，薪米日艱，百物涌貴。數十年來，山川之氣泄而無餘矣。雖據黃河之固，而規模迫狹，移城則無其地，包山則無其力，不如遷之便。

蓋甘肅形勝之地莫如涼州，畜牧富饒，地土平沃，又有水泉之利。南據天山，北臨廣漠，以控制西域，隔絕北部，屏蔽中土，高屋建瓴之勢也。其次，莫如平蕃縣，漢之金城郡治，前涼之廣武郡也。西達甘涼，南牽鄯廓，北通寧夏，東蔽蘭鞏，四通五達之區，形勢足以聯絡，聲息足以響應。其地寬平衍沃數百里，又有連城樹木之利，亦西陲之奧區也。會城既遷，甘肅提督移於肅州，而涼州、肅州二鎮可省。蘭州仍降爲州，屬於河州，升爲府以控馭諸蕃，與西寧相應，則西南之門户固矣。且自平涼至蘭州，越六盤、青嵐、車道三大山，崎嶇上下，中涉溝澗百餘。夏秋水漲，沖決無時，歲歲勞民修治。安定、會寧又乏水泉，行旅苦之。若會城遷，則驛路改由固原，鹽茶渡靖遠城外黃河，一葦可杭。自腦泉、尾泉以達涼州，或由蘆塘速罕禿以達平蕃，平坦無山溪之阻，水草便利。自漢以來，通西域者皆出此。今商賈亦由此道，無跋涉之苦，無水潦之虞，利孰大焉！

或曰：平涼、慶陽，無乃鞭長莫及乎？曰：古之分界，皆以名山大川，今美高、六盤諸山脉皆自隴州來，北至固原，古之大隴山也。隴關在西，蕭關在北，關中得名蓋以此。故此二府地，漢屬司隸，唐屬京畿採訪使，皆爲畿輔。其水皆東流至西安，人情之所向也。若以六盤爲界，六盤以東降涇州爲州，同其所屬隸于平涼，合慶陽一府隸之西安布政司。六盤以北固原升爲直隸州，州北曠數百里無官，當于豫望城增置一縣。鹽茶廳有土有民，正其名，改爲縣，俱屬之。六盤以西靜寧亦升爲直隸州；莊浪要地也，復爲縣，與隆德皆屬之。二州仍隸甘肅布政司。如此有三利焉，順地勢，協人情。而甘肅勞瘠之區，平凉、涇州爲甚，歸之陝西，易于調劑。官得休息，而民亦蒙其利。一轉移間，其所益者多矣。

代宜總統上某太學士書

某承乏軍事，已歷一年，未效寸長，愆尤日積。仰蒙聖慈高厚，不即加之重罪，猶復貰其前愆，勉其後效。某具有天良，曷敢不竭力圖報。顧惟邪匪滋事以來，兩年於兹，官兵殺賊，動以千百計，而賊不加少，兵且益疲。每省請餉，皆數百萬，國家帑藏有常，豈能勝此煩費？而軍需經過，一切夫馬輓輸之力，不能不資之百姓，爲日既久，民力亦將竭矣。

某庸碌無能，本無足數，而各路領兵大臣，亦未有操必勝之策，可以剋日計功者。若不通盤籌畫，別圖良計，以收一舉蕩平之功，日復一日，將何所底？可憂者恐不獨在邪匪也。竊思賊匪所過，邪教之伏而未動者，翕然從之，猶爲情理之常。而今賊所裹脅者，大半皆良民，不盡邪教也。且有父母兄弟，在家力農營生，而一身甘爲賊用而不辭者矣。聞賊匪凡裹一人，必飲以符水，遂迷而不悟，其事似未足深信。然戰陣殺戮，無可辨識，其生獲者，父母兄弟鄰里約保具在，反覆訊之，實非邪教也。而既已從賊，殺人放火，則法無可貸。問其所由，彼亦茫然不解。使果出於裹脅，則奔走遷徙之頃，何難乘間脱出？而招諭不從，文告不省，甘心棄父母妻子，從賊駢死而不悔，是邪術亦或有然矣。賊日聚而日多，不可不早爲之所也。某百計思維，惟有行"堅壁清野"之法，百姓自相保聚，使之無所裹脅，則民不爲賊，其勢自衰。使之無所擄掠，則賊可爲民，其黨自散。因不揣冒昧，詳陳利弊，謹繕具條款，錄呈左右。其中委折，自邀垂鑒。惟是事體重大，或不免少爲疑慮者，敢復縷析明之。

蓋此法之行，一則慮煩擾，反以累民也。然民雖至愚，亦必明於利害，權於輕重。興作遷徙之勞，何如焚掠殺戮之慘。使但勸諭督率，令百姓自出己貲，愚民難與慮始，貧富不齊，或至稍形怨讟。今一切費用，皆給之官，分年徵還，輕而易舉。未經賊過之處，身家可保，蓋藏可全，順其情之所樂，何憚不爲。其已被蹂躪之區，復業難民，勢須撫恤，修理房屋，清查戶口，其事相同。貧乏者又可以工代賑，況流離甫定，風鶴易驚，有所恃而無恐，更足安民志而奠民居。是安撫招徠，莫善於此也。一則慮其迂緩不及於事也。然自去歲以來，某等所汲汲自力者，何一不速？何一有效？根株未絕，則蔓草易滋；黨與未清，則死灰復起。各路殺賊，統計已數十萬，於大局究無所濟也。急行此法，三月畢事。正當明春青黃不接之時，賊進無所掠，退不得食，可以一舉蕩平，肅清後患。是一時雖若迂緩，而效實計日可待，較之日事追逐，茫無勝算者，竊猶以爲速也。至現在賊匪滋擾地方，先行於四面遠處，以漸而近，縱橫數百里之內，堡砦林立，賊在網羅之內矣。或恐堡砦未足悍衛，壯丁未足抵禦者。某行間一載，熟察情形，賊雖凶悍亡賴，善於衝突，而不善於攻圍。通巴失守，以本無城垣，民多逃散之故耳，非賊之力能攻而陷之也。官兵數百，堅守砦柵，萬餘之賊，皆束手而退，蓋守者易爲功，攻者難爲力也。今壯丁保護身家，其守必力，又有鄰堡援之，官兵救之，何懼賊之侵陷乎？一則慮其繁難也。然天下無難成之事，患無任事之人。一省官員，以千百計，擇其賢能者，道府牧令，豈無數十人？責成各督撫督率所屬，明立賞罰，議定章程，何患法之不行？且難莫過於用兵。今文員有帶領鄉勇，衝冒鋒鏑，死而不悔者矣。謂必無認真辦事之人，似非情理之平也。一則慮其糜費也。然一切費用，供給於官，特一時耳。勻攤於居民田地，分年隨地丁帶征，非無著也。惟買糧爲費稍鉅，而各州縣不能無采買，其未動支者，分貯堡砦，即可爲州縣之鄉倉；其動支者，軍糧口食，與今之養兵養鄉勇無異。而自是兵可以減，鄉勇可以裁，所省不嘗數十百倍,是今日之急務,誠莫有先於此者矣。

某夏末移營新寧,即懷此見,顧以九重之上,宵旰憂勞。某身爲總統,帶領大兵,自當趕緊剿除,上紓聖廑,豈敢舍急圖緩,稍稽時日?逡巡顧慮,欲奏而復止者屢矣。遂令賊匪蔓延,至於此極,私衷悔恨,何可名言?今若畏罪避嫌,復行緘默,則負國之罪,益無可逭。故敢不避斧鉞之誅,又作補牘之請,伏祈鑒其苦衷,曲爲上達,使其言可用,此法果行,於國事未必無萬一之裨,即治某以討賊不效之罪,亦所不辭。否則補救一時,飾詞取悅,縱聖恩寬大,目前暫免罪責,某亦何面目以見閣下乎。屢瀆尊嚴,不勝惶悚,區區愚誠,伏惟亮察。

覆德侯書代

差弁來營,接奉手書,迴環雒誦,知閣下之愛我甚厚。其爲我慮者,至深且遠,雖至親骨肉,何以逾此。感激之私,非言可喻。然而此事本末,有不得不備陳於執事之前者。

某於軍旅之事,本無所知,蒙皇上天恩,畀以重任。日夜思維,竭心力以圖報效,但求於公事有濟而已。禍福毀譽,皆不計也。興安數處,仰仗天威,醜類肅清,幸免罪戾。及至東鄉,賊黨衆多,恃險抗拒。竊自惴惴,幸閣下及明將軍統領雄師自楚來此,喜躍欲狂,謂自是可藉手以告成功。果賴雄略,連次剿殺撲擊賊匪,挐卡緊逼,遂破金峩寺賊巢。而賊衆竄赴重石子、香爐坪者,不下二三萬人,勢尚猖獗。我兵雖多,不能處處堵禦。四出焚掠,往來古嗌口、方山坪等處,如入無人之境。鄙衷實不勝焦急,其時又屢奉諭旨嚴催,迅速蕆事。私心竊計,因明旨屢令設法辦理,如果計誘首逆諸人,則餘黨可立時瓦解。

適拏獲賊犯王學理到案訊供,伊有子侄,尚在賊營爲小頭目,渠願招降自贖,作書與其子。其子泣涕歸命,且述賊首皆有投降之意,但罪大惡極,不能自信。時劉令毅然自請身入賊砦,勸諭開導。某以其素得民心,遠近老幼,皆稱爲青天,賊必不敢加害。使果信服其言,於事有濟,投戈釋甲,悉令歸農。所可惡者,不過首惡數人,事過之後，何難徐徐辦理。地方早得一日安静，即聖心早釋一日廑念，亦大美事，豈必以殺戮爲功？使其無濟，于國體固無傷也。而使賊黨轉相播告，各求生路，以孤其黨與，或自相疑貳，互相吞并，亦未始非攻剿之一助。劉令既去，賊匪遠出數里，跪接道旁。反覆開導，皆悔悟歸罪，其誠僞原不可知，而詞貌固極恭順。次日，匪黨二人來，賞以酒飯使去。又次日，其小頭目劉學仙、曠作奉來。又次日，王三槐率劉學仙等四人同來。某令道府等官，諭以皇上好生之德，苟能悔悟自新，立功自贖，無不可赦之罪，令其繳軍械，造口册，率衆歸附，皆俯伏叩頭，歡躍而去。彼時如將王三槐等五人，立時拘禁，具奏拏獲首犯，豈不足以博聖主一時之歡？然某私心，欲爲國家辦事，非爲一己邀功。王三槐雖云凶悍，究在徐天德、孫老五、泠天禄三人之下。賊匪數萬人，去此五人，何損毫末？不如推誠放歸，使之不疑。如果率衆來歸，固屬甚善，或再引首惡一二人同來，然後拘執，以孤其勢，漸散其黨，方不虚此一舉，此某不得已之苦心也。詎意賊匪詭譎性成，自知必死，翻然變計，是則某不明不斷之過，而非劉令之罪也。然雙廟場無兵守禦，以致横遭焚掠，其故不盡由投降。前此瓦窑壩、石竹槽及徐天壽往來方山坪，所過殘毁，豈皆王三槐準降之由？四郊多壘，爲卿大夫之辱。

某受國厚恩，擁兵萬數，不能保全閭閻，其可耻笑者甚多，不止此一端也。至劉貢生曾隨劉令至賊砦，其後復往勸諭。及賊人變計，潛令差役踰墻回營，報焚搶雙廟場之信，以四鼓至大成砦，得有準備，是其非從逆也明甚。賊之不殺其父子者，或良心不昧而然，未可以此定案也。若米、鹽、猪、牛，劉令亦嘗禀命犒勞之恩，以示招撫之意，使之可信耳。賊黨衆多，區區者爲數幾何，亦未能接濟也。

總之，此事始無料事之明，繼乏審幾之哲，其罪皆在某。然既非圖利，亦非貪名，此心實可質于天地鬼神，且并未敢以此事阻撓攻剿之局，致失事機。閣下如原其心，憐其愚，不加深究，不獨劉令感戴弗諼，即某亦拜明德之賜。將來若有蜚語，某以一身當之，必不相累，此書即可留爲據也。如必憂深慮遠，不可不急于自明，即當據實指陳，將某參奏，雖聖明重加譴責，斷不怨悔。若諉罪于他人，雖閣下愛我之心，某何顏以見天下之人乎？病中昏憒益甚，覼縷滿紙，不知所云。

覆王秦州書代

連接三函，并圖說清摺，縷析條分，形勢瞭如指掌。具徵閣下經緯在胸，機宜吻合，而撫恤一稟，惻怛慈祥之意，溢于字裏行間。尤見留心民瘼，休戚與同，所謂父母斯民，庶幾不愧。披誦再三，感慰之餘，實深欽佩。吾輩受國厚恩，爲地方親民之官，守土安民，是其專責，不得全恃官兵。若賊至不能先事豫防，賊退又不能還定安集，自問無以對此心，即無以對皇上。

某自入甘境，目睹百姓流離景象，寢食不安，沿途親行撫慰，酌加賞賚。而澤未能周，催飭王巡道督率委員，分投查勘，速行賑恤。據稱趕辦詳文，調官辦理，而日內尚未齊到。今急不能待，已就附近所知者，選派數員，委令幫辦矣。此事以速爲主，正如救焚拯溺，豈可稍緩須臾？必俟賊匪全出甘境，方行核辦，斷無此情理。而爲之不力，因循觀望，文移往返，動需旬時，嗷嗷待哺之難民，當索之枯魚之肆矣。務祈閣下，督飭所屬及委員，分投查辦，不辭勞瘁，趕緊竣事。多用一分之心，百姓即受一分之賜；早完一日之功，百姓即得一日之益。漢申公有言："爲政不在多言，顧力行何如耳。"尋常無事之時且然，況此被難之民乎？爲牧令者，患在不知民間之疾苦，以致閭閻之情，不能上達；朝廷之澤，不能下逮。閣下已知之矣，言之深切著明如此，若使所行不副所言，則其過反在不知疾苦者之上。《春秋》責備賢者，某于閣下，不能不深有望也。所需銀兩，某前已有信致楊藩司，令酌給數萬兩，分送秦州、鞏昌兩處，以便就近散給。今當再行札催，總期清查明確，不爲吏胥所侵蝕，不爲約保、紳衿所包攬。苟實惠在民，即稍有糜濫，聖明亦不靳惜也。

祭李參將文昌言

惟靈忠勇素著，爲國虎臣。及五百士，如一其身。入蜀一年，轉戰千里。營山之役，厥功尤偉。奉命回師，至於金州。馬不及秣，惟賊是求。南路之厄，曰兩河關。提兵駐此，以砥狂瀾。蠢茲阮逆，敢拒王師。狼奔豕突，如水潰堤。礮雷箭雨，短兵既接。將軍一呼，目眥裂血。惟五百士，同此精誠。殺賊如草，闃不聞聲。寡不敵衆，賊涌而至。火藥之焚，亦有天意。將軍死綏，戰士隨之。天地變色，風雨淒其。嗚呼哀哉！是余之罪。孤軍不繼，余其甚悔。縞素出郊，哭奠忠魂。肴馨酒旨，靈其有聞。生既盡忠，死猶報國。率茲國殤，以殺群賊。哀哉尚饗！

【校勘記】

[1] 是：《皇朝經世文編》卷八九《兵政二十》作"則"。
[2] 素昔等夷：《皇朝經世文編》卷八九《兵政二十》作"素與平等"。
[3] 與：《皇朝經世文編》卷八九《兵政二十》作"予"。
[4] 輓：《皇朝經世文編》卷八九《兵政二十》作"轉"。
[5] 而：《皇朝經世文編》卷八九《兵政二十》作"之"。
[6] 則又：《皇朝經世文編》卷八九《兵政二十》作"雖"。
[7] 則：《皇朝經世文編》卷八九《兵政二十》作"即"。
[8] 惡：《皇朝經世文編》卷八九《兵政二十》作"逆"。見：《皇朝經世文編》卷八九《兵政二十》作"得"。
[9] 反：《皇朝經世文編》卷八九《兵政二十》作"及"。
[10] 前：《皇朝經世文編》卷八九《兵政二十》作"前進"。
[11] 究係空言,亦無實濟也：《皇朝經世文編》卷八九《兵政二十》作"究之亦係空言,無實濟也"。
[12] 葳事：《皇朝經世文編》卷八九《兵政二十》作"剿除"。
[13] 餘：《皇朝經世文編》卷八九《兵政二十》作"遙"。
[14] 阻：《皇朝經世文編》卷八九《兵政二十》作"沮"。
[15] 行：《皇朝經世文編》卷八九《兵政二十》作"先"。

[16] 繕：《皇朝經世文編》卷八九《兵政二十》作"練"。
[17] 帶：《皇朝經世文編》卷八九《兵政二十》作"戴"。
[18] 另：《皇朝經世文編》卷八九《兵政二十》作"別"。
[19] 所容：《皇朝經世文編》卷八九《兵政二十》作"容身之地"。
[20] 民：《皇朝經世文編》卷八九《兵政二十》作"者"。
[21] 慮：《皇朝經世文編》卷八九《兵政二十》作"圖"。
[22] 阻：《皇朝經世文編》卷八九《兵政二十》作"沮"。
[23] 自是：《皇朝經世文編》卷八九《兵政二十》作"後此"。
[24] 者：《皇朝經世文編》卷八九《兵政二十》作"兩"。
[25] 其費何如然尚未有底止也：《皇朝經世文編》卷八九《兵政二十》作"而靡所底止者其費何如"。
[26] 繁：《皇朝經世文編》卷八九《兵政二十》作"煩"。
[27] 繁：《皇朝經世文編》卷八九《兵政二十》作"煩"。
[28] 安民即所以殺賊：《皇朝經世文編》卷八九《兵政二十》作"不然不務安民何以禦賊"。
[29] 惟垂採幸甚：《皇朝經世文編》卷八九《兵政二十》作"以俟採擇焉"。
[30] 刀：《皇朝經世文編》卷八九《兵政二十》作"戈"。
[31] 則後事茫茫無可措置：《皇朝經世文編》卷八九《兵政二十》作"退無生計"。
[32] 截：《皇朝經世文編》卷八九《兵政二十》作"殺"。
[33] 伯：《皇朝經世文編》卷八九《兵政二十》作"百"。
[34] 立於山之上：《皇朝經世文編》卷八九《兵政二十》作"另立於山之上"。
[35] 乘間：《皇朝經世文編》卷八九《兵政二十》作"據補"。
[36] 僕射：《皇朝經世文編》卷八九《兵政二十》作"愬"。
[37] 雒：《皇朝經世文編》卷八九《兵政二十》作據"補"。
[38] 剿撫均未易言：《皇朝經世文編》卷八九《兵政二十》作"無所用其剿，亦未易言撫"。

澹静齋文鈔外篇卷之二

請設立鄉官鄉鐸議

竊惟邪教滋事，輾轉數年，仰仗皇上天威，各股賊匪，以次剿净。指日大功告蔵，全境肅清，所有善後一切事宜，不得不早爲籌備。惟是善後者，所以豫防後日之患。而天下之患，常出於所備之外，則有不勝其防者矣。若不務其本，徒計目前之利害，在今日視爲萬不可已之要圖，而數年之後，時移勢易，歸於無用，是徒勞民而傷財也。如人之身，偶患瘡瘍，既愈之後，亟當調理氣血，疏通脉絡，正氣充則邪氣自不能入，處處皆可無虞。如徒戀戀於所患之處，前後左右，遍敷之藥，不獨無益，而反有害。蓋他日瘡瘍之起，不必又在舊處也。此次邪教滋事，一由於奉宣教化之不明，故愚民易爲邪説所惑而不自知；一由於奉行保甲之不力，故奸民得以肆行其志而無所忌，此皆州縣不稱其職之故也。

然今日之州縣，求其稱職也實難。何則？古之大國，不過百里，卿、大夫、士數百人，分而理焉，猶虞國之不治。而今之州縣，大者數百里，甚者若陝西之西鄉，四川之太平、大寧，周圍千餘里、四五千里者矣。聖門高弟，若冉求之藝，孔子但許以千室之邑，可使爲宰。而今之州縣，大者數萬户，且有十萬餘户者矣。豈今人之材，皆遠過古人邪？刑名任之，錢穀任之，驛站任之，捕逃緝盗任之。徵糧徵課，過餉過犯，私鹽私茶，私墾私鑄，無一不當周知也，無一不當躬親也。命案多者，相驗或歷旬月而不能返署；詞訟多者，審斷或連晝夜而不敢少休。衝途之州縣,則勞於迎送,困於供支;附郭之州縣,則疲於奔走,瘁於應酬。憂貧救過之不暇,而欲其為百姓勸農桑、興教化也難矣。督責愈亟,案牘愈煩;處分愈嚴,趨避愈巧。其有志者,瘁精殫神,欲以兼綜衆事,而未必事之能精;其不肖者,遂乃一切棄置,日耽逸樂,升沈得失,聽之萬一之數。此吏治所以日下,而民事所以日荒也。且州縣之所用者,不過書辦、衙役、鄉約、保正等耳,奴隷使之,笞辱及之。衣冠之家及鄉黨稍知自愛者,皆不屑為。充此役者,非窮困無聊之徒,藉此以謀口食;則狡悍無賴之輩,假此以遂陰私。此豈能分州縣之憂,代州縣之事者?舍之則無可用之人,任之則非可信之士。於是以一身泛泛然臨於百姓之上,其勢既渙然而不相聯,其心亦漠然而不相顧。上之情欲達於下,而一人之口,不能家喻而户說也;下之情欲達於上,而一人之身,不能親至而遍歷也。故德音屢下,良法美意,歲歲及於民,而州縣率視為故事,應以具文,百姓不沾實惠者,非皆州縣不得其人,其勢實處於無如何也。夫治水者,下流通,而後上源可得而浚;會計者,散數理,而後總數可得而清。

今天下之事,皆自州縣起,州縣壅滯叢脞,則内而六部卿寺,外而督撫司道,雖竭精殫力,曷有濟乎?竊見成周盛時,比閭族黨,皆以上士、中士、下士為之,其制至織至悉。齊之軌里連鄉,猶存此意,此保甲之所由昉也。漢有鄉三老以掌教化,十里一亭立之長,以司其方之事。有嗇夫以主稼穡,有游徼以主徼巡,又有求盜以主盜賊,其秩皆百石,或二百石,各任其職。朱邑為桐鄉嗇夫,其功名乃遠過大司農時,亦由得行其志也。故成康之時,號稱極盛,而兩漢吏治民風,猶為近古。今州縣所轄之地太廣,所理之事太繁,似宜仿照其意,設立鄉官。小州縣、四鄉設四員足矣。大者酌為增置,所有鄉約、保正、保長及一村一鎮之長皆屬之。以保甲為先務,清查其鄉之户口、田土,各為一册,編列稽查。村鎮之長,分管其地。鄉約、保正等各司一事,或主催徵,或主農桑,或主緝捕,或主差徭,而鄉官總其成。簡選壯丁,教之技藝,農隙以時較閱。一鄉之中,户婚田土,雀鼠爭訟,為之剖斷曲直，以免小民公庭守候之累。有不決者，乃送於州縣，酗酒、打降、賭博、宿娼，即令責懲，以其事報州縣。每鄉又設鄉鐸一員，逢朔望，會同鄉官，傳集居民，宣講聖諭。雜用方言俚語，務期明白易曉。俾村僻人民，咸知禮教，不敢生事爲非。宣講既畢，即令聽講人民，公舉孝子順孫、義夫節婦，及素行爲善者，書之善冊。不孝不悌，所爲不法，淫酗狡悍者，書之惡冊。善者一年不變，申之州縣請旌；惡者三月不改，申之州縣責懲。再不悛改，照例充發。其有邪説惑民者，隨時稟報究辦。情親地近，耳目易周，時時爬梳而甄別之，則稂莠之根株悉拔，而小民皆興起於爲善。村鎮亦各設村鐸鎮鐸，均屬之鄉官。其所用之人，即所選派砦長、堡總，皆係家道殷實，明白曉事，衆所信從之人，任事數月，頗爲得力。今居民各歸村鎮，耕作相安，不應復存砦長、堡總之名。其中有生監民人，請再選其優者，充作鄉官，推廣其意。即進士、舉人、貢生，在籍候選，爲衆所服者，亦準充是選。鄉鐸、村鐸、鎮鐸，皆令教官保薦文生員之品行端方、詞旨朗暢者充之。其勸懲之法，以三年爲率。三年之中，如果約束有方，化導有術，人知畏法，案件稀少，進士、舉人、貢生，咨部注冊，武舉給千總銜，廩生準作歲貢，增生、附生、監生，給從九品銜，武生給外委銜，民人給未入流銜。再令接管三年，始終出力，六年限滿，即由該管州縣道府，出具切實考語，報明兩司，保送驗看，分別奏咨。進士、舉人、貢生，本班先用，武舉以千總補用，廩生以訓導選用，增生、附生、監生，以從九品選用，武生以經制外委補用，民人以未入流選用。貪贓枉法，革其功名，照例治罪。其有辦理不善，及始勤終怠者，但令撤退，另行揀補。然必隆其體統，優其禮貌，而後有志自好之士，可以奮於功名。請定進士、舉人、貢生，州縣待之，如待同堂縣丞、主簿之儀；武舉、廩增附、武生、監生、民人，州縣待之，如待屬員巡檢、典史之儀。府道以上，待進士、舉人、貢生，如待正印之儀；武舉以下，如待佐雜之儀，其餘相見仿此。

　　待之厚，則自待者不薄，而不肯自棄於不材；賞之隆，則所望者甚奢，而不貪目前之小利。生長之地，情形素所熟悉，則利弊明，而不至戾俗而失宜；鄉曲之近，耳目衆所昭彰，則好惡公，而不敢任情以自恣。其視一鄉之事，如一家之事，知之既周，爲之必力。州縣總其大綱，上司核其得失，上下相維，臂指相使，禁無不止，令無不行。勸農，則野無惰民；催科，則里無逋賦。興文教，則有睦姻任邮之風；飭武備，則有伍兩卒旅之衆；戶口清，而奸宄無所容；田畝清，而訟爭無自起。興利則利無不興，革弊則弊無不革，惟上之所欲爲耳。或謂本地之紳衿，恐其有所偏徇，且或把持鄉曲，則今之刁生劣監，豪健武斷者，正不必爲鄉官。名之爲官，衆目所視，衆手所指，偶有偏私，群起而攻之矣。且州縣所司何事？今之書辦、衙役、鄉約、保正，皆本地人也，不慮其爲弊，而獨慮此乎？

　　景瀚之所慮者，乾隆四十六年，撒拉逆回平，而河州設鎮，華林設參將。四十九年，鹽茶逆回平，而靜寧設協，石峰堡設守備。湖南逆苗平，而延綏設鎮。所添之兵，皆以萬餘計。今湖北增提督，陝西增寧陝一鎮，提督移漢中。固原又增一鎮，四川亦當有建置。所添之兵，又當以數萬計。國家億萬年無疆之業，生齒日蕃，奸良雜出，小有騷動，在所不免。每次必以添兵爲善後，經費有常，歲之所入，止有此數，其後將何以爲繼？竭天下之全力以養兵，無事則坐食以虛糜國帑；及至有事，徵調半天下，而兵又不敷用，乃臨時招募鄉勇以佐之，其費又倍蓰，是兩失也。今若力行保甲，宣布教化，百姓皆有尊君親上之心，習於坐作進止之法，行之數年，著有成效。在城近城之壯丁，倣唐時更番入衛之法，輪直保護倉庫、城池，則各府州縣之城守營，及分汛防守之兵，皆可罷也。店鋪、寺廟、關津、卡嗑，稽查嚴密，巡邏勤謹，奸徒不得托足，匪類無從溷入，則各營汛、坐墩、守臺之兵，皆可省也。即各路之協營，亦可減省。惟提督總兵，於要害之地，擁重兵數千，聚而不散，合而不分，隨時操練，隨時教訓，隱然有虎豹在山之勢。如善奕者，一著可以照料一方，正不必節節爲防，處處安兵也。歲可省度支之半，取其十分之二，以爲鄉官鄉鐸之祿；又取其十分之三，增州縣之公費。俾以暇時，置備軍器軍械，并犒賞之用。府道以農隙閑往較閱，申明號令，昭示賞罰，一旦有警，率以殺賊，如子弟之衛父兄，有不踴躍爭先者哉。明臣王守仁之平寧藩，平浰頭桶岡諸賊，皆保甲也。較之臨時招募鄉勇，皆亡命無賴之徒，從征則不甚得力，遣散則反勞顧慮，其相去何如？即較之臨時團練鄉勇，心志不一，技藝不精，其相去又何如？此即古者寓兵於農之制。而唐之府兵，明之衛所，又不足言矣。教化行而民不爲賊，保甲行而民可爲兵。景瀚以爲今日之急務，無有過於此者。即將來倘遇不虞，其急務亦無有過於此者，是誠久遠善後之策也。謹議。

興安上宜總督說帖

一、此次摺內，宜將製回索鎮赴援太平之兵一層補入，紫陽危急情形，亦應備細入告，方爲妥協。但頭緒繁多，未免冗長，似應另爲一摺，同時拜發。至曹參將，以孤軍當賊匪之衝，三次戰功，撫憲并未具奏，似宜詢明叙入，以鼓將士之氣。

一、得勝之後，將士未免有輕敵之心，更宜十分慎重。將軍山賊匪約有二千餘人，又聞其地勢險阻，十倍於安嶺。進兵路徑，賊砦情形，不可不詳爲探聽。宜即日采訪，詳悉繪圖，以憑酌辦。前此所遣之哨探兵亦宜兼用。

一、將軍山東通椿樹壩，西通恒口，皆爲賊人後路。雖有鄉勇堵截，究不足恃。今西安滿兵、河州兵不日可到，似宜分兵兩處，嚴爲堵禦。然後進兵，庶幾不至竄逸，以留後患。

一、甘州兵既已止回，似應札催索鎮即速進兵，以救紫陽境內百姓之急，毋任其沿途藉端逗遛。至恒口前日之事，業經殺獲多人，現在民情安貼，即有一二竄逸，鄉勇儘足搜捕，何需大兵？或聞萬家扒、謝排溝等處尚有未靖，亦當另派妥幹將弁，帶兵二三百名，赴彼鎮壓。一以堵截將軍山後路，一以搜捕餘孽，斷不宜令索鎮久駐於彼。

一、昨聞有跟差脚櫃，隨往軍營，看視熱鬧，被兵勇認爲賊匪，用刀砍傷。幸彼時有人認識，救護不死。然亦綑縛解回，可知所獻人犯，未必皆臨陣所獲，其中不無枉濫。祈飭委明幹之員，細心研鞫，一一區別。人命至重，似亦推廣聖德之一端也。至賊匪之最可恨者，沿途焚燒房屋，裹脅良民，截去髮辮，授以兵器，強令入伍，編以號布。此等被脅之徒，當官兵未至之先，必不能自行拔出；及官兵既至之後，勢必至玉石俱焚。幸而生擒，詢問所獲之人，若并未抗拒傷人，束手受縛，即可當時開釋。或跡涉疑似，既有髮辮可驗，且有鄉保鄰佑可証，不妨緩待數日，質訊明白，再行處分。若但謂來自賊營，一概正法，則良民一為賊脅，自知必不生還，不如隨賊抗拒，得暫偷數日之生，堅其從賊之心，斷其自新之路，反中賊人之計矣。且設官本為斯民，既不能先事豫防，又不能臨時救護，以致家業為賊所搶，房屋為賊所占，老弱婦女為賊所殺，僅留孑身，尚欲殺之，於心亦有未忍。

一、軍法賞不踰時，兵勇臨陣受傷，立時驗明，自當即予重賞，以示鼓勵。其有斬首馘耳來獻，似宜暫緩，交領兵官及領鄉勇頭目，查明方可給賞。蓋出力之兵弁勇壯，俱在前敵，只顧向前，但知殺賊，豈有閒暇割耳割首，回來報功？後來者遂可割之以冒為己功。且中鎗、中箭、中炮被焚而死者，不知凡幾，死屍遍地，何難割取一二？此而失實，若遽加獎賞，何以服戰士之心？且此風一開，臨陣之際，士卒皆爭割取首級為功，失乘勝之勢，必誤事機。似宜申明號令，凡臨陣斬獲，本隊千把報明，領兵將官彙送請賞。其有掩抑者，許其赴轅喊稟，有同伍兵丁可証，亦無難判明，不必斬首馘耳，紛紛來獻也。或所斬係大頭目，許其攜帶首級呈驗。

諭各州縣團練鄉勇札代

照得團練鄉勇保護鄉村，地方官隨時挑其勇壯者給予鹽糧，帶往本地緊要卡隘，扼要防堵，迎頭截殺，既遏賊匪奔竄之路，亦助官兵追討之力，誠為意良法美。本部堂業經通札該廳州縣，并委各道府州督辦在案，惟恐奉行不善，則利民之法反致累民。或假手於吏胥，或責成于鄉保，深居簡出，不與百姓相見，但以籤票從事，百姓茫然不知官長意向所在。於是宵小之徒，得以乘機造作謠言，使百姓心生疑懼，退避不肯向前。抑或急於見長，一味刑驅勢迫，胥役、鄉保勾通劣衿土豪，於其中作奸取利，科斂壓派，百姓未受其利，先受其害。種種弊端，難以枚指。合再明白札示札到，該廳州縣務即遵照，先今札示情節，親身輕騎減從下鄉，每至一處傳齊該處紳士及老年百姓，先將皇上愛民德意宣示明白，諭以現在賊匪勢已窮蹙，惟因山徑紛歧，官兵不能到處堵截爾。百姓大家齊心合力，即可立時蕆事。與其賊至奔逃，房屋什物全然抛棄，何如大家努力，使賊不敢前來？且并不叫爾百姓出征，只叫爾百姓自家操練，保全自家的身家。即有時地方官帶爾等勇壯的到各卡嗌防堵，或遇著賊打仗，也只在本境之内。同是一州縣管的地方，就是鄰里鄉黨，遇有警急，豈有不相救援之理？而且一離了家，就給與鹽菜口糧，情理上也是辭不去的。除了本境，再不調爾等到別處去，除了爾父母官也再不準別人調爾等去。如此剴切，開導百姓，豈有不情願之理？將此意思説得人人明白，然後令其推舉一二紳士，或身家殷實、品行端方、爲衆所信服之人爲首領，經管此事，酌量人户之衆寡，團練壯丁之多少，務皆土著，不許外來之人混充，置備器械，時常演習。其有奮勇者，另行登記，以備本地方官隨時帶領救援。別鄉別村，或帶往本境各卡嗌堵剿之用。所有挑選、操練、造册等事，俱令本鄉所舉之人經管，胥役、鄉保皆不得經手。鄉村零碎，酌量情形，附近可合者并爲一册，辦有頭緒。該廳州縣仍不時下鄉，點驗慰勞，酌加賞賚，以示鼓勵。

  總之，殺賊安民，本屬地方官分内之事，法在必行，責無可貸。本部堂不過總其大綱，而相地勢，順民情，則在該廳州縣之善爲辦理。倘奉行不善，如本部堂所指出各弊端，一有訪聞，定當嚴參重究。若畏難苟安，空文塞責，一經察出，亦斷不寬貸也。毋違特札。

<h3 style="text-align:center">遵旨擬就條款曉諭官民紳士人等告示代</h3>

  爲遵旨曉諭事。照得教匪不法，擾害生民，現經各元戎統領大

兵，剿辦無難，漸就殲除。惟恐官兵追剿緊急，賊匪窮極思逞，四散狂奔。陝甘南面一帶，盡係高山，路途紛雜，村落零星，官兵勢難一一代爲防護。賊匪沿途覓食，所過焚掠，百姓多被殘害，必須豫爲防範。修築堡砦，挖深溝壕，同心協力，可保身家。賊至則并力守禦，使之無可掠食。官兵緊躡其後，旬日之内，賊必滅亡。是既不受賊匪之害，且可助官兵之勢，保護閭閻，最爲善策。

前奉上諭："朕聞從前湖北教匪竄赴孝感時，經過各處，多被焚掠，獨隨州一處未被賊擾。推原其故，因該處民人於賊匪未來之先，豫行掘爲深溝，堆叠土山。賊既不能偷越溝壕，擾害村莊，而該民人占據土山，足資捍衛。是村莊守禦既嚴，賊匪亦無由肆掠食物。復有官兵追躡，其後未有不窮蹙潰散者。此亦保護村莊之良法，行之已有成效。若川、陝、河南等省，各處村堡，俱能照此豫爲防範，何至任賊恣意蹂躪乎？著傳諭勒保、松筠、吳熊光等飭令所屬地方，曉諭居民，相度地形，或可仿照辦理。令鄉勇人等加意護防，堅壁清野，以期賊蹤斂戢，不敢肆行侵擾。於堵剿機宜，自爲有益。欽此。欽遵。"當經飭知各州縣遵照出示曉諭，督率辦理在案，惟恐奉行不善，有名無實。或急迫而反至騷擾累民，或苟且而遂以顢頇了事。章程不具，器械不全，終難以資保障而收實效。本部堂彙集衆議，悉心講求，擬就條款，合行出示曉諭爲此示，仰所屬官民紳士人等，遵照後開各條實力妥爲辦理。其有因時因地當略爲變通者，該地方官及紳士耆民相度情形，斟酌損益，總期百姓得相保聚，不受擾害。賊匪無可擄掠，易於剿除，以仰副聖主除暴安民之至意，各宜凜遵，毋違。

計開：

一、立砦須擇寬廣之地，以壯聲勢也。查每縣可以修砦地方，至多不過一二十處。若貪圖近便，或二三百户輒立一砦，非惟地勢不能妥當，且人少勢孤，賊匪一至，先已心怯，終難固守。須擇山頂寬平，可容男婦萬餘，或數千名者，方可修築。若限於地勢，難容多人，必須分紮，亦當於就近連修數砦，聲息相通，彼此聯絡，庶不爲賊所困。

一、修砦須極險峻以憑固守也。查砦栅不險，防守甚難，徒恃人力，亦多糜費。須擇天險，三面陡峻，一面可通行人之處，起一嘉祥砦名。其三面再爲修削，前面路之兩旁，俱削成峭壁，近砦門二三十步，路亦挖斷，深二三丈，寬丈餘，無事安放板橋以通來往，有事即將木板抽撤，砦根挑挖壕溝一二道，務極深闊。砦上週圍砌成堅厚石壘，約高四尺許，裏面墊高尺餘，以便站立守陴。

一、砦上須有林木水泉，以備樵汲也。查砦中柴水兩項，最爲緊要，須砦上有林木可以砍伐爲柴，上有水泉可供合砦食用者修築。如該處地方并無林木、水泉之山，砦中平時當多積柴草，每家備貯水之器，約計柴水足敷數日之用，方可無虞。

一、安設卡嗌，以備偵伺也。砦堡之外，緊要路口，設立卡房，安設壯健義勇數十名，按日輪換，可以詰奸細而遠瞭望。

一、妥擇砦長，以專責成也。查每砦以千户論，男婦即不下數千人。若無統攝，終同烏合。須選一家道殷實、品行端方、明白曉事、衆所信從之人，或紳士，或耆民，充爲砦長官，予鈴記，使總一砦之事，一切修築、防守事件，無論鉅細，俱遵指畫。其董視工程，稽查出入，訓練丁壯，修飭守備，經手鉛藥，掌管册籍，以及臨時督催、巡查諸務，非砦長一人所能獨任，每砦再公舉數人，各就所長，分任其事，以爲副長。諸事商明，砦長辦理。

一、分派大小首領，以便約束也。一砦之中，除家無丁男及殘廢老弱者概不挑選外，其餘每户計丁之多寡，或一人，或二三人，編爲隊伍。十名擇一小領，百人擇一大領，五百人擇一總領。平時派撥妥當，同砦長、副長注明册籍，一本呈官，一本存查。止許防守本境，并聽地方官調防，本縣邊界不許調赴他邑。俟有警信，砦長傳知總領，總領傳知大領，大領傳知小領，小領傳知各散户，迅速赴砦防守，如有一户不到，事過送官訊究。到砦之後，砦長凡有指授，亦須以次禀承，以便各歸約束。

一、彼此認保，以防奸匪溷入也。查南山一帶居民，土著最少，誠恐户口繁多，砦長不能一一認識，奸良莫辨。平時須令十家互相結保，方準入砦，如無熟識之人，不許溷入。凡入砦之人，共若干户，某户男丁若干，女口若干，注明册籍。一本呈官，一本存查，以備稽核。

一、蓋房屋，以備棲止也。查每砦多至萬人，或數千人。若無住室，勢難露處。須於砦墻之內，留空數丈，以爲守禦之地，且防賊匪抛擲火彈。其餘或瓦房，或草屋，悉從其便，各量其人數多寡以定房間幾間。聽砦長指定地方自行搭蓋，懸掛門牌，書寫名姓，并登記册籍，臨時認牌居住，庶免爭執。

一、製辦火器木石，以備轟擊也。查臨陣火器爲先，而守砦則木石爲要。每丁壯千名，須備鳥鎗四百桿，製造過山鳥鎗二三十桿，或四五十桿，上鐫某縣某砦字樣，排列墻頭，砦門多安數桿，鉛藥赴官請領，墻外緊繫滾木壘石兩三層，并多積碎石，以便擲擊。

一、隨時操練，以期純熟也。查鎗炮必須點放純熟，方可得力。而刀矛亦必隨時演習，每月或二次，或三次，酌定日期。砦長及各執事、副長、大小首領，與編入壯丁俱赴砦所操練。不遵者，砦長即行責處。

一、糧食不許留貯故屋，以絕賊食也。賊匪所到之處，必先搜掠糧食。糧食盡般入砦，賊不得糧，不戰自困。砦長及副長等，平時分督所屬人户，各將所有糧石酌留數日食用，餘俱運入砦中貯於自蓋房間之內，食盡赴砦再取。

一、平時輪流守砦，以昭慎重也。賊匪未來，自不便俱株守砦中，以致廢時失業，但砦上房屋糧石不可不留人看守。墻壘壕塹，亦應隨時修砌，須酌留一二十人輪班代換，砦長、副長人等仍不時親往稽查。

一、臨時須鎮静嚴肅，以一心志也。砦中男婦幼孩，多至萬餘，或數千名口，一有賊信，易涉張皇，喧嘩啼哭，徒亂人意，以致守陴之人手忙脚亂。或鎗炮木石施放太早，至得用之時反無可用。砦長等須嚴諭婦孺不許喧呼，率同副長梭織巡查，督令守陴之人執定器械，毋許張皇。俟賊匪逼近，鎗炮可及之時施放鎗炮；木石可及之時，施放木石，不可一時俱廢。俟賊匪攻撲一面，施放一次，再撲再放，如此兩三次，賊匪必不敢再撲矣。

一、守宜堅定，勿墮賊匪奸計也。賊匪遇險峻砦柵，難以攻克，即謊言假道，或托詞借糧，并矢誓不妄傷一人。鄉民苦無深識，輕信其說，遂遭毒害。砦長須嚴諭合砦人等，斷不可輕聽其言。賊匪又有時故示單弱，止用數百人攻撲卡砦，我兵輕其人少出砦追殺。賊復故意奔逃，遺棄馬匹、衣服等項，我兵利其財物，跟迹追搶，賊匪大隊翻從後面夾擊，或竟搶入砦柵。砦長須嚴約丁壯，無論賊之多寡，止許在砦轟擊，不可出砦追趕。賊匪遺棄什物，不可貪利檢取。違者砦長即時責處。

一、防宜周密，勿令賊匪乘間也。賊匪或日間不能得手，往往於四五更我兵疲倦之時，或早霧朦朧之候，暗劫卡倫。砦長須嚴諭大小首領、丁壯人等，日間更番歇息，夜間各執器械，不得暫離派定所在，不許任意盹睡。墻內多掛號燈，以備伺察。另撥更夫數十名，擊樑鳴鑼。砦長及副長等親身督率巡警，毋稍疏懈。又賊匪詭詐多端，或向一面攻撲，我兵齊赴此面堵禦。賊遂分從他面乘間而入，該砦長亦須嚴諭賊匪所攻一面，一面丁壯悉力堵禦，其他三面丁壯不得擅動，庶不至顧此失彼。

一、多設偵探以便防範也。查用兵之法，探報為第一要務。每砦須擇心地明白、健步善走者數十人，於賊匪未至之先，梭織往來，探聽虛實多寡，以便戒備。即賊匪已過之後，亦須探明賊蹤，果已遠竄，方可解嚴。

一、盤詰宜嚴，以防假冒也。查賊匪未至之前，多扮行商、僧道、差役、營兵，或妝作文武員弁，或假作難民乞丐，探視虛實。或大隊不能得手，業已繞過卡倫，復假扮尾追官兵鄉勇混入砦柵，或令我兵下砦諭話，往往中其奸計，砦長等最宜防備，如有此等人來砦，務須盤問來歷，須驗明切實憑據，確係官兵鄉勇，方可準其入砦。

一、小心火燭、以防不虞也。查砦内草房稠密,人烟輻輳,且鉛藥俱貯其中,火燭一不小心,即可延燒净盡。若係夜間,更恐誤認賊人劫砦,登時潰亂,必至自相踐踏。砦長須嚴諭在砦人等,時刻留意,倘或漫不經心,即時責處。

一、平地村鎮,亦應築堡一體防維也。查南山一帶,崇山固多,而平地村鎮市集亦復不少。倘商客人等及附近居民,於山巔造砦,或有不便之處,須於本村鎮週圍挑挖壕溝一二道,務須深闊,内築高厚圍墙,其守禦之法,一如砦柵。

一、隨時獎賞,以示鼓勵也。查砦長爲一砦之領袖,副長等亦皆勞力勞心,如能辦理妥協,各地方官即行稟明,酌賞五六品頂戴,其總領、大小首領、丁壯人等,如能認真出力,著有勞績,亦即隨時稟請優獎,以示鼓勵。

招諭賊黨告示代

爲剴切曉諭事:照得天地之大,何所不有;聖主之心,無所不容。爾等燒香念經,拜師授徒,其初何曾有不軌之志、悖逆之謀?愚魯者不過藉以祈福,狡詐者不過藉此騙錢。時日積久,風聲漸大,地方官嚴行查拏,胥役、鄉保,人人訛詐,鄰里戚黨,有時亦來挾制。爾等進則不能辨明,退則無可容身,不得不藏身山野,聚衆自守,爲苟延性命之計。彼時若有賢能官府,開誠曉諭,爾等自必悔悟投歸,各安生業,無如鄉保稟報,州縣張皇,處處請兵。官兵一到,玉石俱焚,爾等豈能束手待死,不得不持械抗拒,遂至殺吏戕官。在山既久,蓄糧將盡,不得不下山擄掠,遂至放火殺人。此等不得已之苦情,久在聖明洞鑒之中,亦本部堂素所深悉者也。

今爾等滋事,已歷三年。父母妻子,不能保聚;東奔西走,風餐露宿,畢竟有何好處?爾等之心,豈不懊悔?祇緣一時失足,造孽已深,自知罪在不赦,勢如騎虎,不能遽下,日混一日,得過且過。雖經歷次曉諭,爾等終不肯信,不知毒蛇惡獸,天地不肯永絶其生;逆子頑兒,父母不忍遽置之死。爾等雖自外於生成，皇上終以爾爲赤子。現在謄黃遍貼，爾等當有見聞，煌煌聖旨，豈肯欺騙爾等。

本督部堂甫經到任，若有一語不實，何以管束兩省人民。爾等不趁此時，歸命投誠，自求生路，更待何日？爲此剴切曉諭，示仰爾等知悉。無論被裹百姓，無論真正教匪，持械抗拒，即係逆首，斷不輕饒；棄械來投，即係良民，斷不妄殺。生死關頭，只在一念，爾等仔細思量，時不可失。或投本督部堂行轅，或投各將軍、各參贊營盤，或投各府州縣衙門，悉聽其便。歸鄉者賞給盤費，願住者給貲安插，恩旨具在，萬勿疑慮。若再執迷不悟，現在西北沿邊蒙古各部落，及撒拉回子，皆告奮勇，情願出兵，來剿爾等。爾等力量能有多大？再能抗拒幾時？況皇上待爾等之恩，如此高厚，爾等尚不悔悟，天道亦所不容，那時悔之晚矣。各自三思，凜遵無違。特示。

催完逋靖遠拖欠錢糧告示

爲錢糧難容拖欠，亟行曉諭速完事。照得任土作貢，國家之常經；撫字催科，有司之專責。本縣蒞任伊始，心切愛民，但額征銀糧，有關國帑，催徵不力，上下均干嚴例。今時值歲暮，查核所完銀糧，通計不及十分之五。其東北鄉，尚完有八九分，惟西南二鄉，疲玩性成，所完僅三四分。按其村莊分算，竟有止納一二分者。夫糧從地出，在歉收之年，蠲免緩徵，已沐皇恩浩蕩。

今歲幸值豐登，不思報德輸將，天良何在？即云地方不齊，間有磽薄，而一年力作，統計收成所獲，以完國課，總屬有餘。力行節儉，早上官糧，即饗飧甫給。而一家夫妻父子，團圞聚處，共享昇平，夜臥不驚，出入無忌，何樂如之？乃冥頑罔覺，一任追比，抗不完納，或躲避他方，僅留婦女，百計支吾。試思差役之追呼，爾等豈無花費？公庭之敲扑，爾等豈非體膚？年終歲暮，竄伏他處，夫妻不得相見，父子不得相依，所濟幾何？終難倖免，愚莫愚於此矣。

揆度爾等之心，不過希圖豁免，仰待皇恩。豈知踐土食毛，各有職分。自爾祖父以來，受恩何等深久？區區糧草，朝廷所取幾何，尚不力圖報效。此等居心，神明必不福祐。爾等試看甘省積慣欠糧之人，有一能成家立業者否？況朝廷惠愛赤子，原爲良民。若奸戶頑民，必不姑息，以長刁風。將來即有覃恩，舊欠斷不能除，終須完納。積之日久，愈見其多，更難爲力。爾等何苦而必爲此？合亟出示，剴切曉諭，爲此示仰闔邑花戶人等知悉。

自示之後，凡有應完本年額徵銀糧草束，務於新春上緊照數完交，以便趕入三月奏銷。各出天良，毋貽後悔。其中或有隱情，如貧民賣地，受人勒揹，包寫畝數，田去而糧存；富戶典田，暗貼錢糧，被人花費，名完而實欠。或頭人包攬，衿士護庇，甚或債主重利剥削，收割之時，履畝盡收，顆粒無存，以致輸將無力。所有不得已欠糧之故，不妨據實指名禀控，本縣代爲究追。但不許將無作有，拖累他人。倘玩愒之習不改，視爲具文，仍然置諸膜外，本縣於開印後，將西南二鄉按戶清查，該戶所欠新舊銀糧，出示招人代完，即以該戶承糧地畝，不論價值多寡，官給印照，交與代完之人耕種，永遠爲業。仍將本戶，重加枷責，以儆玩違。本縣言出法隨，決不姑容。代受處分，勿謂言之不早也。至生監爲民表率，更宜急公爲倡，如恃符不完，律有明條，斥革治罪，尤不可恕。各宜凛遵，毋違。特示。

中衛縣七星渠春工善後事宜禀

某日前隨侍轅下，查勘七星渠工程，面奉明諭，令將明歲春工應辦事宜，開摺禀齊。竊照中衛河南北諸堡，渠凡一十八道，惟七星渠爲大，灌溉新寧安、恩和、鳴沙三堡及白馬通灘之田，延長一百三十餘里。地廣人多，心力既不能齊，而距縣治窵遠，官又不能常爲經理。故自西路同知裁後，三十餘年，漸次廢弛，渠道淤塞，閘洞毁壞。三堡素稱膏腴之田，歲歲苦旱，收成歉薄。而白馬灘，自乾隆二十八年，紅柳溝環洞大壞之後，得水尤難。築壩壓湃，所濟不及十之二三。二十餘年，稍段未見滴水，戶口逃亡，田畝荒廢。

某自去歲履任，力爲清釐，積弊之區，一時未能遽復。今歲幸逢憲臺借給渠夫口糧一千三百餘石，某親身督率，加夫加工，改口浚渠。竭四十五日之力，渠身始能通暢。又以普借籽口，民力甚舒，勉爲勸捐。凡諸久廢閘洞，俱各修建完固，渠水暢流，田疇澆足。今歲秋收，最爲豐稔。現在冬水遍澆，明年夏禾，亦大有望。數堡之民，無不感激憲恩，歡欣鼓舞。惟是已成之功，保守爲難，百姓狃於一時，不計長久，既恐始勤而終怠；新任之官，情形不熟，一年失計，轉瞬即復荒廢。伏惟憲臺，愛民如子，未及回任，即親至寧安、鳴沙，踏勘情形。某仰體憲仁，不敢以卸事在邇，諉爲後圖。謹將七星渠善後事宜，擇其大端，詳開清摺呈覽。伏祈俯賜采納，勒爲章程，垂諸永久，使歲歲有所遵循，則數堡之民，永戴鴻慈於不朽矣。
　　今將中衛縣七星渠實在情形，及明歲春工善後事宜，開摺呈核。
　　計開：
　　一曰修口。查七星渠口，舊在泉眼山之麓，與舊寧安之柳青渠、貼渠，三口相并。康熙四十七年，前任西路同知高士鐸改砌以石，歷年俱稱得水，即今歲所改之口也。至乾隆年間，渠不挑挖，漸次淤塞。後來委管，憚於浚渠，惟知改口，漸引而上，逼近山河之尾，沿河傍山，俱壓石洢，沿長六七里。民間歲出石料，費既不貲，而渠口緊對山河，每歲六七月，山河泛漲，泥沙混濁，全冲入渠。一歲之浚，不敵一歲之淤，以故渠身益高，水不能入。某訪諸故老，聞離口數百武，有栽椿石，高出渠底五六尺，往年挑浚，以此爲準，而遍求不得其處。至高同知舊口砌石之處，三十餘年亦無有人知者。今歲二月，大加挑浚，掘深三尺，始見栽椿石之頂，以水平測量，彼時春水尚細，河水低於渠身二尺有餘。若挖深八尺，使栽椿石出渠口五六尺，則得五六尺之水，已自足用。入夏河漲，更復不可勝用。因力排衆議，復開舊口，挑浚四五尺，始見當年所砌石底，未免高亢。蓋相隔六七十年，河水日益刷深，漸就低落，徒循舊址，水仍不足。因令掘去石底，再浚二尺有餘，與原議八尺之數相符。放水之日，適當四月初旬，河水方漲，渠身得七尺有餘之水。現在冬水低落，渠水尚四五尺，較之歷年所改之口，既免沿河築埽之費，而距山河尚遠，又不受泥沙冲突之淤，有利無害。自今以後，所當力爲保守，不宜惑於異議，復有遷移者也。惟是有口不可無唇，今歲于口之下面，築迎水埽丈餘，漸就冲坍。明歲春工，當多備石料，斜築五六丈，但不可過爲長大，有妨柳青渠、貼渠二口，則受水更爲有力，永久無患矣。

一曰浚渠。查七星渠，三十年來，淤塞已極，每歲春工，奉行故事，雖有挑浚，有名無實，白馬灘因環洞壞後，歲不出夫，僅藉新寧安、恩和、鳴沙三舊堡之夫六百餘名。而當差破除，已去十分之一。劣生頑户，把持抗阻，又居其半。委管之不肖者，通同舞弊，包折夫料，庸懦者則因循不敢過問。稍有清正自守，群謀陷害，使不得久。以故年甚一年，渠高八尺有餘，安能得水？

某于去春履任，親加履勘，稔知其弊。委管悉行革退，不由地面公舉，密訪二人，專其責成。清查夫役，力加督率。雖久廢之工，一時未能悉復，而白馬灘夏水亦饒十之八九。秋收頗豐，成效已可概見。今歲仰蒙憲恩，借給渠夫口糧，加夫加工。某親自督浚通渠，用水平測量，竭四十五日之力，自新開口至吳石閘，長五里，渠身寬七丈，挖深八尺，其栽椿石高出渠底五尺有餘。自石閘至正閘，長三里，渠身寬六丈五尺，挖深八尺。正閘至三空閘，長八里，渠身寬六丈，挖深六尺。三空閘至宜民閘，渠長五里，寬五丈，挖深六尺。宜民閘至利民閘，長七里，寬五丈，挖深六尺。利民閘至鹽池閘，渠長十二里，寬四丈，挖深七八尺至三四尺不等。鹽池閘至恩和堡大渠橋，長十四里，寬三丈五尺，挖深三四尺不等。橋係舊造，橋柱叠三石墩，石盤作底，以石盤全露爲準，大渠橋至小徑溝石洞，長八里，寬三丈五尺，挖深三四尺不等，小徑溝至馮城溝，長十里，寬三丈，挖深三四尺不等。馮城溝至白馬灘新渠口，長二里，寬二丈七尺，挖深六七尺不等。新渠口至白馬灘、紅柳溝暗洞至四段渠，接入舊渠，長六里，寬二丈，挖深四五尺。四段渠至渠稍，四十六里，寬一丈四五尺，挖深三四尺至二三尺不等。渠流始能通暢，故老皆云："三十年來，未見此水。"然夏秋冬水澆灌之後，必停泥沙，且兩岸新湃，亦多坍塌，渠身不無淤塞。明歲春工，又當挑浚，方資永久。但爲力較省，不比今歲之難。正閘以上，以栽樁石爲準，使高出渠底五六尺。以水平測量，極深者不過挖至四尺，淺者三尺足矣。自正閘至鹽池閘，近閘之處，放水扯泥，深通更易。其距閘遠者，間段略爲挑浚，不過二三尺。鹽池閘以下，以大渠橋石墩爲準，使石盤底見，然後以水平測量，極深者不過三尺，淺者一二尺足矣。自此至白馬灘稍段，渠身愈窄，更易爲力。白馬灘今歲既獲收成，逃亡悉復。自當出夫以三百餘名，加之三舊堡，共一千有餘。官爲董率，不使生監抗誤，委管包折，遵照往例，以一月之力挑浚，自足敷用。歲歲守爲常規，三堡及白馬通灘，必無亢旱之虞矣。

一曰修閘。閘道之設，最有益于渠工，當渠水盛漲，無事之時，非獨可以減水，免冲潰之虞，亦且資以扯泥，省挑浚之力。故各渠閘多者必少淤塞，閘少者多致壅阻。七星渠至紅柳溝以上，向有七閘，每歲春工，用力少而成功多，素稱得水。自三十年來，不加修治，漸次廢壞，後之委管，憚于興修，每一閘壞，則築土壩代之，水無所泄，泥沙沉積，渠益高阜，以延長一百三十餘里之渠，額夫僅一千零，即使功歸實用，一月之力，亦難必其挑浚如式，況又有包折脫逃之弊乎！

某去春按行諸閘，惟吳石閘正閘略存舊址，然已損壞不可開放。其三空、宜民、利民、鹽池諸閘，則已基址無存。因令委管，以春工餘料，先行修建鹽池閘，扯水已有成效。今歲復力加勸諭户民，各願捐輸。新寧安委民王慎德素稱諳練閘工，專令修建諸閘，四五月間，次第完竣。補修吳石閘一座，長六丈六尺，寬一丈二尺，高八尺。補修正閘一座二空，每空寬一丈二尺，長十一丈，高一丈三尺。重建三空閘一座，長十五丈，寬一丈四尺，高一丈。重建宜民閘一座，長二十丈，寬一丈四尺，高一丈。補修鹽池閘一座，長十六丈，寬一丈二尺，高一丈二尺。補修拖尾閘一座，長五丈，寬八丈，高五尺。俱各完固堅穩，放水扯泥，大有成效。但經年放水，樁石不無衝損，每歲補修，方可無虞。若挨延大壞，興復之費，又復不貲。今歲十一二月，當令委管，按行諸閘，及湃岸要工，如王家墳圈等處，會同士民，估計補修石料、椿木，應需若干。先照田畝，豫行派辦。明歲正月，勒其完交。春工一動，即行修治，則一年之內，可保無虞。歲歲如是，永永堅固。惟利民閘即蕭家閘，地形陡削，工費浩大。今歲以民力已竭，留爲後圖。明歲春工，再能勸民捐輸，統爲興建，更爲完善。至鹽池閘以下，渠長閘少，當於小徑溝添建一閘，則恩和至鳴沙更無冲決淤塞之虞，白馬灘紅柳溝明洞之下，渠岸高深，人力難施，能于里許，添建一閘。扯泥放水，既利渠身，亦大有益于暗洞，而沙土性鬆，工程亦大。又白馬灘之盈寧閘，基址雖存，亦多損壞，皆當以次修建，一時難于并舉。所當需之以漸，免爲施功者也。

　　一曰修洞。七星渠自恩和堡以下，南面山水所從出處，凡有三四大溝，橫過渠身，渠水斷流，又性挾泥沙，所過輒淤，渠身四五尺，挑浚不易。夏秋之間，田禾需水最急，山水多于此時暴漲，故暗洞、環洞之設，必不可已也。其一爲小徑溝環洞，于四十八年冲壞。四十九年，戶民自行建修，上架石槽，接引渠流下行。山水洞寬一丈三尺，長十一丈，高一丈五尺。其一爲馮城溝暗洞，前次係環洞，上度渠流，下行山水。四十八年，爲山水冲壞，因循未修，于溝中築高大土壩，以過渠水。山水無處宣泄，每遇大雨時行，冲壞上下埧岸，處處潰缺。雖隨時補修，而民不堪其苦。若大壩一壞，則渠水斷流，修復之功，非一月不可，田苗更無所濟。

　　今歲某履勘情形，會同士民商酌，欲復建石環洞，須二千餘金，費無所出。而沿溝上下三四里之渠，歲爲山水所冲，湃岸單薄，處處可虞，亦不足恃。因于溝之上游，地形高阜之處，另挖生渠一道，灣長四里，寬三丈，挖深二丈至一丈不等。溝之適中，新建石暗洞一座，上下俱用石砌，長十丈，寬一丈五尺，高五尺。上行山水，下接渠流，于五月末報竣。工程堅固，可以數十年無虞。惟新開之渠，湃岸鬆泛，初過渠水，或有崩塌，淤塞渠身。故今歲舊渠，仍復放水，以防不虞。明歲大壩灣開，以泄山水，則舊渠不可復用。新渠淤塞之處，當于春工起夫，再爲挑浚深通，則永永暢流矣。其一爲紅柳溝暗洞以西，爲鳴沙田地；溝以東，爲白馬灘田地。自明季歷國初百餘年，七星渠稍至溝而止，白馬灘俱爲荒地。乾隆元年，前任道憲鈕于溝中建環洞五空，上度渠流，下行山水，七星渠接長四十餘里，至張恩堡止。開墾白馬灘地三萬餘畝，招集居人，另立新户，分爲十一段，民受其利。乾隆十六年，洞工始有損壞，接次補修，至二十八年而大壞。白馬灘民屢被亢旱，户多逃亡，田漸荒廢。四十二年，大修渠工，借帑銀七千餘兩興修，以環洞工大，乃劈山改渠，另開新渠十里，于溝之上游唐馬窑，改建石暗洞。五月完工，六月即被山水冲壞，通灘仍不得水。而借項歲歲徵收，灘民愈困。自是以後，無敢復議興修，惟在溝中築壩攔水，暫資澆灌。而五、六月，田苗急需灌漑之時，山水每至暴發，冲決土壩，則渠水立斷。即起夫旋即修築，而山水冲入渠身，泥沙壅積，渠仍不通。挑浚之力，非旬餘不可，田苗豈能立待？幸而稍通，山水復至，仍復冲淤，以故白馬灘上四段，幸澆一水，終難接續，歲歲歉收。其中四段稍三段，則二十餘年未見滴水矣。

　　某于去春，竭力壓渠口之湃，白馬通灘始得澆灌八九，而六月後復至斷流，歲歲補苴，終非長久之策。前以通渠高阜三舊堡尚不得水，則此洞自屬緩圖。今歲幸借渠糧，挑挖深通，建洞必不可已，而時日已迫，工費復大，乃會集士民商酌，沿四十二年舊址，建木暗洞一座，采辦既速，工費亦省，其海墁及東西攔水墻馬頭，仍用石砌，以資永固。木洞中用大柱排列，間有損壞，歲爲抽換，洞底低于前次舊址五尺，使海墁與溝，一律平坦。山水所過，無可冲激，自不至毀壞。洞長十丈，寬一丈，高五尺。今歲夏秋，渠水暢流，白馬灘秋收，更屬豐稔。現在冬水亦已澆灌遍足，爲數十年所未有。六、七月間，山水大發數次，俱保固無虞。從此灘民可以永享樂利之休矣。惟是海墁及東西石墻，歲須修葺，膠泥灰料，所費亦微。當于春工，豫爲料理，不可略有疏忽，以致損壞。此當責成委管，官亦時爲省視，方保無虞。

此外如通濟洞，亦泄山水，尚屬堅固。又有乾河溝在稍段，向不建洞，築壩過水，旋冲旋築，不勞大力，灘民自能以時整理。大抵各溝之水，皆源自本山，其勢尚弱，惟紅柳溝源自羅山，流百餘里，最爲猛暴，時虞冲決，所當密爲防範者也。

會勘岷州民王順來控告山地上臬司禀

某于閏四月十七日，奉憲檄委令會同岷、河二州，勘訊岷州民王順來等控告河州民楊姓等霸佔山地一案。某于五月十二日，自循起程，曾經報明在案。茲于二十一日，至河州南鄉朱家山地方，會同署岷州翟牧、河州那牧，檢閱舊卷。查此案于乾隆五年，河民楊伏成等控岷民王進海私開牧所，經劉牧提訊未結。王進海，即王順來之祖也。至七年，郭牧委王吏目查勘，斷給王進海莊前荒地。長一百一十二弓，橫八十弓，令其開墾，承納河州賦糧。其餘山地，盡作官荒，兩家公同牧放，不許開墾，取具兩造遵結在案。自此二十年，相安無事。然其地本可耕，兩家皆有覬覦之心。乾隆二十九年、三十一年，王印德先後控告楊海、楊還倉等私開牧所，又經前牧訊斷丟荒，具結在案。而私墾者終不能絕，至三十五年，鄉約具禀，楊朱洪兒等藉熟侵墾官荒。前田牧訊查私開之地，計下籽八石有零，念其已費工本，不忍丟荒，給單令其試種。至四十二年，葉牧詳請將所納糧石，同州屬試種官地，統歸入書院膏火，批準在案。其時王順來即在河具控，而楊牧以七年原案，王姓僅有莊前一段之地，其楊朱洪兒等所開臥虎山等地，與伊無涉，且又詳作書院膏火，并非私開，斷令各管各業。不知七年原案，臥虎等山俱斷作牧牲公地。今楊姓既得開墾，則王姓亦應有分，雖係岷民，承納河糧，亦無不可。王順來不甘，因赴岷控告，又控憲臺衙門，此訟端所由起也。五十一年，其侄王守倉又赴憲轅控告。奉批蘭、鞏二府，移委卑廳，同岷、河二州會勘，前廳因循未辦。五十四年，前署河州涂牧，委州判袁文揆清查書院膏火地畝，加增糧石。楊姓所納之糧，由九斗有零，增至八石有零。其墾地幾十倍于前，而王姓仍不得寸土。王順來益不甘心，復控憲轅。又批蘭、鞏二府飭催會勘，歷三四年，仍未勘辦。

　　茲奉前因，某遂同瞿、那二牧，于次日赴控爭處所，逐一履勘。該處有大石山一座，坐西向東，其前大土山，爲臥虎山。臥虎山南引一支，爲吊嶺坡，前爲打磨嶺，又前爲東觜。王姓舊有岷州糧地，在東觜之下，其住莊在打磨嶺之下。其承納河州糧地一段，在莊西數十步，距吊嶺坡不遠。臥虎山北面之坡，亦名大灣陰山，過溝爲大灣陽山。又前爲楊姓多羅莊之山。楊姓聚族住居多羅莊，其舊有額糧田地，即在莊之前後左右。與王姓住莊，南北相望，中隔一溝，名樹泉。河北山，自楊姓多羅莊以東，悉係楊姓額糧熟地，其多羅莊以西之大灣陽山及臥虎山之北面，爲大灣陰山，與臥虎山之東面，則乾隆三十五年以前，皆爲荒地。而自三十五年以後，楊姓陸續開墾成熟，今之歸入書院膏火田地也。南山自王姓住莊以東，悉係熟地。然多河州民地，王姓田莊，僅如彈丸黑子，在東觜之下、打磨嶺之東，其南爲東觜山，後係河州朱家山三社民地，東爲河州朱家山小三社民地，北面山根近溝，又爲四社楊姓熟地，其西即七年所斷給莊前之地，已認納河州民糧，是此地以西之吊嶺坡，又西之臥虎山，其爲河地，更無疑義。至吊嶺坡及臥虎山之南面西面，至今俱屬荒地，並未開墾。惟吊嶺坡頂上以至山後，則皆河州朱家山三社民熟地也。

　　某隨訊問兩家，各無契券，又無執照，兩造皆無憑據。王順來徒以七年原案爲詞，然查七年原卷，但斷給莊前一塊之地，並無以河爲界之語。臥虎山及大灣陽山，本非王姓之業，何得謂楊姓之霸占？而楊姓自四十二年，遞增糧石爲書院膏火，俱係河州給單爲憑，亦不得謂其種無糧之地。惟七年原案，數處皆斷爲牧牲公地，自應兩姓公同開墾。而楊姓開墾，已連阡陌；王姓雖于莊前亦有私開地段，然族少人微，終不能越吊嶺坡一步，宜其不甘。此則前任河牧，心存畛域，未免外視岷民，辦理不善所致，非楊姓之過也。王順來果欲墾種官荒，荒地甚多，何難赴河呈請領帖升科？或照楊姓之例，認納書院膏火。

前任河牧，亦豈靳而不與？乃藉口前斷莊前一段之地，遂欲冒吊嶺坡、卧虎山爲己業，架捏虛詞，屢聳憲聽。其最急切者，有云犁開牛路，阻絕咽喉。今查吊嶺坡荒地，周圍約十餘里，牲畜數萬，牧放有餘。而卧虎山之頂，留車路一條，直達王姓莊前。其後山山腰，路寬十餘丈，牛羊經行，并無阻礙。又云河州分州，丈量莊左小草坡，令楊姓開墾，查此地即吊嶺坡荒地。檢閱州判原牒，并無令楊姓開墾之文，且至今并未耕墾，所稱四十三年楊姓搶奪牛具，綑打男女，則歷年已久，人証俱無，無從質訊。其餘種種，勘訊之下，俱係子虛。本應坐誣，姑念事尚有因，鄉愚無知，仰懇憲恩，免其責處。惟田地參錯，界址易至混淆，楊姓既有四社老糧田地，又有新墾書院膏火田地。王姓既有岷州老糧田地，又有認納河州糧地，俱無四至號數可以稽查。彼此影射，所種之地，不無浮多隱冒。必須徹底丈量，水落石出，方足以定界限而絕爭端，杜侵欺而昭公允。但現在青苗滿地，清丈爲難，伏祈憲恩，俟秋收後，飭令岷、河二州，將楊姓王姓，所有額糧田地，按照糧數，丈明足額，注明四至，各立界址，以清兩州之界。其餘之地，統交河州辦理，將楊姓所墾書院膏火田地，及王姓認納河糧田地，亦核照糧數，丈明足額。其有浮多，悉令按畝升科。

此外，卧虎山南面西面及吊嶺坡荒地，俱可耕，抛荒實爲可惜。亦恐啓小民覬覦之心，爭端又起。卧虎山後通大石山，山根一帶，儘足牧放，無庸再留此地爲牧放之所。請量留數丈牛路，以爲牲畜出入，其餘悉皆清丈，令楊、王二姓，及附近居民，分段認墾，照例升科，庶幾地利盡興，爭端永息。至書院膏火田，雖經詳明，但非奏明豁免之案，有租無賦，似非永制。今若于租糧之外，另加國賦，則徵收太重，民不能堪。若改租糧爲國賦，則膏火無資，書院必廢，亦非憲臺樂育人才之盛心。

以某愚見，請照甘省山地下則之例，每田一頃，徵銀六錢，令百姓納租于書院，而書院納銀于州庫，則公私兩有裨益。是否有當，統祈憲臺察核示遵。抑某更有請者，王順來田莊四面，俱係河地，距岷州四站有餘。訪之故老云：本係河州荒地，有岷民黎姓，占墾此地，報糧岷州，遂爲岷地，與岷地并不毗連。其後黎姓，將此地半分，賣與狄道民王姓，即王順來之先人也。半分賣與河州三社常姓，故今常姓，亦有岷州之糧。零星錯雜，既不易于稽查，而王姓以岷民孤處河地之中，受河民之欺凌，亦所不免。且明知隔屬，關移會勘，有需時日，動輒上控，以圖拖累。請照前此岷州所屬舊寧河歸并河州管轄之例，將岷州糧冊，所有王順來及常姓，兩分糧地，俱行删除，統歸入河州管轄，均屬河民。偶有爭訟，河牧無所用其偏護，而呼應既靈，是非曲直，可以一訊而決，亦不至于羈延拖累，致滋事端。某不揣愚昧，妄陳管見，伏祈憲臺裁酌施行。除會同岷、河二州，另文詳報外，合將查勘情形，繪圖貼説，先行禀聞。

臨清守城日記代①

乾隆三十九年秋，余以臨清州判權知州事，適逆匪王倫滋事，來犯州城。余偕文武官僚，嬰城固守十七晝夜。會大兵合剿，賊衆就殲。猥以微勞，仰叨恩遇，爰綜始末，按日編爲一卷，以志梗概，以示子孫云爾。

八月二十八日，逆匪王倫反于壽張縣，知縣沈君齊義死之。倫爲縣之黨家莊人，以邪教惑衆，潜結徒黨謀不軌。沈風聞將按捕之，機泄，倫遂先事起，四鼓率衆越城入，劫倉庫，放獄犯，執沈脅降。大駡不屈，殺之。又殺游擊趲君福。臨清距壽張一百□十里，時尚未知

---

① 此篇爲代秦震鈞作。龔景瀚任平涼知縣時，秦震鈞爲平涼知府。清錢泳《履園叢話》載："吾邑秦蓉莊先生名震鈞，幼貧苦，以國子生充膳録，得議叙，授山東臨清州判。值賊匪王倫作亂，陷壽張、陽穀，逼近州城。時先生權州事，戒備堅守，不爲動，凡十七晝夜。會欽差大學士舒公赫德統大兵會剿，適是夜大霧，哭聲震野，城中執火視之，見數千人奔城下，環呼乞命。官軍疑爲賊，將發槍炮，秦曰：'不可，來城下者，皆難民也，開門納之。苟有不測，吾任其咎。'然猶懼奸人之溷入也，乃使勁兵數百人排列城門左右，兵刃如雪，只許老弱及婦女先進城，其餘留在城外，天明再盤查而後入，分置各廟住宿，給以食，全活者無算。賊既平，以守城功擢刺史，繼調高唐、平度，升陝西平涼府知府。"參見錢泳撰、孟裴校點《履園叢話》卷六《耆舊》，上海古籍出版社 2012 年版，第109 頁。

也。其日逆黨王聖如等反于堂邑縣之張四孤莊，縱火殺人以應之。

二十九日，午刻，莊民劉會等奔州治訴其事，余以其言禀巡撫徐公績。隨同副將葉君信率兵役赴之，然猶未知壽張之陷也。

九月初一日，辰刻，至莊，民居半被焚，死傷甚衆。圍王聖如家，聖如已逸去，獲其黨王經舉等男女二十一人。始聞壽張陷，署堂邑知縣陳君枚亦至，以所獲賊付之。同葉副將夜馳回，爲防守計。

初二日，内外戒嚴，以緝賊情形，申報巡撫。

初三日，葉副將奉巡撫檄，率兵二百赴壽張剿捕。是日，賊至陽穀，奸民内應。縣丞劉君希燾、典史方君光祀被殺，兗州鎮總兵惟公一赴援，賊開南門遁。

初四日，出城撫居民。臨清有新、舊二城，舊城不知何年築，周四十餘里，民居稠密，百貨聚焉。然土城已毁敗，堵存者僅十分之三，勢不可守。民情恟懼，故撫慰之。令徙積聚，匿老弱，毋爲賊資。請兵于巡撫，以副將出剿，城中無兵也。是日，賊由陽穀至聊城，備禦嚴，不敢犯，遂闌入堂邑。署知縣陳君枚之弟武舉人某，與賊格鬥，殺十餘人，力不支死。陳被執，不屈，臠而殺之。

初五日，詣磚板閘，令閘官何君士錫斷閘橋，撤各渡口船。昇臨清關稅置城内，以土塞東西北三門，團民勇八百餘人，與署都司張君宏、教諭孟君毓燦、訓導李君某、吏目范君國樑，及諸生王化普、許宏綽等分堞嚴守。是日，賊聚堂邑之柳林莊，距州城四十餘里。

初六日，辰刻，葉副將率本協兵及撫標兵四十五名，自東昌歸。余單騎迎之效，于是城中始有兵。午刻，惟總兵至登城巡視，隨奉巡撫檄赴柳林莊合剿。

初七日，辰刻，德州參將烏君大經率兵一百四十名至。烏奉調赴壽張，過州，聞賊氛警，遂留之協守西南隅。日中，賊前隊百餘人以木筏編橋渡河，往來西南兩門，城上鎗箭齊發，西門斃賊二十餘人，南門斃賊十餘人。酉刻，賊大隊至，約數千人，焚副將署及馬市街，火光撲城樓，遂攻南門。前行婦女十數，手摇素扇，口喃喃有聲。數僧仗劍執旗，以手指揮。時城上殺狗淋血、婦人披髮解襟坐女墻上，以壓之。連放大礮，磚石如雨，賊不敢近。戌刻，賊復冒死進，堆草焚南門，掘壕作洞。勢甚急，余乃大呼曰：“下城殺賊者厚賞。”民劉茂生、李得勝、盧繼周應聲縋而下，隱門嵌下，以鐮刀鉤傷賊足，城上益放鎗箭。外委紀雲、瑞轟藥燒鬚眉不動，兵役咸致死。凡斃賊二百餘人，賊勢不支。亥刻，乃退。稟巡撫守城殺賊情形，請留德州及撫標兵，且請益兵。

初八日，辰刻，賊以牛車載礮趨西門，德州兵放過山鳥斃其目，餘賊走。遂縋下殺其牛，移礮及車內鉛彈器械入城南門外。獲賊李現、穆建甫訊供，申聞巡撫。

初九日，申刻，賊攻西門。先藏于元帝廟，以避鎗箭，闚而出，各戴秫稭一束，至城下，堆而火之，火光射門，隙如電。復以厚賞募兵夫下城遞水潑之。拆月城中廟宇磚瓦塞內城，城內男婦抱土填城洞。是時，號哭之聲徹內外。賴官吏將弁督率益力，鎗箭齊發，賊披靡，斃百餘人。時防守者東門則外委許致中、陳象泰，南城則把總王培進，千總王廷佐，外委吳兆騏、紀雲瑞，西城則把總仙鶴齡、陳象坤，外委王培承，北城則把總仙瑞齡、外委郭鑽也。

初十日，議民夫守城者給穀一石，諸生馬毓嵩、郭義治，武生于劍光、姬元隆，監生李珍，各輸米麥供軍。辰刻，巡撫批示至，李現凌遲處死。穆建甫已死，戮其屍。午刻，烏參將出城趨惟總兵營請救。申刻，賊以礮擊南門，飛彈入城，聲如餓鴟。城上放鎗礮斃賊數十人。三更始退，以牛豕犒兵士，人益用命，募人焚西門外元帝廟，劉茂生首縋下，率衆燬之，自是賊失避藏之所矣。

十一日，賊不攻城，往來城下，時隱時現，以耗我藥火。自初七後，賊遂蟠據舊城，其輜重皆渡河，有必得臨清之勢。前隊占副將署，逆首占大寺，旗竿懸燈，遠近皆見之。鋪户劫掠殆盡，居民壯健者脅降之，擄婦女肆其毒淫。惟回民一隅，同心固守，未至殘破耳。城內居人寥寥，無鋪户，困守數日，一切俱盡。燃燈油代燭，裂布條爲繩，又搜民間錫器製鉛彈。乃飛書告急,并檄鄰封協濟。申刻,烏參將同范縣守備陳某率兵百名至。

十二日,惟總兵奉巡撫檄,同德州防禦尉格公圖肯率兵五百來援,屯城東北之三里莊。申刻,賊以少賊嘗我,我兵分兩翼裹之,先鎗後馬,斃賊數十人。賊三隊冒鎗進,我兵却退,奔赴東昌。入暮,沿村放火。四鼓進攻南門,礟子飛入署,擊斷碑石之首,官弁等竭力抵禦,達旦始退。

十三日,以錢百千、棉衣六百餘領犒兵,民夫則給穀外,日給饘饘餅粥等,眾各感奮。再告急于巡撫。

十四日,巡撫檄知得廷寄大學士舒、七額駙拉、參贊大臣阿奉命領健銳營、火器營兵,并天津、滄州兵來州會剿。直隸總督周、河南巡撫何督兵交界,攔截堵殺,頒到,印示分貼,以安民心。又奉廷寄:該州已蒙記名,事竣引見,葉、烏記名一等。是日,賊于南門外觀音觜等處,焚民舍,劫典庫,奪糧艘,排外河,為橋以作退路。附城往來,邀遮斷我音耗。又以礟攻西門。城上放礟,斃賊百餘人。

十五日,布政司發到火藥、火繩、鉛彈,應十一日之請也。

十六日,辰刻,飛矢著烏參將幕上。余念矢自下而上,當斜不當平。今平嵌幕上,必賊在高處射也。城西南隅外,有高樓與城等,賊伏其中,窺城中虛實,不可不除。遂命劉茂生同兵夫縋下燬之,殺賊數十人,奪軍器無算,厚賞以金錢。

十七日,青州參將文君壇奉巡撫令,領馬兵五十名,步兵三百,入城協守。兵民氣益振,取典鋪鐵鋤,改造鴨舌鎗二百餘桿,分給兵夫。

十八日,城中糧芻盡,汪友、虞升率壯丁縋城下刈葦以飼馬。監生尹士珠募其姻賀如杜麥八十石,草二萬餘斤,率親丁運入城。巡撫檄知大軍至,州不必供應。

十九日,伐樹為薪。戌刻,賊以大軍三滿貯轟藥,覆以秸,前護木版,賊伏車底,挽以行,將以燒門,用回匪吳兆隆之計也。余曰:"此不可使近門,近則城危矣。"急擲磚石,磚石雨下。須臾,積尺餘,輪礙不得進。城中無火箭，千總王廷佐、外委紀雲瑞、監生尹士珠，以棉裹火藥，拔帽緯束之，箭頭引以綫香。再發，中其後二車，車燬。賊棄車走，前車逼城門，命兵役縋下搬其柴薪，以水潑藥，戳死車底賊六人。勞賞如前。是日，南鄉石槽莊武舉人楊廷鷹糾鄉勇護村堡，賊過其地，輒追殺。

二十日，薪盡，拆屋材以供爨。巡撫檄知會剿日期，内黃縣傳知河南巡撫何、河北鎮總兵黃、南陽鎮總兵許，各領兵二千至州會剿，直隸總督周令總兵瑪防河西、布政使楊西岸防橋。

二十一日，巡撫檄知秦某奉旨陞授臨清州知州。午刻，賊分數隊渡河西北行，一隊出水東門南行，迎距兩路官軍。入夜，賊營燈火煢煢。

二十二日，送識路人赴將軍及巡撫營。夜聞東南十里外礮聲不絶，偵知正定鎮總兵萬公朝興敗賊于清河之北棗園。

二十三日，寅刻，萬總兵追賊至河西，殺賊甚衆。焚糧艘，斷其逸路。忠順營都司張君世富撥鎗手率回兵白虎、回民洪印、洪全等，與賊戰于三岔河口，殺賊二百餘，生擒二十七名，溺死者數百。余請葉副將率兵出城應之，葉猶豫未決。巳刻，巡撫徐引兵至，與大學士舒大兵合，戰賊于城之東南隅，賊大敗。有妖婦號五勝老母，衣黃，舞雙刀，驍勇甚，至是中箭遁。餘賊逃入銅三官廟，縱火焚之。西北隅別隊京兵遇賊于塔灣，少却，退至土岡。復轉戰，殺賊百餘人，徐往東南與大營合。黃總兵亦領兵至，堵截兩閘。文參將、張都司率兵三百，出城焚大寺。是夜，賊分東西兩路遁，皆為鎗礮擊回。

二十四日，大霧，難民數千奔城下呼號求救，哭聲震野，武弁不敢納。余曰：「此皆吾百姓也。忍置之死？有不測，吾任之。」雖然，懼奸民之溷入也，開門以兵夾守之，壯者不納，婦女老弱悉放入，散置于各寺廟所，給其衣食。紳士分主之。巳刻，大營奉旨，誅十二日失機之惟總兵、格防禦于軍前，將士股慄。諸生周書率民姚環等十三人縋城于三里莊，擒賊男女二十二人。清平縣武舉人徐震川聚鄉勇截殺逃賊，獲頭目及黨羽數百人，俱獻軍營。夜，賊焚西南隅民居，火光燭天。

二十五日，大兵攻鍋市，獲王聖如及五勝老母，殺死無算，焚其巷車。

二十六日，把總仙鶴齡偵知王倫在故撫臣汪顥宅，率兵二十，踰垣入。至閾誘之降，與語，突前握其髮，賊衆捨死出救，刀砍仙肩、項數處，兵丁救回。午刻，巷戰，賊登屋，放鎗擲瓦，以旂指揮。我兵以鎗仰擊，斃王倫之弟王某。又殪其頭目楊五，號朴刀元帥者，及女賊烏三娘、回民四十人，獲偽王某、偽帥俞鬍子，解大營。巡撫勞以金粟。賊所據舊城，與百姓雜處，短衢曲巷，縱橫分歧，出沒無常，急之又恐玉石之不分也，故難以施力。然滿漢之兵，四面環之，賊已無可逃矣。

二十七日，將士率回民，按户搜捕賊黨百餘人，逆首猶深匿汪宅，奉檄埋骸骷，清道路。三鼓，賊欲突圍走，鎗礮擊回。

二十八日，大兵獲偽帥王貴、陳學洙，偽先鋒李旺、解滔，及各逆家屬，大學士舒調葉副將，驗其足疾，慰勞之。

二十九日，前知州王君溥至。王赴都引見，以事跲誤，呈請軍營效力。我兵逼汪宅，王倫知不免，火內樓自焚死。得其手鐲、佩劍及衣錦一片。獲逆眷、頭目，戮其黨數百人。

三十日，解逆黨王樸、孟燦、范維、閆吉仁、王景隆、李旺、吳清林于京師。

澹静齋詩鈔叙

　　海内言詩者,遍陬澨而卒無所得。余宦游再至甘,始聞廉訪姚雪門先生及平凉明府龔海峰,先後俱以能詩名。然簿書倥偬,其所爲詩,竟亦未能遽睹。華嶽黃河,插天涌地之奇,日在人耳目,終以風塵邂逅,寤寐懷想,不能決然捨去,爲之悵悒者久之。於後雪門詩刻出,乃得海峰與所爲書,其論雪門之詩曰:"較之近日有體格而無性情,有韵致而無意味者,何啻霄壤之別。"吁!此正海峰之深於爲詩也。海峰足迹遍五嶽。其於天地風雷叱咤、山川嶙峋奔吼與夫帝王歌臺戰壘、文人逸客、墨池釣址、寡鶴啼猿、名花馥卉、百變不窮之態,皆其少年巧思妙運,豪材傑搆。至於詩書忠孝,禮樂文章,醞釀於胸懷,吞吐於喉舌,不可以聲色擬議求者,則又由壯將老之所得而要必於其詩焉。發之辭必高然後爲奇,意必深然後爲工,旨必遠然後爲醇,氣必眞然後爲清,然總不越其與雪門所爲書二語。有德者必有言,若海峰之爲詩,其幾於道矣乎。惜乎!雪門死矣。觀其鑱刻萬物而終之以陶汰,豈亦人之所常能哉!而不獲享大年,主騷壇,振興後進。此則余與海峰爲詩者之命之窮也。海峰以其自爲集示,且囑余訂正焉。湘潭張世法叙。

澹静齋詩鈔卷之一

少　草

讀文文山先生傳

嶺海崎嶇建義旗，王圖反正竟何時。小樓長此三年志，大厦猶將一木支。渺渺魂歸柴市月，蕭蕭霜冷薊門祠。西臺饒有臨風淚，不哭先生更哭誰。

咏　史

牟駝岡上雲壓壘，流血宮庭成海水。過江一馬化爲龍，獻公九子惟重耳。襄陽建康棄不都，斗大臨安入釜底。遺民日夜望旌旗，君王但醉湖山裏。蘄王歸第鄂王死，未報大讎殺壯士。區區一檜亦何能，臣構當時志如此。

峽　口

一派銀濤萬騎奔，迷茫天氣欲黃昏。扁舟直指羅星塔，杳杳青天是海門。

采蓮曲

郎身如蓮梗，妾身如蓮絲。蓮梗飄零去，蓮絲無斷時。欲采蓮子心，先采蓮花葉。長似葉團圓，不惜心苦絕。

金大文甫以詩草索序爲題其後

吾黨金生骨相奇，庬眉大口腹皤而。疏狂到處被笑罵，磊落未肯受羈維。去冬走馬長安道，聲名藉藉喧京師。霜蹄一蹶賦歸去，開篋示我途中詩。皎如新月舒皓魄，媚如春草秀華滋。斯世今無皇甫謐，佛頭著糞良足嗤。請爲長歌陳梗概，讕言或可解君頤。古詩三百風雅頌，上哉夐乎不可追。五言淵源溯蘇李，陶鎔萬類如鑪錘。孟堅平子相繼起，角立未辨誰雄雌。建安七子皆卓犖，包羅衆作惟陳思。太冲明遠亦健者，潘陸謝顏流始歧。就中吾愛陶彭澤，精金美玉無瑕疵。布帛菽粟好者衆，渾然元氣入肝脾。梁陳以來尚綺麗，此道不絕真如絲。唐初餘習猶波靡，王楊盧駱名當時。子昂崛起曲江繼，壁壘乃復新旌旗。天地精華鬱必泄，篤生李杜爲扶持。天馬行空脫羈靮，蛟龍得水騰蹊跜。黃鐘大呂異凡響，煌煌復見漢官儀。譬如羲和駕日月，照臨下土驅魑魅。又如山河分兩戒，支撐南北無偏陂。自後詩人相祖述，奉持不異矩與規。昌黎樂天元和體，後起亦足分一麾。義山晚出獨學杜，雖無神骨猶存皮。北宋蘇黃南宋陸，聲情豪宕詞淋漓。金元之間少作者，遺山道園世所推。有明詩人志復古，堂堂高啓與劉基。李何出而鳴其盛，王李起而扶其衰。國朝三家峙江左，草昧尚借異代資。北稱阮亭南竹垞，巍然相映斗與箕。荔裳愚山當一面，崛強不肯居偏裨。嗚呼元音在天地，千秋萬古常如斯。性情未嘗今古異，非今是古亦何居。讀書萬卷行萬里，下筆乃與古人期。邇來詞壇少宗匠，豎子碌碌矜毛錐。冶容塗澤取媚悅，奄然無氣如居屍。後生識見苦不卓，紛華悅眼爲所欺。扣槃捫燭相追逐，誰階之厲乃爾爲。君才高足攀屈宋，與彼何啻相倍蓰。清平奇古從吾好，風雲月露非所宜。先民大雅不可作，五百年來文在茲。掃除淫哇續正響，瀚也不敏君勉之。

登鼓山半嶺亭望閩中形勝

石磴千八百，鳥道入雲盤。長枝蔽天日，松柏青丸丸。舉步蒼烟破，到面山風寒。蕭條衆壑響，天外落飛湍。小亭試一眺，曠然眼界寬。三江澄素練，疾走靜無瀾。閩都十萬户，鬱鬱如龍蟠。雄圖控山海,轉輸走諸番。嗚呼宋明末,草創亦已艱。在德不在險,喟然起長嘆。

水晶宮懷古

潮水來,巖頭没。潮水去,矢口出。堂堂忠懿生光州,一劍長驅下閩越。一時士族盡浮光,詔拜瑯琊異姓王。闕下青泥齊十國,軍中白馬避三郎。丈夫得志須行樂,日選青娥入翠箔。水晶宮殿敞千門,十步一樓五步閣。樓閣層層麗彩甍,天邊簫鼓月中笙。千重錦障山三面,十里荷花水半城。玉佩金貂倚嬌面,前金鳳兮後春鶯。金屋何曾貯阿嬌,秋風又見悲紈扇。大夢山前春復秋,青山如黛水如油。但看陌上飛黃葉,不見湖中鬥彩舟。浮雲過眼須臾散,不獨故宮腸欲斷。寢園秘器今如何,傷心玉帶玻璃椀。

送林八長實之安徽

天寒風雪重,游子欲何之。念我同門友,宴樂無閑時。征衣囊四出,我心悄以悲。君歸未浹歲,此行復奚爲。大江日夜流,浮雲東西飛。須臾忽改變,後會安可知。念之摧肺肝,徘徊立路岐。

相思不相見,各在天一方。引領望鴻雁,渺渺我心傷。吾聞遠行樂,不如歸故鄉。青山高崔嵬,河水深無梁。下馬還四顧,道路阻且長。何如飲美酒,歡樂殊未央。良朋即棄置,白髮在高堂。

偶　作

今人不見古,古人不見今。可以通今古,賴此徑寸心。詩書雖萬卷,涉獵非所矜。所貴在有得,悠然會高深。脫略或不解,得意時復吟。君看知音者,乃在無絃琴。

臥龍隱南陽,抱膝時長吟。文正作秀才,天下爲己任。古人伏蓬蓽,憂樂顧已深。及其登青雲,亦不負山林。腐儒抱遺册,汩汩俗浮沈。未知天地大,寧識聖賢心。所學非所用,惜哉徒書淫。

釣龍臺

茫茫馬江水,鬱鬱越王臺。雲物長如此,英雄安在哉。寧知千哉後,復有我曹來。日落深林響,高歌答暮哀。

游　草

大麥溪

大麥溪連小麥溪,青山兩岸聽猿啼。扁舟一葉緣何事,水自東流我向西。

天　意

天意欲作雪,濃雲凍不開。時兼幾點雨,遠映數枝梅。響入孤舟隱,寒隨薄暝來。敝袍春不暖,相對且持杯。

未　知

未知天地大,踢躋一舟間。盡日都無事,相看惟有山。草枯悲歲晚,水急覺鷗閑。忽見南飛雁,翩躚羨汝還。

延平懷古

青山蹀躞從西來,延平之城當其隈。危巒萬仞飛雉堞,高樓傑閣橫江開。大江日夜水東注,逆浪捲將山影去。峰迴舟轉不見城,雙塔亭亭鎖歸路。建瓴勢扼八閩吭,此地寧曰非嚴疆。壯哉當年陳將軍,百死不肯歸高皇。吾聞有元當季年,兵戈滿眼妖氛纏。鹽徒走卒皆起事,平原白骨生烽烟。皇覺寺僧出淮右,五載群雄同授首。將軍若使從中原,中山開平安足論。寧爲雞口勿牛後,丈夫固當自不朽。不然亦作元遺臣,豈能俯首事他人。湯公誅死廖公反,將軍若降亦不免。扣舷我爲將軍歌,江聲浩浩悲風多。青山綠水仍無恙,孝陵松柏今如何。

懷林二于宣

吾友二三子,于宣世莫儔。建安詩氣骨,典午士風流。君自稱雙璧,于宣與其兄育萬,皆有文名。吾當讓一頭。斯人不可見,風雪入孤舟。

建溪灘石歌

建溪之水源漁梁,奔騰澎湃千里強。當其平流寂不動,玻璃萬頃凝清光。忽爾喧豗風雨集,怪石嵯岈水中立。硌硌磕磕怒相摩,鼇作鯨吞恣呼吸。大者如屋如車輪,崢嶸突兀高於人。小者如錢如鵝卵,眾星錯落羅秋旻。蜿蜒者蛇蹲者虎,卧者牛羊伏者鼠。老鴉飛翔蛟龍舞,菩薩低眉羅漢怒。皆諸灘名。障水不流流轉急,中怒特高橫欲溢。乍從水底起飛雷,倒走青山翻白日。逆浪搏舟舟為欹,浪珠跳入衣淋漓。榜人躑躅行人悲,吾今此去將何之?石乎!汝何不生城市間,匠人疊汝成岡巒。園林錯落看位置,客讚嘆稱奇觀。乃向江中阻行路,牙錯根盤計深固。冥頑既不解人言,安得仙人鞭之去。吾今從此與汝辭,肩輿襆被周道馳。高山大岸俯視汝,汝威汝勢將奚施。

寄　內

栖栖人北上,滾滾水東流。愁意與之滿,隨波到福州。閨人在空閣,日暮起離憂。試酌江中水,應知深淺愁。

高陽吊孫文正公

幅巾歸第尚何言,不死關門死里門。一十九人同日盡,百千萬劫此君存。生前事業非天意,死後聲名亦主恩。幕府豈無天下士,西臺何處哭忠魂。

謁楊椒山先生祠

金冠玉佩何春容,椒山先生坐當中。階前跪伏者誰子,有明嘉靖丞相嵩。千年萬年請看此,先生之官員外耳,黃金橫帶汝勿喜。

張桓侯故里

天生劉豫州,赤手扶炎劉。誰與左右者,矯矯張桓侯。桓侯猛如虎,起擲屠刀舞。談笑彼何人,孫曹皆糞土。惜哉事不成,空留千載名。至今涿水上,嗚咽餘恨聲。我來過故里,颯颯英風起。髣髴見鬚眉,將軍猶未死。

題盧蓮麓霞浦山水圖代盧霞浦人

盧生卓犖今詞伯,日看青山岸長幘。忽然潑墨氣淋漓,萬里雲烟起咫尺。開卷視我風雨冥,生氣凝結無丹青。模糊雲樹不可辨,但覺松泉戛響聲泠泠。吾聞南宗北宗留畫訣,大癡道人尤妙絕。粉本流傳數百年,祇今作者誰稱傑。千巖萬壑羅心胸,手之所至如化工。當其落紙風雨疾,乃與天地開鴻濛。君才自足追古人,下筆颼颼如有神。胡不作五嶽崚嶒起天末,叠障層巒競秀拔。又不寫瞿塘灩澦水生時,魚龍百怪相奔馳。尺素僅能貯丘壑,素練風開烟漠漠。武陵溪水非人間,一葉扁舟何處著。知君亦復愛吾廬,乘興聊爲故里圖。紅塵滾滾長安道,不如歸去林園好。觀君此圖心感傷,令我低頭思故鄉。故鄉亦有佳山水,一別於今九年矣。

林育萬于宣長實梁斯志斯明斯儀招飲寓齋醉後戲作

麻鞋足繭走千里,對策金門獻天子。有司黜汝曰不才,何不早賦歸去來。歸去有田亦有屋,屋後琅玕千個竹。插架況有萬卷書,開函抽帙晴窗虛。千朵萬朵檻邊花,三寸二寸池中魚。烹魚賞花酌美酒,折柬呼童邀衆友。拍手高歌論古今,浮雲富貴吾何有。家在閩南身在北，今日欲歸歸不得。相逢盡道歸去早，歸早何如不來好。歲復歲兮令人老，可憐來往長安道。

出都門留別育萬于宣長實梁氏兄弟

人生重別離，況在他鄉別。執手春明門，肝腸痛欲絶。爾我同飄蓬，南北分轅轍。會合復何期，徘徊不忍訣。俯看階上花，仰視天中月。花落行復開，月明圓又缺。各保千金軀，相期在黃髮。

我行君未行，君歸我未歸。君歸登我堂，僮僕驚光輝。見我兄與弟，呼我五歲兒。細問我行蹤，刺刺無休時。慈闈憐少子，北望淚眼滋。莫道我心苦，但道我身肥。君見同門友，爲我道相思。相思不相見，兩地心同悲。心悲徒惻惻，太息何終極。去去無復言，極目雲沙黑。

涿州張桓侯祠

涿州城南黃沙飛，千兩萬兩征車馳。道旁周垣何逶迤，行人爭上桓侯祠。君不見，時移勢改滄桑變，此地猶名忠義店。

祈雨詞

吹金螺，擊田鼓。男巫歌，女巫舞。迎龍王，祈甘雨，其雨其雨日杲杲。土坼田乾傷禾稻，女巫執鞭鞭乖龍。乖龍鬐鬐雙耳聾，帝閽迢遞不知處。稽首焚香對神語，惟民之命屬諸神。神不爲令當爲民，令也不德宜罪令。勿以一令輕民命，吉凶禍福神所司。或臧或否神監之，民有天災神不恤。是曠其官罪當黜，再拜稽首祝神畢。神像洩洩汗欲出，乃召風伯策雨師。雲興雨霈雷電馳，決江河，下霡霂。萬民歡，四野足。來賽神，唱新曲。

賽神詞

几筵設，簫鼓陳，牽羊擔酒來賽神。令拜於前，民拜於後。來格來歆，以妥以侑。霖雨濛濛，百穀芃芃。匪令之功，惟神之聰。百穀既熟，我蕃我育。惟神之聰，惟天子之福。令受天子命，以撫安百姓。惟神贊其功，乃享萬年慶。具禾黍，列樽俎，迎神來，送神去。神之來兮騎如雲，環珮響兮香絪縕。神之去兮建雲旆，霓爲旌兮翠爲蓋。迎神送神神既醉，佑我民人千萬歲。

雪後元城啓行

昨夜朔風捲飛雪，平原莽莽無車轍。僕夫僵臥馬不前，十步九步車輪折。霜威惻惻入骨寒，重裘猶覺衣裳單。少年不信出門苦，今日方知行路難。行路難，君勿怨，明年禾黍熟如雲，更祝天公深數寸。

秋　風

秋風被林木，落葉紛離披。豈無堅貞志，力弱難自持。立身苦不早，萬事皆如斯。君當二三月，亦念歲寒時。

客有談西湖之勝而動鄉思者作此示之

明月皎皎麗東隅，有客夜坐談西湖。西湖之景天下無，魂飛不到徒嗟吁。風流曾聞白刺史，好事東坡復繼起。六橋煙柳兩堤花，遂把西湖作西子。我曾游屐兩盤桓，一日走遍湖中山。雲烟過眼不記憶，但覺湖光山渌悄怳心胸間。讀書貴能解大意，看水看山知一致。吳儂生死湖山中，何曾領略湖山味。月在青天酒在壺，眼前何必非西湖。請君勿復夢吳越，有酒不飲負此月。

女弟蕙殤七年矣今冬綸城許君寵爲代立墓碣搨本見寄閲之不禁潸然輒復抒寫哀情長歌當哭

童童庭中樹，綿綿樹上枝。狂風數摧折，葉落枝已稀。_{余同母八人，存者三耳。}枝葉本同根，體傷心爲悲。汝雖未成人，骨肉豈有岐。吾母昔得汝,困頓勢方危。三日就牀蓐,倉皇走巫醫。及夫汝生日,乃值母誕期。女弟與吾母同誕日。一家慶更生,歡笑相抱持。汝面若滿月,汝膚若凝脂。皆云好頭角,惜哉不男兒。汝稍能言語,慧性解色絲。嶄然群童中,婉孌有餘姿。吾年雖稍長,亦復同汝嬉。帕首捉迷藏,攬襟盤長蛇。奮臂逐蟲鳥,喧拳爭栗梨。歡呼祖母旁,時時爲解頤。吾母性勤儉,補綴裙與帷。汝旁奉刀尺,指使無或違。私戲學女紅,顛倒投梭機。偶復綉花草,花葉相傾欹。汝姐挪揄汝,汝顔不忸怩。吾父昔嬰疾,性烈如炎曦。造次遭譴訶,踧踖無敢窺。汝常侍父旁,淡語排解之。能使愁容喜,頓見嚴顔慈。飲食惟汝甘,起居惟汝宜。時抱汝膝上,汝戲將其髭。有如掌上珠,出入必携提。服汝男子服,冠帶佩逶迤。笑指謂座客,宦囊惟在兹。遲陰堂畔柳,斗瀾亭下池。遲陰堂爲先大夫退食處,其南爲斗瀾亭,下臨方池。汝往來其間,疏月淡雙眉。癸未吾南返,①汝泪汪汪滋。吾言相見近,努力事庭闈。牽衣爲拭泪,汝心有餘思。寧知此分訣,遂爲長別離。歸來得汝信,恍惚信復疑。悲傷摧肺腑,泪落如縆縻。余四月抵閩,女弟於臘月,以痘殤於署。欲爲哭汝文,哽咽不能詞。揭來七年事,汝靈或有知。高堂雙白髮,膝前已含飴。所嗟齒牙脱,幸未精力疲。汝應喜其健,汝應慮其衰。汝孝不侍養,汝知終奚裨。今吾侍吾父,宦游來京畿。明年吾母來,一家樂怡怡。汝姪已能步,汝弟歲方彌。開眼諸人在,汝獨無見時。汝生隆慮山,女弟生於林縣署中。汝死黄河湄。殤於虞城。汝家在南土,汝墓留西陂。葬於虞城西郊關帝廟前。汝饑誰汝食,汝寒誰汝衣。煢煢孤魂處,哀哀雙泪垂。茫茫一抔土,短短三尺碑。千秋復百年,知復汝爲誰。吾將使巫陽,招汝魂來歸。汝魂爲我影,形動影必隨。與汝結來生,哭詠蘇公詩。

寄兄弟

已報春光次第來,荒城未見一枝梅。雙驂亭上吾游處,墻角池邊

---

① 癸未:乾隆二十八年(1763)。

幾樹開。

除夕

孤燈度遙夕，令節有鄉心。鹵莽成何事，蹉跎遂至今。關山千里隔，風雪五更深。重撥爐灰冷，蕭蕭擁絮吟。

侍家大人至密雲作

大人病中，奉檄赴密雲修道，以疾辭，上官不允。時秋雨連月，諸水涌漲，上霖下潦，經涉危險者屢矣。凡四十餘日始歸，而病亦大愈。既以自幸，亦自傷也。

平田活活雨滂沱，王事驅馳奈病何。有子未能供菽水，老年尚復此風波。一官應爲貧而仕，五畝何時嘯也歌。藝黍牽牛猶洗腆，自憐歲月已蹉跎。

卧龍岡懷諸葛忠武侯

抱膝吟梁甫，幡然許此身。君心雖在漢，天意未亡秦。倉卒三分鼎，艱難一个臣。草廬歸未得，遺恨入松筠。

襄陽道中

殘夜月猶明，征鞭入古城。露寒衣袖影，風送馬蹄聲。流水將愁去，青山伴客行。羊公遺石在，猶有淚縱橫。

宜城道中

野田漠漠曉烟勻，蕎麥花開白似銀。立馬橋頭看秋色，青山無數送行人。

所見

數家茅屋青山下，一抹斜陽疏柳邊。此是荊關真粉本，行人小立斷橋前。

石橋驛四鼓山行

瘦馬上危坡，一俯復一仰。磴古石破碎，戞戞蹄聲響。凉露洗秋月，澄澈見萬象。群峰自逶迤，揖讓紛下上。回首望漢江，脉脉平如掌。夜氣肅清寒，平原何蒼莽。經旬事鞍馬，碌碌苦塵網。對此清心魂，悠然結幽想。

惟苞二兄奉家母由長江赴桂陽聞將取道洞庭乃浮湘水至鎮遠作此寄之

聞挂長江席，還乘湘水流。秋風洞庭樹，落日岳陽樓。俯仰悲前事，登臨足壯游。猿聲啼太苦，莫上木蘭舟。

若問行人處，征帆下奬州。爲陳游子健，無厪老人憂。絶域天多雨，蠻鄉草不秋。滇南行且近，聊以快吾游。

觀　漁

漁舟下上紛如織，舉網江南復江北。五溪秋漲群魚來，觸頰掛腮歸不得。大魚垂頭尾戢戢，小魚展轉困無力。似聞衆哭聲啾啾，此日網羅何太亟。鷺鷥魚鷹何不仁，猶向波間索魚食。寸鱗入口不得吞，空自佐人作殘賊。聖朝方宏開網仁，爾輩不念生物德。江湖處處多漁舟，嗚呼魚兮將安適。

重　陽

征途將萬里，節序已重陽。搖落秋爲氣，參差菊有芳。歸心託鴻雁，鄉思入瀟湘。_{時家慈及眷屬皆在楚。}強欲登高去，愁來不可忘。

沅江石歌

昔歲曾觀建溪石，奇險當時稱第一。今兹觀石沅江湄，險不如前奇倍之。大石礧磥連數畞，曲折玲瓏瘦而透。風聲斜入笙鐘酣，浪花直噴蛟龍走。衣冠劍佩偉丈夫，昂昂旅立群走趨。百萬軍中擁大將，劍戟戈矛森相向。藍鬖細作鑿鑾文，千朵萬朵飛青雲。槎牙如鋸隆隆起，巨獸臨江礪牙齒。或如貪婪睨落日，如輪怪首昂然出。又如渴虹飲長川，垂頭入水身蜿蜒。連者奔馳若駿馬，亞夫金鼓從天下。孤者削立若浮圖，瞿曇面壁骨相癯。一一天工勞意匠，出險探奇筆難狀。當年若遇米襄陽，再拜定呼丈人行。天與汝才不與地，千古蠻鄉長棄置。嗚呼石兮將奈何，古今恨事何其多。

烏龍箐至黃土坡

烏龍箐，黃土坡。泥深路滑，我勞如何。青山數轉，故鄉不見。我心如雲，一日千變。雲兮何依，東泊西飛。昔隨父去，今載棺歸。

舟　夜

空江一舟行，杳不聞人語。但見兩岸間，流螢若飛雨。灘浪吼蛟龍，崖石立豺虎。深林風蕭蕭，爍忽閃陰炬。起立忽茫然，徘徊仍四顧。吾生亦何勞，十年事羈旅。雲水遠蒼茫，今宵宿何處。

沅江之岸有山削立狀特怪偉未知何名也爲詩紀之

大江東來山中絶，石壁屹立如削鐵。乘風似欲飛渡江，回頭却與諸山別。帝遣巨靈鏟其骨，玉勒金韁相係緤。盤盤奇氣鬱不泄，怒目耽耽睨秋月。散作陂陀千萬折，走入水中凹復凸。倒障江流噴飛雪，千年萬年鬥不歇。

南昌雜感

滕王高閣上，千古此江波。贏得登臨客，愁心爾許多。一序已千古，奇文寧貴多。閻公不可作，其奈子安何。

忼慨陳封事,吾嘉梅子真。漢庭盛經術,張孔爾何人。一載南昌守,親臣竟不終。廖湯知不恨,嘆息戛羹封。謂朱文正。

誓師樟樹鎮,喋血鄱陽湖。組練知多少,奇功出腐儒。李劉嬰叛黨,蹇夏號功臣。爲問文皇帝,何如寧庶人。

鄱陽湖

泛舟彭蠡澤,睎髮大姑山。地勢分三楚,江流會百蠻。蒼茫隔雲水,涕泪望鄉關。殘臘行將盡,征人猶未還。

彭澤懷陶靖節

先生亦作令,於世豈忘情。偶以督郵去,遂傳處士名。雲霄孤鶴唳,風雨一雞鳴。想見東籬下,滄桑感未平。

安慶謁余忠宣公墓

石人挑動黃河岸,汝潁蘄黃先作亂。二十四都無平原,守臣望風如鼠竄。誰歟健者忠宣公,孤城血戰波濤中。江淮蔽障豈敢必,尺寸亦以完吾忠。清水塘邊公死處,血化爲燐香入土。墓門松柏風蕭蕭,行人泪滴秋江雨。同志惟聞泰與李,元室科名三人耳。皖城何似石頭城,千載寧爲袁粲死。太樸當年最有名,可憐國史竟無成。寺僧真誤乃公事,白髮興朝聞履聲。

除　夕

忍痛遂終古,偷生已一年。幾時聞鯉對,無計卜牛眠。白髮悲慈母,青燈學老禪。今宵有歸夢,應在澧湘邊。

過定遠有懷明初諸功臣因思漢高能留平勃以安劉氏而明祖於胡藍之獄股肱盡矣北平兵起悔之何及

已見韓彭醢,還聞歌大風。金陵飛燕子,何處覓良弓。

袁孟勤先生先君官虞城時所賓禮者也爲賦高士行今先生墓木已拱而先君亦棄不孝逝矣甲午過虞令嗣心箴以先生遺像索題展卷泫然書此①

不見君山二十年，老成風範尚依然。重吟高士行千遍，風雨深林泣杜鵑。

李司隸墓

太學諸生競顧厨，龍門聲價冠東都。桓靈有恨生何益，陳竇無謀計本迂。空以清言維漢鼎，可憐天子制家奴。北邙螢火星飛夜，地下忠魂知也無。

許昌懷古

黃巾洴沍日紛紛，百戰方成再造勳。千載逆名齊莽卓，當年霸業等桓文。勢如騎虎知難下，占曰亢龍想未聞。聚鐵六州真鑄錯，何如終作漢將軍。

臥龍岡謁忠武侯祠

管樂功名未足奇，先生學術亞皋夔。草廬已定三分鼎，蜀道猶勤六出師。相業何曾非將略，人謀原不敵天時。千秋祠廟空山裏，後死茫茫更有誰。

襄陽雜詩

估客如雲泊大堤，更無人唱白銅鞮。惟餘一片秋江月，曾見山公倒接䍦。

湖山燈火賈平章，六載樊城作戰場。誰使將軍靳一死，襄陽不得比睢陽。

---

① 甲午：乾隆三十九年（1774）。

自漢江泛小河下堤口

碧波瀰瀰夕陽斜，垂柳陰中踏水車。一曲村歌數聲鼓，晚風吹動白蘋花。

舟過洞庭風力甚勁遂抵武昌登黄鶴樓

萬里長風送客舟，片雲飛過洞庭秋。青山遥見漢陽樹，落日還登黄鶴樓。浩浩人聲鴉鵲鬧，滔滔江水古今流。神仙富貴皆何在，千載猶聞鸚鵡洲。

雪　後

幽居激清賞，拭目層臺上。千里色皓然，天地何超曠。

澹静齋詩鈔卷之二

雙驂亭草

寄懷滇南遲持齋先生

我行萬里路，惟見一人歸。白髮猶眈酒，青山獨掩扉。著書成《國語》，持齋目失明。感事咏金微。衰衰諸年少，空憐知者稀。

送允振七侄入滇

匹馬蕭蕭再入滇，回思往事倍淒然。半生作客終何益，萬里依人亦可憐。骨肉關心同一本，艱難隨我已三年。相逢他日知誰健，雨泪紛紛灑別筵。七侄幼客他鄉，余遭大故，同奔走者三年，近始自滇歸，數月復出。

延陵篇爲節孝李母作

延陵有靜女，少小深閨處。十一精女紅，十三弄毫楮。十八初結褵，入門奉藥糜。可憐繾綣日，翻作別離時。別離不復見，腸斷雙飛燕。十年貞女心，一月夫君面。長跪問夫君，哽咽語不聞。病眸數回首，枯泪猶紛紛。紛紛泪漬帛，妾死知不惜。却念堂上翁，蕭蕭雙鬢白。鬢白形影單，子死婦承歡。吞聲猶掩泣，强笑勸加餐。加餐轉愁絕，甘旨何從設。綿綿機上絲，點點眼中血。泪眼望孤兒，孤兒長大遲。自從解言語，一一教聲詩。聲詩法初究，經史還親授。風雨一燈寒，伶仃雙影瘦。對影轉心悲，人稱母作師。汝無忘死父，我願有佳兒。佳兒方鵲起，含笑今當死。三十八年心，九原見夫子。相見無盡期，誰言長別離。試望高墳上，還生連理枝。

送鄭二存敦之漳南

貧交易爲別,歲月苦蹉跎。酌酒送君去,含情奈遠何。依人終失計,知已已無多。莫惜雙鱗使,時時慰寤歌。

我亦輕餘子,君能守六經。對人雙眼白,展卷一燈青。曲學終阿世,斯文有典型。蛾眉苦謠諑,好自惜娉婷。時蔣觀察招君入署,排纂群經,同事者非其人也,故戒之。

題某小照

我昔游兮洞庭,湘水緑兮君山。青波平兮木脱,風慘慘兮雲冥冥。天蒼茫兮月欲墮,哀鴻嘹嚦兮不可以聽。紛身世兮多感,思美人兮涕零。況年來兮蕭索,披斯圖兮如昨。若有人兮山阿,羌何爲兮獨樂。林寂寂兮無人,局有棋兮不著。落葉響兮空山,飛鳥翔兮寥廓。想得意兮忘言,聊置身兮丘壑。彼騷人兮多窮,悲玉露兮哀青楓。情所遷兮境變,長惻愴兮秋風。君何修兮得此,樂莫樂兮山之中。古人不作兮誰與同,欲裹糧兮君從。峰迴路繞兮杳不知其幾重,中有天地兮不與世通。徒撫卷兮太息,永慨想兮高蹤。

壽學使吉渭崖太僕

北固金山寺,南徐鐵甕城。扶輿孕清淑,卓犖挺奇英。家本崔盧舊,人傳李杜名。衣冠唐宰相,禮樂魯諸生。初肆成均雅,旋遷禁苑鶯。讀書在東觀,橐筆入西清。柏府群烏集,梧岡一鳳鳴。聖猶資啓沃,民已望公卿。黃屋尊經術,青宮念老成。二疏方解組,三輔遂持衡。藉甚張京兆,何如李北平。管弦聞夜誦,牛犢試春耕。勢有升沉異,心無寵辱驚。命官周伯冏,奉職漢滕嬰。帝念閩中士,公爲使者行。冰壺初貯月,鐵網已張絋。授法金針度,量才玉尺程。醫師收乳石,匠氏集柟楩。賤子漸初學,先君忝舊盟。六堂同事日,三載故人情。今昔悲何極,雲泥迹已更。通家曾附驥,向若欲登瀛。況復逢初度，遙同進一觥。作人宜壽考，久照自文明。桃李浮春色，膠庠啓頌聲。袞衣留未得，當宁待和羹。

孟考功瓶庵招同曉樓樾亭醇叔三林君小集固庵各和東坡先生岐亭詩余以事未與考功末章謬相推許且邀余和作此應之久疏筆硯以此續諸君之後愧可知也

素性樂友朋，渴如蠅赴汁。同類固相從，水火就燥濕。年來各雲散，舊游杳難得。死別常吞聲，<small>謂林太史香海。</small>生別亦何急。<small>樾亭、醇叔，皆有遠行。</small>伯勞與飛燕，不及呼群鴨。嗟哉卓犖人，困此塵網冪。飢驅事奔走，魚勞尾已赤。猶受鬼揶揄，逢人雙眼白。誰與飲君酒，落落脫冠幘。胸塊各槎枒，酒闌互歌泣。不惜玉山頹，唾壺擊復缺。屈指十年間，久無此主客。吾來亦何晚，不與此勝集。

壁上何煌煌，淋漓翻墨汁。更闌秉燭觀，隱起痕猶濕。諸君皆健者，放筆吐所得。各建大將旗，鏗然鼓聲急。戰陣走龍蛇，軍聲亂鵝鴨。東坡有舊壘，偏師闢其冪。遂令趙壁中，忽見漢幟赤。頗聞玉局老，地下痛莫白。死去五百年，摶搽衣與幘。又疑固庵中，夜有神鬼泣。渾沌劃然開，誰爲補其缺。曉樓獨何爲，默默作逋客。願將朱虛法，例彼蘭亭集。<small>曉樓詩未成，故戲之。</small>

京洛多貴人，素衣染杅汁。胡不入江湖，陸魚呴以濕。先生早入官，朗性有真得。不作黑頭公，翩然歸計急。藥圃課栽花，池欄看鬥鴨。洗腆奉高堂，清尊啓巾冪。萊衣效兒戲，頭白心猶赤。萬鍾爾何如，陔華真潔白。即今年半百，髮禿不任幘。却咏陟岵詩，猶作孺子泣。我亦傷心人，鯉庭養已缺。繼此知何如，前途猶過客。努力事慈闈，勿爲百憂集。

晉代尚曠達，莊老啜殘汁。嫌彼禮法士，操持如束濕。放縱敢大言，汪洋竟奚得。浸尋至永嘉，其禍亦已急。買櫝而還珠，賤雞而貴鴨。柱下五千言，元關久已冪。先生守清靜，不奪如丹赤。已廢口雌黃，猶持論堅白。名教樂有餘，豈必去衣幘。所貴守其身，勿作練絲泣。皦皦者易污，嶢嶢者易缺。常以退爲進，猶如主作客。深林鳥所歸，下地水所集。

哦詩如割漆，戛戛出少汁。所潤曾幾何，涓滴僅能濕。三年謝筆硯，藏刀計亦得。先生不諒人，宣索一何急。遂使楚龔生，翻作杜荀鴨。聱牙苦推敲，深思抉蒙羃。詩成不敢宣，欲書面先赤。譬如施繪事，配儷青與白。又如塑禺人，略具衣與幘。龐然亦成形，所乏者歌泣。誹諧或有資，風雅道已缺。先生今盟主，領袖騷壇客。士俗如可醫，願見襄陽集。<small>時將請讀考功索作。</small>

集樾亭齋即事用孟考功瓶庵見示新詩韻

離情宛宛舉杯遲，怕見津亭折柳枝。<small>余與樾亭皆將出行。</small>遣悶難如原上草，閱人多似道旁碑。十年舊雨同萍梗，幾日新愁上鬢絲。賴有良朋謀一醉，興酣試爲畫檽皮。

南朝才子數邱遲，玉樹凋傷泣故枝。何日一坯封馬鬣，空餘雙淚灑羊碑。飄零誰進王孫飯，哀怨猶聞寡女絲。卅載知交應不乏，何妨一腋集千皮。<small>鄉前輩吳劍虹先生至今未葬，嗣孫早死，孫婦陳守志撫孤，貧不能自存。座間語及此，因爲募疏，告之同人。</small>

亦園亭白桃花疊前韻應瓶庵命

春事今年覺稍遲，白桃花放兩三枝。前身合在蕃釐觀，小字應題幼婦碑。玉體橫陳月皎皎，黛眉斜襯柳絲絲。煩君爲買胭脂染，世士由來相以皮。

玉梅早謝牡丹遲，留伴仙郎此數枝。笑靨依稀逢息國，手痕仿佛認唐碑。窺人粉面餘珠淚，映肉冰綃是藕絲。只恐東風能作惡，膽瓶斜插對烏皮。

考僞閩永隆石塔碑記畢題其後疊前韻

咫尺人心悔已遲，<small>王曦以酒屬朱文進，連重遇，咏白香山詩："惟有人心相對間，咫</small>

尺之情不能料"句,朱連由此疑懼。烏飛繞樹竟無枝。九原長痛宣陵誓,王延政令女奴牙將,持誓書香爐,與曦誓于宣陵。宣陵,王審知墓也。千載猶傳石塔碑。當日堂廉如厝火,盈庭傀儡盡牽絲。碑中列公侯將相,凡數十人,距朱連之變,僅三月耳。空憐強諫陳光逸,不向烟波學子皮。光逸爲曦翰林學士,以直諫爲曦所殺。

好古還愁得見遲,朝朝蠟屐共筇枝。摩抄宜入歐陽錄,寢處如看索靖碑。予同樾亭,以考是碑,登塔者數次。霸業銷沉同雁爪,遺文瑣綴尚蛛絲。自慚考索猶多誤,不學衹堪號視皮。

醉中放言寄林樾亭疊前韻

青山是處可棲遲,漫道鷦鷯借一枝。生計蕭條餘馬壁,文章兒戲學雞碑。君除東野須開口,我綉平原欲買絲。莫與世情同嗜好,空教笑面似靴皮。

秉燭行游尚未遲,長携樽酒對花枝。生前不著東山屐,死後空沉漢水碑。敢謂風流追畢卓,但拚日飲作袁絲。君看愚智終同盡,任說羊皮與虎皮。

宿何述善齋晨雨未歸遍觀書畫因得見宋文文山先生所藏琴述善爲鼓數曲疊前韻

良夜深談晝起遲,忽看凉雨滴松枝。宣和教主留遺墨,壁掛宋徽宗御鷹。東武王侯有斷碑。殘碑一紙,諸金石家皆不著錄。予以《三國志》考之,知爲魏東武侯王基墓志。勝事當爲十日飲,述善方苦留客。高情更付七條絲。摩抄五百餘年物,錯認蛇斑是蘚皮。琴以蛇皮斷者爲古。

前聲掩抑後聲遲,淒切如聞唱竹枝。寂寂松風泉出澗,濛濛雲氣雨昏碑。升沉往事驚蕉鹿,哀樂中年寄竹絲。海上成連多學者,誰如道副得吾皮。述善自言,戚友多來受琴法者。

作詩未竟室人來告薪米絕矣戲拈二律示之疊前韻

突烟不起午炊遲,樹底呼童拾敗枝。換米未成居士屩,生金安得穎陽碑。好邀朋輩來餐毳，戲用東坡穆父事。羞遣妻兒去乞絲。尚有庪廡供一爨，君看當日五羊皮。

寂歷空齋晝漏遲，閉門長對竹千枝。未甘乞米書新帖，且共烹茶讀古碑。趙明誠事。室有藏書皆錦帙，匣留名硯是紅絲。好將萬卷撐腸腹，勝似三條束肚皮。

樾亭答詩語及香海讀之悵然有作疊前韻

一官匏繫乞身遲，越鳥還應戀故枝。前年六月間，香海來書，歸志甚決，未幾死矣。燦燦尺書猶在袖，離離墓草已侵碑。同人共勻藜頭火，使節曾對閣上絲。香海曾充《永樂大典》纂修，并典甲午浙江試事。① 寂寞聲名身後事，可憐文豹只留皮。

曲江游宴醉歸遲，楊柳春風萬萬枝。香海與余同成進士。玳瑁筵中白玉琯，芙蓉城裏碧雲碑。祇今憔悴聞鄰笛，憶昔綢繆贈素絲。獨抱遺編再三嘆，故人淚滴石榴皮。

呈瓶庵兼簡令嗣景明疊前韻

廿載聲華一見遲，梧桐高竦本無枝。百金人購香山集，千兩車看太學碑。前輩風流巾折角，彼都人士帶伊絲。雲龍許我輕追逐，蒼璧何曾等鹿皮。

郎君清質鳳威遲，苦向娑羅借一枝。舍衛國中聞佛語，頭陀寺裏讀王碑。生天久已空諸果，食肉何緣掛寸絲。景明好佛，而食未能廢肉，故嘲之。料得詩文猶結習，豈徒經咒寫樺皮。樾亭以詩索景明和章，數月未答，故以此速之。

奉酬瓶庵見答之作疊前韻

萬里歸來化鶴遲，皋魚長自痛風枝。來詩首章爲先君子作。忍聞常侍

---

① 甲午：乾隆三十九年(1774)。

山陽賦，重說羅池刺史碑。<small>詩中及先君子墓志中語。</small>廿載神交情似漆，孤兒腸斷泪如絲。雙鶩亭上門羅雀，父黨猶能造叔皮。

毛義家貧捧檄遲，承歡無計慰萱枝。當年未受山陰譜，此日空傳峴首碑。<small>來詩有"新硎將試予牽絲"句。</small>脫穎幾曾稱利器，奏刀漫說理棼絲。品題忽爾增聲價，羊質於今冒虎皮。

集井上草堂瓶庵以事先返同樾亭憲光介堂昆弟夜飲醉歸成三詩呈諸君子并乞和章

有山豈必稱岑巖，有水豈必施舟帆。一邱一壑亦佳耳，嗜好固已殊酸鹹。處安先生昔高士，倦游歸築嵩山巖。<small>草堂爲黃處安先生故居，在嵩山麓。</small>當門古井泉鬵沸，<small>井爲宋提刑蘇才翁所鑿，堂以此名。</small>繞屋綠竹枝箚摻。遺詩幾卷人猶讀，草堂數字手自劖。<small>題匾爲處安手書。</small>星移物換一轉眼，存亡誰復辨荊凡。空餘名題牛氏石，不見曙倚鄭南杉。主人好事繼前輩，與我神契期至誠。良朋止可邀三四，樂事聊復親杯椷。杏花婉孌柳絲軟，春風策策吹輕衫。洞門草長不容入，誰以一丸泥封函。却循橋右登曲嶺，苔滑路細石空嵌。危臺一望曠極目，故人墨迹嗟梅鋗。<small>壁有林醇权題字。</small>于山樓觀起天半，烏石旐旎拖風縿。我生適意在山水，對此無異攀巖巉。有如屠門未得肉，大嚼亦足快老饞。却愁歲月去如駛，鬢邊疏髮非鬖鬖。騎牛未能吹短笛，劚藥何日腰長鑱。行蹤如萍泛不定，憂思似草繁難芟。且將餘年付樽罍，更嘗奇味及蛤蟶。<small>時盤中多海錯。</small>葡萄斗酒亦不惡，西凉刺史徒虛銜。忘形欲返客爲主，苛政盡去史與監。太白已傾伯仲雅，微星漸沒東西咸。酒闌燭炧僮僕睡，却聞醉語猶喃喃。時平能容汝豪縱，口直終畏人譏讒。雌黃月旦古所戒，不見周廟銘三緘。<small>醉中與樾亭縱談人物，醒而悔之。</small>

世人迂疏寧似我，十年奔走計誠左。何如到處但偷閒，竿木隨身無不可。我前量不勝蕉葉，一杯兩杯今亦頗。樾亭終是不羈人，醉舌瀾翻如炙輠。鄭君醇淑含天真，時露英姿更磊砢。<small>憲光。</small>三何落落各有得,仲者玉立瘦而楕。述善。長君一往情自深,新詩句句悲坎軻。述聖。少君豪氣猶未除,拍掌一笑冠爲墮。介堂。襄陽先生獨飄然,瓶庵。來何濡遲去何果。亦園亭畔西廂屋,此時倚壁方危坐。南皮高韻編初成,瓶庵集皮字韻倡和詩爲一編,題曰《南皮高韻》。所得新詩今已夥。何爲苦吟不肯休,太瘦他時驚飯顆。

先生筆力龍文扛,林君繼響洪鐘撞。一時登壇執牛耳,桓桓晉楚皆大邦。我虱其間如鄭衛,力雖已竭心未降。背城猶欲借其一,命中敢云叠必雙。吾聞兵法先制人,意所不備神爲慫。吳師苶火晨壓陣,越甲組練宵浮江。致師聊以固吾圉,量力未可輕愚悫。兩軍相見壁壘變,請君礪刃鍛矛鏦。

文信國古琴歌次林樾亭韻

琴今藏何氏有公自題詩云:"松風一榻雨蕭蕭,萬里封疆不寂寥。獨坐瑤琴遺世慮,君恩猶恐壯懷消。景炎元年月日,文某題於青原寺。"

孟曰取義孔成仁,兩者合作文山身。斯人能使琴千古,不然枯木安足珍。公之精誠在此木,萬劫不肯隨灰塵。聲哀令我感忠義,調古與汝和韶鈞。劉越石笳夜走羯,高漸離筑西擊秦。精忠大節同不朽,不惟其器惟其人。流落人間七百載,幾見桑田變滄海。背題猶識景炎年,有元陵闕今安在。淒涼古寺思君恩,忼慨新詩泫真宰。此琴不壞此詩存,宗社至今如未改。君看何氏蒼璧齋,夜夜奇光成五彩。嗚呼!古今恨事何其多,天不可問壁徒呵。宏範大書紀滅宋,厓山百尺崖可磨。北軍歡呼還奏凱,日日美酒浮青螺。獨有孤臣灑血泪,中天回首悲滹沱。文山被囚,過滹沱河,有"回首中天感慨多"之句。未能手劍斬夢炎,猶聞正語折博羅。黃冠歸鄉復號召,壯懷雖在如天何。我讀公詩三太息,瀟瀟夜雨松風和。不須更擊竹如意,已是荊卿易水歌。

去歲得心虛肝弦之疾陳君卓爲謂勞思所致宜屛筆墨以養眞氣今春稍瘳而結習未除疾輒間作君爲製方兼惠良藥賦詩三章志謝用前集井上草堂韵

我不能游戲人間如昌嵒，又不能蓬萊萬里飛仙帆。昂藏七尺困邊海，日飽囊粟饜腥鹹。蠹魚生死在文字，硯田磨盡千端巖。韓蘇李杜嗟已遠，力薄猶欲裾相摻。冥搜造化出幽險，日日肝腎愁彫劖。文名未成奇疾作，狀不能名請舉凡。大略皮存膏液盡，有如深壑枯松杉。山妻漫復慰王章，慈母獨能哀畢諴。爲焚筆硯謝朋輩，長親藥餌辭樽械。今春頗覺身手健，偶尋花事嬉春衫。口盟漸已忘息壤，文戰遂欲爭殽函。雲委波詭鬥奇怪，字彫句琢搜穿嵌。枯腸敞漏餘井鮒，縐面黧黑同釜鬵。左肋弦急鶴啄粟，自得疾後，左乳下有筋常浮動，躍躍如彈指聲。中心怦動風搖縿。心虛作惡，日夜必以手按，或屈身傴僂，始帖然。家人相見怪我瘦，徒留玉骨肩巉巉。我猶倔強自慰藉，吾舌無恙食尚饞。陳君玉立仙之癯，顴高目炯長眉髟。讀書餘暇及方術，爲我采藥親持鑱。言我所患在根本，精神宜愛思宜芟。觀心泛如不繫舟，養氣濇如閉口緘。內功既完外功起，然後苓朮和人銜。奈何技癢不自禁，縱意無復立之監。後將噬臍悔何及，空懷椒糈要巫咸。勿再苦思嘔肝肺，或可微吟學呫喃。良言逆耳藥苦口，亦如得道資謗讒。我拜斯言感厚意，何以報之詩一緘。久病我亦復知我，方書在古藥爐左。丹砂黑汞尚非宜，緩補其陰理則可。地黃爲君朮爲臣，茯苓當歸性亦頗。疏其脉絡同導川，潤以膏脂如灌輠。選擇尤宜炮炙良，燥烈急屛金石砢。吾方已定尚遲疑，求全猶恐壁有橢。難經本草讀不熟，聞其各也然而軻。陳君學業有眞傳，張劉朱李法未墮。倉公已飲上池水，見一方人斷之果。華陀肯爲元龍留，安常常共東坡坐。新方簡切只數味，兵寧貴精不貴夥。藥成何似九轉丹，驚看堆盤千萬顆。強力不憚萬鈞扛，大鳴小鳴鐘應撞。吾聞醫人如醫國，補救亦可施危邦。刀圭入口疾良已，坎離既濟心則降。君有恒言願人壽，君有"願人壽"三字圖章。吁嗟

此術今無雙。我雖賴君幸不死,前事不忘心爲懾。況復離家遠于役,
襆被行渡烏龍江。時將有永定之行。此詩出口不敢再,買癡但可學駸駸。
謹守君言作韋佩,慎勿以身試戈鏦。

澹静齋詩鈔卷之三

棲鳳草

洛陽橋

十里長橋挂采虹，征帆葉葉下東風。永嘉南渡人何在，猶有青山似洛中。永嘉南渡，衣冠多寓於此，地以是名，殆有故鄉之思乎？而土山曼衍，風起沙飛，港汊縱橫，水光樹色，亦酷似邙山洛口一帶風景也。橋創自宋，名萬安，後人復以地名名之耳。

夜雨有懷小范家兄觸緒紛紜遂至滿紙

空階一夕雨，滴滴愁入耳。中宵不能寐，感嘆時坐起。我有同懷兄，迢迢隔千里。久不見書來，肥瘦今何似。閩都消息斷，況乃深山裏。夢魂懶不飛，望望湘江水。

世路方險巇，小官亦不易。君懷如朗月，那復習側媚。低眉奉上官，踧踖心如醉。挂冠亦何難，卅口為君累。況復念慈闈，安敢告憔悴。忍飢事奔走，唾面受罵詈。努力勿復言，素位亦吾義。所貴守清白，無忝先人志。尤宜慎其儀，超然脱禍忌。

昔我離家日，慈母晨先起。送我出門屏，涓涓淚如洗。貧家聚常難，此行非得已。未敢牽子裾，但悲命蹇爾。斯言不忍聞，所愧為人子。東鄰服賈回，洗腆羅甘旨。西鄰力田農，團圞樂菽水。讀書三十年，蹉跎竟至此。白髮已盈頭，河清其可俟。

青山千萬重，孤城入釜底。濕雲何濛濛，十日雨不止。空齋無人來，時復親文史。欲作寄家書，沈吟對空紙。高堂頗健飯，未審安步履。_{余來時頗苦脚痛。}遥知夢魂中,耿耿我與爾。稚孫解語笑,或使慈顏喜。群兒讀琅琅,亦足娛暮齒。却愁箱篋空,何以供滫瀡。嗷嗷三十口,垂老憂薪米。此來亦何爲,憮然推案起。

即　事

山邑瘠而僻,古不通舟車。我來當四月,斗米三百餘。中家力已殫,貧者將何如。有司急民隱,力請開倉儲。惻然語衆民,爲我待須臾。茲邑距大府,迢迢千里途。大吏坐堂皇,幕客省文書。市區例供應,朝夕進所需。價廉米又鑿,反斥斯言誣。有司默無策,束手徒嗟吁。貧民不敢怨,忍飢對妻孥。新禾登尚早,粒米真如珠。矯詔賑河内,吾思汲長孺。《玉篇》:"而朱切,義與去聲同。"

五月初十夜月

久雨晴故佳,況復見新月。沈寥山氣清,浩蕩天宇闊。流輝切素壁,濕影散林樾。涼生修竹净,光入空階滑。草葉垂細珠,晶瑩如可掇。花苗搖晴風,乙乙生機活。行吟答清響,小酌傾新醱。翻思昨夜雨,使我中懷怛。悲樂亦何常,吾心固未達。

衙齋讌集即事簡吳明府

君不見,山公騎馬游習池,花下倒著白接䍦。酩酊三百六十日,大堤猶唱襄陽兒。又不見,芙蓉城主石曼卿,天下耳熱三豪名。詩人梅老釋惟儼,日與杯鐺同死生。人生適意須行樂,富貴神仙兩寂寞。斥鷃蒼蠅笑不休,一雁高飛入寥廓。延陵才子今循吏,訟庭草長日無事。時呼明月下芳樽,更遣花枝爲舞伎。座中賓客皆賢豪,激昂意氣排風騷。清風初來微雨歇,舉杯一笑天爲高。解衣露頂觥籌錯,豪竹哀絲間諧謔。百壺清酒進如泉,玉漏沈沈山月落。月光燈影交模糊,坐者倚壁行者扶。眼中已不辨爾我,耳內時復聞歌呼。我雖杯箸不入口,次公醒狂奚必酒。感君豪氣爲君歌,擊碎唾壺還擊缶。平生頗薄章句儒,亦不希蹤嵇阮徒。不夷不惠從所好,一觴一咏聊自娛。十年足迹滿天下,白眼長遭俗子罵。却憐萬里空歸來,仰天長嘯誰知者。即今飄泊山城裏,稱作經師亦偶爾。長對先生苜蓿盤,猶愁方朔長安米。<small>時永定米甚昂,故戲及之。</small>賴有主人能好客,落落襟期遥不隔。今宵懷抱爲君開,應許臣髡醉一石。却愁醉去玉山頹,睡眼矇朧對酒杯。步隨月影且歸去,明日思君倘復來。

花栽爲草所蔽呼童去之口占對草

種花苦不長,衆草何離離。引蔓紛膠轕,不受雨露滋。呼童祛荒穢,一一理其枝。物各含生意,吾心豈有私。所貴在得所,此地非爾宜。前庭多隙土,古道臨清池。蕃蕪不汝禁,青青亦可怡。行矣慎自愛,爾才爾自知。

階前栽菊數本連日大雨水漬將萎矣哀其美才未成而驟遭毀折也作

衆卉各欣欣,爾生獨不遂。積水爛其根,枝葉日憔悴。雨澤本無私,天公豈汝慼。惜爾不逢時,生年巧相值。荒園蔓草多,佳植誠不易。中道忽摧傷,愀然起長喟。遥思季秋日,燦燦黃花熾。清姿出妙香,玉立有幽意。雖無彭澤詩,猶能對汝醉。所願竟如何,精英鬱不試。天道固難言,人力或未至。僮奴昨鹵莽,置汝不得地。逼仄玉階前,愛汝爲汝累。遂令出群姿,偃蹇同凡類。有才不善養,皇然吾深愧。

題吳玉堂芙蓉臺詩鈔後

文名猶偃蹇,佳句轉清新。白髮嚴詩律,青山放酒人。豈無情惻愴,不廢語溫醇。落落成孤賞,知君意未申。

裘馬多年少,吾猶念此翁。幽蘭在空谷,衆草自春風。文字千秋後,生涯四壁中。夜闌重展卷,愁對短檠紅。

寄林大樾亭并懷都中下第諸子

冉冉雲開宿雨收,懷君獨上北山樓。_{樓在永定北城,居卧龍岡之脊。}齊名豈敢稱龍鳳,_{樾亭主汀之龍山講席,而余在鳳山書院,故戲用司馬德操語。}玩世時能應馬牛。經學猶親故訓傳,_{近有書來云著《禘祫》《明堂》等考,欲以見示,而余方作《毛詩説》,已成卷帙,亦欲示樾亭。}文章多是畔牢愁。向人慘澹何相似,應念高堂已白頭。

昨聞蘂榜出南宮,走馬看花意氣雄。此日悲歌憐舊雨,幾時梳洗嫁春風。久知索米飢方朔,況復迴車哭阮公。杜宇鷓鴣啼自苦,側身長望北來鴻。

贈學博陳翁蔚圃

學舍欹斜四壁空,_{所居署廨,僅數弓,且將圮矣。}頭低尚有氣如虹。閉門索句稱無已,_{近工吟咏,不以示人。}投轄留賓憶孟公。_{豪於飲,每招客必扃鑰。}顧我敢言天下士,於君猶見古人風。襟懷落落還相賞,任說逢時術未工。_{余來永定數月,往來惟君一人。}

寄呈家慈

楚山迢遞已三千,_{謂小范家兄。}予季關心更黯然。老去有懷惟子女,夢中無日不團圓。援琴欲鼓歸耕操,藝黍難謀負郭田。夜夜魂隨明月去,月光常得到牀前。

永定秋夜雜作廿首次工部秦州雜詩韵

人已都無益,斯游實浪游。行將千里路,博得幾分愁。夢入庭闈遠,凉生沉簟秋。中天月色好,清影爲誰留。

四顧無人影,淒然一畝宮。虛名如畫餅,永夜但書空。玉宇沉清露,銀河度曉風。牽牛與織女,何事各西東。

老梅根自古,蟠屈入泥沙。未得東風力,深藏處士家。秋蓮何旖旎,露葉各橫斜。此去清霜重,容顏莫浪誇。

暝色城陰合,孤燈獨坐時。蟲聲何太苦,客意得無悲。宿鳥投林急,深山出月遲。星光不及遠,啞啞欲何之。

刺繡貧家婦,深閨十載強。誰能邀一顧,未肯獻微長。終日親機杼,無人典鷫鸘。畫眉空對鏡,自愛遠山蒼。

寒鴉棲滿樹,獨鶴竟安歸。落落惜清影,迢迢望翠微。漂搖風雨急,憔悴羽毛稀。且復須臾忍,新松已數圍。

結屋對寒山,山容杳靄間。風來簾自響,草長户常關。獨與書晨夕,時看雲往還。多情有明月,不惜照愁顏。

不寐披衣起,空階繞百迴。浮雲推月去,急雨挾風來。遠道渺無信,<small>久未得家兄信。</small>愁懷撥不開。譙樓數聲鼓,今夜一何哀。

宿雨臨新霽,披襟坐水亭。驚魚翻浪白,飛鷺破烟青。樹密猶籠月,雲稀漸見星。秋風吹萬里,吾意在林垌。

騎鶴上崑崙,天高星正繁。關河惟一氣,山水本同源。夢覺餘孤枕,城寒似小村。空階多促織,唧唧叩蓬門。

山高嫌眼窄,屋矮苦頭低。已識生如寄,何妨醉若泥。管弦聞夜半,燈火過墻西。<small>西鄰夜多度曲。</small>猶勝杜陵老,終身聽鼓鼙。

溝渠穿屈曲,辛苦出山泉。濟物豈無志,清名未許傳。汲常臨户外,濯亦傍溪邊。又見東流去,滄波何渺然。

平地兩三里,居人數百家。四山圍縣郭,一水漾溪沙。市晚常昂米,園荒未熟瓜。挑柴赤腳女,猶插鬢邊花。

窮達歸時命,文章本性天。俗儒求苟合,吾道有真傳。小築穿池沼,清流引澗泉。豈知滄海上,波浪浩無邊。

放眼乾坤内,安身筆硯間。寸陰猶惜日,一簣未成山。後死責難已,先民去不還。十年徒擾擾,愧見管中斑。

未知吾過寡,嘆息久離群。滴幔聽朝雨,開門看暮雲。亂蛙聲不息,叢樹影難分。意境轉蕭索,何由廣見聞。

寂寥不自得,懶散過時光。漫作蠅鳴竅,閑看蟻度墻。行藏猶冉冉，歲月已堂堂。天末起清嘯，悠然秋興長。

生平諳作客，此地苦思歸。短夢愁難續，寒燈焰不輝。秋蟲終夜響，霜葉滿林飛。游子衣猶薄，天公莫作威。

天心自仁愛，吾道豈艱難。好養羽毛健，長收泪眼乾。龍伸還蠖屈，春暖本冬寒。我笑淮陰陋，猶登大將壇。

讀書兼養母，此外復何之。薪米謀諸婦，歌詞寫與兒。初冬整歸棹，小酌傍清池。雙騣亭爲余讀書處，下臨方池，池角有梅數株。永奉高堂笑，梅花正滿枝。

憶昔懷人復得二十首叠前韵

行蹤遍南北，海內幾交游。歷歷心中事，茫茫醉後愁。百年無故物，一雨又新秋。小立憐孤影，深山此滯留。

夏馥逃名地，高歡避暑宮。皆在河南林縣境內。至今春草綠，回首白雲空。燕寢牽衣日，龍山落帽風。黃華臺下水，聞説尚流東。去城三里爲龍頭山，先君常以九日置酒會賓客於此。黃華山有金王庭筠讀書臺，臺下有渠久塞，先君始鑿以溉田，并引入署内方池。

古縣黃河岸，天清風捲沙。再來渾似夢，七載已如家。虞城距黃河十五里，余以丁丑至，①癸未歸，②甲午復寓其地月餘。③ 西圃梅花晚，南園竹影斜。追隨足詩酒，此意亦堪誇。范氏西圃、城南江氏園，皆先君所常游也。

風雨蘆溝夜，波濤七月時。驚魂如再世，今日有餘悲。宦海身將老，頭銜換已遲。家貧官萬里，躑躅欲何之。辛卯在高陽，先君病中奉檄赴密雲，秋雨連月，上霖下潦，頻蹈危險。出長新店，適渾河水決，急避高原，水環之，不食者兩日。稍退，余騎而渡，中流浪急波涌，土人引道者懼而逸。時已進退不可，賴馬良得力濟，從騎皆溺，遇救得免，同濟多死者。歸而先君有滇南之遷，以官累不得行，奔走畿輔者幾一載。

---

① 丁丑：乾隆二十二年(1757)。
② 癸未：乾隆二十八年(1763)。
③ 甲午：乾隆三十九年(1774)。

行李半肩少，他鄉百口强。蕭蕭貧至此，渺渺路何長。壬辰七月，①始侍先君就道，家口尚在高陽，不及計也。夜雨悲鴻雁，秋風病驌驦。沅江舟一葉，愁煞楚山蒼。至常德而家兄羈於職不能來，入舟先君始得微疾。

吕閤仙何處，桐鄉魂不歸。癸巳正月，②痛罹大故，鎮南西三十里爲吕閤驛，相傳純陽嘗降其地。蒼茫萬事歇，慟哭一身微。昔日交游盡，故園音信稀。西風吹素旐，杳杳出雲圍。八月始扶襯還。

楚水復吴山，崎嶇嶺谷間。雁聲彭蠡澤，驢背正陽關。萬里求人日，三年載骨還。故交驚我在，拭泪認離顔。十月至長沙，家屬已先在，未能歸也。遂輕身由江西泛鄱陽湖，溯長江達安徽之宣城，復出浦口，賃驢過正陽關至潁州。乃歷豫返楚，始奉柩抵里，則服將闋矣。

戴笠盟猶在，乘槎去不回。重泉無信到，落月有魂來。執手驚相見，愁眉尚未開。疏林風響處，似訴語悲哀。林太史香海丙申卒於都中，③近數夢見之。

不復見香海，吾尤悲樾亭。天寒孤影瘦，雨暗一燈青。夢斷春前草，愁看曙後星。太史無子，一女方八歲。秋風姜被冷，灑涕望郊坰。太史之兄孝廉樾亭，今歲主汀州講席。

倜儻憶西崙，新詩料已繁。淋漓翻酒汁，談笑走詞源。落葉秋山路，騎驢何處村。一枝棲未得，回首望千門。林孝廉西崙與其兄曉樓，皆以公車入都，下第後，未知其歸信。

曉樓氣蓋世，天使兩眉低。又聽蕭蕭雨，長歌滑滑泥。虚名終蹭蹬，浪迹且東西。莫作窮途哭，關山静鼓鼙。林孝廉曉樓。

少梁有英氣，寶匣出龍泉。牛斗光同爛，鱗鴻信未傳。校書芸閣夜，問字玉堂邊。衮衮多臺省，君胡久寂然。梁庶常九山，近閲邸鈔，知尚未受職。

諸君皆卓犖，聯轡入皇家。緑幙千門柳，紅雲九市沙。人誰歌杕

---

① 壬辰：康熙五十一年(1712)。
② 癸巳：乾隆三十八年(1773)。
③ 丙申：乾隆四十一年(1776)。

杜，吾豈繫匏瓜。又被春風誤，愁看上苑花。梁斯志、陳壽朋、郭可典、可遠、鄭建亭五孝廉。

觴檻群英會，鶯花二月天。君家兄弟好，井上草堂傳。曲磴盤雲路，清池漱石泉。何時重把酒，拈韵小亭邊。述善、述聖、介堂三何君。

早踐清華地，歸休水石間。采蘭時遺母，倚杖日看山。江海知鷗樂，雲霄望鶴還。君親恩并重，休使鬢毛斑。孟吏部瓶庵。

鄭子美無度，陳生卓不群。文章茂秋實，意度藹春雲。雅集諸賢在，離情兩地分。平生重益友，豈獨爲多聞。鄭君憲光，陳君文耀及社中諸子。

家世三珠樹，功名一電光。永懷啓足日，深愧及肩墻。寂寂門如水，凄凄殯在堂。西華今白練，誰道結交長。業師李賓觀先生自海外歸，需次邑令幾得而卒，屬纊之夕，余在焉。家貧，一切未能如禮，至今未葬。

李郭同舟去，翩翩何日歸。江山多秀麗，詞賦有光輝。野店聯牀話，雲衢接翼飛。遥知宣室召，早晚覲天威。林君崇達、黄君時揚，皆以茂才入貢，未知廷試消息。

聞道歸期近，寧知見面難。九原如可作，雙淚豈能乾。月入空祠冷，風吹旅骨寒。離魂猶悵望，夜夜哭仙壇。曾君爲深昔在滇日曾共艱難，今春始歸，距家二日而死於水，槀葬冶山王霸壇之側。其妻先死於滇，殯荒寺中，今猶未歸也。

老去歸灘水，天留覺後知。著書成一子，撼樹笑群兒。大海迴潮汐，餘波及滄池。十年空有志，瞻望若華枝。朱梅崖先生。

夜雨

客枕忽然覺，寒牎還未明。蕭蕭來急雨，漠漠送殘更。遠道書猶斷，高堂夢易驚。那能對長夜，復此聽秋聲。

晴

自從中夜醒，直望到天明。紙暗牎難白，簷乾雨欲晴。輕寒初料峭，早氣更空清。倦枕偏慵起，新詩兩首成。

二老詩

先大夫臨終前一日,作《瓶中桃花詩》云:"千葉桃花瓶裏開,無邊春色此中來。不知萬里烏山下,人醉瓊筵日幾迴。"自注謂:"愚谷、又眉二老。"蓋丙戌、①丁亥歸田之際,②晨夕過從,惟二老爲多,故病中猶不忘也。今先大夫棄世已六載,而二老人尚健飯。山城索處,遠瞻杖履,既自傷悼,又幸老成之未喪也。感而有作。

林愚谷六丈

襄陽耆舊今餘幾?魯殿靈光歸獨存。卅載爲官歸乞米,_{林下十餘年,閉門不出,貧或斷炊。}八旬無子臥看孫。_{二子早喪,孫方十餘歲。}青山是處陳觴榼,白髮當年好弟昆。_{祖母林太宜人,先生之姑也。於先大夫爲內外兄弟。}交誼親情雙寂寞,不堪倚杖更重論。

林又眉三丈

少日才名獸錦袍,中年宦迹蜀江皋。_{先生前任蜀之犍爲令。}幾家舉火依平仲,_{性孝友而好施予,親族賴之者甚眾。}萬里遺書效伯高。_{先生敦篤周摰,在己不欺,於人無忤。先大夫常舉以示景瀚等。}散盡黃金餘傲骨,晚來白首臥寒曹。_{以家中落,復出山,改授延平教授。}酒罏過處如相憶,料得招魂讀楚騷。

夜大風雨

山城晴霽無三日,寒雨崩騰正二更。風自北來翻地軸,河從天外瀉濤聲。蟲吟嘲哳驅何處,客思蕭騷爲一清。却恐簷間作餘滴,惱人不睡到天明。

---

① 丙戌:康熙四十五年(1706)。
② 丁亥:康熙四十六年(1707)。

秋日自録近作竟题其後

少薄詩人近學吟，言中懊惱意中深。長篇短律都無賴，萬轉千回只此心。霜葉何曾怨秋氣，寒蟲不覺有哀音。幾時待得東風至，花滿春山鶯滿林。

秋　花

秋花開可愛，點點破寒光。小立近清氣，微風聞暗香。時來如有待，歲晚亦何傷。豈不愁霜露，余情信自芳。

昔日 爲鄭孝廉耆仲作

昔日談詩鄭廣文，草書小畫亦超群。精能未可稱三絕，敏捷猶堪冠一軍。耳滿狂名皆欲殺，眼看餘子尚憐君。即今墓上生秋草，一望寒山落葉紛。

秋　望

高樓延賞心，目極千里道。霜露洗空蒼，乾坤氣浩浩。清風何處來，秋色不可埽。靜見山水心，閑覺烟雲好。寒蟬時一鳴，老樹欹欲倒。已殘池上花，未歇春時草。輕衫暑方退，暖日寒猶早。好景亦難逢，逍遙舒素抱。

顧旭初少府惠魚及米中秋夕復招飲筠齋作

問字無人載酒稀，呼童終日掩柴扉。食魚我豈彈馮鋏，授粲君猶好鄭衣。聞道陔華能潔白，少府事母甚孝。何妨袍笏未牙緋。相知自在風塵外，一笑欣然見道機。

良夜沈沈數舉杯，層雲破處月飛來。清光萬里都如此，素抱今宵始一開。楚醴猶能安穆白，梁園無可著鄒枚。浣花溪好終歸去，不向何邕覓檟栽。

九日同陳蔚圃廣文登沙汀閣還至顧旭初少府衙齋觀菊花作二首

　　亦知秋景好，其奈客愁何。杳杳寒山盡，蕭蕭落葉多。登臨無俗物，徙倚且長歌。却憶南昌尉，歸途試一過。

　　把酒惜秋色，殷勤祝菊花。清香人共遠，瘦影日初斜。豈必傷遲暮，猶能殿歲華。春園三月裏，桃李漫相誇。

重陽後五日集陳蔚圃齋中觀菊二首

　　不作登高客，相逢且舉杯。雖云蕉葉量，莫負菊花開。明月又將滿，秋風何處來。朝朝留醉眼，看到嶺頭梅。

　　今日誠良會，黃花作主人。飽經霜雪老，留得性情真。逸韻淡如水，疏枝瘦有神。故應數來往，同未染風塵。

留別陳蔚圃顧旭初吳玉堂叠前重陽韵

　　酒伴皆嵇阮，詩人有沈何。<small>重陽之作，諸君皆有和章。</small>亦思終歲住，無那別情多。夜月淡孤影，秋聲入短歌。明年籬下菊，猶憶客曾過。

　　西風催客鬢，歸棹及梅花。回首龍岡路，長天鳥影斜。美人愁北渚，蝴蝶夢南華。剩有詩成卷，空囊尚可誇。

留別院中諸生叠前韵

　　一載論文友，秋風奈別何。志長憂日短，德薄恨言多。弟子偕童冠，江山足咏歌。徒留詩卷在，他日憶經過。

　　文章原小技，秋實勝春花。破浪風雖壯，中天日易斜。詩書爲性命，醞釀出精華。努力再相見，科名未足誇。

叠前韵重別吳玉堂

　　再盡樽中酒，我行君奈何。故鄉翻作客，<small>玉堂，永定人，而家省城。</small>相識已無多。與月論懷抱，因風想瘖歌。蛾眉深自愛，取次慎經過。

霜露非相苦，天心愛晚花。長留枝瘦硬，莫使影橫斜。道立言爲累，春深物自華。新詩知更好，且勿衆中誇。

雙驂亭後草

宣和御鷹歌 蔡京題字

作畫者誰宋天子，題畫者誰蔡學士。一德君臣筆墨中，宣和政事如斯矣。牟駝岡上氛初惡，鷹乎汝作乘軒鶴。幾陣鸛鵝齊斂甲，一時燕雀眞巢幕。五國城中泪如霰，鷹乎汝作傳書雁。杜宇難歸帝子魂，鸚哥空罷君王膳。鳳凰飛去鴝鵒來，爰居蹱蹱終爲灾。蒼鵝出地兆已見，白雁過江吁可哀。汝不能早辨梟鸞去異族，一任妖烏啄金屋。又不能風毛雨血灑平蕪，殺盡草中兔與狐。昂頭深目成何用，濡毫孤負天恩重。可知此物本尋常，飢則依人飽則颺。南朝多少官如汝，死節惟聞李侍郎。

雙驂亭雪景圖一幅文衡山先生手迹也見者極爲欣賞因題其上

閩南終古不見雪，況復春風當二月。誰將尺幅挂空亭，舉頭忽見千山白。北風颼颼吹萬里，亭邊草木慘欲死。四座蕭森各苦寒，不信良工技至此。衡山老人寒徹骨，冰雪胸中貯孤潔。吐向溪南三百峰，筆底翻空作飛屑。遠山插入雲深處，片片白光欲飛去。近山逶迤折復回，倒影寒流森可數。溪流漠漠并山隈，一道寒烟鎖不開。短橋盡處茅茨出，有人策蹇林中來。怪石長松并奇古，惜哉但少梅千樹。却望溪南猶著鞭，霜蹄踏遍瓊瑤路。燕南雪花大如掌，我昔十年驢背上。敝裘破帽苦衝寒，雖有此境無此閑。今日見圖三太息，此情可待成追憶。塵網勞勞愧此身，豈知亦是畫中人。

雙驂亭小集壽朋賦長歌依韵和之

十年萬里空奔波,歲月一擲如飛梭。歸來意興減都盡,相對但覺愁顏多。詩壇酒社雙寂寞,舊游回首成刹那。諸君談鋒健猶昔,舌本涌若秋決河。説詩異議各蠭起,一闋翻盡金叵羅。山松澗柏固奇古,清麗亦愛秋江荷。兩賢相厄古所戒,相如寧必輕廉頗。陳君詩思更清絶,面壁無語時長哦。佳人絶代在空谷,却笑紅粉妝娥娥。牽蘿補屋慎自愛,謠諑或恐衆女呵。我今無事常閉户,日日洗竹兼澆莎。兒童一二侍講舍,説法或復煩維摩。有時吟咏取自適,漸鏟奇險趨平和。君才自是萬人敵,於我豈啻百倍過。况復餘力及藝事,尤工篆隸書擘窠。騏驎駑駘强追逐,有志其若才薄何。且尋酸醎愜真好,蘆菔豈遂非酥酡。

鄭有美移居仝壽朋作叠前韵

神龍未得階尺波,挂壁長作陶公梭。江湖雲水渺深闊,混混但覺魚蝦多。古榕城中十萬户,乃使鄭君居不那。頻年遷徙苦無定,往來艱若殷涉河。近聞數椽已暫僦,窮巷寂寂門張羅。鷦鶇一枝寧擇木,靈龜千歲非巢荷。可憐圖史數萬卷,何處位置平不頗。堆牀挂屋無卧處,但可徹夜立長哦。齊眉僅對一椎髻,侍墨豈有雙青蛾。鄰人過酒定難必,惡少騎屋誰爲呵。我謂鄭君胡不山中結茅屋,日移松竹栽菊莎。下視俗子等蟻虱,擾攘豈屑肩相摩。不然扁舟浮宅五湖裏,釣徒真作張志和。每逢山水大好處,亦可輟棹相經過。胡爲湫隘且近市,一龕逼仄如鳥窠。君言買山治舟苦無費,有翼不能高飛何。且就市樓賒少酒,與汝小飲顏微酡。

亭中草木雜興四首

東墻百竿竹,盡盡參天綠。西墻竹數株,憔悴須人扶。同根復同地,相望寧相棄。盛衰固有時,厚薄人何異。歲歲拂春風,春風今不同。主人頻看汝，却憶十年中。

海棠花欲歇，我見何其遲。託根不得所，墻角無人知。飛紅落滿地，想見全開時。攀條數殘蘂，俯仰有餘思。佳人處窮巷，寂寞安敢辭。有美鬱不彰，吾獨懷深思。

草花不知名，弱枝長如帶。<small>俗名燭臺面花。</small>開時何爛漫，點點星光碎。幽芳固難言，潔白亦可愛。擢秀向深叢，居然洗荒穢。小園花事歇，到處芬芳艾。佳人罷梳洗，有時采作佩。

池西一瘦柏，高高青入雲。不知數百年，皮作龍鱗文。春風滿天地，獨立若不聞。苦心成勁節，老幹餘清芬。却笑衆花卉，乘時何紛紛。榮悴不足道，卓哉惟此君。

讀于宣遺詩疊前韻

天吳蹴踏海涌波，誰爲此綉天孫梭。爛斑五采溢光怪，寸幅足寶寧貴多。林君遺詩半零落，十僅存五如商那。我讀數篇嘆觀止，滿腹不異鼷飲河。怪龍出水弄牙角，獨鶴入雲辭網羅。有時窮變造平淡，濯濯楊柳田田荷。驊騮康莊走萬里，亦可屈曲盤險陂。乃知君才天所縱，可憐餘子空苦哦。閉門撚鬚成數字，羞澀若出閨中娥。以斯怯膽値強半，逃遁豈復煩撝呵。我昔從君如雙鳥，晝飛共木眠共莎。文章冰蘗日礪砥，要使巨刃青天摩。蒿蓬枝弱依松柏，瓦釜聲細參巢和。十年濩落愧知己，今欲載酒何門過。吉光片羽燦在眼，鳳飛不見餘舊窠。才難豈爲一己痛，後有作者知誰何。思君慘愴顏色惡，雖有旨酒無由酡。

雜題畫册

昔過岳陽樓，遥天一葉舟。濛濛雲水白，得似此圖不。<small>江樓。</small>
凉意生高樹，平原長綠莎。孫陽不可遇，老去奈君何。<small>駿馬。</small>
玉立清秋迥，凡禽未許齊。如何依富貴，不惜作卑棲。<small>牡丹、錦雞。</small>
嬌女不解事，采蓮水中央。弄花還顧影，忽見雙鴛鴦。<small>采蓮。</small>

銜索嗟何及，微生哀此曹。憑誰語張翰，爲我訪琴高。<small>貫索鯉。</small>玉質遥相映，空林交妙香。還如林處士，配食水仙王。<small>梅花、水仙。</small>

李忠定公松風堂故址

金人十萬猛如虎，鐵騎長驅入中土。徽欽二帝嗟蒙塵，高宗南作偏安主。當時獨有忠定公，一斥不復如冥鴻。十事籌邊空已矣，却來江上聽松風。靖康一誤建炎再，萬里長城汝自壞。汪黄鼠輩不足言，德遠彈章吁可怪。孤臣忍作林泉伴，北望燕雲腸欲斷。定知寒食哭江干，何異湘纍吟澤畔。我來徙倚望松楸，陰林風雨聲啾啾。平山駐蹕崖山戰，遺恨千年想未休。

觀僞閩石塔碑刻

光州鐵騎如豕突，節度開門領閩越。憑依山海虎一嵎，左右泉漳兔三窟。鈞鵬嗣位稍凌夷，紀綱毁裂自延羲。拜官乃勒皇后貢，報怨猶裂王倓尸。七層疊起嵯峨石，大小君臣紀勛績。五州民力曾幾何，括盡膏脂作功德。狗尾羊頭無處著，<small>碑中列公侯將相五百人。</small>魚游釜中燕巢幕。小男愛女保平安，<small>碑刻中有小男愛女祈保平安之語。</small>自謂千年永歡樂。豈知咫尺生風波，佛力不奈朱連何。夫妻子母駢首死，富貴瞥若浮雲過。騎馬來時騎馬去，對此茫茫感今古。小西湖上水晶宫，芙蓉嶺下胭脂土。

同人公餞朱笥河先生於張氏園亭應教分賦

翼翼京邑，靈秀所都。顯允夫子，爲國鉅儒。婆娑翰林，翱翔道衢。群士傾風，如川東趨。<small>其一。</small>

芒芒大邦，惟桑與梓。穆穆伊人，南國之紀。帝曰爾諧，往敦多士。以教以安，莫不悦喜。<small>其二。</small>

袞衣繡裳，我公其歸。嗟爾庶士，俍俍何依。矧余之舊，十年于兹。永懷明德，寧不心悲。<small>其三。</small>

我車既巾，我馬既秣。帝命不違，載脂載牽。摯之維之，公毋我遏。以永今朝，以慰飢渴。其四。

翩翩飛蓋，集於張園。嘉殽在列，旨酒盈樽。禮儀卒度，載笑哉言。非無絲竹，德音不諼。其五。

江山如故，良游不再。更千百年，豈有斯會。蘭亭禊序，西園圖繪。公命詩之，耀於翼代。其六。

寒風未至，旭日乍暄。歸雁載翔，潛魚在淵。顧瞻光景，眷戀舊恩。有懷如海，曷辭能宣。其七。

凡百君子，毋敢不敬。人亦有言，不克由聖。慎終如始，各守爾正。公歸在朝，無忘公命。其八。

題何述雅較獵圖

秋原草淺獸方肥，百騎星馳合一圍。壯士封侯何足道，惜哉天子正垂衣。

我欲安君水石間，莫教容易老朱顏。畫圖省識重迴首，苦憶君家大小山。亡友述善、述聖，皆君群從也。

二十年前古孟諸，雕弓寶馬獵平蕪。而今豪氣消除盡，矮屋低頭對此圖。

小園見蝴蝶感而有作

弱質終朝困綺羅，忙中所得亦無多。即今春老花將歇，縱有芳心奈晚何。

非無文采驚流輩，未免輕狂學後生。終被涪翁詩句誤，穿花入柳豈無情。《山谷詩》："人見穿花入柳，誰知有體無情。"①

來何飄忽去何遲，鎮日雙雙得意飛。葉底也防蛛網密，莫教群蟻策勳歸。

---

① 參見黃庭堅《次韵石七三六言七首》之六。

曾在羅浮山下見,除非莊子夢中尋。如何戀此閑花卉,猶作人間兒女心。

題林大宇小影

百年如泡影,富貴亦何有。樂事惟天倫,聖賢幸其偶。斯言果無愧,此圖足不朽。君今復何求,所得良已厚。末流易失足,晚節貴堅守。不寐念先人,皤然雙白首。

澹静齋詩鈔卷之四

小　草

灘舟晚泊

山容晻靄水聲喧，岸上人家半掩門。坐既不安眠又早，思家大抵是黃昏。

嚴介溪讀書處

數間茅屋樹扶疏，曾記鈐山十載餘。猶有詩文傳後世，彥回真悔作中書。

三月十六夜舟中寄內

惜別還如昔，遙憐行道難。深閨燈下泪，昨夜夢中歡。喔喔鷄初唱，匆匆語未完。推篷月色好，千里想同看。

安陸懷古

昔日潛龍地，葱蘢王氣高。至今清漢水，猶繞舊城濠。禮樂庸張桂，神仙奉邵陶。中興稱聖主，毋乃史臣褒。

題林懋文囊琴小照

一曲猗蘭操，何人是賞音。春風遍芳草，空谷有遐心。偶爾拈花笑，還聞擁鼻吟。囊琴應什襲，或有客相尋。

又代題用前韵

囊琴歸故里，未敢問知音。流水高山外，千秋萬古心。祇應花索笑，時復醉行吟。芳草天涯滿，幽蹤何處尋。

以公事至張恩堡寓孫氏園中主人頗不俗綠陰繞舍黃花盈砌中衛未有之勝境也終年風塵中得此心目豁然因成兩律

小築依山麓，柴門久未開。寧知騎馬客，亦爲看花來。繞砌方尋句，憑欄欲舉杯。却愁墻外地，滿目尚蒿萊。墻東爲白馬灘稍段地，自環洞之廢，不得水者二十餘年。今春余履任，竭力設法澆灌至中四段，廣武、張恩二段，荒蕪仍昔也。茲行爲澆冬水，作來歲之計，修護渠工至此，故云。

少有詩書癖，兼多山水緣。一官萬里外，回首十年前。小草成何事，名花亦可憐。菊花雖多，以種藝無法，開僅如桐子大，美才不得地，爲之慨然。會當凌絕頂，眼豁九州烟。去此里許，爲牛首山，古叢林也。明日重陽，與主人約同登眺。

夜宿孫氏園

數間茅屋野人家，門巷陰陰静不譁。時有諸生來問字，閑携小吏去看花。疏籬隱隱橫青嶂，新月朦朧漾白沙。良夜未須消麴蘗，一詩吟就一甌茶。

東齋雜咏

中衛無佳山水，而余自去春履任。辦賑浚渠，匆匆幾無寧晷。登臨之興，亦少衰矣。今歲五月，渠工告成，歲將有秋，萬民歡樂。乃以暇日，於縣署東偏，鑿池引泉，累石爲山，垂柳數株，綠陰掩映。時與小范大兄，到三八弟，暨同人輩，觸咏其中。雖爲地無幾，而性情自適。因時即景，錫以嘉名。各成篇什，彙曰《東齋雜咏》，聊志一時之趣云爾。

東　齋

齋五楹南向，爲余休息之所。軒櫺明豁，簾幕陰沉。水光山色，日怡恍心目間。

東齋成小築，日夕對溪山。未敢誇名勝，何如畫裏看。

寒碧池

齋南池，方長數丈稍楕。其西三面環山，石皆壁立，池中雜植蒲芡，與岸上垂楊相映，水如碧玉色。

一鏡寒波靜，青山倒影時。何來雙乳鴨，驚破碧琉璃。

戛玉泉

齋西北墻外以，轆轤汲井泉，疏爲小渠，曲折達於池，地勢處高，聲如戛玉。

一水來逶迤，瀉落聲如注。愛此玉琮琤，莫問源來處。

蒙　泉

池南亦有渠，引井泉於數百武外伏流山下，深入池中，以象名之。

伏流亂山中，暗出深池裏，脈脈不聞聲，但覺波紋起。

折腰橋

池偏東，削木爲橋，翼以扶欄，自南折而西，達於歐亭。

賴汝作舟楫，何爲亦折腰。緱山知不遠，吾欲夜吹簫。

歐　亭

池中小亭，可容五六人，落成之日，適余四十初度。同人觴余於此，因憶文忠公知滁州，年方四十，自號醉翁，名其瑯琊之亭。其流風餘韵，至今猶照映山谷間，余何如哉。

四十稱翁早,廬陵亦戲題。聊將記歲月,豈敢謂名齊。

環翠屏

環池皆山,有若屏然,石骨深黑,插入池底,其上時露殷紅色,丹山碧水,不異鼓棹九曲時也。

隱几日看山,群峰翠若環。似聞武夷曲,却憶建溪間。

蒲　溪

池之東南,山麓斷處,深入一曲,蒲荇獨茂,溪水盈盈,不知其何往也。

桃源不可尋,漁父歸何晚。一葉水中來,彷彿胡麻飯。

釣　橋

跨溪有橋,以甎甃之,柳陰之下,宜於垂釣。

把釣意不在,行吟過小橋。凭欄一回首,垂柳萬千條。

不炎洞

環翠屏中峰,南引一支下入於池,怪石卓起,接釣橋迤北爲洞,深十數武,時露天光,清幽静默,不寒而慄。

忙時宜駐足,静處見天光。任爾中心熱,能教透骨凉。

斜陽壁

洞口之東山,凡數折,皆絕壁削立,下臨深潭,夕陽返照,暮色蒼然。

絕壁石蒼蒼,一抹斜陽影。磨崖欲銘功,壯志何時逞。

石　門

壁之盡處有門,豁然天開。

群峰從西來,蹀躞勢未盡。巨靈劈作門,怒石猶森挺。

樵　徑

入石門,繞斜陽壁後,石磴數十級,曲折而登,左臨深池,右俯幽谷,徑殊逼仄。

一徑入幽處,疏林伴遠行。最宜日夕後,歸路踏歌聲。

初月臺

徑盡處有臺方丈,後俯絕壁,前倚高峰,左右深谷,木欄翼之,玩月為宜。

高臺攬明月,夜氣有餘清。群籟寂然息,誰家吹笛聲。

仙　井

臺左有谷,半方半圓,似吾鄉鼇峰,仙井涸已久矣,因以其名名之。

仙井何年涸,丸泥久已封。空餘遺迹在,令我憶鼇峰。

步虛路

越臺而西過仙井,為環翠屏之頂,其山中虛,履其上,蓬蓬然,動如扣空橐,行者戰慄失措。然卒不傾陷,亦一異也。西下層厓,入於不炎洞之尾。

山行如乘舟,舉足下復上。疑是骨珊珊,日與雲來往。

三高峰

臺前三峰聳峙,中峰磅礴,與西峰接,其缺處有徑,通晚眺坪,復起為東峰。

三峰高崔嵬,拱立如揖讓。却願來時山,俯首不敢抗。

晚眺坪

由初月臺,登中峰,缺處有地平坦,周數十步,俯視城中,萬家鱗次,北望烟雲滅没,尤宜晚眺。

緑楊隱萬家,城郭參差起。回頭望遠山,變滅烟雲裏。

戍　樓

晚眺坪之東,當中峰缺處,短垣蔽之,數武外,以竿懸燈,夜深遠望,明滅巒岫間,隱隱戍樓在焉。

亂山不可極,遥見一燈明。應念征人苦,崎嶇遠道行。

前　村

西峰盡處,其北隱見茅舍,炊烟一縷,時起空中。

遥天飛鳥盡,暝色動黄昏。一縷炊烟起,前山何處村。

半個塔

環翠屏西北有塔,僅見其巔,東直西峰。

招提不可見,半塔涌晴空。想見深山裏,蕭蕭響暮鐘。

無波舫

屏之西麓有室二楹,倚山傍水,軒窻洞啓,彷彿舟居,名以無波,祝其安也。

用拙存吾素,升沉任若何。已如舟不繫,長願水無波。

東齋雜咏同人各有和章即景紀事綜爲長歌書於卷末

宦游遠在天一涯,漢之畇卷唐鳴沙。風土雖殊居不陋,傳舍何必非吾家。今年況復渠水足,處處春流長禾菽。似聞蔀屋起歡聲,指日東齋成小築。十幅生綃畫最工,憑將丘壑出胸中。疏簾隱映重重樹,曲檻橫開面面風。一道清池蕩寒碧，翠屏環向波中立。琉璃鏡滑水晶宮，倒送斜陽上石壁。歐亭宛在水中央，戞玉泉聲落枕傍。更有蒙泉能暗入，折腰橋外白茫茫。淰淰蒲溪何處去，釣橋斜入山深處。古洞陰沉夏不炎，步虛却上青雲路。仙去何年仙井存，臺前初月挂黃昏。三高峰外雲飛盡，目極前山何處村。半塔飛來天際落，戍樓隱見孤燈爍。晚眺坪前望故鄉，一鳥南飛天漠漠。却尋樵徑下雲根，斷谷天開石作門。出險翻思平處樂，無波舫裏一開尊。此日賓朋高滿座，酒陣詞壇唱復和。吾家群從更翩翩，角立誰甘弱一個。大蘇骯髒氣凌人，下筆森森如有神。小范家兄。小謝閉門工索句，芙蓉出水格清新。到三八弟。沈郎初創四聲譜，沈十二韜九。處士梅花吟更苦。林二文起。又聞伯起出關西，楊廣文。更有小兒名德祖。廣文之子。後來尤喜孝廉船，張孝廉。三影郎中到處傳。齊把新詩寫新景，玉盤大小落珠圓。他年此會知難再，佳話還應傳百代。即教勝迹化雲烟，猶有詩篇存梗概。人物溪山二美俱，今人於古定何如。龍眠居士知誰是，好寫西園雅集圖。

東齋坐月

初升石壁上，徐到板橋頭。淡淡風無力，溶溶水不流。閑看花影好，靜覺鳥聲幽。信美皆吾土，何須訪十洲。

晚眺坪北望

黑雲堆處連如山，橫峰側嶺相迴環。參差雉堞帶遠樹，樓閣却在烟霞間。夕陽已落猶倒影，一綫時露光斑斑。長空極目渺無際，忽見一鳥衝烟還。當年垣塹跨萬里，此下處處皆巖關。三里一屯五里戍，烽火所照天爲殷。承平百年罷征戰，頹墙幾堵高屓屭。樵童牧豎出復入，遂令雲物皆清閑。今年况復富渠水，桑麻四野青丸丸。年豐人樂歲無事，豈不感念君恩寬。撫時思古頻指點，攝衣欲下猶盤桓。回頭清光照衣袂，東山月出如金盤。

七夕和小范大兄韵

萬里羈微宦，三年賦別愁。關山雄絶塞，河漢淡初秋。未得抛株兔，何時泛斗牛。閨中今夜夢，曾否憶秦游。

覆水行

覆水難再收，死灰不復燃。結髮事君子，中道相棄捐。低頭出門去，踽踽無人憐。父母問所由，哽噎不能宣。豈敢怨君子，所嗟命運愆。却憶初結褵，日夕恩纏綿。托情水乳合，指誓山海堅。爲歡未浹歲，世事忽變遷。君寧棄萱蒯，妾自負所天。桑榆收已晚，瓦裂無復全。願君保玉體，頤養延天年。新人來有期，共咏偕老篇。妾去復何言，回頭雙泪漣。

留別中衛士民

兩載爲勞吏，成功竟若何。不教民事緩，却畏使星多。德薄風猶梗，囊空鬢已皤。惟留數渠水，與汝活田禾。中衛諸渠，自高司馬士鐸後，皆漸荒廢，而七星渠尤甚。環洞既毀，白馬灘不得水者廿餘年，户口逃亡殆盡。余規度一載，節縮諸費，易以木洞，復大興工役挑浚，始得深通，而常樂、鎮靖各渠，亦以漸而理。今歲秋成，大獲豐稔，逃户盡皆復業。

心慈人不畏，頗謂吏無能。火烈吾何憚，雷轟汝不勝。劬勞驕稚子，積漸履堅冰。努力觀新政，休將舊貫仍。

贈張錦泉

漢多隱君子，我獨愛君平。惓惓訓忠孝，所志在民生。技也進乎道，豈以方術名。世人徒耳食，延請及公卿。皆驚神術妙，何異稱公明。大松山蒼蒼，蘆塘湖水清。君其抱至樂，拂袖歸蓬衡。潛心通元化，太古留希聲。知音未可必，且復陶吾情。

留別靖遠士民

昔日來何遲，今日去何速。回首烏蘭山，將行猶踯躅。東西惟君命,豈敢擇所欲。匆匆志未申,爲日苦不足。春明初謁選,里巷名皆熟。三年望我來,我來仍碌碌。徒懷衆母心,未錫君黎福。軒冕對吾民,膏脂慚爾禄。揮鞭從此去,何以愜幽獨。霖雨今濛濛,願言長秋穀。靖遠夏苦旱,是日大雨。

雨後過彈箏峽

勞勞車馬負平生,苦憶雙駿竹雨聲。雙駿亭爲余里舍讀書處。又向平涼來作宰,都盧山下聽彈箏。

自瓦亭至平涼道中

征車永日逐溪流,面面青山礙遠眸。我向崆峒頂上去,會教群岫盡低頭。

雨過六盤抵隆德

車輪軋軋度羊腸,泥滑天寒路苦長。漠漠白雲千嶂雨,蕭蕭黃葉一林霜。眼看秋色催人老,笑問浮生爲底忙。羊牧隆城聊駐馬,古來征戰幾滄桑。

大雪下青嵐山

莽莽千重山,茫茫一片白。風雲起四際,天地如不隔。前途未可知,努力遠行客。泥深輪無角,危坡況逼仄。勿徒求快意,失足防傾跌。安步暫俟時,所求寧不得。

東岡坡望蘭州城

漢縣由來古,河東第一城。蘭州爲漢金城郡屬之金城縣,非金城郡治也。漢金城郡治允吾,在河之西,距今蘭州城西一百三十餘里,故稱河西五郡。若蘭州,則河之東矣。省、縣志皆誤。甘涼如轉軸,秦隴實持衡。北闕心猶繫,西山勢未平。華林山俯臨城西,四十六年,撒拉逆回據之,幾爲大患。平定之後,議欲包山爲城,以費大中止,僅於山上置五墩臺。然兵多則不能容,兵少則無以守,使敵人得之,居高臨下,勢若建瓴,是資寇兵而齎盜糧也。去歲請帑金十八萬兩,重修外城,仍未及此。帑金糜百萬,此意忍無成。

静寧回至平涼道中

山荒全帶磧,水亂不成河。一望人烟少,沿途馬骨多。驛書如火急,使節復星羅。永夕瞻箕斗,東人奈若何。自皋蘭至涇州爲東大路。

六盤山口號

隴山自南來,磅礴數百里。迤邐北入河,牽屯乃其尾。《寰宇記》引《水經注》謂笄頭山爲大隴山之異名。《史記》《漢書》或爲雞頭,而《淮南子》又謂之薄落山,實一山也。其山如太行,綿亘千里,故《山海經》謂之高山。《地里志》:"安定郡涇陽開頭山在西。"顏注云:"开,音苦見反,又音牽。此山在今靈州東南,土俗語訛,謂之开屯山。"班《志》明言在涇陽,而師古以爲靈州,知此山所包甚大矣。《晋書》《北史》所謂牽屯山,即此山也。今郡縣志不載牽屯山之處,然據魏刁雍爲薄骨律鎮將,表請於牽屯山水次運漕,魏之薄骨律爲今靈州,是此山在黄河邊,今中衛之南,有香山特高大,疑即此山。然則自平涼以西,華亭、固原諸山,北達中衛,皆笄頭山,即皆隴山也。綿延數縣,隨處異名,大者謂之大隴,小者謂之小隴,平者謂之隴阪。近世地志,拘於涇源之説,徒以華亭白巖山當笄頭山,歧笄頭與隴而二之,遂獨指隴州清水之山爲隴山,既多謬誤。而胡氏《禹貢錐指圖》,乃謂大隴小隴有數處,亦殊附會。至於固原以北,皆爲隴山,直達黄河,非賴顏氏一注,參之群書,俱不得其解矣。六盤特一峰,卓立爲西紀。古不通人行,羌戎塞腹裏。南道由秦鳳,迢迢越隴坻。古道自陝至甘,皆由鳳翔過隴坂,達秦州,至鞏昌,所謂"山東人行役至此,歌曰'隴頭流水,分離四下。念我行役,飄然曠野'"是也。北道達涼州,袓厲杭一葦。其北道自平涼至瓦亭,北折入固原,由鹽茶、靖遠、平番以至涼州。漢武帝行幸雍,遂踰隴登崆峒,西臨祖厲河而還。崆峒,在今平涼。祖厲河,今靖遠縣城西之苦水河。光武征隗囂,與竇融會於高平第一城。第一城在今固原州城東二里許,張溉爲涼州刺史,出鸇陰口。鸇陰今靖遠縣治,是皆其明証也。宋置隴千軍,實始闢荆杞。隴千軍,今静寧州,後改名德順,其前皆羌戎地也。大戰好水川,名乃見青史。好水川之戰,夏人引至六盤山。瓦亭至隆城,相距尺與咫。隆德,在宋爲羊牧隆城,其至瓦亭,僅隔六盤一山。瓦亭宋已置守,而好水川之戰,不於涇原路出師,乃於秦鳳繞道而入,知此時路猶未通也。此路猶不通,通之自元始。介弟安西王,分封設宫邸。元以安西王鎮開城府，今固原南四十里之開城是也，節制今陝西、甘肅、四川三布政司及西域。避暑六盤山，殿閣猶遺址。天險劃然開，大道直如矢。至今數百年，蕩蕩爲通軌。國初闢新途，更逞康莊轡。舊路由牛營入山，俗謂舊六盤，今路乃康熙初年開。其後收新疆，蘭州置大吏。巡撫舊駐臨洮，今狄道州。雍正時，移駐蘭州，因升蘭州爲府。乾隆二十六年，新疆大闢，乃裁巡撫，移總督駐此。都會集冠裳，梯航通包匭。使者日相望，喧闐溢城市。永作國西藩，萬古金湯峙。我來當秋末，天外涼風起。茫茫九點烟，浩浩山川水。六盤以東之水皆入涇，以西之水皆入渭，以北之水皆入河。撫今控半壁，懷古傷殘壘。平生事游覽，所至考地理。山經與水志，窮源必竟委。作宦來邊陲，匆匆寧及此。遺書已不存，故老更餘幾。文獻盡無徵，其原蓋有以。甘肅諸志，無一佳者，皆由文獻無徵之故。漢患羌戎之禍，唐爲吐番所侵，宋則地半歸於西夏，至明設立諸衛，世職皆用武人，而關西出將，土著者又多以武功起家，毋怪文獻不足也。浚谷志平涼，嘖嘖衆稱美。涇源不能辨，《水經》無涇水一篇，然雜引於他書者，猶可考也。涇水出岍頭山，諸書皆然，所統甚大，其泉甚多，故隋唐以此地爲百泉，然涇源必以瓦亭川爲正。以《水經注》云："涇水逕都盧山，山路之內，常有如彈箏之聲，行者聞之，鼓舞而去。"此見於《寰宇記》"彈箏峽"下所引者。彈箏峽，即今之金佛峽，在瓦亭東二十里，而趙《志》乃以華亭之白巖山爲岍頭山，其水繞崆峒之前，至平涼府城始合瓦亭川，與《水經注》不合，於山水皆爲失考矣。沿革尤可訾。平涼縣爲漢涇陽，兼有朝那，而志以爲高平，又以爲臨涇高平乃今固原，臨涇乃今涇州，沿其誤者，遂以高平名驛，可笑也。才士尚如斯，紛紛況餘子。馬上作長歌，聊以備菁菲。一隅略舉凡，勿謂詞章俚。

西鞏諸驛連讀壁間作皆清新可誦重題兩絕

晶簾玉帶句新裁，青家驛句云："仄徑亂橫白玉帶，四山齊捲水晶簾。"點染山川入畫才。此後邊庭春色早，詩人新向隴西來。

郵亭落筆太匆匆，盡付蛛絲鼠迹中。杯酒無緣燈影燼，"顧影猶憐燈未燼，忍寒誰贈酒盈杯"原句也。有誰愛汝碧紗籠。

雪過車道嶺

迢迢山徑峻，處處雪光明。人在鏡中立，車如天上行。高容雙眼闊，寒覺一身清。方悔風塵裏，勞勞過此生。

甘草店病中寄內

風雪驅車夜，呻吟擁被時。一燈寒寂寂，兩鬢影絲絲。奔走非無僕，趨承總不宜。因思在家好，痛癢爾能知。

昭君詞

佳人伏處顏如玉，長抱芳心媚幽獨。畫師不肯畫蛾眉，對鏡空嗟遠山綠。千金無復賦長門，漠漠沙塵白晝昏。一曲琵琶非訴怨，氊裘羊酪亦君恩。君王莫殺毛延壽，命薄還應名不朽。千年塚草尚青青，六宮粉黛終何有。却思國事在持鈞，豈獨安危妾一身。一女飄零何足惜，君王此後慎知人。

送施雲在告養歸里

落落成何事，飄飄剩此身。三年乘障吏，萬里倚門人。菽水君恩重，蓬蒿子舍新。長途風雪裏，珍重爲慈親。

祀竈

竈前羅拜小兒女，呢呢似與竈神語。雜陳肴果進牲羞，大半爲翁求福嘏。乃翁素昔神所知，鈍拙不與時相宜。轉移如可施妙術，降福豈復待今茲。落落浮生四十載，昔日爲儒今作宰。捉襟露肘日憂貧，措大家風仍不改。百憂況復戕其精，手板朝朝效送迎。一事無成空作苦，匆匆方悔出山輕。兒女之言不足聽，再拜焚香親展敬。微臣有願亦易償，敢懇大神代請命。不願高官與厚祿，不願腴田與華屋。公私逋累一時清，但願歸山啜薄粥。

去臘蘭州病中送別雲在未盡所言茲留平涼月餘始歸因叠前韵四首重贈并酬見答之作

三年作勞吏，今日得閒身。宦海波中泡，慈闈夢裏人。老留膚髮在，歸趁歲華新。膝下承歡處，相依覺更親。

二十年前事，春風憶病身。戊子春，①余得咯血病，先君不令就讀，與雲在爲酒會，時陳有美昆仲、林文震昆仲皆在，皆與余姻婭也。青山容酒客，同人多會於林氏霽芸堂及環碧軒，環碧軒尤有山水之勝。白眼傲詩人。雲在有詩名，余少年狂率，每掎摭其短處，或作詩相嘲誚也。回首衣冠盡，有美已作古人，其兄弟皆飢驅走四方。傷心第宅新。林氏宅園，以貧故，俱易新主。因君一根觸，零落感諸親。

書生猶說法，今現宰官身。一別過三載，雲在先余一年至甘，雖同官，未見面也。相知有幾人。徒留心貌古，却訝世情新。踽踽如孤江，於君忍不親。

歸去誠良計，君寧爲一身。艱難猶有母，慘澹向何人。不改青氊舊，雲在先任廣文。惟添白髮新。囊空詩卷在，聊以慰慈親。

内人卧病時方以公事至固原作此寄之

舟車跋涉八千里。去夏始自里中來。薪米艱難二十年。久別固應情繾綣，積勞無那病纏綿。帷燈影映如鈎月，街鼓聲催欲曙天。慰藉無人衾枕冷，今宵可得一安眠。

送别李次山林廣文調任昌吉

蕭蕭行李出陽關，垂老猶能一據鞍。天子敷文萬里外，莫言教職是寒官。漢置西域都護，唐立安西都護府，西域雖入版圖，然皆未嘗立學校，此國朝所以跨越前古也。

燕然勒石壯心存，況復先生出將門。次山，爲肅州總戎鄰儒公子。一路山川紀形勝，漢唐事業請重論。

曾在鸛陰作長官，朝朝拄笏看烏蘭。君歸父老如相問，爲道勞人尚苟安。次山，靖遠人，此行順道回籍。

東齋未敢繼西園，賴有龍眠畫筆存。予在中衞，小築東齋，頗有水木之勝，

---

① 戊子：乾隆三十三年(1768)。

同人倡和極多,予有句云:"龍眠居士知誰是,好寫西園雅集圖。"彼時尚不識次山,今東齋既毀,而次山爲余作圖,并録全詩,裝成卷軸,亦一識也。他日相思重展卷,斯人斯地兩銷魂。

崆峒山北臺

雙橋裊層雲,俯視但深黑。参天松萬株,拔地石千尺。時聞啼鳥聲,不見行人迹。

絶頂香山寺

捫蘿踏微月,仄徑繞深松。憑高眺四遠,一氣青濛濛。森然不可久,浩蕩來天風。

自崆峒山歸聞城隍廟牡丹盛開急不能待乘月觀之口占二首

崆峒昨見鶴飛還,夜向芳園看牡丹。仙鳥名花都入眼,衝途何惜作粗官。

深紅淺碧影盈盈,睡暖春濃倍有情。月色朦朧香乍起,紅紗燈下照傾城。

紀二書雲月夜邀看牡丹即席作

夜色沉沉月有陰,春風細細引芳心。瑶臺路遠歸何處,獨倚欄杆恨已深。

漠漠輕烟密密香,花枝疏處見燈光。美人睡起嬌無力,銀燭高燒照晚妝。

氣味清華色澤饒,玉堂天上見風標。世間富貴都如汝,彭澤何妨一折腰。

看花看到月斜時,小摘花英作粉餈。<small>時席上以麪煎花瓣作供。</small>我道名花似名士,豈知畫餅亦充飢。

徐少府容軒將赴緩來寄示玩月撫琴小照讀自題詩悲其志作此應之

梧桐露濕桂花陰，張翰秋風思不禁。一曲歸耕彈未得，_{曾子思親，援琴鼓歸耕之操。}六盤南望白雲深。

鳴沙別後又隆城，_{容軒先任中衛渠寧巡檢。}捧檄還爲出塞行。明月團圞家萬里，玉門關外聽秋聲。

題王騰夫荷笠持經小照

深山靜無人，澹宕含空青。時聞松子落，入耳清泠泠。誰歟荷笠者，行行且讀經。蕭然若世外，栩栩游虛冥。豈獨輕軒冕，且復忘其形。倦臥松根石，閒憩松間亭。俯仰皆自得，天地亦清寧。鳶魚活潑潑，鏡月常惺惺。嗟余羃塵網，奮飛無羽翎。何時從之游，默坐叩元扃。

華亭尉署中芍藥盛開時史少府奉檄外出

嬌枝獨繼牡丹開，萬朵紅雲繞玉臺。廨舍荒涼花富貴，主人何處客頻來。

送別朱參軍調任吉木薩縣佐

我與君家同在閩，宦游萬里西入秦。故鄉天末不可見，相對猶有故鄉人。君今復出玉關外，遠度流沙臨絕塞。平涼已隔萬重山，故鄉東望知何在。參軍之貧亦可憐，瓶無儲粟囊無錢。六載飢寒妻子怨，終年道路僕人嫌。塞外微官祿不薄，此行且作團圞樂。_{君携眷同行。}一枝聊復棲鷦鷯，滿腹何殊飽鼠雀。勸君杯酒送君去，他日君歸我何處。涇涯綠柳不堪攀，腸斷陽關三疊句。

白水驛夜與程斗珠話別

白水驛中鼓聲咽，聲聲似訴人離別。今宵且復話須臾，明日東西各分轍。交情深淺且勿論,往事淒涼不堪説。與君同是傷心人,極目滇南洒鵑血。斗珠尊人隨先君赴任滇南,先君見背,其尊人亦謝世。回首春風二十年,人事蒼茫幾銷歇。都門謁選始逢君,邊塞三年又分訣。垂橐而來垂橐去,客意固佳主何劣。一官骯髒負良朋,面冷空教心内熱。君其慎保千金軀,後會何時腸百結。白頭老母倚門閭,珍重長途冒風雪。

會寧遇廉使姚雪門先生之喪哭成四律

當代多才子,先生更絕倫。意長心獨苦,學老氣能醇。望已傾華夏,詩徒紀雨春。名山藏未得,傳者屬何人。先生臨危,始刻《雨春軒詩草》十卷,著作尚多,皆未及檢輯也。

豈獨文章伯,休休一个臣。公平無畛域,堅白不緇磷。吏舍清如水,官厨冷有塵。還聞勤吐握,側席待高人。

手板隨群吏,高齋進長卿。風塵有知己,談笑若平生。敢定千秋業,難忘一日情。從今甘伏櫪,未肯向人鳴。丁未秋冬,①余兩入省垣,始奉德教,評詩論文。清談竟日,不覺身在宦場也。承示所著詩文,命其訂定,及歸而先生病,余亦因循未入省,遂終不復見矣。

廠車臨會水,夾道擁靈旛。老泪紛雙落,遺篇忍再翻。令侄以先生所刊《雨春軒詩草》見貽。蓬蓬風入室,默默座無言。太息登車去,斯人不可諼。哭拜後,同在郡伯秦蓉莊先生寓,忽有旋風,起於户外移時,僉謂先生之靈也。四座皆唏嘘而散。

偶　感

車塵碾旋風,素衣化爲緇。不知爲何事,汩汩日奔馳。行年過四十,我生亦有涯。富貴非所願,功名不可期。徒謀五斗米,妻子猶啼飢。親朋不汝諒,指顧相瑕疵。踽踽志已短,奔走神爲疲。故山松與菊,待汝何時歸。鴻鵠翔萬里,鷦鷯棲一枝。大小豈敢擇,無翼焉能飛。

---

① 丁未:乾隆五十二年(1787)。

静寧至隆德

斜日平川一水縈，雲山歷歷短長亭。隴西春色今年早，羅玉河邊柳欲青。

六盤山

群峰連沓接崆峒，俯視秦關一氣中。絕壁人隨雲下上，高山天界隴西東。《山海經》之高山，六盤是也。斜陽衰草迷殘壘，宋與夏人好水川之戰，即在山下。古道寒烟鎖故宮。元安西王避暑宮，在舊六盤，今道康熙時開也。七百年來爭戰地，車書今見八方同。

澹静齋詩鈔卷之五

思存草
紀園觀花

曾向天台見玉容,落花流水杳難逢。春風一度無消息,人在蓬山第幾重。

紀園花事又春風,老我情懷已不同。明月團圞孤影瘦,看他萬紫與千紅。

雨後見新柳

郊原半夜雨,楊柳一時青。綠黛彎如月,秋波炯若星。非邪魂冉冉,望處影亭亭。可惜長眠去,春風喚不醒。

安國鎮夜雨不寐

荒戍寒雞噤不鳴,倚牀數盡短長更。似將滴滴愁人泪,迸作瀟瀟暮雨聲。泉路微茫無信到,空房髣髴有人行。亦思睡眼朦朧閉,其奈胸中耿耿明。

送陶少府衛文調任玉門次周魯瞻韵

我本傷哀樂,臨岐更黯然。此行非得已,且住少相延。故國渺何處,陽關路幾千。殷勤盡杯酒,思入暮雲邊。

瘠土連荒磧,衝途控極邊。艱難同一邑,黽勉已三年。軒冕非吾志,山林有夙緣。飛騰君自可,努力祖生鞭。

夏　夜

如夢復如癡，中宵酒醒時。起行還就榻，欲語又無詞。鬱鬱緣何事，沉沉若有思。眼開身輾轉，翻恨漏聲遲。

衛文將行鄧南村爲寫疏林遠岫便面重題志別

遠岫青青淡欲無，疏林一帶影模糊。玉門關外沙如雪，可有風光似此圖。

青山盡處著輕舫，雲樹依稀似建昌。衛文，建昌人。此日携家邊塞去，年年歸夢入江鄉。

六月十二夜月時將以次日赴蘭州

匆匆又西去，誰爲整行裝。回首初春日，修眉倚户傍。殷勤添食餌，檢點及衣裳。此夕憐孤影，還看明月光。

平凉新樂府

甘肅民皆貧苦，而平凉尤甚。作令三年，耳目所及，有不忍見聞者。作《平凉新樂府》四章，書座右，亦欲觸目有動也。嗚呼！司民牧者，患於疾苦之不知。知之矣，而不能爲之所，又不早自引去，徒託諸詩歌以自解免。負國負民，罪可逭乎？

平凉民，居何所，此身未死先入土。蟻穴憧憧自往來，蜂窩處處分門户。炕前列釜竈，炕後聚男女。牛羊在屋上，鷄犬在屋下。於時言言於時語，於斯歌哭於斯聚。自從子孫溯宗祖，數輩不識瓦與柱。昨聞張家莊，滂沱三日雨。崖傾墻壁崩，壓死不知數。爾民豈誠愚，嗚呼！平凉之民何太苦。

平凉民，身何衣，背上一塊花羊皮。白布三尺蔽前後，手足凍皴如裂龜。十三女兒議嫁娶，縮手窰中尚無袴。一家團坐薰馬通，但擁殘氆與敗絮。客來賣布不索直，秋量禾穀夏量麥。傾囷倒廩不敢辭，身上有衣口無食。昨聞官府出明示,嚴禁客民索重息。民愚深感縣官仁,却恐今冬賒不得。牀頭餘粟幸不饑,妻子相顧寒無衣。北風刺骨冷欲死,豈能待至夏秋時。

平涼民,耕何田,賦籍沿自明中年。民監更屯目有四,輕重相去如天淵。民田什一古所定,科則況分原與川。監田牧地賦更薄,每畝不過十餘錢。獨有更田本王府,昔日私租今作賦。屯田大半民棄餘,溝底山頭多瘠土。當時屯政隸軍官,緩急操縱猶等閑。今日司農有定額,取盈歲歲誰能删。豐年畝登禾數束,盡納官糧尚不足。聖恩浩蕩大如天,二十年間詔屢蠲。歸家感泣告妻子,依舊新糧完不起。纍纍鞭扑滿公堂,官府但道民無良。

平涼民,讀何書,師一弟子百有餘。古寺團圞高下坐,閧堂一樣聲葫蘆。讀罷依然不識字,何況通文曉大義。今年荏苒復明年,多少英才皆暴棄。就中敏者十餘人,學臣草草與衣巾。出入鄉間耀親戚,何殊威鳳與麒麟。大雅沉沉久不作,浸淫何怪民風薄。文翁蜀郡潮陽韓,誰與斯民作木鐸。柳湖高柳碧參天,壞壁殘垣冷暮烟。顧榮去後風流絕,絃誦無聲二十年。柳湖書院,建於顧太守光旭。今已圮,近始興修,未竣工也。

淺淺子紀事

平涼府之北,距城七十里。兩山夾一溝,地名淺淺子。周迴百頃餘,其中皆積水。傳聞廿年前,峽口山初圮。壅水匯深潭,幽暗不見底。是夕潭有聲,一夜吼不止。從兹長怪物,聚族居於是。每當夏雷鳴,輒有妖雲起。白氣布空中,散漫及遠邇。大雹如盤盂,小雹如桃李。高禾皆摧折,弱植亦披靡。可憐終歲勞,從灑一日涕。租税既無出,衣食更何以。去年害尤烈,人畜或傷死。至今東北鄉,十室九如洗。始余聞是言,頗疑非常理。風雷各有司,降禍豈在彼。休咎驗庶徵,感召惟人耳。令也實不德,勿徒罪神鬼。及兹訪輿論,兼復考書史。歷歷皆有徵,衆説如一軌。曰余忝民牧,此事深足耻。德化既未能,力驅安可已。作文告城隍,縷縷陳原委。首言民困窮,此日宜安敉。中言天子聖,法不容奸宄。終言神聰明,捍禦民所恃。猶恐隔幽明,或未達意旨。三日齋沐浴,六往勤拜跪。五月日初八,告祠薦牲醴。屬屬如有聞,彷彿具鞭弭。凌晨集吏民,移檄調兵士。大礮間長鎗,强弓兼毒矢。成敗逆不計,殃咎甘如醴。誓將活萬民,義不顧一己。行行至中途,父老環跪俟。請官且回車,怪物已他徙。昨宵潭有聲,聲與前相似。狂風忽大作,眯目不容視。滾滾向東南,陰若有驅使。聞言不敢信,輕騎至涯涘。四山氣若喪,一水清如泚。因令具畚鍤,聊復開山觜。十年鑿不通,頃刻流若駛。始信神有靈,民言或不詭。歸來已數月,寸衷交懼喜。聞雷心一動,望祲步履跂。今茲麥豆收,野積如櫛比。秋成知可期,微神不及此。妖患庶永除,明神長降祉。識此告吾民,毋忘春秋祀。

悼亡詩

張孺人歿五閱月矣,夜不能寐,撫今追昔,雜得七言絕句二十八首,不足云詩,聊以抒寫哀情焉已。

月影橫斜燭影昏,枕邊小語尚溫存。寧知款款春風面,已是亭亭倩女魂。初七之夜,余二鼓始歸,枕上絮語,猶問次日送迎事。

搴帷猶響步珊珊,不測風雲頃刻間。垂首欲言呼不應,牀前已隔萬重山。少頃,以胸膈不快起,如別室,行步猶如常也。返抵牀,足未上而頭忽倒,呼之已不能應矣。

定知死逸勝生勞,三十年來井臼操。百丈懸崖輕散手,竟無一語付兒曹。急呼子女婢僕至,嘔噦兩聲,氣已絕矣。

對泣牛衣累細君,豈知從宦更憂勤。步搖絛脫曾何有,腸斷橇前百衲裙。宦署二年,勤勞更甚,檢其遺衣,所著布裙補綻凡二十四處。

當年走筆賦催粧,玉樹交花四十章。一幅紅綾幻春夢,忍言蓮子是同房。親迎之夕,余草催粧詩四十首,以紅綾書之。孺人既歸,粘於壁上,數月爲人竊去,其稿遂亡。然孺人猶記憶數首,"怪道昨宵人報喜,拆開蓮子是同房",常所誦句也。

畫眉初見尚含羞，我亦從容賦好逑。永夕清談過一月，爐香茗椀
儘風流。歸時余與孺人年皆十七，清談累夜，語不及私。一月之後，始定情焉。

如水交情久始知，每於別後苦相思。閉門三日流紅泪，惆悵秦嘉
上計時。戊子，①余計偕北上，孺人閉門哭三日，目盡腫。然余在家時，孺人遠嫌別微，即
枕席間未嘗有燕昵之色也。

翦刀聲間讀書聲，瘦影雙雙對短檠。一領羅衾寒擁背，蕭蕭風雪
過殘更。余讀恒過夜半，孺人必以女紅相伴。己丑，②隨侍高陽署中，北地苦寒，風雪之
夜，冷不能寐，每擁背爲暖。

典盡衣釵爲苦翁，從茲荊布伴梁鴻。蛾眉淡掃秋波炯，林下風姿
更不同。先大夫高陽官累，孺人盡出嫁時衣飾，典質足之。自是遂荊布終身矣。

傳來惡耗忽紛紜，目極滇南萬里雲。辛苦長沙驚再見，香肌瘦盡
爲夫君。癸巳，③余在滇，遭先大夫之變。時孺人寓長沙，有傳余以毁致疾者，孺人日夜
驚憂，遍泣神佛，願以身代。體素豐，至是減其半。余歸，驚若不相識也。

針神巧處奪天工，衣食都由十指中。怪有金錢賽神佛，夜來新綉
牡丹紅。性敏巧，所作女紅皆速而工，寓居長沙，兒女衣履及喪服皆以十指易之，綉牡丹
諸花於尺幅上，爲裙鏡袖頭一宿而成，晨以易錢市牲醴，爲余歸酬神。

十年故里作經師，無米重煩巧婦炊。獨向空房搜盡篋，不教仰屋
亂文思。余家居十數年，授徒爲活。眷口浩繁，薪米恒不給。孺人黽勉有無，或典或貸，
不使余知也。

高堂永日奉晨昏，小叔諸姑亦有恩。四壁蕭然三十口，可憐健婦
獨當門。上侍慈姑，下撫小郎小姑，皆有恩意。

三年宦迹黃河外，迴首鄉園奈遠何。債客狰獰兒女餓，至今枕席
泪痕多。乙巳，④余筮仕中衛，地瘠途長，不能稍爲家中潤新逋舊。欠索者紛起，孺人彌
持補苴，惡聲盈耳。枕席之上，泪痕常濕也。

婚嫁何時畢向平，芳心幾度苦經營。柳枝遣去黃金盡，手挈兒童

---

① 戊子：乾隆三十三年（1768）。
② 己丑：乾隆三十四年（1769）。
③ 癸巳：乾隆三十八年（1773）。
④ 乙巳：乾隆五十年（1785）。

萬里行。丁未,①余在靖遠。孺人以所寄金嫁小姑與長女,又爲式兒畢婚,心力竭矣。家僅一婢,鬻爲行資,遂提携幼弱,踉蹡西來。

秦閩相隔萬山多,苦憶雙親髮已皤。今日老人翻哭汝,九原遺恨更如何。抵署後,每念及外舅外姑,不置語及之,輒流泪。

左家嬌女牽衣日,灑泪登車不忍聞。此别誰知成永訣,年年望斷隴頭雲。孺人爲余言,來時長女歸林氏,相對痛哭,勸不能已。此後恐不復再相見也。今果然矣。

男號女哭汝應知,更有嬌啼七歲兒。坐既無聊眠又早,最難過處上燈時。

紫鳳天吴倒玉機,針頭綫尾尚依稀。即今刀尺空盈几,誰爲兒郎補故衣。寸絲尺布,皆謹藏之。兒女雖長,未嘗製一新帛爲衣,補綴縫紉,署中二年,無一日閑也。

紗牕日永睡遲遲,憶得扶牀却立時。此後鰥魚長不寐,有誰半夜慰相思。余或宴起,孺人必屏立牀前,潛伺動定。

秋風日日憶尊鱸,爲勸加餐自入厨。芍藥調成藜藿飽,如今更有爾肴無。遠宦時思鄉味,孺人每飯必手治肴膳,雖蔬菜皆可於口,其餘或及,賓客無不甘之。

街鼓帷燈語斷腸,夜深猶自讀琅琅。晴牕此日重開卷,不料新詩是悼亡。去歲臘月,忽索余詩,因録稿中爲孺人作者凡十一首,爲一通付之,孺人每夜朗誦,而固原所寄詩云:"帷燈影映如鉤月,街鼓聲催欲曙天。"尤吟諷不去口。

一燈兒女話深宵,泪眼相看恨不消。巷柝無聲香欲燼,總帷風暗影蕭蕭。

海上神山路渺茫,人間難覓返魂香。祇從夢裏尋消息,其奈昏昏睡不長。

香車拂日影趁趡,記得來時六月三。今日一帆歸去也,萬條繩束木皮函。

---

① 丁未:乾隆五十二年(1787)。

重泉先去侍翁姑，不念衙齋客夢孤。萬樹松杉江外路，殯宮長傍石倉湖。先大夫墓在馬頭江之西、石倉湖之東，孺人歸柩令其權厝於此。

宦海風波早見機，聲聲夢裏喚當歸。一官鷄肋吾猶戀，鑄錯真慚小草非。孺人常謂余曰："儂本不思來，恐君宦興濃。"欲勸之早歸耳，夢中未嘗忘斯語也。

洞房粉黛吾何忍，禪榻茶烟了此生。隴水東流無盡日，九原長聽斷腸聲。

彈筝峽遇大風雨

炎曦赫赫行當空，鬱蒸萬里天無風。西行況復對夕照，何異厝火車中烘。驕陽亢極勢將變，一朵烏雲起西面。沉沉雨氣半遮山，隱隱輕雷送飛電。彈筝峽裏水聲急，怪石嵯岈作人立。青天一綫忽蒼茫，對面昏昏人不識。驚風捲地飛黃埃，霹靂一聲山欲摧。傾盆瀉水雨如注，倒挽黃河天上來。側身急入戍樓裏，却顧衣裳如潑水。一燈主僕坐相看，汩汩更餘猶不止。須臾雨歇忽雲開，點點星光照草萊。驅車徑向瓦亭宿，猶聞壑底聲如雷。夜寒坐擁雙重被，反手炎涼竟若此。世間萬事亦何常，冷且勿憂暖勿喜。

過六盤山紀事

六盤昨夜雷雨作，山東飛雨山西雹。天公豈獨甚西民，剗盡田禾一何虐。青者胡麻黃者麥，蕎麥花開紅間白。可憐昨日異今朝，敗穗殘花滿阡陌。夏禾已熟不到口，秋禾尚弱更何有。男啼女哭向田中，不望蒼天望父母。長官清晨巡所部，走馬田間相勞苦。回衙泣草告災書，八羽星飛達大府。

抵隆德某明府以近作聞雷詩見示喜而賦贈

把卷讀君詩，掩卷識君心。君詩非苟作，憂民一何深。秦西紛仕宦，能者多如林。放衙值長晝，炎暑方銷金。科頭踞長簟，廣廈森陰陰。開筵會賓客，瓜李相浮沈。美僮羅四五，嫋嫋絲竹音。爲歡不知極,猶憂暑氣侵。聞雷喜相顧,得雨清煩襟。寧知閭閻下,日夕望氛祲。殷殷微作響,惴惴如不禁。君詩偶然耳,流露出悃忱。想見衙齋裏,憂樂日相尋。

昨宵宿瓦亭,驚聞冰雹起。今晨下六盤,蒿目田禾死。頗憂隆城民,俯仰將何以。及茲讀君詩,翻變愁爲喜。堯湯遭水旱,碌碌況下士。天數未可知,人事有常理。民愚若嬰孩,活之在吾子。子心不在民,豐年焉足紀。子心苟在民,凶歲亦可恃。所以大聖人,筆削春秋史。不雨與有年,兩書各有指。豐凶不在天,轉移惟一己。但願存此心,慎終如其始。

静寧上峽口

河流隨峽轉,山路入雲紆。細雨斜風裏,何殊棧道圖。

界石鋪至青家驛

亂山不可名,起伏皆一狀。衆水各分流,東西無定向。水性悍而爭,山勢頹然放。崩騰岸屢遷,凹凸歲殊相。零落無完衣,分裂如破盎。懸崖通一綫,車馬苦相傍。改轍權所宜,繞道善於讓。彎環往如復,深入進益上。盤盤蟻穿珠,縮縮蝨緣繢。吁嗟寒陵關,永日常在望。青家驛,古名寒陵關。

巉口十里遇雨

白雲漠漠雨蕭蕭,勒馬徐吟過小橋。衣履未妨都濕盡,愛看山瀑似春潮。衆水爭流赴壑,浪花似雪,聲響如雷,亦奇觀也。

雨宿鉼鉤驛

炊烟雨氣兩濛濛,垂首低吟矮屋中。記得雙騣亭上坐,隔花人語隔簾風。

題王騰夫羅浮采藥圖

羅浮之山高接天,風雨離合如雲烟。飛來何日還飛去,海上遲留千百年。靈芝三秀光灼灼,蝴蝶五色飛翩翩。持籃采藥者誰子,人言往往多神仙。騰夫王子生浙右,壯志游盡名山川。十年飢走嶺海去,一夏飽噉荔枝眠。曾在山中住信宿,山鳥山花皆有緣。閑憑尺幅寫邱壑,更弄毫楮題長篇。君今携家平凉住,掉頭南望路八千。有時相憶一開卷,足不能到心留連。我思過眼即陳迹,一切妄想皆須捐。君家蘭亭禹穴側,千巖萬壑秀連娟。故鄉咫尺不得去,何况遠在南海邊。人生容易凋朱顏,快意所貴在眼前。請與君游崆峒山,來遠門外草芊芊。金鞍玉勒垂絲鞭,風吹飛翠落平田。天橋流水聲潺潺,道宫宏敞晝掩關。群峰縹渺天際懸,烟梳雨櫛堆雲鬟。乘風軒舉勢欲騫,丹梯百尺窮躋攀。錦屏燦爛霜林殷,北臺之勝幽更妍。雙橋裊裊雲相聯,蒼松萬樹枝蹁躚。奇石笏立苔文斑,疏林徐吐月灣環。人聲不聞如入禪……①玄鶴拍拍空中旋,乘之徑上香山巔。科頭散髮衣不船,開懷笑倩天風扇。手攀帝座窺星躔,足踏華岳三峰蓮。百壺進酒如流泉,高歌拍手醉欲顛。偃卧松下樂陶然,何必驂鸞駕雲軿。不死之藥徒浪傳,抽配離坎煉丹鉛。槁死空山真可憐,即曰有之未爲賢。傴僂金闕列仙班,亦有官職身拘牽。其苦何異在世間,此圖雖好姑舍旃。

鮃鉤驛阻雨寄懷小范家兄

處處飛流涌急湍,昏昏破驛駐征鞍。愁人先覺秋風至,旅夢重驚夜雨寒。壞壁題詩還自讀,孤燈對酒與誰歡。天涯兄弟垂垂老,白髮休從鏡裏看。

---

① 似缺一句。

寄示諸兒女

長簟空房涕泪新，無端策馬又風塵。年來愈覺功名淡，老去方知兒女親。唧唧蟲聲喧到枕，幢幢燈影冷依人。滿天風雨荒山路，不爲悲秋亦愴神。

集放翁句

幽澗泉鳴夜未央，篆盤重點已殘香。喚回四十三年夢，泉路憑誰說斷腸。<small>張孺人與余同年，亡時適四十三歲。</small>

樓上誰家弄玉簫，昏燈照幔夢無聊。年來妄念消除盡，惟有詩情似灞橋。

集香山句

悠悠生死別經年，舊事思量在眼前。霜草蒼蒼蟲切切，孤燈挑盡未成眠。

別有傷心事豈知，少年爲戲老成悲。牀帷半故簾旌斷，盡日無人屬阿誰。

雨後

積雨連三日，秋雲尚作陰。山頭白瀲瀲，山脚碧沉沉。

山雞

山雞毛羽好，何事不高飛。此地稻粱少，故鄉烟水肥。遲遲寧有意，踽踽欲奚依。見説山中侶，年年望汝歸。

出蘭州

經旬事走趨，勞勞歷昏曉。跼蹐轅下駒，憔悴籠中鳥。今晨一軒眉，揮鞭指林杪。回顧東郭門，迥與紅塵杳。蘭山高插天，雲際青縹缈。谿壑聲瑽琤，田園綠繚繞。漸喜一身輕，方覺雙眸瞭。車中手一卷，吟聲徹四表。行人疑卻立，我馬屢驚擾。故園不得歸，此事終未了。途路暫偷閑，數日勿嫌少。譬如終歲飢，猶得一餐飽。

抵署

出外已月餘，抵家亦可喜。我馬不停蹄，我車如流水。歸來入空房，流塵積牕几。牀帷半低垂，猶疑臥未起。兒女前問訊，強笑中含涕。徘徊庭戶間，出入皆非是。昔日歸何如，今日歸若此。

七夕用王騰夫韵

無計却情魔，秋風奈汝何。殘燈孤影瘦，急雨五更多。幽夢雲無路，重泉水不波。年年猶一會，寧忍怨天河。

中秋

空庭人語寂，草木有秋聲。忽見階前月，還如去歲明。

送黃廉標表弟回閩兼柬令侄惟占

少小事吾母，膝下但兒嬉。荏苒不自力，歲月忽如馳。壯大知愛日，桑榆景已遲。徒懷寸草心，竟抱無窮悲。哀哀白貢烏，啞啞枝上啼。繞樹日三匝，四顧將焉依。外家伯叔舅，零落存者稀。群從六七人，晨夕尚不違。非惟篤戚誼，亦以慰所思。栩捲不忍釋，況吾母家兒。一官走萬里，五載困邊陲。尺書常不達，舊事如鴻泥。潭潭清廉里，往往夢見之。<small>舅家聚族居此。</small>虎山高崒兀，龍江波渺瀰。<small>五虎山、烏龍江，皆在清廉里。</small>猶似母歸寧，襆被行追隨。桑麻鬱畦畛，花柳搖門扉。斑白出執手，童稚環牽衣。設席羅肴酒，各各前致辭。孤枕忽夢覺，涕淚空交頤。掉首望南天，白雲閑自飛。鄉音不可聞，此意當告誰。子從何處來，徒步足胼胝。草衣叩署門，閽人驚且疑。昔別年尚幼，今壯我已衰。坐定問諸昆，大半傷蘭萎。衣闌陳往事，歡笑兼涕洟。

又聞諸舅宅，池榭皆凌夷。吾母昔游處，蕩然無復遺。豈獨音容渺，且復風景非。俯仰十年間，不圖竟至斯。月餘思輾轉，念子當行歸。懷新復款舊，屢屢緩其期。子歸安所分，執業勿嫌卑。祖宗有良謀，努力勤播畜。天風秔稻熟，沙雨薯芋肥。團圞樂妻子，何必游天涯。爲我問阿咸，不見又數期。三代柩在野，骨冷寒風吹。貧人尚不忍，汝家有餘貲。選日急卜兆，勿爲識者嗤。仲氏入泮水，學業今何其。幼者尤敏懇，慎擇良友師。又當收宗族，恤其寒與飢。松柏有本根，亦賴葉與枝。和氣積薰蒸，一家樂怡怡。吾年過四十，棧豆寧久羈。行當投劾去，與汝同持卮。藹藹凝翠樓，其間結茅茨。樓匾爲朱文公手書，蓋避僞禁時所寓，今爲余外祖墓舍。田園有真趣，山水含清姿。還應數來往，如吾母在時。

喜聞張生紹學領解作示邱范諸子

牓頭乍見姓名新，百有餘年又一人。順治間，梁太史領解，至此繼起。涇水峒山如有待，青燈黃卷豈無因。老夫不爲科名喜，此地還期學術醇。寄語諸君須努力，柳湖今日已逢春。時方興修柳湖書院。

抵崇信縣署

小邑百餘家，孤城落照斜。萬山橫翠嶂，一水漾紅沙。古屋蟬吟樹，空庭鵲報衙。吾來何太晚，不見錦屏花。署枕錦屏山，以春夏間花草最盛，故名。

丹青遺廟古，猶說武康王。唐李元諒爲隴右節度，始建鎮城，故宮猶在。楊柳新墟落。國朝武君全文令此，教民灘上盡植楊柳，謂之新柳灘。雲烟古戰場。居民餘二里。前明編户五里，兵革後僅存二里。老木尚千章。撫字慚無術，休言五日忙。時余兼攝縣篆。

崇信歸途遇大風雪

昨朝雨，今朝雪，拽兵原上行人絕。朔風打面勁如鐵，冰骨稜稜割膚裂。馬行十步九回頭，金鞭敲斷手指折。季秋九月已如此，此去深冬更何似。輕裘暖帽尚苦寒,吾民何況衣裳單。破窑颼颼風雪裏,一領殘氈擁妻子。嗚呼!既無杜陵廣廈千萬間,庇汝寒士盡歡顏。又無香山刀尺製大裘,在郡五考覆杭州。三載徒稱民父母,暖衣飽食真無補。行將自劾返耕桑,同汝飢寒同汝苦。

重陽和小范家兄韵

遠宦驚心佳節過,三逢重九古涇陽。已拚秋老人同老,漸覺宵長睡不長。白髮來時休對鏡,黃花多處且持觴。登高忽見南飛雁,萬里雲山是故鄉。

菊 花

菊花格本高,獨立有幽意。近者極人工,翦縛出姿媚。譬如遺世士,屈曲就俗累。衆目苟相悅,天真已憔悴。齋前種數本,逼側不得地。枝瘦影橫斜,蕊多花薈蔚。色淡香亦稀,盡日無人至。我獨數徘徊,對此心爲醉。所喜全其天,豈獨知希貴。

次韵答華亭明府張鶴泉見寄之作

作詩不量力,縱筆隨所撞。古人奮追逐,氣竭心未降。譬如泰山壓,猶欲九鼎扛。思路魚銜鉤,吟聲風戰膙。今茲遇强敵,得無心神慺。衣冠萃文物,濟濟鄒魯邦。豈比守孤陋,但喜空谷跫。楚咻易齊語,從此言毋哤。

鶴泉再柬用昌黎贈崔立之韵次韵奉酬

君好學如孔圉敏,萬卷群書讀之盡。新絲自織黃金梭,古調獨彈白玉軫。官貧徹骨句更工,年老深心法尤緊。風雲陣上起龍蛇,樓閣空中幻蛟蜃。我才不足强吟哦,如鳴蒼蠅竅蚯蚓。相皮不畏俗人譏,法眼獨虞識者哂。君猶不棄許唱酬,鹽媢倩妝倚邢尹。但知捧心西子美,豈料學步邯鄲窘。新詩峻險更難攻,屹屹長城列萬盾。衝堅未得虎蒙皮，㪍駕還憂馬絶紖。神龍夭矯雲與飛，跛鼈彳亍天所膥。強相追逐比孟韓，氣竭汗流徒自閔。乃知君才本天授，相去何啻尺與引。惜君早不登金閨，簪筆螭頭森立筍。一官邊塞困風塵，物色誰能略牝牡。此錯真鑄六州鐵，厥名空說三邦篾。呼牛呼馬亦不辭，低首下心惟強忍。即今衣冠掛神武，<small>時鶴泉將引疾歸。</small>半世浮名如朝菌。赴壑油油大海鱗，脫韝泄泄秋天隼。甘苦况與妻子共，作息長安耕鑿蠢。餘年儘可樂山水，苦思不必勞心腎。生徒濟濟盛衣冠，子弟振振納繩準。<small>君歸，仍以授徒教子爲業。</small>無憂漸覺此身安，得意惟虞厥問殞。願君爲學先性情，狹隘要當化畦畛。吾徒何必作公卿，千古高人名不泯。

良 玉

良玉不易沽，美女不易嫁。遲遲非苟難，常恐識者寡。卞和泣荆山，始悔獻闕下。文君吟白頭，何不守新寡。惜哉不自重，豈獨減聲價。天心久可信，吾道直難假。存亡鄭人鹿，得失塞翁馬。守正以俟時，莫問悠悠者。

送別小范大兄北上

四十年來弟與兄，一番離別一番情。青山到處都爲客，白髮相看已半生。此後對牀復何日，於今匹馬又長征。隴頭流水添鳴咽，夢裏猶疑風雨聲。

一肩行李伴征鞍，此去誰能特眼看。世味廿年深閱歷，宦途今日益艱難。好將清白承先訓，莫以材能結上官。願得貧窮博長健，年年只索報平安。

小范大兄行有日矣追憶四十年盛衰聚散之感不禁憮然重作五言長句一百韻志吾兩人行蹤幷示子侄令其無忘艱難也

吾母晚得兄，幼弱兼多疾。朝夕相抱持，九歲猶在膝。吾年正肩隨，時復爭棗栗。跬步必追尋，怒罵還相悦。兄性慤且敦，余懷坦而率。有如蟨巨虚,得得相依活。隆慮初趨庭,其歲在甲戌。① 夜眠冷共被,晝讀喧同室。游山并馬行,見客易衣出。三載赴緜城,學文始弄筆。韓蘇各專家,萬卷書羅列。先君以韓、蘇二集,分授吾兄弟,時又得彭方伯家書數萬卷。天資異所禀,稍稍分甲乙。吾父性方嚴,督責明賞罰。吾母獨見憐,時時緩頰説。寒牕一燈青,夜雨聽蕭瑟。咿唔至三更,涕泣相匡弼。至今一回首,夢寐猶恍惚。壬午兄南旋,②間關咏車舝。送別至河干,望望烏帽没。男兒志四方,所望爲英傑。呢呢兒女情,意氣固不屑。兄來余復歸,聚首僅旬月。臨岐雖黯然,中懷不抑鬱。吾父嗣引退,盡室返蓬蓽。祖母健在堂,諸孫袂如掇。闔家五十口,團圞無一缺。野有田可耕,架有書可閲。入闈奉甘旨,出舍攻簡畢。晨夕不解愁,歡樂真無匹。及余倖成名,隨父趨北闕。兄留奉慈闈,在家理一切。維時兩高堂,步履安章靺。裘馬自輕肥,舟車何飄忽。豈謂數年間,歲月去如瞥。當兄來高陽,勢已今昔别。崦嵫愁暮景,隱忍就微秩。余時赴春官,南北各分轍。揮手縣東門,惆悵心如割。後事未可知,豈獨悲分訣。湘南兄得官,薊北余釋褐。盛衰如轉環,樂極生悲怛。其年父遷官,迢迢在天末。官逋纍纍積,破產不得脱。衣從質庫典,水向監河乞。奔走一年餘,匆匆事始訖。黔山高嵯峨,滇水流物潏。下車月三圓,大故起倉卒。伶仃一身孤,慟哭萬事歇。天南萬餘里,誰復念存殁。兄時在瀘溪,百口共飢渴。瘡剜心頭肉,泪盡眼中血。進退羝觸藩,哀苦駝鳴圌。長沙驚再見,執手肝腸裂。老母髪星星,幼弟影孑孑。風雨泣沅湘,雲山隔閩越。暫停在車殯,遂託沿門鉢。崎嶇歷山川,忍痛還墨経。常迴阮籍車,幾敝張儀舌。拮据歸里門,艱難葬遺骨。自兹十年後,聚散更難悉。踵穿東郭履,衣敝西華葛。急難感鶺鴒,參差悲燕鳦。慈闈中見背,出入重銜恤。萬苦與千辛,往事寧堪述。今兹來邊鄙,一官守樸拙。高閣束詩書,

---

① 甲戌:乾隆十九年(1754)。
② 壬午:乾隆二十七年(1762)。

俯首讀法律。間閻似水冷,冠蓋如雲密。蒿目亦多端,點金真乏術。行當見黜三,自問不堪七。兄來已五載,左右相提挈。當務判紛紜,臨機佐勇決。豈惟護食眠,猶復規得失。倡和歐亭詩,摩抄崆峒碣。紀園花下酒,柳院春前雪。相將期白首,不解如膠漆。云何宦意濃,頓使中情奪。繫維不能留,車膏馬已秣。功名等浮雲,識者猶一哂。人生惟五倫,不容我曠達。嗟余命獨蹇,樂事不得一。高堂悲風木,定省望永絕。弟妹遠在家,良朋書契闊。瑤琴絃忽斷,長簟牀空設。相顧惟有兄,兄去一何恝。獨餘小兒女,日夜啼聲聒。顧影還自憐,憂懷與誰泄。況今非少壯,頭禿齒俱豁。縱使百年身,能復幾番別。東西與南北,君命不可必。大海泛浮萍,相逢更何日。兄性復堅剛,小官寧易屈。可憐董項强,竟作陶腰折。笑罵總由人,飢寒誰汝邮。懸知雙松下,日作書空咄。臨行進杯酒,欲語悲還咽。心緒亂千條,愁腸挽百結。願兄保玉體,相期在黃髮。路險心自平,官卑道不詘。養性尚冲和,守身惟靜潔。不寐念先人,寸衷耿難滅。

小范北上寄懷到三八弟疊前送別韻

昔日東齋好弟兄,天涯悵望不勝情。公車久已饑方朔,廷尉誰能薦賈生。終歲懷人頻北顧,何時策蹇復西征。烏蘭別淚衣猶濕,忍聽驪歌又一聲。_{東齋之建,余與小范、到三,倡和極多。到三在靖遠,以奔喪歸里。服闋,遂入都門。今小范復去矣。}

津門來往據吟鞍,回首鄉園掩袂看。_{到三下第後,旅食天津,爲來歲春闈之計。}百口飢寒誰汝邮,諸昆奔走告人難。背城未可羞三北,捧檄還期得一官。頭白慈親穿眼望,八千里外祝平安。

張同溪示所作都中見懷詩次韻奉答

人生如飄蓬,聚散良非偶。留君一月餘,別君兩載後。君詩誠有志,落落喜自負。錯落衆星間,巍然建枓斗。推許謬及余,展誦顏爲厚。蹉跎年半百,放浪詩千首。對此蛊蛊民,常慚若若綬。顧惟念先人，不敢隳所守。文章不足言，德業更何有。宦情薄似紗，歸興濃於酒。未知三兩年，得遂初心否。回思少壯日，意氣消八九。湖海富烟波，淺涸成清瀏。千秋君努力，太息吾衰久。

送別張遜甫公車北上

平涼立邑數千年，在明獨有趙浚谷。當時七子盛稱才，我意嗛嗛尚不足。崆峒山水天下絕，毋乃英靈猶蘊蓄。下車三載苦搜求，沙裏淘金璞剖玉。張生卓卓漢中來，一飛遂舉冲天鵠。兒童奔走驚相告，昔日等夷皆俯服。即今雨雪赴公車，行李蕭條隨一僕。飛黃騰踏去萬里，親朋各舉離觴祝。臨岐我忽有所思，執手丁寧話衷曲。娛親老景誠足喜，得第少年未爲福。吾徒讀書自有真，在虛其心實其腹。潼關東去黃河奔，太行恒山高矗矗。幽燕莽莽攬形勝，今古茫茫弔遺躅。京師人才萃淵藪，長袖高冠接華轂。右文況復際聖明，四庫琳琅富籤軸。尚論古人友天下，先治身心次風俗。國家養士百餘年，報國豈徒糜爵祿。買臣衣錦不足言，枚馬嚴徐亦碌碌。要將憂樂同斯民，勿以文章耀衆目。君懷此意慎勉旃，四海方知此邦穀。

送張同溪還中衛疊前韵

功名不足矜，一第亦爲偶。如君志與行，豈在古人後。經綸未可期，學養覘所負。譬如海與江，其器非筲斗。天意若有在，君恩亦已厚。今茲返故鄉，以德化黔首。轉移有微權，不必挾印綬。先當本孝弟，次亦嚴操守。家庭共好惡，鄰里通無有。聚徒攻經書，放懷及詩酒。試問一鄉人，觀感興焉否。大河南與北，丕變十有九。還將洙泗斷，易彼溱洧瀏。鳴沙諸父老，望君歸已久。

涇州重別小范家兄

君隨涇水去，我趁月光歸。浩蕩真無極，團圞或庶幾。樽前愁自語，夢裏暫相依。莫負雙鬟約，他年早拂衣。

澹静齋詩鈔卷之六

庚戌以後草①

新歲吟次江左許更齋韵

萬年天子壽無疆，五色雲開瑞日光。玉殿朝正皇斂福，靈臺觀物史書祥。太和保合乾元健，明德升聞至治香。豈獨華封人獻祝，謳歌今已遍殊方。是歲，恭逢皇上八旬萬壽之慶。

鳳詔已頒塞下春，天西氣象一番新。三年德藝賓君子，萬井桑麻樂野人。大酺賜租猶漢制，始和布令亦周因。小臣宣化憂無術，章服煌煌愧此身。時以元旦頒行恩詔。

綰綬臨民已七年，年年翹首望南天。風雲未得乘時去，松菊還應待我還。城角高山猶戴雪，隴頭新柳又含烟。瑤琴不鼓將經歲，懶慢無心再上絃。

時光鼎鼎百年中，得喪都應付太空。舊事風如吹馬耳，新詩境欲闢鹽叢。憑誰定我千秋業，漫說文爲一代雄。太息交游半飄泊，伯勞飛燕各西東。

近得天台戴石屏，暮年蕭瑟筆猶靈。依人作計心終苦，更齋時在秦郡伯幕中。慰我離群眼倍青。篋裏詩篇何草草，樽前鬢髮已星星。不須邊塞悲淪落，會見天鷄下闕庭。更齋以事遠戍，在甘十八年矣。

---

① 庚戌：乾隆五十五年(1790)。

正月六日安國鎮道中

積雪半遮山，殘冰猶在地。旭日射車牕，盎然有暖意。柳芽苞欲放，草色淡如睡。青葱未可言，各各含生氣。因思前夜冷，縮脚不成寐。相去未經旬，寒暄何太異。物極勢必反，陽開本陰閟。至此見天心，因之悟人事。今兹看長養，暘暘群生遂。寄語苦寒人，慎勿怨憔悴。

燈夜過訪張鶴泉承惠新詩次韵賦謝

良宵聊自遣，信馬趁燈多。明月懸歸路，幽人想寱歌。相思門可款，久坐夜如何。逸興翻飛動，頻將凍筆呵。

兩詩翻水就，萬象逐春回。乙乙清思出，沉沉異境開。風塵雙鬢老，詞賦一家才。<small>鶴泉次君亦能詩。</small>莫漫愁岑寂，明宵倘復來。

王母山次張鶴泉韵<small>漢之回中宮也。</small>

西望瑶池萬里長，周家八駿亦奔忙。白雲久已歌王母，青鳥何緣會武皇。別殿春風曾貯月，茂陵秋草幾經霜。翠華想像回中道，浪說仙人不死方。

鶴泉寓居東郭聞隔壁書聲喜而作詩見示推功於余愧何敢當今蓉莊太守留鶴泉主柳湖書院文教之興此其徵乎次韵奉柬

窮經將致用，不學猶面壁。作令化斯民，豈徒恃法律。菁莪沐雅化，矧際作人日。禮堂文化蜀，善教卓在密。此地况多才，濟濟古都邑。惜哉未得師，如髮亂不櫛。忠信必有人，我敢薄十室。旁搜聚俊乂，永日課簡畢。授法略舉凡，治標先去疾。精微未暇語，教誨亦多術。所賴石徂徠，肯爲希文出。破其蟋蟀鳴，奏以清廟瑟。白駒永縶維，勿便返衡華。<small>時鶴泉引疾將歸。</small>

張犖倩少君以詩乞水仙花次韻柬贈

冷署幽葩欲破春，生來原不雜風塵。高標落落清無侶，疏影離離瘦有神。一曲琴心滄海上，十年魂夢楚江濱。從今相見張公子，配食寒泉莫厭貧。

疊前韻答鶴泉代其令嗣謝水仙花之作

小園花意各爭春，玉立嫣然獨出塵。微步凌波洛浦女，輕肌映雪藐姑神。馨馨蘭茝思公子，采采蒹葭溯水濱。標格固應同汝老，清泉白石未爲貧。

王騰夫以新開水仙花見惠疊前韻賦謝

邊城贈我一枝春，洗却名場十斛塵。不異素心人共語，頓教詩筆老能神。優曇似覺來天上，杜若何須問水濱。相對瓊瑤真暴富，萊蕪休説范丹貧。

鶴泉復有詩來意欲此花作詩拒之疊前韻

空中色相鏡中春，素質遙看不染塵。生自蕭齋猶蘊藉，移來冰署更精神。充帷我已羅堂下，解佩君休慕漢濱。豈似楊花隨處落，縞衣長守冷官貧。

鶴泉和章謂獨處之際此花正宜留伴清幽時値張孺人周忌也閲之悵然有作疊前韻

花落花開又一春，匆匆過眼隙中塵。忘情未達莊生命，感物徒傷奉倩神。寂寂孤雲倚隴首，萋萋芳草遍河濱。寒泉一掬爲清供，回首當年共食貧。

二月十七日試士鶴泉用東坡飲清虚堂韻長句見贈依韻賦答

選俊艱如金揀沙，投卷紛如蜂鬧衙。敢言十室無好學，但恐五色迷眼花。崆峒奇秀甲天下，鍾靈豈乏文章家。惜哉師承久斷絕，後生秉筆輕塗鴉。先民矩矱久不講，何論易法與詩葩。有時佳句得一二，癢處似倩麻姑爬。餘甘未回味已變，不異濁水煎清茶。沉埋美質真足惜，無門可入鞭誰撾。今聞先生主講席，鶴泉今延主柳湖書院。風之變也期咄嗟。陶鎔萬類入鑪冶，會見文采蒸雲霞。

周魯瞻昆仲入都廷試許更齋作彎三二韵詩送之蓋祝其速仕也然讀書養親魯瞻志也余知之久者因次韵別作二首贈別①

堂堂二陸出雲間，一日文名震帝關。莫便疏狂多眼白，須知謠諑爲眉彎。陳詞宣室應前席，回首崆峒是故山。聞道蘭陔無小草，知君心不慕朝班。

秘室遺文好共探，浩如雲海擁烟嵐。寫官已總群書七，鼓篋寧言肄業三。行李蕭條圖史富，殘膏沾溉筆花酣。老夫亦欲分餘潤，佇望歸裝載兩驂。平涼苦無藏書，魯瞻將入都求之，并爲余代購數種。

寄酬同年李劍溪太史疊前送小范家兄韵

海內論文幾弟兄，尺書款款見深情。相看落魄成何事，半爲虛名誤此生。君似馮公悲白首，我如潘令悔西征。七年幽谷無人問，苦憶丁丁伐木聲。

衝途日日據征鞍，猶抱遺編馬上看。敢謂微軀勞鞅掌，須知吾道本艱難。生天未得歸兜率，説法何妨現宰官。寄語故人休念我，此身到處總相安。

劍溪復有詩來備述近況蓋苦貧也再疊前韵慰之

曲江春宴弟同兄，廿載浮沉見世情。出谷空吟求友句，入關誰識棄繻生。近聞棫樸興多士，會見茅茹慶彙征。碌碌風塵邊外吏，可能

---

① 詩題原無，據詩序擬。

和汝應同聲。

春明入直上吟鞍，一帶西山拄笏看。語必驚人猶未貴，貧能樂道乃爲難。曾聞獻納須端士，莫謂頭銜是冷官。陛楯侏儒終日飽，何如方朔在長安。

春草用袁簡齋韵同張鶴泉許更齋作

郊原雨歇綠初肥，羃歷晴烟送晚暉。南浦傷心人乍去，高樓望遠泪頻揮。迷雲夢短梨花落，貼地風香燕子飛。萬里天涯春一色，何時緩緩踏青歸。

題松厓吳丈看花圖

蒼松夭矯竹檀欒，亦有閑情看牡丹。富貴無常花易歇，不如時在畫中看。

十年歸隱卧烟霞，咫尺洮陽尚憶家。何似閩人作秦吏，八千里外夢梅花。閩不產牡丹，而梅花特盛。

題張孺人畫像

傳摹經數手，畢竟非邪是。指點各紛紛，佇立空凝睇。相似已傷心，何況不相似。嗚呼百年人，換此一張紙。

劉家井至打喇池道中

茸茸細草軟如茵，曾逐香車碾後塵。好似西州門畔路，一回過處一傷神。丁未六月，①由靖遠赴平涼，與張孺人同過此。

屈吳山下日斜曛，父老猶迎舊使君。爭向車中望顏色，那知白髮已紛紛。

題晉鹿畫扇

釣艇坐秋風，日夕烟波裏。他處豈無魚，不如儂故里。

---

① 丁未：乾隆五十二年(1787)。

落葉辭故枝，隨風將何之。不如山上草，榮枯長在茲。

留別平涼士民

去此已年餘，匆匆又駐車。道旁諸父老，相對尚欷歔。日落鴻聲急，秋高木葉疏。關心問生計，臨別更踟躕。

三年稱臥理，上下淡相安。歲稔庭無事，民和吏不殘。即看情繾綣，益覺別艱難。山色崆峒好，回頭馬上看。

鴻門阪

拔山蓋世氣如虹，眼底何曾有沛公。此日能爲樊噲屈，重瞳真不愧英雄。

鴻門重題

沛公酒色徒，碌碌何足忌。五載得天下，僥倖乃天意。庸人論成敗，爭謂亞父智。天心不祚楚，殺人其可覬。淮陰善將兵，曲逆多奇計。惜哉多楚才，乃爲漢所致。宰相不薦賢，焉用股肱寄。亞父本庸流，項王實大器。蹭蹬竟無成，古今爲隕泪。

新 豐

五年奔走各西東，忍以杯羹棄若翁。百戰功成天下養，家家雞犬識新豐。

驪山雜咏

舉火峰連賜浴池，前聞褒姒後楊妃。佳人兩度傾人國，猶有青山學畫眉。

綉嶺東西草自秋，温泉終古水長流。繚垣一帶無殘堵，何處宮人走馬樓。

文瑤密石甃中央，供奉新開十六湯。一朵玉蓮浴妃子，山花猶帶瑞龍香。

朝元閣上奏霓裳,賀李琵琶各擅場。一自鈴聲聞蜀道,滿山松柏盡淒涼。

空餘剩粉與遺脂,好事徒增吊古悲。老我無心問花草,獨騎瘦馬認殘碑。

華陰嶽廟望華山

華山如削成,三峰孤更絕。矗矗鑱天青,軒軒闢地出。的的萬丈蓮,森森千柄笏。輝輝頳仙掌,稜稜聳傲骨。其形直以方,其氣嚴而殺。有如執法官,面目冷積鐵。峨峨冠惠文,百僚憚風節。又如古清士,特立性峭潔。塗炭視儔儕,望望去不屑。撐拄雍梁交,屏蔽西南缺。氣噴萬山青,勢開平野闊。川原走豐鎬,名都似星列。風雨接殽函,雄關若天設。終南實附庸,雷首亦旒綴。黃河塞外來,勢已無中國。八水助揚波,觸處欲崩裂。堂堂坐其衝,遠望神先奪。委蛇不敢抗,屈首乃東折。偉哉造化功,位此神靈穴。金天肅霜露,白帝秉圭臬。萬彙賴陶成,一方靜妖孽。拱極作西藩,綱紀天之末。巍峩瞻廟貌,丹青煥榱桷。摩抄周秦樹,拂拭漢唐碣。何當乘風昇,絕頂眼一豁。矯首望八荒,駕鹿朝雙闕。

豫讓橋

漁洋山人《古夫于亭雜錄》,謂讓從恩怨起見,非天理民彝之正,故其題國士橋詩云:"國士橋邊水,千年恨不窮。如聞柱厲叔,死報莒敖公。"自謂可以敦薄。余意晉尚有君,讓非中行智氏之臣,特爲知己死耳,不得以厲叔律之。厲叔之言近懟,亦非純臣之義,漁洋薄讓而取厲叔,皆非也。作此正之。

志士各有立,處死焉能同。當時百里奚,亦不殉虞公。況復晉君在,虛器擁宮中。智氏非其主,安得云效忠。士爲知己死,友朋理尚通。榮枯不改節,此事固足風。若云君臣義,天地相始終。寧論知不知,報施説亦窮。厲叔雖忼慨,憤懟非靖共。一死良爲難,惜哉言不衷。

文中子故里

河汾道統承洙泗,漢晉而來第一人。獨向遺編尋墜緒,能傳絕學指迷津。及門文飾多非實,後進譏訶更不倫。千載今來騎馬客,瓣香故里薦溪蘋。

祀鷄臺

萬樹垂楊緑已齊,汧流活活水平堤。陳倉霸氣消沉盡,猶有高臺説祀鷄。

次壽陽驛讀壁間昌黎公詩留題數語

匹馬星飛舞亂師,身當王事敢辭危。朝廷自爲人材惜,臣子惟求己職宜。萬甲歡呼傾片語,千秋感慨讀遺詩。深州圍解牛元翼,想見開雲走鱷時。

芹泉鎮至張井

兩岸青山一水遥,疏林時見酒旗飄。芹泉鎮上濛濛雨,客夢難忘曉月橋。鎮西有曉月橋。

幾家茅屋傍山幽,兩道清泉遶石流。策馬欲行還少住,愛他風景似吾州。溪山十里,彷彿建溪。

橋頭村

樓外青山山上樓,人家重叠傍橋頭。何時過此聽春雨,百道溪聲一派流。

題涂曉村强恕圖小照

圖畫兩舟遇風,一順一逆,又繫以范文正之詩曰:"一棹危於葉,旁觀亦損神。他年在平地，無忽險中人。"兩義雖不同，大意欲失意之時，當泯怨尤；得意之時，勿忘患難，所謂強恕也。

　　我嘗長江萬里駕小艇，一葉飄飄若斷梗。波翻浪簸不得前，盡日含愁顧帆影。忽見大舸乘風來，濤聲浩浩何雄哉。得時頃刻百千里，相形豈免生嫌猜。到岸之時彼同此，逆者何憂順何喜。乃知當局徒自迷，萬事紛紛皆一理。畛域既分物我隔，至親骨肉同夷貊。錙銖尺寸不相容，何況悠悠行路客。豈知天下本一身，何薄非厚疏非親。聖賢之道在克己，惟恕足以達吾仁。知者固難行不易，其用在強乃有濟。反身三亦省身三，君之爲圖誠有意。我讀范公詩，悠然生遐思。秀才有志任天下，想見中書參政時。君誦此詩玩此圖，此志願毋間須臾。居安須念世多故，出險莫忘人向隅。盡脫風波登袵席，斯人要是吾徒責。無憂還復同民憂，有溺當思由己溺。

甘桃驛寄懷小范家兄

　　故關東去是甘桃，驛路雲盤亂石高。戛戛蹄聲憐瘦馬，蕭蕭霜氣怯征袍。連山不隔蘆溪月，兄方署蘆溪巡司。遠水難通蠡澤濤。永日江鄉西向望，定嗟予季尚勞勞。

　　三載彭城夜雨同，兄在余署三年。歐亭吟罷又崆峒。中衞、平涼唱和極多。即今展卷鬢眉在，猶勝相逢夢寐中。聞道齋厨晨食柏，遥知庭院日哦松。清貧要是吾家舊，贏得新詩較昔工。

過郭隗故里

　　王良伯樂渺難尋，慨想賢王索駿心。多少鹽車困良驥，當年一骨值千金。

故　關

　　列塞三千里，雄關第五陘。太行八陘，井陘爲第五陘。天臨深谷小，雲擁戍樓青。北拱星歸極，西行水建瓴。懸崖真絕險，我欲勒張銘。

題秦侍讀小峴橫山丙舍圖橫山小峴尊人葬處也。

山蒼蒼，水茫茫，林木蕭瑟雲低昂。啼烏啞啞求返哺，繞樹三匝徒徬徨。先人釣游處，歷歷不敢忘。手口想遺澤，況乃體魄藏。一官匏繫長安邸，春秋怵惕露與霜。欲耕無田蠶無桑，何時歸去澆杯漿。濡筆作此圖，脉脉寄所將。泪痕墨氣俱透紙，湖光山色皆悲涼。嗚呼！我亦爲人子，遠宦乃在天一方。石倉湖上洪山陽，洪山之原先君葬處也。夢魂夜夜隨風翔。間關萬里阻且長，窮年奔走爲底忙。薄禄未能贍宗族，微名其可稱顯揚。惜哉何益存與亡，胡不早歸廬墓旁。松楸鬱鬱靈倘伴，亦如生時倚門望。猶來無止心皇皇，泉臺當復九迴腸。念此能不泣數行，惟君與我同心傷，豈獨山水思故鄉。

李劍溪侍讀以詩索狐裘行篋無佳者解所服敝裘贈之次韵奉柬

邊吏十年勞鞍掌，一領敝裘即仙氅。豈無風雪苦嚴寒，平生不作溫飽想。宗族舉火曾幾家，薄禄愧難資俯仰。窮黎百結尚懸鶉，忍以膏脂爲我養。初冬十月渡黃河，嚙雪麋冰歌慨慷。京洛故人多貴顯，輕裘肥馬逈非曩。寒炎異勢判雲泥，枘鑿何殊蜀洛黨。惟君款款具深情，空谷屢聞足音響。新詩忽至索狐裘，霜月高高正當幌。齋壇豈少贈裘者，正字清風義不枉。知君謂我應同聲，黃鐘正叶牛鳴盎。行篋雖空衣可解，美惡無須較銖兩。人惟求舊物亦然，願略皮毛索真賞。

題梁九山太史萬梅書屋圖

梅花孤故高，乃以少爲貴。空庭一兩枝，領略淡中味。云何有萬株，錯立如霞蔚。高士豈能多，毋乃雜涇渭。吾聞漢唐末，黨禍吁可畏。小人何足責，難爲賢者諱。特立尚真修，奚必廣聲氣。汲引爲名高，標榜真無謂。以兹悟物理，通之治花卉。盡取勢未能，得一心已慰。請君法其意，一一分品彙。僞者痛刪除，真者勤灌溉。常材俱可棄,嚴選毋旁暨。竹外與水邊,位置有經緯。茅齋處其中,晨夕閑來堲。風弄影參差,月浮香髣髴。他日同歸田,略措斗酒費。吾當日扶藜,來問花開未。

題陳給諫劍城望耕圖

黃閣居鄰尺五天,得間時復稅桑田。定知入告皆民隱,不異豳風七月篇。

含哺鼓腹樂怡怡,暑雨祁寒又一時。憂樂同民農事急,未須稼圃蒲樊遲。

經鋤昔日憶田間,驄馬今隨柱史班。夢裏亦知牛背穩,君恩未許早還山。

臨洺關

雄關當路啓,古木夾雲稠。今日輪蹄會,當年割據州。邯山猶未盡,洺水自長流。此去黃梁道,茫茫土數坏。關距呂翁祠二十餘里。

赴循化道中

河州西去鬱岩嶤,鳥道盤空百丈遙。出塞方知天地闊,近關已覺語音譶。山當絕域朝朝雪,路繞流泉處處橋。持節慚爲假司馬,從今未敢薄班超。

小積石山《水經注》謂之唐述山。

當年鑿空說崑崙,曾笑張騫是妄言。今日輿中觀積石,真從塞外溯河源。

喜見梅花以下補遺。

春風二月見梅花,十四年來苦憶家。疑是雙驂亭上坐,豈知留滯在三巴。雙驂亭梅花甚盛,余家中讀書處也。

義田歌為秦蓉莊先生作。

三代以降廢宗法，收族無人恩不洽。各子其子親其親，百富未聞周一乏。祖宗當日本一身，其後泛泛如途人。吉凶患難不相顧，嗚呼風俗何由淳。昔聞有宋范文正，始作義田贍族姓。忠宣繼之制益詳，姑蘇事業今猶盛。此意悠悠五百年，誰將遺事法前賢。功名及遠不及近，胞與為懷亦枉然。祖宗餘慶鍾孫子，孫子官高但為己。倡優醉飽僮僕歡，豈識族人飢欲死。

先生乃有古人風，殫力經營廿載中。千畝腴田供舉火，導源實始賡和公。先生尊甫賡和公，始倡捐義田百畝，至今歲，先生增為千畝。父子同心世濟美，淮海而來方有此。秦氏出於少游，自明迄今四百年，簪纓相繼，至是乃有義田。此田萬載復千秋，惠水長流錫山峙。故知憂樂能同民，本於孝弟施由親。先生所至多惠政，輿人之頌寧無因。賤子生平渴慕古，今日門墻欣復睹。揮毫忼慨作長歌，却憶遺言淚如雨。先大夫滇南彌留之際，猶以義田、義塾為囑。

壽秦蓉莊先生代

家國兩無負，君誠出世才。族無歌葛藟，置義田千畝贍族。民已頌臺萊。椒酒春盤獻，甲寅正月三日，①先生初度。蓮峰壽域開。白頭門下士，先進紫霞杯。

和吳海宴山長種桃次韵

種成桃李幾千株，邊地春光似此無。漫道河陽花滿縣，何如鹿洞與鵝湖。

百卉欣欣又向陽，空嗟歲月去堂堂。諸生莫恃春風好，秋至還期晚節香。

---

① 甲寅：雍正十二年（1734）。

出北門至柳湖

隴麥青青映遠沙，河干一帶柳陰斜。平涼三月春光好，到處墻頭見杏花。

兒輩欲至崆峒詩以示之

兒曹日日説崆峒，心在竿頭第一峰。我代山靈索詩句，移文先使白雲封。

昨從龍隱聽泉聲，又向崆峒頂上行。元鶴有知應笑汝，少年山水太多情。

偶作新詩亦起予，文章山水本相於。他年留滯周南日，可有龍門讀父書。

吳海晏周竹坡在崆峒以詩相招作此答之

八載名山作主人，山中面目夢猶真。不須更逐漁郎去，又向桃源一問津。

聞道桃花爛漫開，君如劉阮到天台。五年獨卧維摩室，肯爲胡麻一飯來。

王芥亭二兄在姚雪門先生幕垂三十年是圖先生所命意也未及題識而先生棄世矣芥亭出此示人言及輒潸然涕下余於先生亦有知己之感者也爲書三絶

浣花溪上幾經秋，杜老天涯已白頭。却憶往時嚴僕射，年年揮泪過西州。

老成風範儼如存，北海當年嘆虎賁。我亦披圖重太息，黄樓賓佐憶蘇門。

龍蛇妙迹多如許，惜少先生一幅書。極目江南春色遠，愴懷豈獨爲吾廬。

題趙琴軒小照

琴軒棲息處，一望白雲深。隱几看春色，焚香清道心。名花猶作態，疏竹自成陰。流水高山外，何人是賞音。

蚤起

雨聲初歇漏聲遲，幕府傳催五路師。草罷軍書燈未燼，閑裁餘紙寫新詩。

感事

總戎不至金莪寺，黠賊先焚白瓦溝。五百健兒猶力鬥，三千甲士爲誰留。轉輸不念遺黎苦，宵旰重煩聖主憂。寧作石城袁粲死，渠江嗚咽正東流。袁總戎國璜忠勇敢戰，三戰三捷，以兵少無繼，中賊詭計，沒於陣。

哭副總戎韓公加業

仁嚴勇智世無倫，倉卒行師志未伸。賊逼沔縣，調至陽平關防兵五百名，皆新募無紀律，倉卒將之禦敵。一死自當酬聖主，九原應不愧嚴親。公尊人以把總出征金川陣亡。定軍山上雲常冷，諸葛祠前草不春。公死處距武侯墳僅數里。坐地彎弓猶殺賊，紛紛鼠竄彼何人。賊匪突至，公馬蹶墜地，其僕急易一馬進。公揮之去曰："此吾死所也，去何之？"盤膝坐地上，拈弓出矢，殪其執旗頭目一人，同公去者皆先逃。

十載交情骨肉親，余令平涼，公署平涼游擊事，遂定交。連年戎馬共艱辛。嘉慶元年，余隨宜制府，公爲翼長，歷恒將軍松制府幕府。傷心伯子方分袂，公兄自昌自四川回，甫至漢中一宿，遂有西寧之役，去三日，公遂遘難。回首高堂更愴神。太夫人年八十尚在堂。漢上列屯悲大樹，漢中兵民商旅，聞公訃，無不泣下者。涇陽舊部泣遺民。公任靜寧都司，及署平涼，皆有惠政。裹屍馬革君何恨，我爲朝廷惜此人。

自大成寨至羅江口

　　桃花紅映菜花黃，八廟場連北斗場。正是少陵歌咏地，憐他戎馬太倉皇。

　　山環峭壁皆為砦，路轉深溪亦有門。竹綠苗青好風景，幾家安樂在田園。_{自軍興以來，鄉民皆練鄉勇，山頭立砦，隘口安卡，其餘幼弱充夫，任轉輸之役。}

羅江口至達州

　　山容積翠水波清，無數花開照眼明。風鶴豈能無小警，田疇幸未誤深耕。

　　比聞劇賊頻相伺，日盼將軍早出兵。慚愧郊迎諸父老，焚香一路到州城。

過豐城場_{賊匪王三槐起事處。}

　　高原白骨亂如麻，劫火燒殘剩幾家。誰唱人間可哀曲，滿山開遍杜鵑花。

題曹雲瀾_{麟開刺史西域圖咏。}

　　漢家天子開疆日，秋圃先生出塞時。一幅畫圖詩一卷，何如柳雅及韓碑。

題曹雲瀾賜環楚游二集①

　　雲翁詩稿等於身，我愛西歸兩集真。記取江南秋浦路，九華山下有詩人。

　　投荒萬里臥龍沙，匹馬歸來鬢已華。杜老平生感知己，又隨幕府入三巴。_{雲瀾從戍所歸，即入明將軍亮幕中。}

---

① 《題曹雲瀾賜環楚游二集》詩共四首。

楚江西去路逶遲，所歷鹽叢必有詩。蜀水蜀山應待汝，放翁而後筆淋漓。

林巒塗抹亦超群，三絕還如鄭廣文。臺省諸公何衮衮，白頭橐筆尚從軍。

良馬嘆

嗚呼！王良伯樂不易得，屈首鹽車受鞭策。太行之山千仞高，羊腸盤折心勞勞。仰天一鳴泪霑臆，道旁觀者皆太息。金鞍玉轡飾錦驄，當路意氣何其雄。

題周藕堂秋林返轡圖

十年沙磧泣相隨，萬里生還未可知。留取畫圖示孫子，莫忘祖父出關時。

白雲親舍望中凝，雲外青山幾萬層。夜夜夢隨流水去，漢江百折到金陵。藕堂侍其尊人遠戍新疆，十年始奉歸金陵里舍，家貧，復出就館興安，爲負米計。

樊城啟行

驅車乍出萬山中，眼界今朝始一空。平野烟雲何蒼莽，中原氣勢自沈雄。詩人常慮天陰雨，猛士誰歌漢大風。此日補牢猶未晚，幾回回首望諸公。

三橋鎮

未央宮闕化爲塵，故老能言賸幾人。惟有三橋河畔柳，依依猶帶漢宮春。

咏墨牡丹

生長人間富貴家，獨標淡雅洗鉛華。不須多買胭脂染，本色還爲耐久花。

題姜星六廉訪小照

先生古仁者，真氣溢於貌。春陽煦萬物，生機無不到。文孫禀餘澤，森森均有造。衎齋侍杖履，一以身爲教。化若金在鎔，合若圭就瑁。源潔流自清，表正影不橈。萬石家子孫，不問皆忠孝。況乎積善家，天道有施報。先生之課孫，不待諄諄告。願學先生者，先須慎所好。

題小范大兄木末草堂圖

如許才華老一官，年年擊柝在江干。天邊鴻雁分清影，木末芙蓉耐晚寒。對酒情懷猶索寞，哦詩風味益艱難。往來聞道多君子，且作封人冷眼看。

五載從容鬢雪繁，歸來孺婦笑聲喧。生平未敢求溫飽，此日奚遑問子孫。蒿目蒼黎猶未奠，傷心手足幾人存。同懷十人，存者五耳。惟祈賊滅身俱健，風雨連宵話故園。

樂君二侄學書不成棄而學賈去冬來蘭州今返江西次小范兄韵作詩二首送之行并呈小范大兄

努力驅馳在此行，男兒各自赴前程。讀書未遂顯揚志，服賈還伸孝養情。堂上椿萱身已老，家中俯仰責非輕。善人亦足稱鄉里，莫似文淵志不成。

七年軍務苦相縈，贏得頭顱白雪盈。豈有心情貪富貴，但隨黎庶盼昇平。花樓跗萼看兒輩，禪榻茶烟了此生。樂君有爲余買妾之議，故以此止之。先志何時能繼述，老夫慚愧守專城。先大夫臨沒，猶諄諄以義田、義塾爲囑。景瀚不肖，至今未能成其志也。

小范大兄來書索木末草堂詩五年於兹矣前歲江口軍營
匆匆草兩律寄去未及自書也樂君姪來口述兄意必欲得手迹
今日稍暇乃操翰爲書一通寄廬陵陳少府將去字畫惡劣
不足觀聊留鴻爪以示子孫耳時嘉慶壬戌正月十九日先君
忌日也書畢復得五言一首并題於後①

今日此何日，君子終身憂。迴憶卅年前，泪涌如泉流。滇南雲萬里，愁入湘江舟。先君卒於雲南鎮南州署，時兄奉先太恭人寄寓長沙。相見執手哭，長願好無尤。世事經萬變，蕭蕭兩鬢秋。弟兄均老矣，宦海仍浮漚。伯勞與飛燕，何日得相投。鯉庭不再得，姜被其可求。題詩重太息，語盡意無休。

題陳封溪小照

我心本無暑，到處皆清凉。對此蓮與竹，妙合聞天香。陳君有道者，面澤鬚眉蒼。浩浩常有得，漠漠仍深藏。此圖聊寄意，偶也非其常。鳶魚自活潑，草木皆芬芳。何時非樂處，何地非仙鄉。展卷索其迹，毋乃拘於方。

和小峴先生見懷詩二首

一別春明晚，相思又七年。把君詩在手，感此意殷拳。時事迥非昔，文章卓可傳。潤身還及物，莫漫說歸田。

黃巾滿秦蜀，蒿目已三年。雄辯無儀舌，危言愧鷙拳。坐看民困苦，忍說策流傳。去歲，獻堅壁清野之議，爲蜀中當道所阻而止，觀者謬謂其文可傳，空言何補，徒增愧赧。只合抽身去，歸耕百畝田。

九日登皋蘭山作

皋蘭山，遠在焉支之西千餘里，金城城外安有此。《漢書·匈奴傳》：

---

① 嘉慶壬戌：嘉慶七年(1802)。

"霍去病自焉支山千餘里，始戰皋蘭。"是皋蘭在焉支之西。酈氏《水經注》疑以爲今河州之石門山，灘水入塞處也。然猶未敢定，今乃以蘭州城外之山當之，失其實矣。隋人不學誤題名。隋朝始誤以此山爲皋蘭山，因立蘭州。毛氏稱州大類是。隋人誤以屯氏河爲毛氏河，遂立毛州，誤亦類此。清秋九日策馬來，登高遠望亦雄哉。是非往迹何足問，對此茫茫且舉杯。持螯飲酒歌慨慷，置身如在青天上。俯視秦川一氣中，萬里關河何莽蒼。丈夫未得際風雲，低頭矮屋日論文。祭酒書生封侯相，功名何必三將軍。蘭州城外，有漢霍、趙、鄧三將軍坊。然漢之金城郡治允吾，在今皋蘭之西百三十餘里，與碾伯平番交界處，故金城爲河西五郡之一，今皋蘭縣乃漢之金城縣，屬於金城郡，非郡治也。四顧躊躇忽不樂，滿目哀鴻在林薄。時皋蘭十八州縣被災，方散賑糧。已費司農百萬錢，諸君何以憂民瘼。南望況有櫬與槍，洞庭兩岸紛屯營。湖南苗匪、湖北教匪猶未平，大兵方進攻。黃河之水滾滾從東去，安得挽入湖湘洗甲兵。

贈友人之洛陽

二月之吉得君書，知君到洛當歲除。洛陽距京千里餘，河水稜稜雪載途。朔風凜冽割肌膚，馬羸車敝瘁僕夫。平原莽莽皆平蕪，塵沙撲面眼模糊。柳芽不青草猶枯，有酒誰向荒村沽。君意得無不樂乎，胡爲新詩一句無。

雪毬花

數竿綠竹颭窗紗，盡日攤書興未賒。一夜春風好消息，小園開到雪毬花。

跋

秦金門跋①

　　詩以道性情，性、情一也。昔人論《古詩十九》曰："情真、景真。"②而不言性，謂真處即性，離性無所爲情，而景亦復何可道耶！詩學失真，傳情刻景，雕琢風月，縱使諸音協律，傅白施丹，其何與於性情哉！適以戕之而已。夫詩者，性情之事也。性情不可言事，無事則且滅寂，故人必有事於性情也。而治之莫善於學，《詩》"興觀群怨""事父事君"，皆學者性情中切要之事，《詩》之訓明矣。

　　海峰先生以歐陽子之性情，具蘇長公之風力，其爲文詞，恣肆豪邁，而歸於純篤。製有《澹静齋詩鈔》，不事矯揉雕飾，性真激發，衝口成章，諸體畢備，正如老僧伐鼓撞鐘，欲使天龍醒夢。蓋其敦行好修，學純守正，故發之於詩者，霭乎孝子悌弟、義夫順婦之容，侗侗乎忠臣信友之概，而騷人思婦幽致柔情，不以攖其闊達爽直之胸，此真名士風流、丈夫意氣，深於性情之事，而非徒以素絲黄絹，較其工拙者也。先生之詩曰："天下文章在五倫。"③夫五倫之事，何一不由性情？覽是集者，能於性情求先生之爲人，而得先生所學之爲何事，則可以言詩

---

① 原無標題，據本書體例補。
② 元代陳繹曾《詩譜》："情真、景真、事真、意真，澄至清，發至情。"參見曾棗莊著《中國古代文體學》附卷一《先秦至元代文體資料集成》，上海人民出版社、上海書店出版社2012年版，第1134頁。
③ 詩集中未見此句。

矣。乾隆歲次戊申三月下浣九龍山樵秦金門耐嚴氏謹跋。①

鄒鳴鶴跋②

渤海當年治亂繩，龔遂語。文孫雄略更飛騰。風清春隨歡牽犢，以上并龔遂治盜事，喻逆匪就平。霜厲秋霄怒擊鷹。餘事何嫌爲小技，置身本在最高層。文章原小技，少薄詩人，近學吟并集中句。可憐白髮嚴詩律，亦集中句。惹得人人說少陵。

獨飄散詞壇跌宕雄，不知前代有林鴻。亦閩人，以詩名明初。雕鎸萬類愁真宰，兀傲千秋號國工。草罷軍書詩跳出，集中句"草罷軍書燈未熄，閑裁餘紙寫新詩"。吟攪檐漏韻飄空。時方大雨。嘔心多少清新句，惆悵蛛絲鼠迹中。集中句。

乾坤撑拄倚吾儕，衣鉢真傳淡靜齋。夫與先生深討論，暗指題金文甫詩一首。要憑後學細編排。蔣伯生手校。淋漓元氣歸詩卷，慷慨高歌動客懷。猶記金鰲峰下侍，爐香一瓣爲梅崖。先生受業師。

生遲恨未識須麋，雛鳳周旋舊德追。嗣君同官河工，因悉遺事。文到通靈驅罨怔，淺淺子事。計成清野靖烽陴，建"堅壁清野"議，逆匪遂平。吐虹世共驚才大，展驥吾終惜位卑。不論經獻論著述，行間珠照尚纍纍。

敬題《淡靜齋詩鈔》四律，錫山後學鄒鳴鶴未定草。

徐經跋③

乙未春，④余被命習河事，於東河巡工至睢州，識龔君雲疇，以修防事相質，問所言洞中窾要，遂心儀其爲人。自後屢相過從，備聞尊甫海峰先生文章政事卓卓可傳。既得讀《澹靜齋全集》，其詩原本性情，不事藻飾，而忠孝慈愛之意，時流露於翰墨間。其爲文博綜經史，

---

① 戊申：乾隆五十三年(1788)。
② 此跋據道光二十年恩錫堂重刻本補。
③ 此跋據道光二十年恩錫堂重刻本補。
④ 乙未：道光十五年(1835)。

實事求是,務爲有用之學。料事之明徹,處事之沉摯,足爲居官行政者圭臬。去歲,雲疇以鋟版遠在閩中,不能多致,因再鋟刻,以廣其傳。夫人先世有德業,而能揚其清芬,承其世澤,甚美事也。雲疇其黽勉從公,以大展先生未抒之抱負,則是集即作君家治譜也可。道光庚子孟陬東吳徐經跋於任城運河道官廨。①

---

① 道光庚子:道光二十年(1840)。

參考文獻

一、古代文獻

(一) 經部

《毛詩正義》:(漢)鄭玄箋,(唐)孔穎達疏,北京大學出版社 1999 年版。

《尚書正義》:(漢)孔安國傳,(唐)孔穎達疏,北京大學出版社 1999 年版。

《禮記正義》:(漢)鄭玄注,(唐)孔穎達等正義,北京大學出版社 1999 年版。

《春秋左傳正義》:(晋)杜預注,(唐)孔穎達疏,北京大學出版社 1999 年版。

《論語集釋》:程樹德撰,程俊英、蔣見元點校,中華書局 1990 年版。

《春秋公羊傳注疏》:(漢)何休解詁,(唐)徐彦疏,刁小龍整理,上海古籍出版社 2014 年版。

《春秋穀梁傳注疏》:(晋)范甯注,(唐)楊士勛疏,黃侃經文句讀,上海古籍出版社 1990 年版。

《春秋大事表》:(清)顧棟高編,吳樹平、李解民點校,中華書局 2013 年版。

《鄉黨圖考》:(清)江永撰,學苑出版社 1993 年版。

(二) 史部

《史記》:(漢)司馬遷撰,中華書局 2013 年版。

《漢書》:(漢)班固撰,中華書局 1962 年版。

《舊唐書》:(後晋)劉昫等撰,中華書局 1975 年版。

《新唐書》:(宋)歐陽修、宋祁撰,中華書局 1975 年版。

《宋史》:(元)脱脱等撰,中華書局 1977 年版。

《元史》：（明）宋濂等撰，中華書局1976年版。

《明史》：（清）張廷玉等撰，中華書局1974年版。

《清史稿》：趙爾巽等編，中華書局1977年版。

《清史列傳》：王鍾翰點校，中華書局1987年版。

《資治通鑑》：（宋）宋司光編著，（元）胡三省音注，古籍出版社1956年版。

《續資治通鑑長編》：（宋）李燾撰，上海師範學院古籍整理研究室、上海師範大學古籍整理研究室點校，中華書局1985年版。

《資治通鑑綱目》：（宋）朱熹撰，朱傑人、嚴佐之、劉永翔主編《朱子全書》（修訂本），上海古籍出版社、安徽教育出版社2010年版。

《續資治通鑑》：（清）畢沅編著，上海古籍出版社1987年版。

（三）子部

《列子集釋》：楊伯峻集釋，中華書局1979年版。

《管子校注》：黎翔鳳撰著，梁運華整理，中華書局2004年版。

《管子通解》：趙守正撰，北京經濟學院出版社1989年版。

《莊子集釋》：郭慶藩輯，中華書局1961年版。

《孔子家語》：（三國）王肅撰，廖名春、鄒新明校點，遼寧教育出版社1997年版。

《風俗通儀校釋》：（漢）應劭撰，吳樹平校釋，天津人民出版社1980年版。

《水經注校證》：（北魏）酈道元著，陳橋驛校證，中華書局2007年版。

《晉書地道記》：（晉）王隱撰，中華書局1985年版。

《元和郡縣圖志》：（唐）李吉甫撰，中華書局1983年版。

《括地志輯校》：（唐）李泰等著，賀次君輯校，中華書局1980年版。

《太平寰宇記》：（宋）樂史撰，中華書局2007年版。

《大明一統志》：（明）李賢等撰，三秦出版社1990年版。

《履園叢話》：（清）錢泳撰，孟裴校點，上海古籍出版社2012年版。

（四）集部

《文選》：（梁）蕭統編，（唐）李善注，上海古籍出版社1986年版。

《杜詩詳注》：(唐) 杜甫著，(清) 仇兆鼇注，中華書局 1979 年版。
《全唐詩》：(清) 彭定求等編，中華書局 1960 年版。
《蘇軾文集編年箋注》：(宋) 蘇軾著，李之亮箋注，巴蜀書社 2011 年版。
《清詩別裁集》：(清) 沈德潛編，上海古籍出版社 2013 年版。
《國朝詩人徵略》：(清) 張維屏編，中山大學出版社 2004 年版。
《歷代詞賦總匯》(清代卷)：馬積高、葉幼明主編，湖南文藝出版社 2014 年版。
《魏源全集》：(清) 魏源著，岳麓書社 2004 年版。
《韓昌黎文集校注》：(唐) 韓愈著，馬其昶校注，馬茂元整理，上海古籍出版社 2014 年版。
《晚晴簃詩匯》：(民國) 徐世昌編，聞石點校，中華書局 1990 年版。

二、現當代文獻

（一）著作

《貴州通志》：貴州省文史研究館點校，貴州人民出版社 2004 年版。
《雲南地方志考》：李碩編著，吉林省地方志編纂委員會、吉林省圖書館學會，1988 年版。
《中國書院辭典》：季嘯風編，浙江教育出版社 1996 年版。
《柳湖書院志》：朱愉梅編纂，平涼市地方志辦公室 1993 年內部刊印。
《清人文集別錄》：張舜徽著，華中師範大學出版社 2004 年版。
《諸葛亮研究集成》：王瑞功主編，齊魯書社 1997 年版。
《清人文集地理類彙編》(第 2 冊)：譚其驤主編，浙江人民出版社 1990 年版。

（二）論文

《乾嘉間福建的學人之詩——以陳壽祺爲中心》：陳慶元撰，《福州師範大學學報》(哲學社會科學版)1996 年第 2 期。
《論朱仕琇的古文》：陳慶元撰，《南平師專學報》1996 年第 3 期。
《福州通賢龔氏家族文學論略》：林曉玲撰，《福州大學學報》(哲學社會科學版)2012年第2期。

《閩縣通賢龔氏家族著述考略》：廖劍華撰,《圖書館理論與實踐》2014年第2期。

《龔景瀚生平及著作考述》：林曉玲撰,《北京化工大學學報》(社會科學版)2015年第2期。

《龔景瀚〈離騷箋〉的成書與學術成就》：徐瑛子撰,《集美大學學報》(哲學社會科學版)2019年第2期。

《龔景瀚詩文研究》：曾寒冰撰,2007屆福建師范大學中國古代文學專業碩士學位論文,指導教師陳慶元教授。